La llanura infinita

Primera edición: 10 abril 2026
Impreso en España

Diseño y maquetación: David Alegría

Ediciones IRATI

ISBN: 978-84-09-85076-1

La llanura infinita

Iñigo Díaz de Cerio Jiménez

Para Angelines y Joaquín,
con toda mi admiración y cariño.

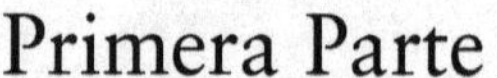

Primera Parte

I.

Bosques de Aezkoa, Navarra. Octubre de 1957

Un crujido de ramas en la negra espesura hizo que se estremeciera. La tensa espera estaba resultando agónica y había perdido ya la noción del tiempo. El frío tampoco ayudaba.

—¿Tienes miedo? —susurró su hermano.

—No —mintió él.

—No pasa nada si tienes miedo. Yo también lo tuve la primera vez.

Admiraba a su hermano, y su confesión lo reconfortó. Quizá el miedo no era más que la antesala del coraje.

Observó al resto del grupo esperando encontrar una mirada cómplice, pero todos estaban concentrados en el suelo bajo sus pies.

—Bueno, sí, un poco —confesó con un hilo de voz.

—Es normal. Mira, ya vienen.

El mayor del grupo, que hacía de guía, se adelantó hacia las luces del camión que se acercaba. Los demás lo siguieron, abandonando la seguridad de las sombras que los cobijaban.

—Recuerda lo que hemos hablado en casa —le dijo su hermano.

Él asintió y miró al hermano mayor a los ojos en busca de aplomo. Vinieron a su mente las palabras que le había dicho en casa unas horas antes, así como los días previos en los que habían repasado el plan. Lo había recreado en su cabeza una y mil veces antes de acostarse, en la escuela cada vez que levantaba la vista de los libros y miraba por la ventana, en misa de domingo... Se había convertido en una verdadera obsesión. La única que no estaba de acuerdo era *Ama*[1]. La oyó discutir con *Aita*[2] varias noches atrás. *Aita* opinaba que estaba preparado y que ya era hora de hacerse hombre. «¡Solo tiene trece años, por Dios!», protestaba ella.

---

1 Madre
2 Padre

El chirrido de los frenos del camión lo arrancó de sus pensamientos. Dos hombres se apearon y se dirigieron a los portones traseros sin mediar palabra. De la parte inferior del camión deslizaron unos largos tablones que apoyaron contra el suelo a modo de rampa. El más alto se subió a ellos y abrió el camión, mientras que el otro trepó al techo del vehículo por una escalera lateral. Con una vara que introdujo por unas rendijas en el techo del camión, iba separando el contenido.

—¡Va, va! —gritó, chasqueando la lengua.

El camión se tambaleaba a ritmo de la inquietud de quien iba dentro y de quien esperaba fuera. El hombre subido al techo empezó a perder la paciencia y a elevar el tono de voz, lo que reprendió su compañero. Por fin, el primero de los animales asomó por el portón y bajó la rampa a regañadientes. Los demás lo fueron siguiendo poco a poco, hasta completar una manada de ocho magníficos ejemplares. El chico nunca había visto bestias como aquellas. Las hechuras eran bien distintas a los *Burguete* y los *Pottokas*, las razas de trabajo típicas de los valles prepirenaicos navarros de Aezkoa y Salazar. Cualquiera con el ojo entrenado podía ver que aquellos caballos habían conocido años mejores, pero seguían conservando un porte digno y elegante.

—Vienen dos más —dijo el conductor—, nosotros nos vamos.

—¿Tardarán mucho en llegar? —preguntó el que hacía de guía del grupo.

—No lo sé. Venimos por caminos diferentes. —Fue su lacónica respuesta.

El conductor y su acompañante subieron a la cabina sin demora. Se notaba que estaban incómodos en aquel lugar y no hacían ningún esfuerzo por disimularlo.

No habían pasado ni diez minutos desde que partió el primer camión cuando el grupo divisó las luces del segundo aproximándose. El ritual fue similar, aunque la destreza del acompañante hizo que, en esta ocasión, el desencajonamiento de la manada fuera mucho más ágil que la primera. El conductor del segundo camión y el *guía* parecían conocerse y se apartaron para tener una conversación privada alejada de oídos indiscretos.

El acompañante fue guiando a la caballada para compactar a los animales y que permanecieran tranquilos. Se veía que tenía mano con los caballos. De pronto, algo llamó su atención y se dirigió al grupo. Se acercó al más joven de todos ellos y se paró delante de él.

—¿Se puede saber cuántos años tienes tú, canijo? —preguntó con marcado acento andaluz.

—Trece, señor —contestó él, proyectando su cuerpo para parecer más alto.

—¡En tres meses cumple catorce! —añadió su hermano.

—¡Joder! ¡Cómo sois la raza del norte! ¡Menudas pelotas le echáis!

El conductor lo llamó. Al parecer, el tercer camión se estaba acercando. Hizo ademán de irse, pero se lo pensó mejor y se dirigió de nuevo al chico:

—Canijo, estos caballos son más listos que la mayoría de las personas. Intuyen a dónde van y no lo pondrán fácil. Pero están acostumbrados a obedecer y son capaces de leer el corazón de las personas. Si confían en quien los guía, se comportarán como corderitos —dijo, con una sonrisa enigmática.

El chico se quedó helado. ¿Pudiera ser que ese hombre fuera capaz de leer su mente igual que los caballos leían el corazón? En clase, don Sabino les había contado que algunas personas poseían el don de la telepatía. Desde entonces, vivía obsesionado con que alguien accediera a los rincones más recónditos de su mente como si fuera un libro abierto. Se estaba preguntando si aquellos animales sabrían a dónde iban, cuando el hombre interrumpió sus pensamientos como si estos hubieran sido pronunciados en voz alta.

—Tu corazón es noble, zagal. Los caballos te seguirán sin relinchar.

Lo vio alejarse con una sensación de estremecimiento en el cuerpo, como si fuera transparente a ojos de aquel hombre. Pero se dio cuenta de que no era una sensación desconocida. No era la primera persona que podía leer en él. Sin embargo, no se sintió vulnerable, sino que supo con certeza que el hombre tenía razón. Fue consciente en ese preciso instante, sin saber cómo, de que existía una conexión invisible con aquellos animales que le doblaban en altura, y que lo seguirían allá donde fuera.

Aún seguía dando vueltas a estos pensamientos, cuando empezaron a descargar la última de las caballadas. Nadie hablaba. Tan solo el sonido sordo de los cascos de los caballos en el terreno mullido y algún relincho que el *guía* intentaba acallar chasqueando la lengua. La visión era impactante: de los animales emanaba el vapor que desprendían sus cuerpos calientes al contacto con el ambiente gélido. Las luces del camión iluminaban la manada desde atrás, confiriendo a la escena una imagen fantasmal.

El chico siguió con la mirada la partida del último de los camiones y supo que había llegado la hora de la verdad. Había veinticuatro caballos y estaban cinco en el grupo. El *guía* comenzó a repartir las cuerdas para atar a los caballos en reatas de cinco en cinco, excepto la última de cuatro, que se la adjudicó a él. La reata consistía en pasar una cuerda con nudo corredizo por la cabeza del caballo y atar el otro extremo en la base de la cola del caballo que lo precedía. Había practicado los nudos con su hermano con los caballos de la casa; aun así, nunca se había enfrentado a animales de semejante porte. Se sintió pequeño y vulnerable a su lado, pero relajado al mismo tiempo. El *guía* observó con sorpresa la destreza del chico con las cuerdas y se percató de una sutil pero clarísima conexión de este con los animales. Se le acercó y, posando una mano amistosa sobre su hombro, le susurró para que solo él lo oyera:

—Pedro, vas a ser el mejor contrabandista de caballos que hayan conocido estos valles.

II.

—Andonegui... ¡Andonegui! —La voz alzada de don Sabino lo sacó de su ensoñamiento—. Como siga usted buscando los ríos y afluentes de esta bendita patria en las nubes del cielo, le haré llenar el encerado con los nombres de todos ellos hasta que se los aprenda de memoria, ¿estamos?

—Disculpe, don Sabino, no volverá a ocurrir.

—Por supuesto que no volverá a ocurrir, Andonegui, porque como así sea, ya sabe lo que le espera.

Le resultaba imposible volver a la vida normal de un chico de pueblo de trece años después de haber vivido la aventura de su corta vida. No podía quitarse de la cabeza lo sucedido en el monte con los caballos la noche del sábado anterior. Aún le duraban en el cuerpo una mezcla de sensaciones que iban del miedo a la euforia. Supo que ya nada sería igual a partir de ese momento. Tenía la convicción, tal como había dicho *Aita,* de haberse hecho hombre aquella noche, en mitad del monte.

Trató en vano de concentrar su mente en los ríos y afluentes que don Sabino iba pintando sobre un mapa de la Península Ibérica finamente perfilado en el encerado. Su cabeza lo llevó, una vez más, al momento en que los camiones hubieron marchado y quedaron solos con la manada de caballos. Después de que el *guía* hubiera repartido las cuerdas para atar las reatas de caballos, reunió al grupo y les volvió a recordar por última vez el plan trazado. Irían monte a través, procurando cobijarse en la espesura de los imponentes hayedos de la zona, y limitar lo más posible su exposición a cielo abierto. Debían evitar las patrullas fronterizas de la Guardia Civil y la Gendarmería. Que te pillaran suponía la confiscación inmediata de los animales y quedarte sin cobrar las trescientas pesetas por el *trabajo*. Para Pedro, eso significaba una verdadera fortuna; le hacía especial ilusión poder contribuir a la maltrecha economía familiar como hacían los otros hombres de la casa, su hermano y *Aita*. La época del año en la que no pasaban tantos caballos se notaba. Había que tirar de lo que daban la huerta y las gallinas. Los recursos económicos eran limitados, aunque tampoco en época de contrabando se hacían muchos alardes. «Para no levantar sospechas», decía *Aita*.

Cada miembro del grupo con su reata de caballos iría a suficiente distancia de la anterior para que diera tiempo a avisar al resto si eran interceptados por los guardias. Eso significaba que Pedro marcharía solo, con cuatro animales que le doblaban en altura y que pesaban diez veces más que él. Entonces recordó cómo le habían asaltado las dudas y... el miedo. Con la oscuridad no tenía problema, se movía en ella como pez en el agua, pero la gente hablaba sobre los bosques... y sobre los seres que lo habitaban.

«Ni caso», decía su hermano. «No son más que leyendas que cuenta la gente para asustar a los niños».

En ese momento, algo lo sacó de sus recuerdos, y no era precisamente la voz de don Sabino recitando la hidrografía patria. Notó que unos ojos se posaban en él y levantó la vista por encima del hombro. Su mirada encontró la de Luna, que se sentaba dos filas detrás de él. Ella le sonrió y él devolvió media sonrisa.

Luna era una de las hijas del sargento de la Guardia Civil Agustín Castrejana. Él y su familia se habían mudado al pueblo hacía un año, tras la jubilación del anterior sargento. En realidad, todos sabían que no se había jubilado, sino que había sido trasladado a otro destino, antes de que se armara una en el pueblo que saliera en los papeles. Nunca hubo buena relación, pero en los últimos tiempos la cosa había ido tomando unos tintes preocupantes y algún alto mando en la Comandancia General de Pamplona había decidido que era el momento de relevar al sargento y sustituirlo por alguien con un carácter más conciliador.

Ese alguien era Agustín Castrejana, un joven y prometedor Guardia Civil que había sido promocionado y trasladado desde su Badajoz natal, con su mujer y sus cuatro hijas. Teresa, la mayor, se llamaba igual que su madre y su abuela, pero todos la llamaban Luna por su fijación con el satélite terrestre. Tenía trece años y era muy guapa. No solo a ojos de Pedro, sino de todos los chicos del pueblo. También de su padre, que sentía auténtica devoción por su hija mayor. Candela, de once años, era la segunda. Callada y estudiosa, también era guapa, aunque no destacaba tanto como su hermana. Finalmente, las mellizas, Laura y Julia, un torbellino de vitalidad, tenían cinco años y se decía que habían sido el último intento del matrimonio por tener un hijo varón —el sueño de Agustín— tras dos embarazos frustrados de su mujer. Después del parto de las mellizas, que a punto estuvo de cobrarse la vida de Teresa, el matrimonio decidió no tener más hijos, para desconsuelo de Agustín. Se decía que el carácter reservado y discreto de Teresa, otrora una chica alegre, venía de entonces, de la sensación de haberle fallado a su marido, aunque él nunca se lo habría reprochado.

En un primer momento se recibió con recelo a la nueva familia, pero pronto se vio que las maneras del nuevo sargento no eran las del anterior. Eso, unido a la energía que trajeron consigo las niñas, hizo que pronto la familia se integrara en la vida del pueblo. Lo lograron de manera discreta y natural, a pesar de que las costumbres y la idiosincrasia de sus gentes fueran tan distintas a las de aquellas que dejaron atrás en su Badajoz natal. Los Castrejana y los Andonegui eran vecinos y no era raro ver a los primeros visitar y compartir tiempo en casa de los segundos, que tenían un hogar en el centro de la casa alrededor del cual se calentaban y se contaban historias y confidencias.

Pedro volvió a mirar por encima de su hombro y allí seguían estando los ojos de Luna, fijos en él.

—¡Andonegui! ¿No le vale con mirar por la ventana que también tiene que molestar a sus compañeros? Se lo he advertido. En la hora del recreo se quedará usted en clase repasando los ríos y sus afluentes hasta que se los conozca como si del mejor hidrógrafo de España se tratara. ¿Estamos?

Pedro asintió con la cabeza baja.

—¡¿Estamos!?

—Sí, don Sabino, estamos.

«Estamos». Era su expresión favorita. La usaba con frecuencia y era motivo de chanza entre los alumnos cuando jugaban a imitarlo. Uno de ellos hacía de maestro y los demás de pupilos, intercambiándose los roles e imitándose unos a otros, como en un teatrillo. Por supuesto, nunca lo hacían durante el recreo, no fuera a ser que don Sabino, que los vigilaba con poca discreción, fuera a descubrirlos y castigarlos. Lo hacían por las tardes, o el fin de semana, alternándolo con otros juegos con los que ocupaban su tiempo libre.

A Pedro le dolió el castigo. Prefería salir al patio y jugar a las chapas con sus amigos que quedarse en clase aprendiendo Geografía. Don Sabino era buena persona, aunque muy estricto con los alumnos. Tenía que ser así si quería conservar la autoridad y que la clase no se desmadrara. No era sencillo enseñar a jóvenes de edades dispares, distintas capacidades y, sobre todo, diferentes actitudes.

Pedro se prometió a sí mismo que no volvería a ocurrir. No miraría atrás durante las clases, aun sabiendo que unos ojos no dejaban de observarlo. No obstante, lejos de incomodarlo, le hacía sentirse especial.

III.

El otoño era uno de los momentos más especiales del año en el valle. Los frondosos bosques de la zona mudaban la paleta de colores de sus hojas de las incontables tonalidades del verde a una colección fascinante de rojos, marrones, naranjas y amarillos. Los días se acortaban y el frío y la bruma comenzaban a asomar, como anticipando la llegada del invierno. Pero todavía algunas tardes eran cálidas y casi veraniegas, lo que la juventud del pueblo aprovechaba para darse los últimos baños en el río y pescar algo. Para ello, palpaban bajo las piedras más grandes del lecho del río, donde solían descansar las truchas. Si eras hábil, las podías coger con tus propias manos desnudas, aunque eran escurridizas y a menudo conseguían zafarse de las pequeñas *zarpas* de los chicos.

Pero si había un lugar que el otoño hacía destacar con un esplendor mágico, ese era la cercana Selva de Irati, un bosque del que se decía que era, después de la Selva Negra alemana, la segunda mayor extensión arbórea de Europa y el mayor hayedo del continente. Era tal la belleza de la explosión de colores que se producía en el bosque antes de la caída de la hoja, que venía gente de otros lugares de fuera de Navarra para ver aquel espectáculo.

Pedro, José y Txori[3] estaban en su rincón secreto del bosque. Los tres amigos solían ir allí con sus bicicletas. Pedro, con la ayuda de su hermano, había construido hacía tiempo una pequeña cabaña en una de las hayas del bosque, cuyas ramas principales nacían relativamente cerca del suelo. Utilizando tablones de madera, ramas de distintos tamaños y telas habían dado forma a un lugar donde refugiarse y soñar aventuras ambientadas en un futuro incierto.

Con el paso del tiempo David, hermano mayor de Pedro, había dejado de ir a la Cabaña, como ellos la llamaban. Su tío de Pamplona, con quien David compartía la fascinación por los

---

3 Pájaro

vehículos de motor, le había regalado una moto de segunda al cumplir los quince años, y aquello de jugar a las cabañas ya no era para él, decía. Sin la compañía de su hermano, la Cabaña no era lo mismo. Lo único bueno para Pedro fue que pudo heredar la destartalada bicicleta de David. No había dinero para una nueva. Fue entonces cuando Pedro mostró la Cabaña a sus dos amigos y, desde ese momento, se había convertido en su cuartel general, desde el que planeaban el asalto y la conquista del Mundo, que tendría lugar en algún futuro no muy lejano de fecha aún por determinar. Había sido a principios de verano, en una tarde de domingo calurosa como pocas, cuando Pedro llevó a José y Txori a la Cabaña por primera vez. Habían cogido sus bicicletas y recorrido los casi cinco kilómetros que separaban el pueblo de la Cabaña. Desde entonces, habían vuelto varias veces más, pero no era fácil zafarse de las obligaciones del trabajo, sus padres siempre encontraban algo con lo que mantenerlos ocupados.

Aquella tarde de viernes otoñal, los tres habían conseguido terminar sus tareas y habían *volado* en sus bicis hacia allí. José y Pedro eran de la misma edad, mientras que Ignacio, llamado Txori por ser pequeño y ligero como un pajarito, tenía un año menos que sus amigos. Eran inseparables.

José era el líder del grupo, el más fuerte físicamente y también el más atrevido. Era hijo de Marcio Astibia, el carpintero del pueblo. Tenía una hermana menor que él, Luisa, a la que hacía la vida imposible. Cinco años atrás, una enfermedad se había cobrado la vida de su hermano mayor y, desde entonces, Laura, la madre, se había sumido en una depresión de la cual empezaba a asomar la cabeza poco a poco. «Una madre nunca debería enterrar a un hijo. Eso es antinatura», repetía constantemente.

Txori era el tercero de cuatro hermanos, hijos de Santos Eguinoa y Arantxa Arregui, quienes regentaban el colmado del pueblo. Era habitual que Txori y sus hermanos tuvieran que ayudar en la tienda familiar. Pero los viernes por la tarde, sobre las cinco, la pareja dejaba que los hijos tuvieran unas horas libres para poder hacer su vida con los amigos del pueblo. Era el más listo de los tres. Sacaba buenas notas en el colegio sin esfuerzo. Su condición física enclenque le hacía ser espabilado y astuto como pocos. José decía que estaba así porque en su casa comían por orden y a él, por ser el tercero, nunca le llegaba comida suficiente. Pero la realidad era bien distinta y el pequeño Ignacio se las arreglaba muy bien para coger su ración correspondiente.

Por su parte, Pedro era un punto medio entre sus dos amigos. No era tan fuerte como José ni tan listo como Txori, pero nunca se podría decir de él que fuera débil o tonto. Tenía algo que ninguno de los otros tenía. Algo que no se podía medir o cuantificar, pero que hacía que la gente y los animales se sintieran bien en su presencia. Era el pegamento que unía firme y sólido la amistad de los tres. Tenía algo especial.

—Bueno, ¿nos vas a contar qué pasó el sábado en el monte? —dijo Txori.

—No hay mucho que contar... —respondió Pedro, fingiendo desinterés.

Había estado esperando con ansia ese momento.

—¡Pero serás *tontonegui*! ¡No te hagas el interesante con nosotros! —se ofendió José.

—¡No me hago el interesante, no te *fastibia*!

Eran habituales los juegos de palabras con sus respectivos apellidos para hacer chanzas los unos de los otros. Pero las bromas nunca llegaban lejos. A Pedro lo llamaban Andoni, recortando su apellido, o don Andoni, para hacerle rabiar, porque era el nombre en euskera equivalente a don Antonio, el párroco.

—Está bien —sentenció Pedro, y transportó a sus amigos al momento en que la cuadrilla echó a andar con la caballada en dirección al monte—. No habíamos caminado ni un kilómetro, cuando el *guía* dijo que había llegado el momento de separarnos...

...Primero iría él, después David, Pedro en el medio y, cerrando en grupo, los otros dos chicos, que rondarían los dieciséis años y ya tenían experiencia en las salidas. David, que intuía los nervios de su hermano, le puso la mano en el hombro.

—Estate tranquilo, todo va a salir bien. Si algo se tuerce, eres tú antes que los caballos. Yo andaré pendiente, ¿estamos? —dijo guiñándole un ojo.

La referencia a don Sabino le hizo sonreír y consiguió calmar sus nervios. Entonces, el *guía* echó a andar con su reata y, a los cinco minutos, David hizo lo propio. Por fin le llegó el turno a él. Respiró hondo, puso una mano en la frente del primero de los caballos y le susurró: «Ayúdame, chico». El caballo sacudió la cabeza arriba y abajo, como asintiendo, y Pedro comenzó su travesía. La pequeña caballada se puso en movimiento sin resistencia, como resignados a un destino que para ellos llegaba demasiado pronto. La escena, vista desde fuera, tenía un punto cómico: un pequeño hombre en ciernes guiando a cuatro magníficos ejemplares de caballo español hacia un destino cruel e infausto. La diferencia en tamaño era notable, pero el chico desprendía un aura no perceptible para la mayoría de sus congéneres, aunque sí para los equinos.

La incursión a través del monte hasta territorio francés, donde debían entregar a los animales, les llevaría prácticamente toda la noche. Las dos primeras horas de caminata habían transcurrido sin problemas. Hicieron un alto en el camino y se reagruparon para abrevar a los caballos y comer algo. Desde donde estaban, se divisaban algunas luces en las pocas casas que componían el pueblo de La Factoría, llamado así por una fábrica de munición que descansaba sobre una consecución de arcos de piedra a lo largo de un tramo del río Irati. En La Factoría vivía la *Amona*[4] de Pedro y David, madre de su *Aita*, en una casa en la que pasaban mucho tiempo los dos junto con Maritxu, la menor de los tres hermanos.

—¿Todo bien, Píter? —La voz de su hermano lo trajo de vuelta al presente.

David sabía cómo y cuándo utilizar sus expresiones de complicidad para romper la tensión o hacerlo reír. Píter era el apelativo cariñoso que usaba con él su tío Enrique, el Americano. David era extrovertido, con gran sentido del humor y una visión optimista de la vida que a Pedro, mucho más reservado, le fascinaba. Adoraba a su hermano, un auténtico líder natural. Pedro asintió, dibujando una media sonrisa.

---

4 Abuela

—Lo estás haciendo muy bien. Estoy orgulloso de ti —añadió David.

El *guía* los reunió a todos.

—De momento vamos bien. Parece que la noche está tranquila, pero no debemos fiarnos. Subiremos por el camino de Txarno hacia el Alto de Urkulu y nos desviaremos a la derecha bosque a través para cruzar la muga cerca de la Cueva de Arpea y entregar los caballos en la Borda de Attaupe. Estad atentos a la montonera en el camino; ese será el punto para desviarse a la derecha. Aún tenemos algo más de dos horas de camino, así que en marcha.

Con *montonera* se refería a un grupo de piedras o ramas amontonadas que usaban en las salidas como hitos en el camino en los que se producían desvíos. El *guía* se acercó a Pedro y le dio una amistosa palmada en el hombro.

—¿Cómo vas, muchacho?

—Voy bien. Los caballos ayudan.

El *guía* sonrió complacido y reanudó la marcha con su reata. En intervalos de cinco minutos que controlaba el último del grupo, uno a uno fueron adentrándose en el bosque por el camino que les conduciría hacia la muga, la frontera con Francia. Había varios caminos que se utilizaban para las salidas, así como varios puntos de entrega. Se elegían en función de las condiciones de visibilidad; en lunas llenas, caminos menos expuestos, mientras que, en lunas nuevas, caminos con menos bosque. Había tantas opciones, que la Guardia Civil no disponía de medios y efectivos para cubrir todas las rutas. Por lo general, una pareja de guardias cubría una de las rutas, y no todas las noches. Había épocas en las que no patrullaban, mientras que en otras intensificaban la vigilancia en la zona. En verano se habían mostrado bastante activos; sin embargo, a partir de septiembre había descendido notablemente su presencia en los bosques. En cualquier caso, toda precaución era poca. Siempre poca.

En un momento de la marcha, el *guía* tomó varias piedras del camino e hizo un pequeño montón para marcar el punto donde la comitiva debería abandonar la senda y continuar bosque a través. Al llegar a la montonera, David guio a su reata fuera del camino, siguiendo las pisadas de la caballada que los precedía. No se dio cuenta de que el último caballo de su reata había pisado y deshecho el montón de piedras. Pedro guiaba a los animales atento al camino, buscando el punto en el que habrían de desviarse y no se percató de lo que había sido la montonera, y continuó con buen paso por el sendero en busca de la marca. De pronto, el primer caballo de la reata paró en seco. Pedro tiró de él, pero no se movió. Sacudió la cabeza a izquierda y derecha, como queriendo decir no. Pedro no entendía lo que pasaba y empezó a ponerse nervioso.

—Vamos, chico, no me hagas esto —susurró Pedro, casi rogando.

Pero el caballo parecía no tener intenciones de moverse. En eso que empezó a ladear la cabeza a su derecha y a emitir un relincho ronco. Pedro le chistó para que callara y le pasó la mano por la frente, aproximándose a él. El caballo, con un movimiento brusco de cabeza, apartó al chico hacia la derecha, expulsándolo del camino. Pedro trompicó unos pasos hacia atrás sorprendido y, en ese momento, pisó un grupo de piedras que bien podrían haber formado una montonera. Estaba empezando a atar cabos cuando a su altura llegó Tomás, el cuarto del grupo.

—¿Qué pasa, Pedro?

—No sé. Este caballo se ha parado y no quiere continuar. Me ha empujado fuera del camino y he visto este grupo de piedras. ¿Crees que podría ser la montonera?

Tomás examinó el grupito de piedras.

—Yo diría que sí. Pero ¿no estaban amontonadas cuando tú llegaste?

—No. Ni siquiera las vi. Las he pisado cuando el caballo me ha empujado.

En ese momento Tomás, uniendo las manos en torno a su boca, emitió un sonido que imitaba el ulular de un búho, en dirección al bosque. Al instante, llegó de vuelta el mismo sonido procedente de la espesura. Tomás abandonó el camino, inspeccionando el suelo.

—Mira —dijo señalando la hierba con la linterna—, hay pisadas de cascos. Debemos continuar por aquí. Alguno de los caballos debió de derribar la montonera y David no se dio cuenta. Tu caballo nos ha salvado de una buena, chico.

Pedro miró al animal. Estaba oscuro y apenas se podía distinguir nada, pero creyó leer en sus ojos un gesto cómplice.

—Gracias, amigo. Te debo una —dijo Pedro, al tiempo que sacaba una zanahoria de su zurrón y se la daba.

Reanudó la marcha con su reata. Sentía un gran alivio y una gratitud casi infinita por aquel animal que lo había sacado de un buen aprieto. Extraviarse en aquellos montes, aunque los conociese bien, no habría sido la mejor de sus opciones. El resto del camino discurrió sin sobresaltos. Se sentía en deuda con aquel gran animal. Solo su presencia ejercía una poderosa sensación de protección. Pero no era solo eso. Había algo más. Como si sintiera una conexión directa con el caballo y este se comunicara con él en algo que no era una lengua. Tampoco era una sensación desconocida. Ya lo había experimentado antes con otros animales, pero en esta ocasión la *señal* era mucho más clara.

Un poco antes de la muga, el grupo se volvió a reunir. Tocaba abandonar la protección que suponía la espesura del bosque y atravesar una zona al raso, lo que entrañaba más posibilidades de ser vistos. Cerca de la frontera, además, se añadía el riesgo de ser interceptados por la *Gendarmerie* que, como sus homólogos españoles, se dedicaban a patrullar su lado del monte.

En esta ocasión, el *guía* les explicó que avanzarían en tres grupos. Él marcharía primero, los hermanos Andonegui a continuación y, por último, Tomás y Adolfo, al que llamaban Fito. Había que aligerar el paso. Tocaba después volver y querían hacerlo antes de que el cielo empezara a clarear. El *guía* volvió a repasar el itinerario que debían seguir a partir de ese momento y emprendió la marcha. Cinco minutos después, los hermanos tomaron sus reatas y echaron a andar hacia el collado donde estaba la muga, dejando atrás la protección del bosque. Pedro le contó a su hermano el incidente con la montonera. David echó un vistazo al primero de los caballos de la reata de su hermano, un precioso ejemplar de pura sangre. Siempre había admirado de Pedro esa sensibilidad que tenía con los animales y la naturaleza. Los hermanos eran muy distintos el uno del otro, pero complementarios a la vez. Hacían un buen tándem y se entendían bien. El mayor ejercía de líder y tenía gran ascendencia sobre el menor, mientras que este era más tímido y, solo en apariencia, más débil. No obstante, bajo esa fachada, Pedro escondía una auténtica fuerza de la naturaleza, serena, equilibrada y llena de intuición.

—La muga está ahí mismo —señaló David—. Una vez crucemos la frontera, no deberíamos de tardar más de veinte minutos en llegar a la Borda de Attaupe.

—David...

—Dime.

—¿Qué va a pasar con los caballos? —dijo Pedro con voz trémula.

—No quieras saberlo.

—Es algo malo, ¿verdad?

—Es algo... injusto —David tardó en encontrar la palabra.

—Ellos lo intuyen. Noto su nerviosismo. Pero es como si se *resingaran*.

La carcajada de David sobresaltó a Pedro.

—Se dice "resignaran", cenutrio.

—Eso. Ya me entiendes.

—Claro que te entiendo, Píter.

Continuaron caminando en silencio, sumidos en sus respectivos pensamientos. Pedro sentía la agitación de los animales y percibía cómo se iba contagiando de ella. Su respiración se aceleró y un nudo en el estómago empezó a formarse. Estaba a punto de decir algo cuando su hermano se detuvo y agarró su brazo, instándole a agacharse.

—Creo que hay alguien allí —siseó David—. Me ha parecido ver una luz.

Pedro sintió que su corazón se desbocaba.

—¿No será la borda? —inquirió, nervioso.

—No, nunca se encienden luces en la borda —replicó su hermano.

—¿Qué hacemos?

—Lo primero, mantener la calma.

—¿Serán los gendarmes?

David se llevó el dedo índice a los labios pidiendo silencio. Tenía que pensar rápido, estaban demasiado expuestos. Se movieron hacia una zona de árboles y aguardaron. David calculó el tiempo que habría pasado. Tomás y Fito no tardarían en llegar con el resto de los caballos. Entonces, serían presa fácil. Sintió que la adrenalina invadía su cuerpo, pero se obligó a mantener la calma y no tomar decisiones precipitadas. Las instrucciones eran claras: que no te pillen. Si hacía falta soltar la reata y salir corriendo, se hacía, pero eso siempre sería en última instancia. Miró en dirección hacia donde deberían aparecer sus compañeros. La luz de la Luna permitía ver en un radio de acción de cuatro o cinco metros, pero más allá todo eran sombras. Eso lo tranquilizó. No creía que pudieran haberlos visto desde aquella distancia. Se dirigió a su hermano.

—Voy a buscar a Fito y Tomás. Quédate aquí con los caballos. Volveré lo antes posible. Ya lo sabes, primero eres tú. ¿Estarás bien?

Su hermano asintió, nada convencido.

En aquel punto del relato, Pedro hizo una pausa intencionada y se fijó en las caras de sus amigos, que lo miraban boquiabiertos. Era otro de sus dones, el de contar historias, heredado tal vez de la *Amona*, que acostumbraba a relatar a sus nietos leyendas reales o inventadas cuando iban a su casa.

—¿Habéis oído eso? —preguntó Pedro.

Alzó la cabeza y miró a un punto en el infinito.

José y Txori salieron del trance.

—¡¿Oído qué!? —preguntaron los dos al unísono.

—¡Teníais que haberos visto las caras! —Pedro se desternillaba de risa a costa de sus amigos.

—¡La hospa! —se quejó Txori—. ¡Eso no se hace!

—Es para que lo viváis tal como yo me sentía en el monte.

—¿Y David te dejó allí solo? ¡Buah! ¡Yo me cago de miedo!

—¡Tú es que eres un *cagaina*! —le espetó José.

—¡Habló el Capitán Temerario! Mucha labia pero seguro que no te atreves a subir al monte de noche.

—¡Pues claro que me atrevo! Lo que pasa es que no me dejan.

—Vosotros no lo necesitáis —terció Pedro.

—¿Qué quieres decir? —preguntó José.

—Vuestras familias tienen negocios. Tu padre es carpintero y vosotros tenéis la tienda donde siempre compra la gente. Nosotros solo tenemos el campo y los animales, y no da para todos. Si no salimos al monte... —Pedro miró al suelo de la Cabaña, negando con la cabeza.

—¡Sigue contando, que me pierden los nervios! —Txori lo vivía como si él mismo hubiera sido de la partida.

Pedro retomó la historia, haciendo que sus amigos revivieran con él la salida nocturna.

—Después de unos minutos que se me hicieron horas, por fin apareció David acompañado de Tomás y Fito...

...Juntaron a los animales tras los árboles para que quedaran lo menos expuestos posible. Hasta ese momento, los caballos se habían comportado de manera impecable. Hicieron un corro para discutir los siguientes pasos. Hablaban en voz muy baja, casi susurrando.

—¿Qué hacemos? —preguntó Tomás.

—No tenemos mucho tiempo —replicó Fito—. Calculo que nos queda una hora de noche cerrada, no mucho más. Con el alba estaremos más expuestos. ¿Estás seguro de haber visto una luz, David?

—Estoy seguro.

—¿No podemos hacer el sonido del búho, como antes? —intervino Pedro.

—No solemos usarlo sin la protección del bosque.

Se hizo un momento de silencio. En ese instante, David exclamó:

—¡Ahí está otra vez! ¡Lo he vuelto a ver! Creo que son de los nuestros. Me ha parecido ver el código 2.

David se refería a una serie de códigos hechos con la linterna, que alternaban destellos cortos y largos. En concreto, el código 2 eran dos cortos y uno largo, a lo que había que responder con el código 1, dos largos y uno corto. Los códigos había que usarlos con cautela, porque podían revelar la posición del grupo. Antes de cada salida, se acordaba qué códigos se utilizarían en caso de necesidad, no repitiéndose nunca para que no pudieran ser replicados por los guardias.

—Hay que tomar una decisión, David —le conminó Tomás—. Se nos va el tiempo.

David dudaba. Se dio cuenta de que el hecho de que Pedro estuviera allí lo condicionaba a la hora de tomar la decisión.

—Esperaremos al siguiente código. No tardará mucho. Se estarán moviendo, así que debemos estar atentos.

La consigna era esperar quince minutos para volver a emitir un código que no había tenido respuesta. Y nunca emitirlo desde el mismo sitio que el anterior. Mientras tanto, Pedro se había acercado al primer caballo de su reata. Le acarició la gran cabeza y le susurró: «Dime, chico, ¿están allí los tuyos?». El animal sacudió la cabeza arriba y abajo un par de veces y señaló con el morro en una determinada dirección en la oscuridad. Pedro supo que de allí vendría el siguiente código. Se acercó a su hermano y le habló para que solo él lo oyera:

—Creo que están hacia allí...

—¿Cómo lo sabes?

—Lo sé.

En ese preciso momento, dos destellos cortos y uno largo atravesaron la noche desde el punto señalado por Pedro.

—¡Son los nuestros! —exclamó David al tiempo que emitía con su linterna el código respuesta.

Desde la distancia llegó el código de confirmación. Así que cada uno tomó su reata de caballos y se pusieron en marcha en aquella dirección. David zarandeó a su hermano en señal de aprobación y este, a su vez, acarició el cuello de su gran amigo. «Gracias otra vez, chico».

Habían avanzado un kilómetro cuando el *guía* salió a su encuentro:

—¡Muchachos! ¡Qué alegría veros!

—¿Qué ha pasado? ¿Por qué no estáis en la Borda? —inquirió David.

—Los franceses que tenían que recoger los caballos me han interceptado un par de kilómetros antes de la Borda. Parece ser que los gendarmes han estado merodeando por allí y han tenido que cambiar de planes. Nos esperan detrás de esa roca con mi reata. Entregad las vuestras. Y vámonos a casa, chicos.

Todos respiraron aliviados y entregaron los animales. Pedro tenía sentimientos encontrados. Por un lado, deseaba volver a casa y descansar, demasiadas emociones fuertes para su primera salida. Pero también le entristecía separarse de aquel gran animal con el que había conectado de una manera especial. La energía que transmitía aquel caballo le reconfortaba de una forma que solo otra persona conseguía: la *Amona*.

—¿Habéis oído eso? —Pedro volvió a lanzar la pregunta al aire.

—¡Ya te vale, Andoni! —se quejó Txori.

—Esta vez es en serio. ¡Escuchad!

Un rumor sordo y lejano se acercaba hacia ellos. Los tres amigos se miraron mientras percibían un claro sonido de motor, hasta que finalmente apareció David con su moto a toda velocidad.

—¡Pedro! ¡Llevo dos horas buscándote! ¡Sube!

—¿Y la bici? —contestó Pedro bajando de la Cabaña.

—Que la lleven estos —David señaló con un ademán de cabeza—. ¡Vamos, no hay tiempo que perder!

Pedro se montó en la moto y lanzó una mirada desconcertada a sus amigos al tiempo que su hermano arrancaba como una exhalación. Solo en una ocasión anterior había visto esa mirada en David, y los días que siguieron no fueron precisamente los más felices de su vida.

IV.

La puerta de la habitación de la *Amona* se abrió por fin. Por ella salieron el doctor Zunzunegui y su asistente. Toda la familia estaba congregada en el cuarto de estar, esperando noticias.

—Hay que llevarla a Pamplona, Salvador —dijo el doctor, dirigiéndose a *Aita*—. Yo no tengo medios aquí para tratarla.

—¿Qué tiene, Julio? —La cara de preocupación de *Aita* era evidente.

—No lo sé a ciencia cierta. Me preocupan el tono de la piel y los ojos —dijo cogiendo a Salvador del brazo y haciendo un aparte con él y *Ama*—, y también el golpe en la cabeza. Deben hacerle pruebas para un diagnóstico preciso. Voy a llamar a un médico de la capital amigo mío que os atenderá con urgencia.

—¿Qué tipo de médico? —preguntó *Ama*.

—Es el mejor oncólogo que conozco. Estaréis en buenas manos.

Siguieron hablando en voz baja unos minutos, tras los cuales el doctor Zunzunegui recogió sus cosas y se dispuso a salir de la casa. En ese momento notó que alguien le tomaba la mano derecha. Miró a ese lado sin ver a nadie y, entonces, bajó la cabeza y descubrió unos grandes ojos negros que lo miraban de manera suplicante.

—¿Se va a poner buena la *Amona*? —preguntó Maritxu.

—Claro que sí, pequeña, para eso estoy yo aquí —respondió el doctor con una sonrisa—. ¿Eres tú quien ha avisado de que tu abuela estaba malita?

Maritxu asintió.

—Has sido muy valiente. Gracias a ti, la *Amona* está todavía con nosotros.

—Entonces ¿no se ha desmayado por mi culpa?

—No —sonrió el médico—. Los sustos de los nietos no matan abuelos. En todo caso los disgustos, pero yo sé que tú eres una *neska*[5] muy buena.

---

5 Chica

La niña se abrazó con fuerza al regazo de aquel hombre que había conseguido con una frase arrancar de cuajo el sentimiento de culpa que tenía. La *Amona* y ella habían comido solas en la casa, riendo y haciendo bromas, como siempre. Después de comer, habían recogido los platos y cubiertos y la *Amona* se dispuso a fregar. Cuando estaba en plena faena, Maritxu se acercó a ella por detrás sigilosamente y le dio un susto. La *Amona* pegó un respingo y se dio la vuelta buscando a la causante.

—¡Pero serás mocosa, chiquilla! ¡Mira que tengo una sartén en la mano y como te pille...!

Comenzó a perseguir a la nieta por la cocina, mientras reía viendo cómo su abuela simulaba enfado. Era un juego habitual entre ambas. De pronto, la *Amona* se apoyó en el respaldo de una silla. Una punzada de dolor había atravesado su cuerpo como un rayo. La nieta, pensando que la *Amona* fingía, se acercó a ella para hacerle cosquillas. Entonces cayó con todo el peso de su cuerpo golpeándose la cabeza con el suelo cerámico de la cocina. Maritxu se quedó muda, como hipnotizada, mientras la sartén bailaba sobre las baldosas hasta quedar quieta. En ese momento, se dio cuenta de la gravedad de la situación y comenzó a zarandear a su abuela. Al ver que esta no respondía, estalló en un llanto desconsolado. Reaccionando con unas fuerzas que no supo decir después de dónde habían salido, corrió a la calle y comenzó a gritar y a llamar a las puertas de los vecinos.

—¡Socorro! ¡La *Amona* se ha desmayado! ¡Ayuda!

Varios vecinos, alertados por los gritos, salieron a la calle y entraron en la casa para ver qué sucedía. Afortunadamente, en un pueblo tan pequeño como aquel, los vecinos habían recibido formación en primeros auxilios por parte de una enfermera venida de Pamplona. Se habían establecido protocolos de actuación: mientras unos atendían a la persona herida o enferma, otros avisaban a la Guardia Civil y al médico de la zona desde el único teléfono existente en la casa comunal. Alguien preguntó si no debían avisar también a don Antonio, pero se descartó la opción. Comprobaron, no sin alivio, que la *Amona* estaba recuperando la consciencia poco a poco y parecía estar orientada, a pesar del fuerte dolor de cabeza que sentía. Maritxu, hecha un ovillo en un rincón de la estancia, observaba la escena con ojos llorosos. Junto a ella estaba Lagun[6], el viejo mastín de la abuela, que había perdido la vista hacía tiempo, pero intuía que algo no iba bien.

No habían pasado ni veinte minutos, cuando el sargento Castrejana llegó en su Land Rover con el cabo Fermín Losada, Salvador Andonegui y su mujer. Habían enviado a David a buscar a Pedro para que fueran lo antes posible a casa de la *Amona*. «No vaya a ser...», fue lo último que le había dicho *Aita* antes de montarse en el todoterreno. El doctor Zunzunegui no tardó en llegar a la casa. Para entonces habían acostado a la *Amona* en su cama y aplicado frío en la zona donde se había golpeado la cabeza, tal como el doctor les indicó por teléfono. Zunzunegui sacó a todos de la habitación y cerró la puerta para examinar con calma a la *Amona*. Solo su asistente permaneció también en el dormitorio.

Un sonido de motor aproximándose quebró el silencio que reinaba en aquella sala de estar. Los vecinos ya habían vuelto a sus casas y solo quedaban la familia y los dos guardias civiles, cuando los hermanos irrumpieron en la habitación.

—¿Cómo está la *Amona*? —preguntó David mientras Pedro se abrazaba a su madre.

—No lo sabemos —contestó *Aita*—. El doctor aún está con ella.

—¿Qué ha pasado? —inquirió Pedro.

Entonces *Ama* reprodujo lo que Maritxu les había contado. Pedro se acercó a su hermana pequeña.

—¡Pero qué valiente eres, Mari! —dijo abrazándola.

Ella negó con la cabeza, sollozando.

—Ha sido culpa mía. La asusté y se desmayó.

—Mari, la gente no se desmaya de un susto. Esperemos al doctor para saber qué ha pasado —intentó tranquilizarla su madre.

—¿Por qué habéis tardado tanto? —*Aita* se dirigió a los hermanos—. ¿Dónde estabas, Pedro?

---

6 Amigo

—Estaba con José y Txori en la Cabaña. Es la única tarde que no trabajan y podemos juntarnos allí.

—Está bien. Pero la próxima vez avisa de dónde vas. —El tono serio y la voz grave del *Aita* no dejaban dudas sobre su disgusto.

Pedro asintió, bajando la cabeza. La tensión en la habitación era palpable. La *Amona* era una pieza fundamental en aquel clan. Había tomado el relevo del *Aitona*[7] como cabeza de familia después de que este falleciera en extrañas circunstancias hacía unos cinco años, lo que había supuesto un duro golpe para la familia Andonegui, sobre todo para David, que estaba íntimamente unido a su abuelo. El *Aitona* había muerto durante una batida de caza en el monte por causa de un disparo aparentemente fortuito, del que nunca se supo la procedencia. Tampoco la Guardia Civil se esmeró demasiado en esclarecer el suceso, lo que enrareció aún más la relación, ya tensa de por sí, entre Salvador Andonegui y el sargento Antúnez. Las cosas, sin embargo, habían cambiado mucho con la llegada de Castrejana. La relación entre las familias era muy buena. El sargento, que había avisado a Salvador y Anamari del percance de la *Amona* y los había llevado en el Land Rover, permaneció con los Andonegui. Esperó hasta que el doctor hubo salido con noticias para la familia. Una vez que el médico abandonó la casa, Castrejana se acercó a Salvador.

—Tenemos que volver al pueblo —le dijo con tono amistoso—. Estaré pendiente. Avísame con cualquier cosa.

—Gracias, Agustín —contestó *Aita*—. No sé cómo agradecerte todo esto.

—No tienes que agradecerme nada. Es mi deber. Aunque no lo hago solo por eso… —dijo, dándole un amistoso apretón en el brazo —. Lo dicho, para lo que necesitéis.

En ese momento, se le acercó Anamari:

—Agustín, nos vamos a quedar aquí con la *Amona*. Con las prisas no hemos cogido nada. ¿Puedes decirle a Teresa que nos prepare un bolso con algo de ropa y cosas de aseo?

---

7 Abuelo

—Claro que sí, Anamari, el cabo Méndez os acercará las cosas en cuanto estén listas.

—Gracias, Agustín, de verdad.

Los guardias abandonaron la casa y retornaron al pueblo, dejando a los cinco de la familia al cuidado de la *Amona*. El doctor Zunzunegui les había dicho que la dejaran descansar lo más posible, pero que podían pasar a verla. Los cinco entraron al dormitorio y se la encontraron dormitando.

—Cuidad de la *Amona* —dijo Anamari—. *Aita* y yo tenemos que hablar.

Salieron de nuevo al cuarto de estar, que era el espacio principal de la casa y desde el que se accedía al resto de estancias. En una esquina había una escalera que comunicaba con el pajar, que tenía acceso desde el exterior a través de una especie de rampa desde el camino trasero de la casa. Ese pajar había sido el cuarto de juegos de los tres nietos, que lo pasaban en grande con el forraje que allí se almacenaba. La cara de Anamari denotaba su honda preocupación cuando le dijo a su marido:

—¿Cómo vamos a pagar el tratamiento de la *Amona*, Salvador?

—No lo sé. Tendremos que poneros a Maritxu y a ti a pasar caballos.

Anamari lo miró horrorizada y abrió la boca para protestar, cuando Salvador se llevó el dedo índice a los labios en señal de silencio y con la otra mano le hizo un gesto a su mujer para que lo siguiera. Subieron al pajar y Salvador la condujo a una zona llena de aperos de labranza y herramientas, muchas de las cuales presentaban un estado de oxidación avanzado. Pasando la mano por el lateral del banco de trabajo, accionó una palanca oculta que produjo un chasquido. Con una palanqueta, levantó una trampilla que había quedado liberada en el suelo y que habría resultado invisible a ojos de quien no buscara con intención. Del hueco bajo la trampilla, sacó una especie de cofre y lo abrió, mostrando a su mujer el contenido. Anamari no podía creer lo que veían sus ojos: El cofre estaba repleto de joyas y dinero en billetes, cuidadosamente doblados y sujetos con gomas. Miró a su marido con ojos sorprendidos.

—Jamás vi a tu madre lucir ninguna de estas joyas. ¿De dónde han salido? ¿Y todo ese dinero?

—Hay joyas que pertenecen a la familia desde hace muchas generaciones. Otras las compraba ella cuando iban a Pamplona o a Francia, pero nunca para lucirlas, sino como inversión. O para emergencias, como esta. Parte de este dinero se lo he ido dando yo de las salidas al monte.

—Con razón la *Amona* repetía siempre...

«En época de vacas gordas, ata el saco», dijeron ambos al unísono. Y sonrieron, ya más relajados. Aunque el asunto económico ya no fuera un problema, la salud de la *Amona* sí lo era, y no saber el alcance de su estado les preocupaba mucho. Anamari vio cómo una sombra se instalaba de nuevo en el rostro de su marido. Hasta sus ojos azules claros parecían haberse vuelto de un oscuro inquietante.

Volvieron a colocar todo en su sitio y bajaron a la planta inferior. Cuando entraron en el dormitorio, vieron que la *Amona* ya se había despertado y reía con las ocurrencias de sus nietos. La pequeña Maritxu se había tumbado junto a ella en la cama y la abrazaba. Al ver entrar a su hijo y su nuera, los miró con ojos inquisitivos. Anamari llamó a sus hijos:

—Vamos, niños. ¿Qué os parece si preparamos un chocolate caliente y tostamos pan?

—¡Sí! ¡Chocolate! —Maritxu saltó de la cama como un resorte—. ¡Me pido hacerlo yo!

Salvador cerró la puerta y se sentó en el borde de la cama.

—Dilo sin rodeos, hijo. No estoy para perder el tiempo.

Salvador miró a los ojos a su madre y reunió las fuerzas necesarias para darle la noticia:

—El doctor Zunzunegui cree que tienes cáncer, *Ama*, dice que hay que llevarte a Pamplona a que te vea un oncólogo. —A Salvador se le quebraba la voz.

—¿Qué clase de cáncer?

—Hígado. Te tienen que hacer pruebas para ver si se ha extendido a más órganos.

—O para comprobar que no tengo nada. Los médicos también se equivocan y Julio precisamente falla más que una escopeta de feria. Acuérdate el año pasado con la Felisa. También dijo que era un tumor y al final era apendicitis. Se hace mayor y chochea.

—Como tú... mor —dijo Salvador guiñándole un ojo. El humor era una de sus armas para combatir el nerviosismo.

—Mira, Salvador Jesús Andonegui Arive, estoy mayor y enferma, pero todavía te puedo arrear con la correa.

—Odio que me llames por mi nombre completo.

—Lo sé, por eso lo hago.

—Eres un caso, *Ama*. Bueno, tengo que arreglar el traslado a Pamplona. Espero que la ambulancia venga mañana sábado a llevarte. No sabemos el tiempo que estarás. Le digo a Anamari que te ayude con la maleta.

—Está bien.

Salvador se disponía a salir cuando su madre lo llamó.

—Dile a Pedro que venga. Quiero hablar con él.

V.

No habrían pasado ni diez minutos desde que entraron en casa, cuando alguien llamó a la puerta con insistencia. Era ya tarde. La ambulancia se había llevado a la *Amona* y a Salvador a Pamplona hacía una hora, y el resto de la familia volvió a casa con Lagun. Anamari abrió la puerta y se encontró a los Castrejana al completo.

—Hemos visto luz y venimos a ver cómo estáis. Las niñas os han hecho un bizcocho —dijo Teresa.

—¡Oh, no teníais que haberos molestado! —respondió Anamari—. Pero se agradece mucho. Pasad.

Los Castrejana llenaron de algarabía y olor a bizcocho el cuarto de estar de los Andonegui. Anamari, Teresa y Agustín fueron a la cocina para hablar tranquilos y preparar leche con cacao para los niños. David se fue a su habitación, mientras que Maritxu sacó sus muñecas y se puso a jugar con Candela y las mellizas. Luna se acercó a Pedro.

—¿Cómo está tu abuela?

—Supongo que bien —Pedro se encogió de hombros.

—Oye, a mí puedes contármelo todo. Es bueno contar las cosas y no quedárselas para uno mismo, que luego salen úlceras. Me lo ha dicho mi madre.

—Está bien. La verdad es que no sabemos qué tiene. Se la han llevado a Pamplona para hacerle unas pruebas de no sé qué... *Aita* dice que lo peor es no saber. Pero... —Pedro agachó la cabeza.

—¿Pero? —inquirió Luna.

—Pero yo sé.

—¿Qué sabes?

Pedro miró a ambos lados para asegurarse de que nadie lo oyera. Aun así bajó el tono de voz.

—Yo sé que la *Amona* tiene un bicho malo dentro. Lo he visto, y ahora no me lo puedo quitar de la cabeza.

—¿Cómo que lo has visto?

—Prométeme que esto no se lo vas a contar a nadie. Pero a nadie.

—Te lo prometo. Soy la mejor guardando secretos.

Luna tenía razón. Sentía la necesidad de sacar lo que tenía dentro desde la conversación con la *Amona* en la habitación, pero no quería preocupar a nadie de su familia, así que rememoró con Luna el diálogo mantenido con su abuela unas horas antes:

—Pedro, maitia[8], *siéntate a mi lado.*

—Sí, Amona.

—¿Sabes por qué te he mandado llamar?

Pedro negó con la cabeza.

—Sí lo sabes, brujo. Tú has heredado mis... dones, pero aún no te lo crees del todo. Ves y sientes cosas que no sabes explicar, ¿me equivoco?

Volvió a negar con la cabeza.

—Quería haberte hablado de ello con calma y enseñarte para qué sirven esos dones y cómo los puedes utilizar para ayudar a otros. Nunca deben ser utilizados para hacer el mal, aunque hay gente que así lo hace. Pero ahora el tiempo no corre a mi favor, me temo.

La Amona guardó silencio unos instantes, como buscando las palabras adecuadas.

—Tengo que pedirte un gran favor, maitia. Yo no puedo usar mis dones conmigo misma. Sé que lo que te voy a pedir podría causarte alguna pesadilla, pero yo necesito saber, Pedro. ¿Estás dispuesto a hacerlo por mí?

Pedro asintió. Haría cualquier cosa por ella.

La Amona sonrió y puso una mano en la mejilla de su nieto. La conexión con él había sido poderosa desde que nació. Quería mucho a todos sus nietos, incluso a las de Pamplona, a las que apenas veía, pero Pedro era distinto.

—Está bien. Necesito que cierres los ojos y te conectes conmigo, como cuando jugábamos a leernos la mente. Yo guiaré tu mano y tú solo has de dejarte sentir, ¿de acuerdo?

Asintió, cerrando los ojos. Ella cogió su mano y el chico sintió una oleada de emociones: preocupación, tristeza, angustia...

---

8 Cariño

pero también una sensación de calma serena. La Amona dirigió la mano del nieto hacia su corazón y él notó calor y un amor intenso que iluminó su cara. Era una sensación maravillosa. Poco a poco, la Amona llevó su mano hacia el abdomen, hasta que la posó en un costado. De pronto, Pedro retiró la mano con un gesto brusco y abrió los ojos. No hizo falta decir nada. El chico no pudo reprimir las lágrimas y se abrazó a su abuela con fuerza. «Lo siento, lo siento», repetía.

—Tranquilo, maitia. Ven, túmbate un rato a mi lado. Me hará bien sentirte cerca. Pedro, tengo que pedirte otro favor, pero este te compensará por lo que te he hecho pasar.

—¿Qué favor? —preguntó Pedro sollozando.

—Necesito que cuides de Lagun *mientras yo no esté. No se me ocurre nadie mejor que tú para hacerlo. ¿Me lo prometes?*

El nieto asintió, antes de quedarse dormido junto a su abuela.

—¿Y cómo es eso que viste? —se interesó Luna.

—No es lo que vi. Es lo que sentí.

—¿Qué sentiste?

—Frío y miedo. Mucho miedo.

—Miedo, ¿de qué?

En ese momento, los adultos entraron en la sala de estar desde la cocina con una bandeja llena de tazas con cacao humeante y bizcocho.

—¡*Mutilak*[9]! ¡Venid a tomar el chocolate antes de que se enfríe! —exclamó Anamari.

Todos corrieron a sentarse en la mesa del comedor, una recia estructura de madera fabricada por el padre de José y que resistía el paso del tiempo y del ajetreo familiar con gran entereza. Marcio Astibia era un excelente carpintero, muy apreciado no solo en el pueblo, sino en las aldeas cercanas. Su fama había traspasado incluso la frontera y, de vez en cuando, se acercaban de la vecina Francia a encargarle piezas especiales.

Luna enarcó las cejas y meneó la cabeza en un gesto de apremio hacia Pedro, como diciéndole «sigue contando», pero este

9 ¡Niños!

le devolvió un gesto de resignación. «Luego te cuento», dijo moviendo los labios sin emitir sonido alguno. A Anamari no se le escapó el intercambio de gestos entre los dos y se las apañó para que no se sentaran juntos. Los Castrejana hicieron por que la conversación fluyera hacia temas que nada tuvieran que ver con el estado de la *Amona*, cosa que Anamari agradeció enormemente. De pronto se dio cuenta de que faltaba David y fue a buscarlo a la habitación que compartía con su hermano. Lo encontró tumbado en la cama, hecho un ovillo.

—David —susurró—. ¿No te apetece venir con los demás a tomar chocolate caliente? Creo que te sentará bien.

—No, *Ama* —lo oyó sollozar—, prefiero quedarme aquí.

—¿Te preocupa que los vecinos te vean llorar?

—¡No estoy llorando! ¡Déjame!

—Está bien. Como quieras. Te guardaré un poco de chocolate y bizcocho para que lo tomes después tranquilo.

Al volver al cuarto de estar con el resto, vio cómo Maritxu y las mellizas jugaban a pintarse bigotes con el chocolate, mientras reían despreocupadas. Teresa y Agustín conversaban con Pedro y Luna sobre las clases de don Sabino y lo exigente que era con los alumnos.

—Como debe ser —intervino Anamari—. Los niños necesitáis disciplina para convertiros en personas de provecho. Aquellos que no acatan la disciplina desde pequeños se vuelven ingobernables y maleantes. Menos mal que tenemos a Agustín y los suyos para que el orden impere en este pueblo.

—Bien dicho —apostilló Agustín mirando a su esposa y después a Anamari.

Esta deseó que su intervención no hubiera sonado demasiado exagerada. Lo último que quería era que Agustín sospechase que en aquella casa se estaban cometiendo actos al margen de la ley.

—Bueno, creo que los Andonegui necesitarán descansar. Han sido dos días muy intensos para todos —dijo Teresa—. ¡Chicas! Limpiaos la cara y recoged vuestras cosas que nos vamos.

—¡No, mamá! —exclamó Laura—. Nos lo estamos...

—¡Laura! —La voz grave de Agustín resonó en la estancia—. ¡Haz caso a tu madre!

—Sí, padre.

Las dos familias se despidieron en la puerta de la casa.

—¿Cómo está David? —le susurró Teresa a Anamari.

—Bien, se le pasará. Creo que todo esto de la *Amona* le ha revuelto por dentro y le ha hecho recordar lo que pasó con el *Aitona*. Gracias por todo, de verdad.

—Ya sabes que estamos para lo que necesitéis —dijo Teresa, abrazándola.

VI.

Como cada domingo, la familia se preparó para ir a misa de doce. Era un ritual ineludible, el acontecimiento social de la semana en el pueblo junto con los partidos de pelota que se organizaban de vez en cuando en el frontón. Ese domingo, sin embargo, la atmósfera en la casa de los Andonegui era pesada y triste. La preocupación por el estado de la *Amona* hacía mella en cada uno a su manera. Anamari se esforzaba por animar a sus hijos, pero solo Maritxu parecía responder a sus intentos. Los chicos permanecían silenciosos, abstraídos cada cual en sus pensamientos.

—*Ama*, ¿por qué tenemos que ir a misa? —David estaba visiblemente tenso—. ¡Yo no quiero ir! ¡Seguro que estarán todas las viejas del pueblo cuchicheando y hablando de nosotros!

—¡David, *mesedez*[10]! —imploró su madre—. ¡Eres el hermano mayor y deberías dar ejemplo!

Se dio cuenta de que aquellas formas no harían más que aumentar la tensión y bajó la voz, usando un tono que sabía modular para calmar a sus hijos, sobre todo al mayor, el más impulsivo de los tres.

—A mí tampoco me apetece ir, *maitia*, pero será peor si no vamos. Debemos mostrar la mayor naturalidad posible y poner nuestra mejor cara. Los chismes nunca acabarán. Es lo que tienen los pueblos pequeños, para bien y para mal. Pero también hay gente que muestra su cariño y apoyo. Es por ellos por quien debemos ir. Y también porque somos buenos cristianos y hoy más que nunca hay que pedir a Dios que la *Amona* se cure.

—Yo quería haber rezado toda la noche, pero… me quedé dormida —sonrió tímidamente Maritxu.

—Seguro que Dios te escuchó, Mari, yo también le recé muy fuerte —dijo Pedro.

—¿Cómo sabes que nos escucha?

—Porque Dios lo escucha todo y lo sabe todo. Eso dice don Antonio.

10 Por favor

—Vamos, chicos, es hora de irnos. Ya suenan las campanas. Coged los abrigos.

Los cuatro se dirigieron a misa y alcanzaron la parroquia justo en el momento en que las campanas dejaban de repicar. Señal de que la ceremonia estaba a punto de comenzar.

Al entrar, Pedro notó cómo las miradas se posaban sobre ellos. No le gustaba nada sentirse el centro de atención, así que agradeció que don Antonio iniciara el ritual dominical. Pero no escuchaba. Su cabeza estaba con su abuela y con aquello que sintió al poner su mano sobre ella. Pidió a Dios que la curara, lo hizo con todas sus fuerzas, prometiéndole que, si la curaba, se portaría bien siempre y se haría monaguillo. No sabía qué más podía ofrecerle.

Terminada la celebración, los vecinos fueron abandonando el templo y dirigiéndose al bar, a sus labores, o se quedaron en corros hablando de manera distendida. Varios vecinos se acercaron a los Andonegui para interesarse por el estado de salud de la *Amona*, pero a todos decían lo mismo: «Aún le tienen que hacer pruebas». En ese momento, don Antonio salió de la sacristía por la puerta lateral y se acercó a Anamari. Posando sus manos en los hombros de ella, le dijo:

—Anamari, quiero que sepas que rezaré mucho por que Sagrario se recupere y pueda volver con nosotros lo antes posible.

—Gracias, padre.

—Si necesitáis alivio para el alma, estaré en la casa parroquial.

—O en el bar —dijo David en voz baja mientras don Antonio se alejaba.

—Shhhhhh... —le reprendió su madre más en broma que en serio.

Don Antonio era un buen hombre y un buen párroco. Se preocupaba por sus feligreses y ayudaba más allá de sus obligaciones eclesiales. Sin embargo, su relación con Dios era tan tortuosa como su relación con el vino, cuestión que le había valido más de una reprimenda desde el arzobispado de Pamplona por su comportamiento impropio, lo que había obligado al alcalde a intervenir para templar los ánimos.

Pedro aprovechó el momento para hacer un aparte con José y Txori.

—¡A las dos te quiero en casa a comer, Pedro Andonegui! —dijo Anamari.

—Sí, *Ama*.

En ese preciso momento comenzó a llover y los tres amigos corrieron a resguardarse en los soportales del viejo Ayuntamiento.

—¿Qué le ha pasado a tu...? —Txori se quedó con la palabra en la boca.

—Si vamos a hablar de mi abuela, me voy —le interrumpió Pedro—. ¿Qué hicisteis con mi bici?

—Está en mi casa —respondió José—. No veas qué gallinero montamos para traer las tres bicis entre los dos. Primero lo intentamos montados en nuestras bicis y sujetando la tuya cada uno con una mano, pero en la cuesta de Venancio nos pegamos una buena piña...

—¡Mira! —dijo Txori mostrando las palmas de sus manos con rasguños propios de una caída.

—Así que al final tuvimos que traerlas andando y llegamos a casa de noche.

—¡Menuda bronca me cayó!

—Bueno, lo siento... —Pedro se excusó con sus amigos.

—¡Qué! ¡No tienes que sentir nada! —exclamó Txori—. ¿Para qué están los amigos, si no? Además, cuando les conté lo que había pasado y luego se enteraron de lo de tu *amona*, me dijeron que era un héroe y me dieron la paga.

Los tres amigos rieron de buena gana.

En ese momento, los Castrejana pasaron con sus paraguas por la plaza camino de casa y Luna y Pedro cruzaron sus miradas, hecho que no pasó inadvertido para Txori, que inquirió a su amigo en cuanto la familia pasó de largo.

—Oye, Casanova, ¿qué pasa con Luna?

—¿Qué pasa con Luna?

—Eso digo yo, ¿qué pasa con Luna?

—No pasa nada con Luna. ¿Por qué lo preguntas?

—A ver, no hay que ser detective para darse cuenta de las miradas que te echa. ¡Y tú a ella!

—No sé de qué me hablas —Pedro se encogió de hombros—. Bueno, me voy. Nos vemos mañana.

—¡Pero si tu madre te ha dicho que vayas a las dos!

—Ya, pero me acabo de acordar de que tengo que sacar a Lagun antes de comer porque, si no, se caga en casa.

—¿Y tu bici? —preguntó José.

—¡Mañana, después de clase! —sentenció Pedro y echó a correr, perdiéndose en las callejuelas bajo la lluvia.

—¿Tú *pa* qué le preguntas nada si sabes que es más *cerrao* que una ostra? —le espetó José a Txori.

—No sé... tampoco es para tanto —se defendió el pequeño.

Pedro llegó a casa corriendo. Por suerte la lluvia no había arreciado aún y su casa se encontraba a escasas cinco calles del Ayuntamiento. Cuando entró, halló a su madre y sus hermanos sentados en la mesa del comedor. Sus caras no presagiaban nada bueno.

—¿Qué pasa, *Ama*?

—Siéntate, Pedro. Han llegado noticias de Pamplona y no son buenas. Ayer por la noche le hicieron pruebas de urgencia a la *Amona* y los resultados han determinado que tiene un tumor.

—¿Qué es un tumor? —preguntó Maritxu.

—Es una mancha oscura que da miedo y frío —respondió Pedro.

Anamari lo miró sorprendida. Tomó a Maritxu de las manos y le explicó:

—Un tumor es una enfermedad que va... —buscó las palabras más suaves que pudo— comiéndose las células y los órganos del cuerpo que están sanos. Si no se para a tiempo...

—Pero la pararán a tiempo, ¿verdad? —David se levantó y caminó nervioso por la habitación—. ¡Para eso se la han llevado a Pamplona!

—Esperemos que sí, hijo, esperemos que sí.

—Y... ¿si no? —dijo Maritxu con un hilo de voz.

—Si no...

—¡Si no, se morirá! —gritó David y se fue corriendo a su cuarto.

Maritxu miró con horror a su madre. Esta hizo un gesto a

Pedro para que fuera con su hermano y abrazó a la pequeña con fuerza.

Pedro entró en el dormitorio que compartía con David. La habitación no era muy grande, apenas había espacio para dos camas estrechas y un armario de dos cuerpos. Lo encontró hecho un ovillo sobre la cama. Se sentó en el catre de frente a su hermano, pero le dio la espalda. Tenían ocho y diez años cuando el abuelo falleció. El mayor estaba muy unido a su abuelo y pasó una temporada oscura, en la que el chico resuelto y vital fue sustituido por una persona arisca, poco comunicativa y enfadada con el mundo. Pedro recordaba aquellos meses con horror y temía que volvieran a repetirse si le ocurría lo peor a la *Amona*. Entendió que debía darle a su hermano espacio y se tumbó en la cama, mirando al techo. Su estómago rugió de hambre. Con todo el ajetreo se les había olvidado que era la hora de comer.

—¿Por qué has dicho lo de la mancha oscura en la *Amona*?

Pedro se arrepintió al instante de haber hecho aquel comentario impulsivo. Dudó qué contestar, pero decidió decirle la verdad a su hermano.

—Porque lo vi.

—¿Qué viste? —preguntó David incorporándose.

—¿Me prometes que no se lo dirás a nadie?

—¡Pues claro, Píter!

Entonces, Pedro le contó la conversación con la *Amona*, tal como había hecho con Luna la noche anterior.

—¡Me cago en la leche! ¿Me estás diciendo esto en serio?

Pedro temió que su madre los oyera e hizo un gesto con las manos para que bajara la voz. David repitió la pregunta en voz baja y Pedro asintió.

—¡Y cómo no me lo dijiste antes, mendrugo!

—Porque no quería preocuparos.

—¿Se lo has dicho a alguien más?

—Mmm... no... —titubeó.

—¡No me fastidies que se lo has dicho a los patanes de tus amigos!

—¡No son unos patanes!

David resopló y miró al techo, en un gesto de calamidad inminente.

—¡No se lo he dicho a ellos!

—¿A ellos no? ¿Entonces a quién sí?

—A ella.

—¿Qué «ella»?

—A Luna.

—¿A Luna? Pero ¿por qué lo has hecho? A estas horas ya lo sabrá toda su familia y van a pensar que estás loco, o peor aún, que tienes alguna clase de poder extraño. Lo mejor que te podría pasar es que pensaran que eres un mentiroso.

Pedro bajó la cabeza, avergonzado. Le dolía que su hermano pensara eso de él. Pero se recompuso y plantó cara.

—¡Necesitaba contárselo a alguien! ¡Y no quería preocupar a la familia! Además, confío en Luna y sé que no es una chismosa. Me prometió que no se lo diría a nadie y yo la creo.

David se quedó pensativo unos instantes. Era bastante impulsivo de primeras, pero también reflexivo cuando tocaba. Recobró la compostura y puso una mano en el hombro de su hermano.

—Está bien. Confiemos en que Luna no dirá nada. Pero tú tampoco. No comentarás nada más de esto con nadie, ¿de acuerdo?

Pedro asintió, contento de recobrar la confianza de su hermano.

—Vamos a ayudar a *Ama* con la comida, que parece que lleves un león ahí dentro —David soltó una carcajada y los dos hermanos salieron de la habitación en dirección a la cocina.

Cuando los vio venir, Anamari sintió alivio al comprobar que ambos traían una sonrisa y el gesto relajado.

—He hecho fideos con carne y tomate, vuestra comida favorita.

—Vale, *Ama*, porque creo que Pedro me va a morder un brazo si no come algo pronto.

Los tres rieron de buena gana. Ayudaron a su madre a llevar los platos y cazuelas a la mesa. Parecía que el tono alegre que habitualmente reinaba en aquella casa estuviera volviendo a ocupar su espacio invisible entre los objetos y las personas.

Entonces Pedro reparó en Lagun, que yacía en su colchón al lado del fogón, y lo supo en ese mismo instante. Algo no iba bien con aquel viejo animal.

VII.

Hospital de Navarra, Pamplona. Octubre de 1957

Salvador observaba a su madre dormitar en la cama de la habitación que les habían asignado en la planta de Oncología del Hospital de Navarra. Por mediación del doctor Zunzunegui, su colega, el doctor López de Dicastillo, había estado muy pendiente de las pruebas realizadas a la *Amona*. No era alguien de andarse por las ramas y había sido claro en el diagnóstico y los siguientes pasos. Tenían dos opciones: operarla y empezar acto seguido un agresivo tratamiento de quimioterapia y radioterapia, que podría terminar con el tumor principal y atacar los incipientes tumores en bazo y vesícula, pero, dada la edad de la paciente, era probable que los efectos secundarios fueran devastadores para ella. O dejarla volver a casa con cuidados paliativos y analgésicos para que pudiera pasar los últimos días de su vida en el pueblo, cerca de los suyos.

No era una decisión fácil. La primera opción entrañaba muchos riesgos, pero dejaba una pequeña puerta abierta a la cura. La segunda suponía un fin seguro, incierto en el tiempo, aunque más amable para la paciente.

Salvador se hallaba sumido en el debate entre sus pensamientos y sus sentimientos cuando escuchó golpes en la puerta. Se abrió y apareció alguien precedido por un ramo de flores demasiado exagerado para la ocasión. El ramo tapaba la cara de la persona que lo portaba, pero supo quién era en el mismo momento que vio aparecer por detrás a sus sobrinas, Rosario y Mercedes —a las que todos llamaban Charo y Merche—, hijas de su hermano menor.

—Hola, Salvador —saludó su hermano apartando el ramo.

—Hola, Martín —respondió este—, por fin te dignas a venir. Te has dejado barba.

Salvador y Martín se llevaban seis años y, últimamente, la relación entre ambos se había ido enfriando. Salvador era el mayor y Martín, el menor. Entre ambos estaba Enrique, que había emigrado a Estados Unidos, donde la *Amona* tenía un hermano, ante la escasez de oportunidades en el valle. Salvador, el primogénito, se había quedado ayudando a sus padres con el ganado y las tierras. Por su parte, Martín, que siempre destacó por sus capacidades intelectuales, dejó el pueblo con catorce años. Se fue a los Maristas de Pamplona a estudiar el bachillerato, para después hacer un grado en Económicas y entrar a trabajar en una empresa del sector del automóvil. En ella conoció al ingeniero cordobés Luis Amaro, quien lo tuteló y le enseñó todo lo que sabía sobre coches y empresa. Para Amaro, padre de tres niñas, Martín era como el hijo que no tuvo; mientras que, para el chico, don Luis fue como esa figura paternal que había quedado atrás, en el pueblo. El ingeniero llegó a ser gerente de la empresa y Martín medró a su amparo.

Era habitual que los Amaro lo invitaran los fines de semana a tomar café a su piso de la calle Carlos III.

Para él, aquella amplia casa era como un palacio, comparada con el apartamento minúsculo donde vivía. Sin embargo, la principal razón por la que aceptaba gustoso las invitaciones de don Luis era la hija mayor del matrimonio, Macarena. Se quedó prendado de ella desde el primer momento en que la vio. Su melena morena, sus maneras delicadas y su acento cordobés lo subyugaron. Con el beneplácito de don Luis, se casaron una soleada mañana de octubre, en una ceremonia sencilla. Tenían dos hijas de cinco y siete años, muy parecidas de físico y carácter a su madre.

—Hola, Macarena, ¿cómo estás? —Salvador saludó a su cuñada, que le dio dos besos—. ¿Y estas dos preciosidades? ¡Madre mía lo que habéis crecido!

Las niñas se sonrojaron y se escondieron tras su madre.

—Hola, Salvador. ¿Cómo están Anamari y los chicos?

—Te puedes imaginar. Para ellos la *Amona* es el centro de su vida. Lo están pasando mal.

Sintió la mirada de su hermano sobre él al oír aquel comentario intencionado.

—Martín... —La voz queda de la *Amona* rompió la tensión que se estaba instalando en la habitación.

El hijo menor se acercó a su madre y le dio un beso en la frente.

—*Ama*..., ¿cómo estás? Estas flores son para ti, de parte de los cuatro y de Enrique, que te envía esta carta.

Esta vez fue Salvador el que sintió la puya en aquellas palabras.

—¡Ay, son preciosas! Gracias, Martín. ¿Y dónde están las dos flores más bonitas que tenéis? —dijo la *Amona*, guardando la carta bajo las sábanas.

Sus nietas se acercaron a saludar a la abuela.

—¡Ave María Purísima, lo que han crecido estas niñas desde la última vez que las vi! ¡Y qué guapas estáis! Cada vez os parecéis más a vuestra madre.

—Afortunadamente —dijo Martín.

—Hola, Sagrario, ¿cómo te encuentras? —Macarena se acercó a la cama.

—Entre mal y peor, querida, pero voy a luchar con uñas y dientes contra este bicho.

—Cariño, ¿por qué no vais a pedir a alguna enfermera que os deje un jarrón con agua para estas flores? —dijo Martín a su mujer.

Macarena entendió que debía dejar solos a los tres y se llevó a las niñas fuera de la habitación.

—Antes de que digáis nada —la *Amona* fue la primera en hablar—, quiero que hagáis el esfuerzo por llevaros bien mientras yo esté delante y no hacérmelo pasar peor de lo que lo estoy pasando, ¿entendido?

Ambos asintieron.

—¿Me pones un poco al día? —le dijo Martín a su hermano.

—El doctor ha dicho que *Ama* tiene dos opciones y hay que tomar una decisión.

—¿Qué opciones?

—Operar y darle quimio, o llevarla de vuelta a casa con cuidados paliativos.

Martín miró a su madre.

—Operamos, ¿no? Si cabe una posibilidad, por mínima que sea, de que te cures, ¡yo no tendría ninguna duda!

—No es tan sencillo, Martín —respondió—. A mi edad, un

tratamiento tan agresivo podría ser peor que la propia enfermedad.

—Ya, pero la otra opción es dejarte morir y yo no...

—Dignamente, Martín, dejarme morir dignamente, en mi casa, la que compartí con vuestro padre, donde he sido tan feliz, rodeada de naturaleza y amigos, y no en un hospital, sin pelo, sin el calor de los míos y de mi hogar... —Se le quebró la voz y las lágrimas asomaron a sus mejillas.

—Si Enrique estuviera aquí, estaría de acuerdo conmigo. No podemos rendirnos tan fácilmente, *Ama*. ¡Hay que luchar!

—¡Pero no está aquí! —intervino Salvador—. Decidió irse, y su voz no tiene voto en esta historia. Si se opera, se tendrá que quedar en Pamplona. ¿Te vas a ocupar tú de ella?

—¡Si hace falta, por supuesto que sí!

—Claro, como siempre...

—*Mesedez*! —intervino la *Amona* —. No quiero peleas. Enrique tiene sus razones para estar lejos, pero no por eso deja de ser mi hijo. No quiero que uséis su nombre para atacaros. Creo que la decisión no os corresponde a ninguno de los tres. Me corresponde solo a mí y ya está tomada.

Hizo una pausa y los hermanos se miraron entre sí, midiéndose.

—Quiero volver a casa y vivir lo que me quede de vida con dignidad, en paz conmigo misma y con Dios. —La fuerza en las palabras de la *Amona* no dejaba lugar a dudas ante la firmeza de su decisión—. Id a arreglar lo que tengáis que arreglar con los médicos y traedme a mis nietas. Me gustaría hablar a solas con ellas. Cuando se hubieron quedado las tres, la primera en hablar fue Merche, la pequeña:

—*Amona*, ¿te vas a morir?

La abuela soltó una carcajada por la pregunta tan directa de su nieta.

—A todos nos llega nuestra hora, antes o después, *maitia*. Mi hora no ha llegado aún, pero siento que se aproxima. Es ley de vida, pero irse de este mundo no es el final. Arriba nos esperan los seres queridos que se fueron antes. El *Aitona* Félix, mis *aitas*, mis hermanos mayores... También es bonito reencontrase con ellos. Solo quiero deciros que os quiero muchísimo. Me da pena veros tan poco, pero así son las cosas a veces. Y, por favor, lo más importante que tenéis en esta vida sois la una para la otra. Quizá no entendáis esto que os digo ahora, aunque confío en que se os quede en alguna parte de esas maravillosas cabecitas que tenéis: no dejéis que los celos, la envidia o el orgullo se interpongan entre vosotras. Quien tiene un buen amigo, tiene un tesoro; quien tiene un buen hermano, lo tiene todo. Que no se os olvide.

En ese momento entró una enfermera para comprobar que todo estuviera en orden y ajustar la medicación. Las niñas salieron entonces de la habitación.

—Todo en orden, Sagrario. ¿Necesita algo?

—Necesito paz, querida.

La enfermera sonrió.

—Le dejo descansar, entonces. Le diré a la familia que necesita reposo y que no la molesten —dijo, guiñándole un ojo.

—Gracias, querida.

La *Amona* cerró los ojos por un momento una vez que la enfermera abandonó la habitación. Deslizó la mano bajo las sábanas y palpó la carta de Enrique. Ardía en deseos de leerla. La ausencia de su hijo había sido un dolor constante en su vida. Ahora que se acercaban los últimos momentos de su vida, esa ausencia se tornaba aún más lacerante. Por fin, tomó la carta y abrió el sobre con cuidado. Desdobló la hoja y leyó:

Bakersfield, California

Ama querida:

No pasa un solo día sin que me acuerde de ti y de todos vosotros. Desde aquí, todo parece tan distante, tan distinto... Sin embargo, cierro los ojos y puedo sentir el bosque de Irati, el fuego de casa y el calor de tus abrazos. La noticia de tu enfermedad fue como un jarro de agua fría. El último año ha sido difícil aquí. La situación ha mejorado, pero no quise decir nada para no preocuparte.

Ojalá pudiera estar junto a ti agarrándote fuerte la mano, aunque yo sé que tú puedes cerrar los ojos y sentirme, a pesar de la distancia. Muchas veces me he preguntado si hice bien viniendo a América. Aquí hay de todo, es el país de las oportunidades, pero lo que he dejado atrás sigue pesando mucho en mi conciencia. Me gustaría estar ahí para mirarte a los ojos y decirte esto. No sé si podré ir, las cosas no van bien en el rancho.

Seguro que Salvador y Martín, a su manera, cuidan de ti. Mi hermano mayor es terco, pero tiene buen corazón. Sé que quiere lo mejor para ti. Por mi parte, rezo mucho todas las noches para que Dios te dé fuerzas para atravesar estos momentos. Dios nos cuida a todos, como has hecho tú siempre.

No quisiera que mis palabras sonaran a despedida, pero no puedo contener las lágrimas al escribir esto: Ama, maite zaitut[11].

Enrique.

11 Te quiero

VIII.

Valle de Aezkoa, Navarra. Noviembre de 1957

Pedro necesitaba estar solo. Tomó su caña y los aperos de pesca y pedaleó con su bici en dirección a una zona del río Irati que llamaban la Lágrima, por una lengua de tierra con esa forma que se adentraba en el río y desde el que te podías apostar para pescar truchas o barbos.

Pescar era una de las actividades favoritas de Pedro. Le resultaba muy relajante el ritual de preparar la caña, apostarse sobre el terreno y contemplar el hipnótico discurrir del río, con sus aguas tan cristalinas que en muchos tramos se veía el lecho fluvial. Rodeado de aquella naturaleza de una fuerza imponente, Pedro se sentía pequeño pero acogido a la vez. No había hostilidad en los frondosos bosques, en el río serpenteante ni en los montes lejanos.

Sentía una paz que aquietaba el murmullo en su cabeza. Las últimas semanas habían sido muy intensas en su vida y notaba que sus pensamientos y emociones se hallaban desbocadas.

En aquel lugar, sin embargo, podía experimentar la comunión con la naturaleza que ejercía en él un efecto balsámico y al que volvía siempre que necesitaba conectarse consigo mismo. En ocasiones, sentado en la orilla, miraba el punto en el que el cordel de la caña entraba en el río y se concentraba en las formas que el agua dibujaba alrededor. La lengua de tierra estrechaba el cauce y provocaba unos pequeños rápidos que discurrían de forma saltarina e impredecible. Pedro, la vista fija en ese punto, entraba en una especie de trance en el que era capaz de sentir una conexión muy intensa. De pronto, la tierra, las rocas, los árboles y el río desaparecían y se hallaba a sí mismo suspendido en el espacio. Una ligera sensación de vértigo por la infinitud de lo que le rodeaba se apoderaba de él, pero no era desagradable, sino que le proporcionaba serenidad y calma. Despejaba su cabeza de aquellos pensamientos que, como remolinos de un río, daban vueltas en bucle, atormentándolo.

En aquella especie de llanura infinita, Pedro hablaba con Dios. No había palabras de por medio, ni siquiera pensamientos, solo paz y calma. Aquellas preocupaciones sobre la *Amona* y la muerte que, de manera recurrente, asediaban sus noches se desvanecían, y Pedro encontraba las respuestas que nadie le daba. Allí no había dolor ni enfermedad ni siquiera un cuerpo que pusiese límites a su ser. Pero, sobre todo, no había miedo. Era un lugar maravilloso al que uno no quería volver, porque en realidad no quería irse.

De pronto, un fuerte tirón en la caña lo sacó con brusquedad de su trance. Notó una especie de dolor por esa repentina vuelta a la sensación de corporalidad, como si su esencia se hubiera expandido en el trance y ahora no cupiese en el traje de su pequeño cuerpo. Se preguntó cuánto tiempo habría estado así. Le habían parecido apenas unos instantes, pero la posición del sol, a punto de esconderse tras las montañas, le hizo pensar que habría sido un largo rato. De pronto, sintió frío y una extraña necesidad de volver a casa.

La causante del tirón en la caña había sido una trucha de buen tamaño. Cuando recogió cordel, la soltó del anzuelo y la devolvió al río. Por lo general, si no le pedía expresamente su madre que pescara para comer en casa, siempre devolvía al río lo pescado.

Recogió los aperos y se disponía a volver a casa cuando escuchó un ruido en el bosque al otro lado del río. Se quedó quieto, aguzando los oídos y entornando los ojos en aquella dirección. El sol ya se había escondido tras las montañas y la penumbra se adueñaría pronto de las zonas bajas del valle. No debería demorarse mucho o tendría que recorrer la distancia hasta su casa a oscuras. Pero la curiosidad le pudo. Permaneció quieto, con la extraña sensación de que alguien al otro lado le estaba observando escondido entre la maleza. Un crujido de ramas en el sotobosque alertó aún más sus sentidos. Contuvo la respiración. Las ramas volvieron a crujir.

—¿Quién anda ahí? —Pedro intentó que su voz no reflejara el nerviosismo que sentía.

No obtuvo respuesta.

—¡¿Hola?! —insistió.

Tras unos instantes de silencio, las ramas volvieron a crujir y de la espesura surgió un magnífico ejemplar de ciervo adulto, con una imponente cornamenta. Los chicos decían que cada punta de cuerno representaba un año de vida del animal. Según esto, aquel ciervo debía de tener más de cien años, pero él sabía que esto no era cierto. Su abuelo le había explicado que la edad de un ciervo se sabe mirando la dentadura, no la cornamenta.

La mente de Pedro divagaba en estos pensamientos mientras el hermoso ejemplar se acercaba a la orilla del río, mirando al chico fijamente. Parecía que la presencia humana le generaba curiosidad. Pedro y el ciervo se sostuvieron la mirada, uno en cada orilla, sin desafiarse, solo observándose y reconociéndose. El ciervo se acercó aún más y agachó la cabeza para beber de las frescas aguas del río. Cuando hubo saciado su sed, volvió a mirar a Pedro durante unos instantes, bajó la cabeza a modo de despedida y se internó de manera elegante en la espesura del bosque. El chico quedó maravillado por el espectáculo que acababa de presenciar. Por un momento le pareció que hubiera sido producto de su imaginación, pero no, había sido tan real como la inminente noche abriéndose paso en el valle.

Tomó su bicicleta y pedaleó con furia en dirección a su casa intentando escapar de la penumbra que se cernía sobre él. Afortunadamente, se conocía aquellos caminos como la palma de su mano. Mientras pedaleaba, sentía el bosque y sus habitantes a su alrededor. Era como si sus sentidos se hubieran agudizado y fuera capaz de percibir la presencia de estos animales y comunicarse con ellos. No era un lenguaje, no lo percibía en forma de palabras, tan solo era consciente de su presencia. No sintió miedo en absoluto; todo lo contrario, se sintió más vivo que nunca, con una energía que parecía empujar aquella vieja bicicleta a una velocidad que sus desvencijadas ruedas apenas eran capaces de soportar.

Por fin llegó al pueblo. Aminoró la marcha al entrar en sus calles y avanzó en dirección a casa. Cuando le faltaban apenas cincuenta metros para llegar, vio algo que lo hizo detenerse en seco. La puerta de la casa se acababa de abrir y por ella vio salir a don Sabino, acompañado de su madre. Intercambiaron unas palabras que Pedro no pudo oír y el maestro se despidió. Dejó la bicicleta y los aperos en el cobertizo junto a la parte trasera de la casa y entró. Enseguida se sintió abrazado por el calor del hogar y los aromas de la sopa de ajo que su madre preparaba en la cocina. Saludó al viejo Lagun, que como siempre dormitaba cerca del fuego, y se asomó a la puerta.

—Hola, *Ama*.

—¡Hijo! ¿Se puede saber dónde estabas?

—Fui al Irati a pescar, pero se me hizo un poco tarde. *Barkatu*[12].

—¿Un poco? ¡Si es ya noche cerrada! Venga, lávate las manos y ayúdame con la mesa. Avisa a la *Amona* y a Maritxu, que están en su habitación. *Aita* y David vendrán de un momento a otro.

—Oye, *Ama*...

—¿Mmmm?...

—Nada, es igual.

Se dirigió al baño, se lavó las manos y entró en la habitación que compartían Maritxu y la *Amona*. Habían decidido que se quedara a vivir con ellos a su vuelta de Pamplona. Estando allí, era mucho más fácil hacerse cargo si le volvía a ocurrir un episodio de desvanecimiento. Al principio, ella no quiso. Dijo que quería volver a su casa, con sus recuerdos, para morir en paz. Pero Salvador se mostró inflexible y fue muy contundente en su alegato. La *Amona* vio de pronto al amor de su vida hablándole: los mismos ojos azules, la voz grave y la imponente figura. Accedió y, poco a poco, fue reconociendo que aquello había sido un acierto, porque notaba que la energía de aquel hogar y, sobre todo, el amor de sus nietos, le daban vida y alegría. En su casa, sola, se habría ido apagando irremisiblemente...

—¡*Kaixo, neskak*[13]! ¡La cena está lista!

Abuela y nieta estaban sentadas frente a frente; la primera, en la silla del escritorio, con un libro en el regazo y la segunda, al pie de la cama, escuchando atenta.

—¡Esta sí que es lista! —dijo la *Amona* refiriéndose a Mari-

---

12 Lo siento
13 Hola, chicas

txu—. Sabe más que los ratones *coloraos*. Vamos, brujilla, ayuda a tu vieja *amona* a levantarse.

Maritxu tomó de las manos a su abuela y la ayudó a incorporarse de la silla.

—¡Ay, estos viejos huesos míos, cómo protestan! Con lo que han sido, ¡y qué poco valen ya!

—¡Ni para hacer caldo! —exclamó Maritxu y, en el acto, se tapó la boca con la mano como si hubiera dicho algo malo.

La *Amona* se echó a reír de buena gana y los dos nietos la acompañaron con sus carcajadas. Anamari, desde la cocina, oía aquellas risas y daba gracias a Dios porque, a pesar de los pesares, aún había sitio en aquella casa para la alegría. En ese mismo instante, entraban por la puerta Salvador y David. Traían una animada conversación que se mezcló con las risas y produjo en Anamari un efecto balsámico, capaz de disipar la sombra de preocupación que le había dejado la conversación que acababa de tener con don Sabino.

IX.

La mañana siguiente amaneció con bruma y llovizna. Típico día de noviembre en el valle. David, que había dejado la escuela cuando su padre había acompañado a la *Amona* en su ingreso en Pamplona, ya no volvió a las clases y se levantaba a las seis de la mañana para ir con su progenitor a atender el ganado y el campo. Anamari se levantaba con ellos para prepararles comida y agua para aguantar las largas jornadas de trabajo, aunque a media mañana se acercaba a donde estaban para llevarles un almuerzo más contundente, normalmente compuesto de tocino, pan, verduras y algo de carne de vez en cuando. El trabajo continuaba hasta casi la puesta de sol, aunque en invierno, debido a la escasez de luz y las frecuentes nevadas, las jornadas se acortaban.

Por su parte, Pedro y Maritxu se levantaban a las siete de la mañana para asistir a la escuela del pueblo. Las puertas de la clase se abrían a las siete y cuarenta y cinco. Don Sabino, fiel a sus principios, obligaba a los alumnos a entrar en el aula con la mano alzada y, una vez que todos estaban en sus puestos de pie, cantaban el *Cara al Sol* y *La Canción del Ausente*, en honor a José Antonio Primo de Rivera. A las ocho en punto comenzaban las lecciones sobre Geografía, Matemáticas, Historia y Naturaleza. El recreo duraba media hora y para la comida tenían una hora. Después de comer, se volvía a las aulas a estudiar y repasar las lecciones impartidas por la mañana. Finalmente, todos juntos rezaban el Rosario y, sobre las cinco de la tarde, los niños quedaban liberados de sus obligaciones escolares, pero no de las que cada uno después tuviera en casa.

Ese día, cuando la campana sonó para anunciar la hora del recreo, don Sabino pidió a Pedro que se quedara en el aula. Esperó a que el resto de los alumnos se marchara y dejó que el silencio retornara a aquellas paredes antes de hablar:

—Andonegui, es usted un buen chico, tengo la firme convicción de que podría llegar a ser un hombre de provecho, pero, de un tiempo a esta parte, lo veo despistado y ausente. Entiendo que la situación de su abuela le afecte. No obstante, le pediría que en estas semanas que restan hasta que termine el año se esfuerce y dé lo mejor de sí, ¿estamos?

Pedro asintió.

—Ahora vaya a casa. Le están esperando.

—¿Quién?

—¡Ande, vaya usted! No hace falta que recoja. Le espero pronto de vuelta.

Salió de la escuela preocupado por lo que podría encontrar allí. Recorrió las cinco calles que separaban su casa de la escuela con el corazón encogido, temiéndose lo peor. Por un momento tuvo dudas, con el pomo de la puerta en la mano, de si entrar en casa o salir corriendo hacia el bosque. Por fin entró. Le sorprendió ver a su padre, que a esas horas siempre se encontraba trabajando en el campo, sentado en la mesa del comedor junto a la *Amona*, mientras que Anamari salía en ese mismo momento de la cocina:

—*Kaixo*, *maitia*. Siéntate, queremos contarte algo.

—¿Qué te pasa, *Amona*?

—Me pasa que soy vieja. Pero, aparte de eso, esto no tiene que ver conmigo, sino contigo.

—Ayer vino don Sabino a hablarme de ti —continuó Anamari.

—Lo sé, lo vi salir de casa cuando llegaba con mi bici. Sé que estos días he estado un poco despistado en clase, ¡pero prometo que voy a portarme mejor y voy a estudiar mucho hasta Navidad!

Anamari sonrió.

—No me dijo tal cosa. Cree que tienes potencial como para llevarte a estudiar a Pamplona el curso que viene.

Pedro se quedó de una pieza. No se esperaba aquello y no supo qué decir. Salvador intervino en ese momento:

—Conoce un cura en los Salesianos de Pamplona. Pretende mandarte allí, como en su momento hizo… —De pronto calló.

—Tu tío Martín —terminó la *Amona*.

—¿Iría yo so… solo? —preguntó Pedro.

—Hay dos chicos más que también irían: Carmelo Iriarte y Jesús Maisterra.

Eran dos chicos de su edad, bastante aplicados en el estudio, con los que no tenía casi relación. Sus padres apenas les dejaban salir y no trataban mucho con el resto de chicos.

—Pedro, nosotros no tenemos dinero para enviarte a Pamplona —dijo Salvador. Anamari puso suavemente la mano en el brazo de su marido.

—Hijo, ¿tú quieres ir?

—No sé... —Pedro bajó la mirada.

Su cabeza daba vueltas sin parar. Por un lado, veía la oportunidad que tenía delante; por otro, Pamplona le daba miedo. Solo había estado una vez y recordaba los altos edificios, las riadas de gente de un lado para otro, los pocos árboles que había.

—Este chico es un ratón de campo, no de ciudad —dijo la *Amona*.

—En el campo siempre hacen falta manos —terció Salvador—. Y también es necesario en las salidas.

Su mujer se volvió hacia él con mirada desaprobatoria.

—¡No me mires así, Anamari! David y yo necesitamos ayuda para sacar esto adelante. No hay dinero para que estudie en Pamplona.

—Existen ayudas para familias sin recursos.

—¡Yo no quiero limosna de ningún gobierno!

—Salvador, por favor...

—*Ama, Aita* —intervino Pedro—, yo... mi sitio está aquí, con vosotros, con la *Amona*, con David y Maritxu, con mis amigos, en estos bosques y estas montañas. Yo soy feliz aquí. No me veo en Pamplona.

—¿Estás seguro? —preguntó su madre.

Pedro asintió.

—¡Sea! —exclamó Salvador, golpeando la mesa con la palma de la mano—. El chico se quedará aquí con nosotros.

Él y Anamari entraron en la cocina mientras seguían hablando del asunto. Pedro se acercó a su abuela y la abrazó.

—¡Qué susto he pasado! ¡Pensaba que te había ocurrido algo, *Amona*!

—Me alegro de que hayas decidido quedarte, *maitia*. A esta vieja *amona* tuya no le queda mucho viaje, y créeme si te digo que me habría dolido mucho no tenerte cerca. Ya dejé marchar a dos hijos y no ha pasado día en que no los echara de menos a mi lado. Pero tú, Pedro...

Se le quebró la voz. Del puño de la blusa sacó un pañuelo y se secó las incipientes lágrimas. Con gesto discreto, volvió a colocar el pañuelo en su sitio.

—Perdóname, *maitia*. Cuando una es consciente de que el tiempo corre en su contra, todo tiene sensación de última vez. Tengo que aprender a despedirme, pero no sé cómo...

—¡*Amona*! ¡No digas eso! Tú eres más dura que la rueda del molino y... ¡ese bicho negro no va a poder contigo!

La abuela puso con ternura la mano en la cara de su nieto.

—Cómo te pareces a mi Félix.

Siempre le habían hablado del parecido físico que tenía con su abuelo, aunque él apenas recordaba ya su cara. Sus rasgos se iban diluyendo en su memoria y solo lo veía con el aspecto que lucía el día que se casó con la *Amona*. No había día en que no se detuviera a mirar el retrato de boda que descansaba en el aparador del comedor. Anamari volvió de la cocina en ese preciso instante:

—Anda, Pedro, debes regresar a la escuela. Se lo prometí a don Sabino.

Se despidió de los suyos y desanduvo el camino a la escuela. Su cabeza no paraba de dar vueltas a la conversación que acababa de tener con sus padres. Estaba seguro de su decisión, pero una sensación de pérdida lo invadía. Como si hubiese cerrado una puerta que ya nunca más podría abrir. Había tomado el camino fácil y conocido, dejando que el miedo marcara de alguna forma su destino. La *Amona*, como si fuera capaz de leerle y anticipar sus pensamientos, le había dicho una última frase en el momento de despedirse: «Dios ya conoce tu destino y llegarás a él sin importar el camino».

Encontró a don Sabino esperándolo en la puerta de la escuela. El maestro lo miró con cara inquisitiva, esperando una respuesta que Pedro no le dio. Una sombra de decepción asomó a su rostro.

—Vaya —dijo—. Es una pena, Andonegui. Este pueblo se le

queda pequeño para las capacidades que usted tiene. Considero que en Pamplona usted podría labrarse un futuro muy prometedor. En cualquier caso, tiene usted hasta el mes de abril para reconsiderar su decisión. Si cambia de idea, dígamelo.

Pedro y el maestro entraron en el momento en que sonaba la campana que daba por finalizado el recreo. La algarabía de los chicos inundó el vetusto edificio y Pedro se mezcló con ellos de vuelta a clase. Notó que alguien tiraba de su brazo por detrás. Era Luna.

—No te he visto en el recreo. ¿Qué te ha dicho don Sabino?

—Me llamaron de casa.

—¿Ha ocurrido algo?

—En realidad, no. —Miró a ambos lados para cerciorarse de que nadie los escuchaba—. Don Sabino quiere que vaya a estudiar a Pamplona.

—¿Te vas a ir?

—Sí.

La cara de Luna se ensombreció. Abrió la boca para decir algo, pero las palabras no brotaron. Pedro rio.

—¡Es broma! Les he dicho a mis *aitas* que no quiero ir. Prefiero quedarme.

El rostro de Luna pasó en un instante de la zozobra al enfado.

—¡Eres un tonto, Pedro Andonegui! —exclamó mientras se alejaba, furiosa.

Lo dijo lo suficientemente alto para que José y Txori, que llegaban en ese momento, lo oyeran.

—¿Qué ha pasado? ¿Qué le has hecho? —preguntó José.

—¡Nada! Ha sido solo una broma. No pensé que se enfadaría.

—¡Bah, chicas! Si les haces caso te volverán loco —intervino Txori.

—¡Qué sabrás tú, si tu casa es un campo de nabos! —le espetó José.

Pedro y José rompieron a reír con gana. Txori abrió la boca para protestar, pero en ese momento la estentórea voz de don Sabino retumbó en el pasillo llamándolos a clase. Los tres salieron corriendo, conscientes de la amenaza que la regla de madera del maestro suponía para las palmas de las manos de los alumnos impuntuales.

X.

Salvador estaba apoyado sobre el marco de la ventana, mirando la fría noche que cubría el pueblo. El cielo plomizo era premonitorio. Sabía lo que significaba y maldijo entre dientes. Su mujer se acercó por detrás y lo abrazó.

—¿Qué murmuras, Salvador Andonegui Arive?

—Esta noche va a caer una nevada de la *hospa*.

Anamari sonrió para sus adentros. La nieve trastocaba las rutinas del campo, pero les permitía no tener que madrugar tanto. Adoraba cuando su marido se levantaba a las seis, miraba por la ventana y decía: «*Cagüen ros*, hay un metro de nieve ahí afuera», y se volvía a meter a la cama. Anamari era feliz en ese cambio de tercio. Se estrujaba entonces contra el fornido cuerpo de su marido para dejarse envolver en su calor. El trabajo de campo era arduo y devolvía hombres duros. La rudeza de las manos, la musculatura trabajada y bien definida. La sensación de protección era total. La voz de su marido la trajo de nuevo al presente.

—Ángel, el pastor, ha dicho que este invierno va a nevar más que ningún otro. Que ya podemos prepararnos.

—Bueno —terció su esposa—, los graneros y la leñera están llenos. Aguantaremos bien.

—Me preocupan los animales. Si están mucho tiempo encerrados no crecen igual. Necesitan aire y monte, como los humanos. Tampoco podrá haber salidas nocturnas con los caballos. ¡Qué faena!

Anamari besó a su marido y sostuvo su mirada, como queriendo transmitirle calma.

—Todo irá bien. Voy a terminar de preparar la cena.

Salvador siguió mirando por la ventana, sumido en sus pensamientos. Notó de pronto una presencia tras él.

—*Aita*...

—¿Qué pasa, Pedro? —La cara de su hijo presagiaba conversación profunda.

—Es que... ¿tú crees que hago bien quedándome en el pueblo? A veces pienso que igual sería mejor que fuera a Pamplona, pero...

—¿Pero?...

—No quiero que David y yo nos enfademos y, bueno, ya sabes, como tú y el tío Martín.

Salvador sonrió.

—Lo del tío Martín no tiene nada que ver con que él se fuera a estudiar a Pamplona. El tío Enrique está mucho más lejos, en América, y la relación es buena. No es una cuestión de distancia física. Verás... a veces, las personas nos dejamos llevar en exceso por nuestras emociones, y creemos que lo que sentimos nosotros es lo único que importa, sin tener en cuenta lo que siente el otro. Es necesario ponerse en la situación del otro e intentar entender por qué hace lo que hace y dice lo que dice. El tío Martín ha olvidado dónde están sus raíces. No quiere saber nada del pueblo que lo vio crecer.

Hizo una pausa buscando las palabras adecuadas.

—Las relaciones humanas son difíciles y pasan por diferentes momentos a lo largo de la vida. A veces arriba, a veces abajo. Hay que poner mucha voluntad cada día para sostenerlas. Si no, se estropean, como pasa con cualquier cosa que no se cuida.

—Pero David y yo siempre vamos a llevarnos bien...

—Ojalá, hijo, eso solo Dios lo sabe. Hay una cosa en esta vida que supera a todas las demás. Sin eso, no tienes nada; con eso, lo tienes todo.

—¿Qué es? —preguntó Pedro, intrigado.

—El amor.

Pedro se quedó pensando en las palabras de su padre. Salvador continuó:

—El amor es la fuerza más grande del Universo. No hay nada que pueda detener el ímpetu de un corazón que ama. Y el tuyo es puro amor, Pedro. Amas a los animales, amas a las personas, amas la vida. Lo tienes todo, aunque no poseas nada. La ciudad tiene muchas cosas que ofrecer, cierto, pero no todas son buenas. Y algunas te despistan de la verdadera esencia de la vida.

—¿Eso le ha pasado al tío?

Salvador asintió, y su hijo pudo percibir una sombra de tristeza que oscureció los azules ojos de su padre.

—Si realmente quieres ir a Pamplona a estudiar, haremos lo

posible, hijo. Es tu decisión —dijo Salvador poniendo su mano en el hombro de Pedro.

Rodeó con los brazos la cintura de su padre y apretó con fuerza. Tenía la sensación de abrazar una de aquellas imponentes hayas del bosque de Irati. El padre correspondió el abrazo del hijo colocando sus «ramas» alrededor del pequeño cuerpo del chico. Pedro sintió aquello de lo que su padre acababa de hablarle ardiendo en el interior de su pecho y supo en ese mismo momento que no iría a Pamplona a estudiar.

XI.

El día amaneció blanco níveo. Un espeso manto cubría los montes, los valles, los bosques y las calles del pueblo. Desde bien pronto, algún vecino se afanaba, pala en mano, en despejar la entrada de las casas. Nunca nevaba a gusto de todos. Los adultos maldecían los inconvenientes que ocasionaba, mientras que la juventud disfrutaba sus posibilidades. Pero nadie negaba la belleza del paisaje que se desplegaba ante sus ojos.

David se despertó antes que su hermano y miró por la ventana. Su cara se iluminó ante el blanco espectáculo. Zarandeó a Pedro, que protestó y se dio la vuelta, cubriéndose la cabeza con las pesadas mantas.

—¡Venga, holgazán, mira qué nevada ha caído! ¡Hoy vamos a poder estrenar el trineo que me regalaron los *aitas* por mi cumpleaños!

Pedro tenía sentimientos encontrados con la nieve. Por un lado, le gustaba contemplar los blancos paisajes, la luz que imprimía la nieve al valle contrastaba con el habitual aspecto gris del pueblo durante el otoño y parte del invierno, así como jugar con sus amigos a construir cualquier cosa que se les ocurriera. En cambio, no le gustaba tener que andar con mil ojos por la calle para que no te cayera nieve de los tejados, la sensación de frío constante o las guerras de bolas que, de manera inevitable, acababan ocurriendo en el recreo. Tampoco era, como sí lo era su hermano, un amante de la velocidad. David disfrutaba con la sensación de adrenalina que esta generaba. Por eso amaba cualquier clase de vehículo con el que poder ir rápido: las motos, las bicicletas y, en invierno, el trineo para deslizarse por las laderas nevadas alrededor del pueblo. Sus padres habían encargado a Marcio Astibia la construcción de un flamante trineo nuevo que regalaron a David en septiembre. Desde entonces, el chico soñaba con la llegada de las primeras nieves para poder estrenarlo.

—¡Venga, perezoso! —Volvió a increpar David, tirando de las mantas que cubrían a su hermano.

—¡Déjame un poco más, que es viernes! Yo tengo que ir a la escuela. Hasta la tarde no podré salir contigo.

David quedó un tanto decepcionado. No se había dado cuenta de que la nieve interrumpía los trabajos de campo, pero no la asistencia a las clases de don Sabino, a las que él ya había dejado de ir.

—Está bien —musitó—. Yo lo probaré por la mañana y lo pondré a punto para cuando tú vuelvas de la escuela.

—Mmmm... —murmuró Pedro, nada convencido.

Desde la cocina llegaban ruidos atenuados de trajín de cazuelas y ollas. Sus padres ya se habían levantado y comenzado las rutinas del día. Seguro que *Aita* estaba encendiendo el fogón y *Ama* preparando desayunos para todos.

La familia al completo se encontraba sentada a la mesa, menos la *Amona*, a la que dejaban dormir cuanto quisiera. El desayuno consistía en leche hervida de las vacas de la casa, pan tostado de hogaza hecho por Anamari untado con nata de la propia leche y azúcar por encima. De vez en cuando, le añadían al desayuno un poco de tocino.

—*Ama* —dijo Maritxu—, me duele al tragar.

La voz de la niña sonaba gangosa. Su madre le tocó la frente.

—Esta niña está muy caliente. Será mejor que hoy no vayas a la escuela. Salvador, llévala a nuestra cama. Que no esté con la *Amona*. Pedro, avisa a don Sabino que Maritxu faltará hoy. Luego llamaré al doctor Zunzunegui.

—Ven, pequeña —dijo Salvador cogiendo a su hija en brazos.

—¿Me voy a poner buena, *Aita*?

—Claro, *neska*. En menos que canta un gallo estarás correteando por ahí.

Las enfermedades eran algo habitual llegando el invierno. Las anginas, resfriados y la tosferina asolaban no solo a los más pequeños, sino también a los adultos. El sarampión y la rubeola también campaban a sus anchas por temporadas, dejando secuelas en algunos niños o incluso, como en el caso de Pablo Astibia, hermano mayor de José, resultando fatales.

—Date prisa, Pedro —dijo Anamari—, o llegarás tarde.

Poco después, Pedro caminaba en dirección a la escuela utilizando los pequeños senderos que los vecinos habían ido despejando con sus palas. No dejaba de mirar a los tejados por si alguna placa de nieve se desprendía, aunque la nevada era muy reciente y aún hacía frío como para que cayeran de los tejados.

Por la tarde, sin embargo, y más si había lucido el sol, el riesgo de pequeños aludes desde los tejados era considerablemente alto. Pedro, cauto por naturaleza, se volvió aún más desde que una pesada capa de nieve cayó sobre el pequeño Arturo Garralda al volver de la escuela dejándolo inconsciente, hasta que un vecino lo encontró medio sepultado cuando sus padres dieron la voz de alarma al no regresar su hijo. El chico sobrevivió, pero pasó una larga temporada en el hospital y le quedaron secuelas físicas y psicológicas. Desde entonces, el alcalde obligó a que en todas las casas se dispusieran hileras de pinchos en los tejados para que las planchas no cayeran de una sola vez, sino en placas más pequeñas.

Al llegar a la escuela, vio como un grupo de chicos se ensañaba a bolazos de nieve con un niño, que se tapaba como podía de la lluvia de blancos proyectiles usando su cartera como escudo. Pedro intervino y paró el hostigamiento que estaba sufriendo el pequeño. Se acercó a él. Era Carmelo Iriarte, uno de los elegidos por don Sabino para ir a estudiar a Pamplona. Un chico muy inteligente, pero débil de físico y de carácter, lo que aprovechaban los otros para utilizarlo como blanco de sus bromas o sus bolas de nieve. A Pedro le caía bien. Admiraba su inteligencia y su conocimiento casi infinito de cualquier tema, fruto de las interminables horas de lectura que dedicaba al día. Prefería la compañía de los libros a la de los otros chicos del pueblo.

—¿Estás bien? —se interesó Pedro.

—Sí, estoy bien. Por lo menos no me han dado en la oreja. El año pasado tuve una otitis gordísima por culpa de un bolazo. Gracias por ayudarme.

—Ah, bueno, de nada. Oye...

Dudó un momento si preguntarle por la propuesta de don Sabino.

—¿Me vas a preguntar por lo de ir a estudiar a Pamplona?

—Bueno..., sí. ¿Vas a ir?

—Claro que voy a ir. Este pueblo es una fosa donde se entierran los sueños de la gente. Al menos los míos. No me quedaría aquí por nada del mundo. Peor de lo que me tratan aquí los otros no creo que me vayan a tratar los curas.

Pedro se sorprendió al comprobar las visiones tan distintas que ambos tenían del pueblo, pero entendió sus razones.

—¿Tú vas a ir? —preguntó directamente Carmelo.

—Aún no lo he decidido del todo, pero creo que no. Yo sí me veo en este pueblo y mi familia me necesita aquí con ellos.

—Ya..., mi familia no es como la tuya, Pedro.

—¿A qué te refieres?

—Digamos que lo que me hacen fuera de casa no es nada comparado con...

En ese momento sonó la campana que avisaba del inminente comienzo de las clases y los dos chicos corrieron hacia el aula. A Pedro le resonó lo que su padre le había dicho la noche anterior: «Sin eso, no tienes nada. Con eso, lo tienes todo». Comprendió entonces la profundidad de aquellas palabras y la gran verdad que encerraban. Pudo sentir la enorme carga de tristeza que arrastraba Carmelo y deseó que Pamplona supusiera una liberación para él.

Las tardes de los viernes no debían volver a la escuela después de comer. David esperaba impaciente a su hermano para ir juntos a deslizarse por las laderas cercanas al pueblo y no bien hubo dado la última cucharada a la cuajada, le apremió para que se pusiera la ropa de abrigo.

—¡Vamos, Píter! Solo nos quedan dos horas de luz. Esta mañana he ajustado el trineo y va como una centella. ¡No hay tiempo que perder!

—Dame un minuto. Enseguida voy.

Pedro entró en la habitación de Maritxu.

—¿Cómo está mi hermana favorita?

—¡Soy tu única hermana!

—¡Por eso! He venido antes de comer, pero dormías como un tronco. Ya me ha dicho *Ama* que son anginas. Eso no va a poder contigo. En dos días estamos haciendo un muñeco de nieve juntos.

—¡Píter! —oyó gritar a David.

—¡Ya voy! Bueno, en un rato vengo. Espero volver entero —dijo, guiñándole un ojo a su hermana.

Los dos hermanos dejaron el pueblo en dirección a la Cuesta de Txomin, una ladera cuya inclinación iba de menos a más según te alejabas del pueblo. Había otros chicos lanzándose a toda velocidad ladera abajo con cualquier artefacto que deslizase. Todos admiraron el trineo de David y a José se le iluminó la cara cuando este le dijo que su padre había hecho un gran trabajo.

—Es un auténtico bólido. ¡Ya veréis!

David y Pedro montaron y se lanzaron sin miramientos por la cuesta. El mayor iba delante y sujetaba la cuerda que guiaba el trineo, mientras Pedro se aferraba con fuerza al cuerpo de su hermano para mitigar el miedo que sentía.

—¡Me vas a romper una costilla!

—¡Lo siento! —respondió Pedro, aflojando la presa.

David disfrutaba la sensación de vértigo y el aire frío en la cara. Pedro no tanto, pero confiaba en la destreza de su hermano manejando artefactos veloces. Estaban llegando al final de la ladera y David estaba apurando más de la cuenta.

—¡Frena, David!

—¡Tranquilo, lo tengo controlado!

Sin embargo, David no pudo prever que los chicos, con sus pasadas sobre la nieve, habían dejado al descubierto una placa de hielo que hizo que el trineo resbalara y aumentara la velocidad. Intentó clavar las botas en la nieve y gritó a su hermano para que hiciera lo propio. Con lo que David tampoco había contado era con el peso duplicado respecto a las bajadas de la mañana; comprobó que no les quedaba apenas ladera y se acercaban peligrosamente al borde de la cuesta, que terminaba de forma abrupta sobre la carretera.

—¡Tírate, Pedro! ¡No lo puedo frenar!

Ambos se lanzaron a un lado un segundo antes de que el trineo saliera despedido por el terraplén. Cuando paró de rodar, David se incorporó y se asomó a la carretera. Cayó de rodillas en la nieve, tapándose la cara con ambas manos. Cuando Pedro llegó a su altura, descubrió horrorizado que el trineo había quedado hecho astillas contra unas rocas situadas al otro lado de la carretera. Se le retorció el estómago de solo pensar que podrían haber acabado dando con sus huesos contra aquellas piedras.

David empezó a maldecir y golpear la nieve con el puño. Su hermano no sabía cómo calmarlo. Poco a poco, el resto del grupo fue llegando hasta el límite de la pradera. Todos contemplaron impresionados el estado en el que había quedado el trineo. De pronto, David, fuera de sí, se abalanzó sobre José y lo zarandeó.

—¡Dile a tu padre que su trineo es una mierda! ¡Por su culpa no he podido frenar y mira! —exclamó señalando los restos—. ¡Podríamos habernos roto la crisma! ¡Carpintero estúpido!

José, aun siendo dos años menor que David, era igual de alto y fuerte que él. Se defendió del ataque, herido en el orgullo por las palabras que había dicho sobre su progenitor. Empujó a David con tal furia, que cayó de espaldas sobre la nieve.

—¡Eres un imbécil! ¡Mi padre no tiene la culpa de que seas un torpe y no sepas conducir un maldito trineo!

David quedó un momento tendido, sorprendido por la fuerza de José, pero se levantó de un salto dispuesto a darle a aquel niñato su merecido. Ambos se enzarzaron en un revoltijo de brazos y piernas y cayeron al suelo. Pedro asistía paralizado al espectáculo de ver a su hermano y a su mejor amigo partiéndose la cara sobre la nieve. Los otros jaleaban al grito de «¡Pelea! ¡Pelea!». Por fin, Pedro salió de su trance e intervino para separarlos.

—¡Basta ya! ¡Parad de una vez!

Un puñetazo cuya autoría nadie pudo identificar en el fragor de la pelea impactó en la nariz de Pedro, que cayó sobre la nieve, noqueado. Solo entonces, David y José cesaron en su disputa y se centraron en Pedro, que trataba de incorporarse mientras se sujetaba la nariz. Un chorro de oscura sangre tiñó de rojo la blanca nieve. Pedro veía borroso y se sentía mareado. Su hermano y su amigo lo ayudaron a ponerse en pie.

—¡Dejadme en paz! ¡Me habéis roto la nariz! ¡Solo sabéis solucionar los problemas a golpes, pedazo de cromañones!

Los dos se miraron avergonzados. Ambos tenían la cara

magullada y enrojecida, de un tono que no tardaría mucho en tornarse morado.

—Vamos a casa, Pedro —dijo David y, mirando los restos del trineo, añadió—: No podemos dejar eso ahí.

Saltaron el escorte que delimitaba el campo con facilidad, ya que la nieve casi lo cubría entero, y bajaron el terraplén hasta la carretera. Recogieron el amasijo de tablas y listones y emprendieron, cabizbajos, el camino de regreso a casa. Con la adrenalina aún a flor de piel, David se fue dando cuenta poco a poco del lío que había montado. Había puesto en peligro a su hermano y eso no se lo perdonaba. Y lo había pagado con José, que no tenía culpa de nada. Esos prontos no hacían más que jugarle malas pasadas, pero era incapaz de controlarlos. Su hermano caminaba unos pasos por detrás. Lo oía quejarse de vez en cuando. Nunca se había roto la nariz, pero estaba seguro de que aquello debía de doler. Se imaginó la cara de sus padres e instintivamente ralentizó el paso, no queriendo llegar a casa...

XII.

—¡Ave María Purísima! —exclamó la Amona cuando los vio entrar por la puerta—. ¿Qué os ha pasado?

Anamari, alarmada por las voces de su suegra, apareció como una exhalación.

—¡Ya podéis tener una buena explicación para esto, jovencitos! —dijo al ver aquel cuadro.

Los chicos contaron lo sucedido. Con la cabeza gacha, ambos fueron dando su versión de los hechos. Anamari se debatía entre el disgusto por el ímpetu de su hijo mayor, la preocupación por la nariz del pequeño y el alivio por saber que fue el trineo, y no sus propios hijos, el que acabó estrellándose contra las rocas.

Fue a casa de los Castrejana a llamar, por segunda vez en el día, al doctor Zunzunegui, y después fue al bar a buscar a Salvador, que estaba echando la tarde del viernes con otros hombres del pueblo.

Los padres entraron en casa y Salvador quiso conocer de primera mano la versión de lo sucedido. Escuchó sin decir nada hasta que hubieron acabado.

—Ponte el abrigo, David.

—¿Por? ¿A dónde vamos?

—Me vas a acompañar a casa de los Astibia a pedir disculpas.

—¡Pero, *Aita*! ¡No...!

—No te he pedido opinión —dijo enfilando hacia la puerta.

David lo siguió a regañadientes. Al cabo de un rato, llegó el doctor Zunzunegui. Examinó la nariz de Pedro y recolocó el tabique en su sitio.

—Esto te va a doler, chico.

El alarido de Pedro se escuchó más allá de las paredes de aquella casa. Le dio a Anamari varios analgésicos, antiinflamatorios y las instrucciones para que se los administrara en las próximas horas.

—Te dolerá unos días, pero el tabique soldará pronto. Mientras tanto, te recomiendo que no te metas en más peleas, jovencito. Es posible que se te quede un poco torcida. Para arreglar eso habría que ir a Pamplona a la consulta de un cirujano plástico. Te dejaría como nuevo.

Pedro miró a su madre con expresión de horror. Sabía que no había posibilidad de ir a Pamplona. Fue corriendo a mirarse al espejo.

—Tranquilo, chico, no se te va a quedar así. Cuando te baje la hinchazón veremos qué pinta tiene. Volveré en tres o cuatro días.

Aprovechó para pasar a ver a Maritxu y constatar que los antibióticos ya estaban haciendo su efecto. Abandonó la casa en el momento que Salvador y David llegaban. Salvador intercambió unas palabras con el doctor y le pagó las medicinas. David entró cabizbajo, con la cara pintada de vergüenza y, sin mediar palabra, se fue derecho a su habitación.

El viernes por la noche era el momento en que los Castrejana acostumbraban a acudir a casa de los Andonegui para cenar y pasar un rato de charla, aprovechando el calor de la chimenea que no había en casa de los primeros. No estaba el horno para muchos bollos en casa de los segundos, aun así, ambas familias decidieron mantener la tradición. Sobre las ocho de la tarde llegarían las mujeres Castrejana; Agustín estaba en el pueblo vecino y, supuestamente, no tardaría en aparecer.

Pedro se moría de vergüenza al pensar que Luna pudiera verlo con aquel aspecto. Volvió a mirarse al espejo y comprobó con disgusto cómo el morado, rojo, amarillo y marrón iban empezando a componer una paleta de colores alrededor de su nariz y hacia las cuencas de los ojos. Vaya cuadro. Estaba seguro de que, si alguna vez le había gustado a Luna, ese día todo acabaría. Maldijo el momento en que decidió intervenir en la pelea de su hermano y su amigo. Él, que odiaba con todas sus fuerzas la violencia física, había comprobado en sus propias carnes los estragos que causaba solucionar las cosas a puñetazos.

Las mujeres de la familia Castrejana llegaron puntuales a su cita. Como siempre, con las manos llenas de viandas para la cena. Teresa era una maravillosa cocinera y, en esta ocasión, había preparado un guiso estofado con todo tipo de verduras de la huerta de los Andonegui. También había cocinado una gran hogaza de pan y una tarta de zanahoria para el postre. Los olores de la comida inundaron el cuarto de estar a su paso hacia la cocina. Las mellizas, con su habitual alegría, azuzaron la llama de aquella casa, un poco apagada.

Pedro, en su habitación, no se atrevía a salir. David tampoco tenía muchas ganas de visitas. Fue Salvador quien los hizo desfilar hacia el cuarto de estar sin rechistar. Luna y Candela aguantaron a duras penas la risa y fue Teresa, que en ese momento salía de la cocina, quien exclamó:

—¡Virgen santa! Vaya pinta tenéis los dos de matones de arrabal.

Los hermanos bajaron la cabeza, avergonzados. Pedro miraba de reojo a Luna, que mal disimulaba la risa junto a Candela.

—Hoy la vida les ha dado una buena lección que espero tarden tiempo en olvidar —dijo Salvador.

—Está bien —terció Anamari—. Vamos a preparar la mesa y a cenar, antes de que se enfríen las delicias que ha preparado Teresa. ¿Agustín tardará mucho en llegar?

—No debería. Me ha dicho que tenía que resolver un asunto rápido y vendría. —En ese momento se escuchó el chirriar de los frenos de un vehículo en el exterior de la casa—. Aquí está. Debe de ser él.

Agustín se asomó a través del zaguán de entrada, con el reglamentario uniforme de la Benemérita, y saludó a los presentes.

—Dadme cinco minutos para que me cambie de ropa y vengo enseguida. —De pronto se fijó en los hermanos y exclamó—: ¡Santo Dios! ¿Qué os ha pasado? ¡Si tenéis la cara como un mapa!

—En la cena nos contarán —respondió Teresa—. Ve y cámbiate, cariño, mientras preparamos la mesa.

Agustín salió en dirección a su casa y los mayores se dispusieron a prepararlo todo. Luna y Candela se acercaron a los hermanos.

—¡Menuda cara! —exclamó Luna—. ¿Quién os ha hecho eso?

—Fue José —respondió Pedro—. Mi hermano y él se estaban peleando y yo me metí en medio a separarlos y... —Se señaló la cara.

—Se te está formando un bonito arcoíris alrededor de la nariz

—se rio Luna—. Eso os pasa por resolver las cosas a mamporros. ¿Cómo quedó José?

—Parecido a mí —contestó David—. Suerte que no nos quitamos los guantes de nieve y los golpes no fueron para tanto.

—¿Qué no fueron para tanto? —se indignó Pedro.

—Bueno, menos lo tuyo…

Cuando venían los Castrejana a cenar, había que sacar la mesa de la cocina y unirla a la del comedor para que cupieran todos. Además, estaba la *Amona*, así que tuvieron que apretarse más de lo habitual. Luna se las apañó para sentarse junto a Pedro. Él notó la cercanía del cuerpo de ella y se estremeció. Después de todo, quizá el aspecto multicolor que estaba cogiendo su cara no le parecía tan terrible.

La cena transcurrió distendida. No faltaron las chanzas de Agustín y Salvador sobre los hermanos. Estos contaron su versión de los hechos otra vez, pero, en esta ocasión, habiendo atentos ojos y oídos femeninos, el relato fue bien distinto, casi heroico. Anamari y Salvador se miraban con complicidad. Estaba claro que las hormonas adolescentes no iban a pasar de largo por aquella casa. Entre risa y risa, también hubo un mensaje de Agustín en contra de las peleas, y advirtió a los hermanos de que aquello debía quedarse allí. No quería más líos.

—Tranquilo, Agustín —intervino Salvador—. Ya hemos estado en casa de los Astibia para disculparnos y hacer las paces. Marcio se ha ofrecido amablemente a reparar y reforzar el trineo para hacerlo resistente a aterrizajes forzosos, y aquí paz y después gloria.

—Así me gusta, muchacho —sentenció Agustín.

Al terminar la cena se sirvió algún licor para los adultos y leche caliente con tarta de zanahoria para los niños. Los hombres fueron a sentarse junto a la chimenea mientras las mujeres recogían la mesa. La *Amona* se acomodó en la mecedora que había hecho traer desde su casa con Lagun a sus pies y se echó una manta sobre las piernas. Maritxu se acercó a su abuela y le dijo algo al oído. Sonrió y asintió, accediendo a la petición de su nieta. Entonces Maritxu avisó al resto de niñas para que se acercaran.

—¡La *Amona* va a contar historias!

Las niñas, David y Pedro se arremolinaron frente a la abuela, cerca de la chimenea.

—¿Qué historias queréis que os cuente?

—¡Una de miedo! ¡Una de miedo!

—¡No, no! De miedo no, que luego no podemos dormir —dijeron las mellizas al unísono.

—Dejadme pensar un momento… —La *Amona* cerró los ojos.

—¡Cuenta la historia de *Basajaun*, *Amona*! —pidió Maritxu.

—¿*Basajaun*? Está bien. Os contaré la misteriosa historia del Señor del Bosque…

Cuenta la Leyenda que, desde los más antiguos tiempos del hombre en la Tierra, los Basajaun ya habitaban los bosques de Irati. Formaban un pequeño clan que dominaba el fuego y las sabidurías ancestrales. Eran grandes, fuertes y con largo pelo que les cubría hasta las rodillas. Se dice que tenían un pie humano y otro redondo, similar a una pezuña. Eran los guardianes del bosque y vivían en armonía con los animales salvajes y con los humanos primitivos. Cuidaban y protegían el ganado, avisando a los pastores de la presencia del lobo por medio de gritos y silbidos. Cuando el rebaño hacía sonar sus cencerros al unísono significaba que Basajaun andaba cerca, vigilando y protegiendo. A cambio, los pastores dejaban trozos de pan que Basajaun recogía sin que nadie lo viera. Poseían los más arcaicos secretos de la civilización sedentaria: conocían las técnicas de la arquitectura, la agricultura y la herrería. Y se dice que fue por la astucia de un campesino de la zona llamado Martin Txiki, también conocido como San Martinico, que consiguió con artimañas que los Basajaun le revelaran ciertos secretos, como el de la siembra. Un día Martin Txiki apostó con el Basajaun que podría saltar los montones de trigo que estos guardaban. Basajaun lo saltó sin dificultad, pero Martin Txiki no pudo y cayó sobre el montón, de manera que algunos granos quedaron metidos en sus albarcas. Así consiguieron los humanos las semillas, pero no sabían cuándo sembrarlas. San Martinico se acercó de nuevo a las pro-

fundidades del bosque y escuchó una canción que decía: «Si los hombres supieran esta canción, bien se aprovecharían de ella: al brotar la hoja, siémbrese el maíz; al caer la hoja, siémbrese el trigo; por San Lorenzo, siémbrese el nabo».

En otra ocasión, el embaucador San Martinico envió a un sirviente para que dijera al Basajaun que ya sabía cómo fabricar una sierra, respondiendo este: «¿Acaso tu Señor ha visto la hoja del castaño?» A lo que el criado contestó: «No la ha visto, pero la verá». Así es como Martin Txiki se inspiró en la hoja del castaño para fabricar una sierra, lo que no gustó a Basajaun que, al enterarse, bajó de noche a las casas de los hombres y dobló los dientes de la sierra de San Martinico para inutilizarla, sin saber que acabada de inventar la sierra triscada.

—¡Qué listo el Martinico ese! —exclamó Julia.

—Muy listo —respondió la *Amona*—. Se aprovechó de la falta de malicia de *Basajaun* para enterarse de sus secretos. *Basajaun* no alberga maldad, a pesar de lo que dicen algunos falsos mitos y leyendas. Su único interés es vivir en armonía con la naturaleza y sus moradores, incluidos los hombres.

—Pero, entonces... —Laura dudó antes de seguir—, ¿*Basajaun* existe?

—¡Claro que existe! ¿Verdad, *Amona*? —intervino Maritxu—. ¡Cuéntales lo que le pasó al *Aitona*!

—¿Qué le pasó? —preguntaron las mellizas al unísono.

—No sé si debería contarlo.

—¡*Amona, mesedez*!

—¡Sagrario, por favor!

La *Amona* hizo una pausa teatral y percibió en los ojos de los pequeños esa curiosidad tan natural e inocente que solo los niños conservan. Pero no solo ellos estaban pendientes del relato; comprobó con regocijo cómo los adultos también la escuchaban con suma atención.

—De acuerdo, os lo contaré —accedió—. Un día de otoño, como de costumbre, el *Aitona* salió a coger hongos. Ese día no llevó consigo a Fiel, el pastor alemán que tuvimos antes que Lagun, porque estaba recién operado. Se le había hecho un poco tarde y dijo que no tardaría en regresar. Poco después de salir, una densa niebla empezó a descolgarse de las montañas hacia el valle. Al cabo de un tiempo se hizo de noche y el *Aitona* no había vuelto aún. Vuestro abuelo se conocía aquellos bosques como la palma de su mano, pero tardaba tanto que empecé a preocuparme. Recé mucho y pedí al Señor del Bosque que cuidara de mi Félix. Decidí esperar hasta las diez de la noche y, si no había regresado para esa hora, avisaría a los vecinos para salir en su búsqueda. Cinco minutos antes de las diez, Fiel se levantó de su manta junto al fuego y se acercó a la puerta, emitiendo unos gruñidos extraños. En ese momento, llamaron a la puerta. Abrí y no vi a nadie. Salí a la calle, pero la niebla era tan densa que apenas se veía a un metro de distancia. Entonces escuché mi nombre a lo lejos. Era el *Aitona*. Aún recuerdo el vuelco que me dio el corazón al oír su voz. Fui hacia el lugar de donde procedía la voz y encontré al abuelo que llegaba arrastrando los pies, muerto de frío y con la cara desencajada. «¿Qué ha pasado, Félix?», le pregunté. «No me vas a creer, Sagrari», me dijo. «Llévame adentro». Lo metí en casa, le cambié de ropa y le di una sopa caliente. Tiritaba hasta casi la convulsión. No sabría decir si era frío o era miedo. Se quedó largo rato mirando fijamente al fuego mientras se bebía el caldo a pequeños sorbos. Hasta que le pregunté: «¿Me lo vas a contar?». Pareció salir de una especie de trance y, al principio, me miró como si no me reconociese. «No me vas a creer», repetía. Entonces me contó la siguiente historia:

Salí a por hongos siguiendo el recorrido habitual, buscando por los mismos rincones de siempre. Extrañamente, no encontré ni un solo hongo donde suelen salir a puñados, así que decidí internarme en el bosque. Sabía que la noche no tardaría en caer, pero con lo que no contaba era con la niebla. Cuando quise darme cuenta, una espesa bruma me rodeaba y no era capaz de ver más allá de donde alcanzaban mis manos. A tientas, traté de volver sobre mis pasos pero me desorienté. No reconocía nada a mi alrededor. Siempre tengo referencias de rocas o de árboles, pero nada era reconocible. Parecía que estaba en un bosque desconocido que pisara por primera vez. Me asusté, porque percibía una extraña sensación de irrealidad, como si fuera un mal sueño. Me preocupaba mucho caer en una sima, porque eso sí que podría significar el fin, así que iba muy despacio, tanteando cada paso que daba. Cada vez estaba más oscuro y empezaba a sentir que la niebla me calaba los huesos. En un momento, tuve un ataque de pánico. Nunca me había sentido tan perdido y vulnerable en el bosque, así que empecé a gritar a todo lo que daban mis pulmones. No sé ni qué grité, solo que los aullidos salían de lo más profundo de mis miedos. Entonces, cuando paré de gritar para recobrar el aliento, creí oír un sonido a mi espalda. Me quedé muy quieto, esperando para ver si se repetía. Volví a escucharlo. Era como si alguien golpeara el tronco de un árbol con un cayado. Instintivamente, decidí seguir el sonido. Este se repetía cada poco tiempo, pero siempre a la misma distancia, como si fuera una guía. Me dejé llevar, no sé muy bien por qué. Grité hacia donde procedía el sonido, pero nadie contestó. «Toc, toc», dos golpes en la niebla por toda respuesta. Siempre a la misma distancia. «Toc, toc». Por fin vi las luces de las casas y lloré de alivio, como nunca antes, y grité tu nombre, hasta que me encontraste.

Se hizo el silencio en el cuarto de estar de los Andonegui. Finalmente, la *Amona*, con voz muy queda, concluyó su relato:

—Aquella noche, sin que Félix se diera cuenta, dejé la hogaza que había horneado esa mañana en el alfeizar de la ventana, envuelta en una tela. Y recé mucho. Y le di las gracias a Dios por traer de vuelta a mi marido y protegerlo. A la mañana siguiente, me desperté pronto y fui a la ventana. Sobre el alfeizar, solo encontré la tela. Ni rastro de la hogaza de pan.

XIII.

David y Pedro protestaban ante sus padres por tener que ir a misa de domingo con semejante aspecto.

—A Dios no le importa cómo lucís por fuera. Solo le importa el interior.

—¡Ya, pero a la gente del pueblo sí! Se van a reír todos.

—Eso haberlo pensado antes de meteros en peleas sin sentido, jovencitos.

A regañadientes, los hermanos se prepararon para asistir al oficio dominical, embozándose con gorros y bufandas que taparan lo más posible sus rostros. Las marcas en la cara de David ya no eran tan visibles, pero la de Pedro estaba tornando en un crisol de colores muy otoñal. Al menos, los antiinflamatorios hacían su efecto y la hinchazón comenzaba a remitir. Las calles ya lucían más grises que blancas, aunque en algunas zonas la nieve aún se acumulaba en grandes montículos.

La familia Andonegui al completo, incluida la *Amona,* llegó a la parroquia. La noticia de la pelea había corrido como la pólvora en el pueblo y los hermanos sentían las miradas sobre ellos; curiosas algunas, reprobatorias otras. Pedro habló con Dios durante el oficio. Rezaba todas las noches y hablaba con Él, pero creía que, en Su templo, en Su casa, durante la misa, le escucharía con más atención. Le pidió por su abuela, a la que poco a poco veía marchitarse. Ella luchaba por disimular los dolores y no permitía que sus nietos la vieran nunca quejarse, pero Pedro sabía que el bicho seguía ahí, con ella, y que cada vez era más grande. También le pidió por su nariz, para que no se quedara torcida, tan fea que nadie quisiera mirarle sin apartar la cara. Todos comulgaron, excepto Maritxu, que hasta la primavera siguiente no haría la Primera Comunión.

A la salida de misa, David, Salvador y Maritxu acompañaron a la *Amona* a casa. Los esfuerzos la debilitaban, pero hacía lo posible por mantener la dignidad. Ella también había rezado a Dios durante la misa. Le había pedido reunirse con su Félix, al que aún echaba terriblemente de menos.

Pedro esperó junto a su *ama* a que salieran sus amigos. En ese momento, la familia de Jesús Maisterra pasó junto a ellos y Elena, la madre, una mujer altiva y arrogante, se detuvo frente a Anamari.

—Ya me ha dicho Jesús que Pedro no quiere ir a Pamplona a estudiar.

—Aún no ha tomado la decisión, aunque eso parece.

—¿Ha tomado? —Elena puso cara de hastío—. Mi Jesús irá, por supuesto, porque lo digo yo.

—Jesús es un chico muy inteligente. Seguro que le sacará provecho.

—Es una gran oportunidad que no deberían desaprovechar. Aquí en el pueblo, rodeados de vacas y ciemo, no tienen futuro.

—Si todos se van, entonces sí que no habrá futuro para este pueblo.

—¿Todos? Don Sabino no elije a cualquiera. Pero claro, no solo hay que querer, también hay que poder —sentenció con desdén.

Elena siguió su camino. Anamari la vio alejarse y sintió pena por el chico. Aquella mujer tenía el corazón de hielo y no desaprovechaba ninguna oportunidad para esparcir su inquina sobre cualquiera al que dirigiera la palabra.

Por fin salieron José y Txori de la parroquia y los tres amigos se fueron juntos hacia el frontón.

—Conmigo no contéis para una guerra de bolas —dijo Pedro—. Bastante tengo con lo que tengo.

—Pero bueno, ¿qué pasó entonces? —quiso saber Txori, que el viernes en que sucedieron los hechos estaba trabajando en la tienda de sus padres.

—Fue David quien empezó —se excusó José—. Estoy seguro de que yo no te golpeé, Pedro, de verdad. Tienes que creerme.

—Eso ya no importa, José. Nadie tiene la culpa… y todos la tenemos.

—Tienes un aspecto terrorífico —terció Txori, que no pudo evitar una carcajada. A las risas se unió José:

—Es cierto. No quisiera encontrarme contigo en un callejón oscuro.

Pedro aguantó las chanzas de sus amigos. Contaba con ello y no le importó.

—¿Luna ya te ha visto?

Pedro asintió.

—El mismo viernes cenaron en nuestra casa. Pero entonces no estaba como ahora. El doctor Zunzunegui dice que igual se me queda la nariz torcida.

—La verdad es que te da un aire a Rocky Marciano —añadió Txori.

—¿Quién es ese? —preguntó Pedro.

—Es un boxeador americano que le encanta a mi padre. En realidad, es italiano y se apellida Marchegiano.

—¡Tú sí que eres un marciano! Sabes unas cosas que no sé de dónde las sacas —se sorprendió José.

—Se llama leer, mendrugo. Consiste en abrir un periódico o un libro y empaparte de lo que dice.

—¡Ya sé lo que es leer!

—¡Pues no se nota!

José y Txori empezaron a bracear como para iniciar una pelea, y Pedro apuntilló.

—Por mí como si os matáis. Esta vez no pienso intervenir.

Los amigos cesaron en su conato de pelea. Don Antonio, el párroco, pasó junto a ellos camino del bar. Se detuvo y se fijó en Pedro.

—¡Sacrosanto madero, Andonegui! ¿Qué le ha pasado en la cara? —Entonces se fijó en José—. ¿Usted también, Astibia?

—Fue un accidente, don Antonio. Estábamos jugando en la nieve y... —intentó justificarse Pedro.

—Ya, ya, no me esperaba de usted que se metiese en peleas, porque eso no es de un bolazo de nieve. Espero que hoy en misa le hayan pedido perdón a Dios por comportarse como borricos.

El párroco siguió su camino. Creyendo que se había alejado lo suficiente, Txori imitó el sonido de un burro, en referencia a la última frase de don Antonio.

—¡Le he oído, Eguinoa! Rebuzna usted muy bien. Cualquiera diría que es uno de ellos.

Los tres amigos aguantaron la risa como pudieron.

—Recuerden que Dios ve y oye todo lo que hacen —sentenció don Antonio sin mirar atrás.

José y Txori quisieron ir con el resto de los chicos del pueblo a jugar con la nieve acumulada en el frontón. Esta se amontonaba en montículos que servían a la vez de trinchera y de aprovisionamiento de blanca munición. Pedro prefirió no arriesgar su malograda facha y caminó de regreso a casa. Nada más entrar, notó semblantes serios y un ambiente tenso. La *Amona* se sentía mal. Los dolores se hacían cada vez más insoportables, a pesar de los analgésicos. Necesitaba medicinas que no se podían conseguir en el pueblo. Oyó conversar a sus padres en la cocina.

—No puedes meter a tu madre en un autobús a Pamplona estando como está. Llama a Martín y que venga a por ella en coche.

Salvador resopló. No le gustaba nada la idea de llamar a su hermano para pedirle el *favor* de venir a por ella para llevarla a urgencias.

—Sé lo que estás pensando, Salvador Andonegui. No vayas por ahí. También es su madre.

Anamari tenía razón. Salvador se acercó a casa de los Castrejana a llamar por teléfono. Volvió con gesto serio. Su mujer intuyó que la conversación no había sido agradable. Le hizo un gesto a su marido con la cabeza como inquiriendo qué tal había ido.

—Vendrá en un par de horas. Hay que prepararle un bolso a la *Amona*.

Pedro se acercó a la habitación de su abuela.

—¿Puedo? —dijo tocando suavemente la puerta.

—Claro, *maitia*, pasa.

—¿Te duele mucho?

La *Amona* cerro los ojos y asintió.

—Es como si mil alfileres se clavaran por dentro. Después de los partos y los cólicos, este dolor se sitúa en tercera posición de los dolores de mi vida. —De pronto calló y cerró los ojos, como recordando un viejo dolor—. Bueno, miento, el dolor más grande de mi vida fue perder a mi Félix, sin duda.

El chico abrazó a su abuela por toda respuesta.

—Tráeme un vaso de agua, cielo. Con tanta emoción se le ha secado la boca a tu vieja *Amona*.

Pedro fue a la cocina. Sus padres estaban teniendo una acalorada discusión, aunque trataban de no alzar la voz.

—... ¡Y no se hable más! —decía Salvador, que calló cuando vio entrar al chico en la cocina—. ¿Qué quieres, hijo?

—La *Amona* me ha pedido un vaso de agua.

Anamari llenó un vaso y se lo dio. Pedro se dirigió al cuarto, pero, antes de salir de la cocina, se volvió para mirar a sus padres.

—No os peleéis, por favor.

—Tranquilo, *maitia*, son cosas de adultos en las que a veces no nos ponemos de acuerdo, pero no estamos peleando.

Pedro puso cara de no estar muy convencido y salió de la cocina. Cuando llegó a la habitación de la *Amona*, esta se había quedado dormida y dudó si despertarla para ofrecerle agua, pero entonces ella abrió los ojos.

—No quería despertarte. —Pedro le acercó el agua.

—Mmmm... solo dormitaba.

—*Aita* y *Ama* estaban discutiendo...

—¿Te preocupa?

—¡Claro! Los *aitas* de Juan Abaurrea... ¿Sabes quién es? ¿Que vive justo al lado del frontón? Pues discutían mucho y el padre se fue de casa y no ha vuelto.

La *Amona* guardó silencio un momento. Cerró los ojos como intentando recordar.

—¿Abaurrea es el fontanero?

El chico asintió.

—¡Jesús, María y José! Ya sé quién es. Una vez vino a casa a hacer unos arreglos. Cuando marchó, le dije a tu abuelo que aquel hombre tenía mala sombra. No me extraña nada lo que cuentas. —Hizo un esfuerzo por incorporarse y miró muy seria a Pedro—. Déjame que te diga una cosa, jovencito. Tu *Aita* nada tiene que ver con ese hombre. Salvador es un hombre bueno y cariñoso, y no he conocido pareja que se quiera como él y Anamari. Supe desde que me dijo que se había enamorado de ella, que estaban hechos el uno para el otro. En esta casa hace calor, aunque el fogón esté apagado. En otras casas, el hielo no se va ni con la más viva de las lumbres. ¿Entiendes lo que quiero decir?

Pedro asintió de nuevo.

—No te preocupes. Las discusiones en una pareja son normales. Sobre todo, si en casa hay una carga extra en forma de abuela enferma.

—Va a venir el tío Martín a llevarte a Pamplona, ¿verdad?

—Eso parece. Pero uno no quiere que venga y el otro no quiere venir. Así están las cosas.

—¿Y no podría ir yo contigo a Pamplona?

Ella sonrió a su nieto.

—Un hospital no es lugar para ti, Pedro.

—¿Tienes miedo, *Amona*?

—¿Miedo de qué, *maitia*?

—De morir.

La *Amona* negó con la cabeza.

—No, no tengo miedo. He visto el otro lado y no da miedo.

—Pues yo sí lo tengo —Pedro bajó la mirada—. Tengo miedo de que te vayas a Pamplona y no vuelvas. De que no podamos despedirnos.

La *Amona* se quedó un momento sin palabras, la garganta hecha nudo. Trató de contener la emoción, pero pensó que, a esas alturas de su vida, no tenía sentido ya contenerse nada. Las lágrimas asomaron a sus ojos.

—No lloro de tristeza —dijo—, sino de alegría por la suerte de tener un nieto como tú. Entiendo muy bien lo que dices. Te contaré una pequeña historia, con una moraleja muy poderosa que espero no olvides el resto de tu vida. Yo no pude despedirme de mi Félix, y durante mucho tiempo estuve sumida en un profundo dolor. Nunca esperas que esa vez que ves partir a alguien será la última. Tu *Aitona* y yo habíamos tenido una discusión la noche anterior. Ni siquiera me acuerdo por qué. Nos fuimos a la cama enfadados el uno con el otro. Él se levantó muy pronto al día siguiente para ir a la batida de caza. Yo me solía levantar también y le ayudaba a preparase. Pero ese día me quedé en la cama, enfadada con él. Tardé muchos años en perdonarme por no haberlo despedido con un beso, como hacía siempre. Nuestras últimas palabras tampoco fueron de amor. Fueron muchos los días en los que me desperté arrepentida, con un nudo en la garganta por las palabras que no le dije, como el que tengo ahora mismo...

La Amona hizo una pausa para secarse las lágrimas. Cuando consiguió serenarse, continuó:

—Esta vida, Pedro, es pura impermanencia. Hoy estamos, mañana no. Ahora somos cuerpo, mañana solo recuerdo. Si le aceptas un consejo a tu vieja *Amona*, no guardes rencor dentro de ti, no dejes que tu orgullo silencie esa palabra amorosa que podrías haberle dicho a alguien, porque quizá ya nunca puedas y te quemará dentro el resto de tu vida.

Pedro miraba a su abuela con ojos muy abiertos, tratando de comprender la profundidad de aquellas palabras. Era capaz de sentir su dolor, revivido tanto tiempo después.

—¿Entiendes lo que dicen mis palabras?

Pedro asintió.

—¿Entiendes lo que significan?

—Creo que sí.

—El rencor es un veneno que ingerimos pensando que quien va a morir envenenado es el otro, pero no funciona así...

De pronto, Pedro notó una punzada de apremio. Querría que su abuela le desvelara los misterios de la vida, pero sentía que el tiempo se le escapaba entre los dedos.

—*Amona*...

—Sé lo que me vas a decir y no debes preocuparte. Volveré pronto de Pamplona y continuaremos estas charlas. Ahora necesito descansar un poco antes de bajar a Pamplona. —Apretó la mano de su nieto—. ¿Me avisarás para comer?

—¡Claro! —Pedro dio un beso a su abuela y salió del dormitorio.

La llegada del tío Martín estaba prevista para las cinco de la tarde. El ambiente seguía enrarecido en casa. Durante la comida, se notaba la tensión de Salvador, que hubiera preferido no tener que llamar a su hermano para ocuparse de llevar a la Amona a Pamplona.

Diez minutos antes de las cinco, un ruido de motor anunció la llegada de Martín. Este se apeó de un coche de la empresa conducido por un chófer, lo que irritó aún más a Salvador, que se cuidó mucho de no expresar su malestar delante de su familia. La *Amona* estaba lista, así que, tras los saludos de rigor a su cuñada y sobrinos, Martín acompañó a su madre hasta el coche. Pedro y sus hermanos vieron desde la ventana a su padre salir detrás de ellos y esperar a que Martín cerrara la puerta una vez que la *Amona* hubo montado en el coche para intercambiar unas palabras con su hermano. Este negaba con la cabeza. Parecía no tener interés en las palabras de Salvador y lo miró con desdén. Hizo un gesto con la mano como diciendo a Salvador que no quería continuar con aquella conversación y montó en el asiento del acompañante. Salvador ponía la mano en la ventanilla trasera cuando el chófer arrancó el vehículo y enfiló por las calles del pueblo en dirección a la carretera general que unía el pueblo con Pamplona. Los hermanos observaban a su padre de espaldas contemplar la partida del coche, aunque solo Pedro percibió cómo Salvador apretaba los puños.

XIV.

Valle de Aezkoa, Navarra. Navidad de 1957

Anamari estaba preocupada. Observaba a su marido moverse por la casa como un león enjaulado. Ángel, el pastor, no se había equivocado en sus predicciones y las nevadas habían sido frecuentes y copiosas en el último mes. Salvador era un hombre muy identificado con su trabajo. Amaba estar en el campo con los animales, trabajando en la borda o la huerta. Las limitaciones que suponía la nieve eran un fastidio para él. A todo ello había que añadir que en unas horas, Martín, su mujer y sus hijas llegarían para la cena de Nochebuena. La Amona había insistido en que quería pasar aquella Navidad con toda la familia reunida. Había hablado con sus hijos por separado y ambos habían aceptado, no sin protestar. No solo por el hecho de tener que juntarse, sino de asumir que aquellas pudieran ser las últimas navidades de su madre. Desde que había vuelto de Pamplona, se encontraba bastante baja de ánimo y eso, de alguna manera, contagiaba al resto de la familia. Se pasaba gran parte del día dormitando y cada vez eran menos habituales sus momentos de lucidez.

Como tenían por costumbre, Martín, Macarena y las niñas pasaban las fiestas de Navidad en Córdoba con la familia de ella. A las dos familias trastocaba el hecho de reunirse, aunque entendían que debía ser así. Celebrarían juntos la cena y la comida de Navidad. Afortunadamente, no tendrían que dormir todos en la misma casa, ya que los Castrejana, que también aprovechaban los días festivos para visitar a la familia, se habían ofrecido de buen grado a ceder su casa a los cuatro invitados.

Pero lo que en realidad disgustaba a Salvador era la posibilidad de enfrentarse a su hermano por cuestiones de la herencia de su madre. Ella había insistido en que quería tratar el asunto con los dos y dejarlo resuelto «antes de irse». Sabía que habría fricciones con Martín, sobre todo con el tema de la casa. Salvador era más proclive a conservarla, mientras que su hermano optaba por venderla. No sería fácil que se pusieran de acuerdo. Martín opinaba que una casa deshabitada se deterioraba con rapidez y era cara de mantener, mientras que para Salvador hacía su función, al estar cerca de la borda de los animales.

Por su parte, Anamari tenía otros motivos de preocupación. Preparar comida y cena para tanta gente la tenían muy ocupada, además de tener que encargarse de los regalos de *Olentzero*[14]. Sabía que no podría contar con la ayuda de su suegra ni de su cuñada, acostumbrada siempre a que la sirvieran. David no mostraba mayor interés en la visita familiar. La única que parecía feliz era Maritxu, que estaba encantada de que vinieran sus primas y trajeran muñecas y juguetes con los que ella no podía ni soñar. Pedro ayudaba a su madre a pelar patatas para acompañar al cordero que se asaba a fuego lento en el hogar. De primero, una *quiche* de verdura hecha con hojaldre casero, mientras que los entrantes y el postre los traería Martín de Pamplona: jamón serrano, paté de oca francés y pasteles de Casa Manterola, los preferidos de Anamari. Cualquiera que la conociera un poco, sabía que los productos de aquella conocida confitería pamplonesa eran su debilidad, y una parada obligada cada vez que visitaba la ciudad.

Por fin, los cuatro llegaron en el nuevo y flamante Peugeot 403 blanco recién adquirido por Martín que, gracias a su trabajo, tenía acceso a los coches más novedosos que se producían en Europa. Era un apasionado de los automóviles, las motocicletas y, en general, cualquier vehículo a motor. En ese sentido, su sobrino David se parecía mucho a él.

Macarena, de carácter discreto y afable, se sentía un poco fuera de lugar en un entorno rural tan alejado de aquello a lo que estaba acostumbrada. Sin embargo, su exquisita educación hacía que fuera capaz de desenvolverse con soltura en cualquier ambiente, ya fuera el más modesto o el más distinguido. Ella y su cuñada se llevaban muy bien, a pesar de que se veían poco. Un par de veces al año, Anamari se ponía sus mejores galas y toma-

14 Olentzero es una figura de la tradición cultural de País Vasco y Navarra. Se trata de un carbonero que baja de la montaña en la noche del 24 de diciembre para dejar regalos a los niños (Nota del autor)

ba el autobús a Pamplona para pasar el día con Macarena, que le enseñaba las últimas tendencias de la ciudad, la paseaba por las tiendas y locales de moda y le ponía al día de los chascarrillos que se contaban en los mentideros. Por unas horas, Anamari se sentía parte de la alta sociedad pamplonesa y disfrutaba de la compañía de su cuñada y de su animada conversación.

Por su parte, Macarena apreciaba de Anamari su naturalidad y su capacidad de fascinarse por cosas que a ella le parecían de lo más cotidianas. Las visitas de esta suponían un soplo de aire fresco en su día a día, bastante monótono y predecible. Aunque había sido bien acogida por la clase alta de la ciudad, no faltaban ocasiones en las que se sentía una *forastera*; ella y Martín no eran «de los de Pamplona de toda la vida» y siempre había alguien dispuesto a recordárselo. Le gustaba su vida en aquella ciudad de provincias tranquila, segura y con alta calidad de vida, en la que su marido iba subiendo escalones en el organigrama de la empresa y sus hijas tenían acceso a los mejores colegios.

No obstante, ella no había estudiado una carrera universitaria para ser ama de casa toda su vida; una voz en su interior se lo repetía cada día. Y luego estaba aquel maldito frío que le calaba los huesos y hacía que echara de menos el calor de su Córdoba natal.

La cena transcurrió sin sobresaltos, animada por las conversaciones cruzadas de Maritxu con sus primas y de David con Martín, al que pedía todo tipo de detalles sobre el motor y las prestaciones de su nuevo coche. Anamari pudo por fin relajarse porque todos estuvieron de acuerdo en lo exquisita que estaba la comida, pero sobre todo al comprobar que el rictus de tensión había desaparecido de la cara de su marido y sonreía y charlaba animadamente con Macarena y la *Amona*. Como era tradición, después de la cena todos juntos fueron a medianoche a la *misa de Gallo*, una de las celebraciones parroquiales más emotivas del año. Pedro miraba de reojo el vacío en el banco donde solían sentarse Luna y su familia. Se preguntó qué estaría haciendo ella en ese momento, y si se acordaría de él.

La noche del veinticuatro de diciembre, *Olentzero* repartía los regalos por las casas. Los pequeños, que aún creían en la magia de la Navidad, mal dormían aquella noche, nerviosos por lo que encontrarían a la mañana siguiente junto a la chimenea, en los zapatos que colocaban para que el carbonero identificara dónde tenía que dejarlos. Maritxu daba vueltas en la cama, inquieta. Su abuela sonreía en la oscuridad del dormitorio ante la inocencia de su nieta, hasta que un pensamiento recurrente nubló su mente. Aquella sensación de última vez atenazaba su garganta como si una invisible mano hiciera presión sobre ella hasta casi ahogarla. Se obligó a sí misma a volver al momento presente y se concentró en la respiración acelerada de Maritxu.

—*Amona*..., ¿duermes?

—No, *maitia*, dime.

—¿Y si *Olentzero* se olvida de nosotros y no deja sus regalos en esta casa? Como hay tantas...

—Eso no va a pasar. No te preocupes. *Olentzero* nunca se olvida de los niños de este pueblo, porque los quiere como si fueran sus propios hijos.

—Es que Maite me contó que, el año pasado, cuando se levantó en Navidad, no había ningún regalo para ella en su zapato. Y que su *Ama* le dijo que se había portado tan mal que no se merecía que *Olentzero* le dejara nada para ella. Yo no me he portado mal, ¿verdad?

—No, *maitia*, todo lo contrario. Ningún niño se porta tan mal como para que *Olentzero* se olvide de él, pero algunos padres no se merecen los hijos que tienen. Lo que sí pasa es que *Olentzero* no viene a las casas de los niños que no duermen, así que cierra los ojos y en menos que sueña un gallo, estaremos todos abriendo los regalos junto a la chimenea.

—*Eskerrik asko*[15], *Amona* —dijo Maritxu más tranquila.

La niña cerró los ojos y se durmió plácidamente.

Las dos familias se reunieron para desayunar y abrir los regalos la mañana siguiente. La algarabía de las más pequeñas inundaba la casa con risas y gritos de emoción. Cuando llegó el turno de los hermanos varones, el paquete de David casi triplicaba en tamaño

15 Muchas gracias

al de Pedro. El mayor abrió primero su regalo rasgando sin contemplaciones el papel que lo envolvía. Sus ojos se abrieron como platos cuando descubrió una caja de herramientas relucientes, con infinidad de accesorios y llaves de todos los tamaños «para que no haya motor que se te resista», según dijo Martín que le había dicho *Olentzero*. Pedro esperó paciente a que su hermano bajara las revoluciones de su excitación y abrió entonces el suyo, desplegando con cuidado los bordes del envoltorio. En su interior, había otros tres paquetes más pequeños. Empezó por el de menor tamaño, repitiendo el lento ritual al retirar el envoltorio. Por fin, sostuvo en sus manos una magnífica pluma estilográfica plateada, con el anagrama *Parker* impreso con relieve en un lateral.

—*Olentzero* ha dicho que es la última moda en plumas estilográficas, con cartuchos incorporados e intercambiables —apostilló Anamari.

Pedro la miró con ojos agradecidos antes de abrir el segundo de los paquetes, plano y rectangular. Era un cuaderno de tapas de pasta negra y hojas completamente blancas.

—¡Nada mejor que ese cuaderno para vaciar en él los cartuchos de tinta de la estilográfica y llenarlo con ideas que bullen en esa cabeza! —exclamó Salvador.

El tercer paquete tenía un tamaño similar al anterior, pero se notaba que el envoltorio era de una calidad superior, de papel marrón. Lo abrió con cuidado y contempló la sobria portada con curiosidad. *El Camino. Miguel Delibes.*

—Esa novela... dice *Olentzero*... narra las peripecias de tres amigos que se parecen mucho a ti, a José y a Txori. Me ha dicho que te va a gustar mucho cuando la leas —dijo Macarena, mientras le guiñaba un ojo.

—Dile a *Olentzero* que muchas gracias de mi parte, tía Maca.

Todos estaban felices con sus respectivos regalos, incluso el viejo Lagun tenía un nuevo y mullido cojín sobre el que tumbarse junto al hogar. La única con semblante serio era la *Amona*, que tenía la mirada perdida en el fuego crepitante de la chimenea. Había una conversación pendiente de abordar. Maritxu se le acercó.

—¿Por qué no te ha traído nada *Olentzero, Amona*?

—Lo que he pedido a *Olentzero* es casi imposible de conseguir, *maitia.*

—Tú siempre nos has dicho que hay que creer en la magia de la Navidad.

La *Amona* asintió con tristeza.

—No te preocupes —sentenció Maritxu—, compartiremos mi muñeca.

Sonrió por el gesto de su nieta e hizo una señal a Salvador para que se acercara. Le comentó algo en voz baja, este asintió y fue a hablar con Martín.

—Familia, Martín y yo vamos a llevar a la *Amona* a su casa.

A pesar de decirlo con un tono neutro, Anamari pudo notar la emoción en la voz de su marido. Sabía que se produciría una tensa conversación. Una vez los hermanos hubieron marchado con su madre en el coche de Martín, cada uno se dispersó por la casa enfrascado en sus cosas. Maritxu y sus primas se quedaron jugando con los regalos de *Olentzero* en el cuarto de estar, Anamari y Macarena fueron a charlar a la cocina, David fue al cobertizo donde tenía la moto con su flamante caja de herramientas, mientras que Pedro fue a su habitación y hojeó el libro de Delibes. Sus ojos se detuvieron en un párrafo que llamó su atención:

El valle... Aquel valle significaba mucho para Daniel, el Mochuelo. Bien mirado, significaba todo para él. En el valle había nacido y, en once años, jamás franqueó la cadena de altas montañas que lo circundaban. Ni experimentó la necesidad de hacerlo siquiera.

De inmediato, conectó con el personaje de Daniel, el Mochuelo, y supo que en aquel libro encontraría respuestas a preguntas que ni siquiera se atrevía a hacer en voz alta. Entonces, tomó el cuaderno, la pluma y anotó su nombre en el interior de la tapa. A continuación, como en un impulso, dejó fluir la pluma sobre la primera hoja en blanco del cuaderno y escribió: «Diario de Pedro Andonegui». Antes de continuar, miró a su alrededor. Decidió que, bajo el colchón de su cama, en la esquina pegada a la pared, sería un buen sitio para ocultarlo a ojos ajenos. Tomó de nuevo *El Camino* y se dispuso a leer, cuando escuchó gritos en el cuarto de estar. Abrió la puerta de la habitación con cuidado y oyó con claridad cómo el tío Martín ordenaba a Macarena y las niñas recoger las cosas: «¡Nos vamos inmediatamente!», exclamó. Las voces alteradas de la *Amona* y el *Aita* se mezclaron con la de Martín en una suerte de reproches y salidas de tono que Pedro sintió como cuchillos en el corazón. Salió al pasillo y se asomó al cuarto de estar en el momento que los cuatro se disponían a salir de casa. La *Amona*, sentada en la mecedora, se tapaba la cara con las manos, mientras Anamari trataba de contener a Salvador. David se cruzó con ellos en el umbral de la puerta.

—¿Qué pasa? —preguntó.

—¡Pregúntale a tu *Aita*! —exclamó Martín con tono exaltado en la voz.

Salieron dando un portazo. El motor del coche rugió rabioso, como contagiado por su estado de ánimo, y su rumor se fue perdiendo en la distancia a medida que se alejaban en dirección a Pamplona.

David se volvió hacia su padre con ojos inquisitivos.

—¡Con Martín es imposible hablar! ¡Se cree dueño de la razón! —bramó.

—Tú tampoco lo pones fácil, Salvador —terció la *Amona.*

—¿Te vas a poner de su parte, *Ama*? ¡Quiere vender tu casa, por el amor de Dios! ¡Parece que no le importa lo más mínimo el legado de nuestra familia!

—No me pongo de su parte. Solo quiero que seáis capaces de hablar sin echaros los trastos a la cabeza. Si va a suponer un motivo de disputa entre vosotros, para mí ya no es una casa. Son solo cuatro paredes —respondió muy seria.

Salvador abrió la boca para protestar, pero Anamari puso una mano en su brazo, pidiéndole con los ojos que no continuara la discusión. Él calló, zafándose del contacto de su mujer. Se puso la chaqueta y salió de casa murmurando palabras ininteligibles. La *Amona* suspiró con tristeza.

—No es la Navidad que yo hubiera deseado —dijo meneando la cabeza.

Se levantó con lentitud y se dirigió con paso cansado hacia el dormitorio.

XV.

Valle de Aezkoa, Navarra. Febrero de 1958

La vida seguía su curso en el valle. Enero había sido un mes complicado. Las nevadas siguieron siendo copiosas, alterando el ritmo normal del trabajo en el campo. Salvador, que siempre había sido un hombre casero y familiar, se fue encerrando en sí mismo. Cada vez pasaba menos tiempo en el hogar y más horas en el bar con el resto de los hombres del pueblo. La tensión en casa era palpable.

La nieve no solo helaba el paisaje circundante, sino también el ánimo de la familia Andonegui. Cada cual lo vivía de una manera, pero quien más lo sufría era la *Amona*, que veía con dolor cómo sus últimos días se iban apagando sumida en el desconsuelo de ver a sus hijos peleados. Solo Maritxu parecía inmune a la tristeza y mantenía su carácter alegre y vivaracho.

Pedro, por su parte, encontró en Luna una confidente con quien desahogar sus penas. Ella sabía escuchar y encontraba las palabras adecuadas para cada momento. Él había percibido en ella un cambio significativo a la vuelta de las vacaciones de Navidad. Luna había cumplido catorce años el día de Año Nuevo. No se habían vuelto a encontrar desde que ella y su familia marcharon a pasar las fiestas a su pueblo. Cuando la vio entrar en clase el primer día, no pudo quitarle ojo de encima. Ella le dedicó una sonrisa enigmática al pasar a su lado y ya no fue capaz de concentrarse en toda la mañana. De pronto, le pareció que el regalo que le había hecho era una tontería intrascendente que ella encontraría infantil. Había tallado una Luna en un pequeño tronco de haya. No era especialmente manitas, pero había dedicado horas y cariño a aquella tosca, pero hermosa talla. Sin embargo, cuando se la dio, Luna la recibió con un brillo en los ojos que disipó cualquier sombra de duda en el amor propio de Pedro.

El cambio de ella no era solo físico, también había algo no percibido por los ojos en su manera de estar y de hablar. Transmitía una serenidad que a Pedro le hacía mucho bien en aquellos momentos familiares convulsos.

De manera inconsciente, buscaba menos la compañía de sus amigos y más la de ella. Las conversaciones con José y Txori eran banales e intrascendentes. Con Luna, en cambio, se podía hablar de temas más profundos, como las relaciones humanas o las esperanzas que ambos tenían en el futuro.

Febrero llegó con cambios en la meteorología. Las temperaturas se suavizaron y la nieve dejó de caer. Los campos más bajos del valle comenzaron a verdear, lo que hizo que se pudiera trabajar con los animales. El ánimo de Salvador mejoró, y con él el del resto de la familia. La tensión se iba disipando al ritmo del goteo incesante de la nieve deshelándose en los tejados de las casas.

Sin embargo, nadie estaba preparado para el acontecimiento que iba a cambiar el devenir de los hermanos Andonegui para siempre. El primer sábado de febrero, comenzaba a declinar el día sobre las montañas del valle, cuando el sonido de un motor lejano hizo que Lagun levantara la cabeza, emitiendo un gruñido.

—¿Qué pasa, viejo amigo? —preguntó la *Amona* acariciando su gran cabeza—. ¿Quién viene?

El ruido del motor se fue aproximando, hasta que no hubo duda de que un coche se acercaba a la casa.

—¡Ese solo puede ser el bólido del tío Martín! Nadie en el pueblo tiene un coche que suene igual. ¡Qué te apuestas, Píter! —exclamó David.

Salvador y Anamari se miraron desconcertados.

—¿Esperabas la visita de tu hermano?

Salvador sacudió la cabeza y se encogió de hombros por toda respuesta. La puerta de la casa se abrió y todos miraron expectantes hacia el zaguán por donde habría de aparecer el visitante. Por fin, Martín franqueó la entrada al cuarto de estar. Tenía una cara entre enigmática y sonriente.

—¡Familia! ¿Cómo estáis? ¡Mirad la sorpresa que os traigo! —dijo señalando la entrada.

Un hombre alto y fornido, con poblada barba y cara curtida

por el sol hizo entrada en la estancia. Llevaba botas altas de cuero, pantalones tejanos desgastados y un chaquetón a cuadros con cuello de borreguillo. Todos se quedaron mirando al desconocido, pero nadie dijo nada. Por un instante, el tiempo pareció congelarse, hasta que Lagun ladró. En ese momento, la *Amona* pareció volver a la realidad. Sus ojos no podían creer lo que estaban viendo...

—¡Enrique! ¡Hijo mío!

—¡*Ama*!

El mediano de los hermanos llegó de tres grandes zancadas hasta donde se encontraba su madre y la alzó en brazos con suma facilidad. Se fundieron en un abrazo que parecía querer recuperar todos aquellos que no habían podido darse en los últimos años. Salvador miró a su hermano Martín con ojos enfurecidos, como pidiéndole explicaciones por aquella *emboscada*. Este desvió la mirada con rapidez y fue a unirse al abrazo.

—Salvador, ¿no vienes? —dijo.

Odiaba que le pusiera en semejante tesitura, y más delante de su familia. Anamari le dio un suave toque con su cuerpo como invitándolo a ir. Salvador dudaba, pero finalmente se acercó a sus hermanos.

—¡Pero bueno, Enrique! ¡Esto sí que es una sorpresa! ¡Dichosos los ojos!

—Ven aquí, hermano mayor —dijo lanzando un abrazo sobre Salvador que este no esquivó—. A ti también te he echado mucho de menos.

—Yo también, *Enriquín*.

—¡No me llames así! —rio su hermano—. Mido casi uno noventa y soy más alto que tú.

—Eso está por ver —respondió Salvador irguiendo su cuerpo y chocando su pecho con el de su hermano.

—Seguís siendo como niños pequeños —dijo la *Amona* con tono divertido.

Enrique saludó entonces a su cuñada con un abrazo cariñoso. Siempre había sentido por ella un aprecio especial, que quizá en algún momento del pasado hubiera podido ser otro tipo de sentimiento.

—¡A mis brazos, cuñada querida!

Después saludó a los chicos.

—¡Madre de Dios! La última vez que os vi, David aún sorbía mocos y Pedro gateaba. Miraos ahora, dos hombres hechos y derechos. ¿Quién es más alto?

Ambos chocaron sus pechos e irguieron sus cuerpos imitando a su padre y a su tío, y todos rieron de buena gana. Enrique se giró entonces hacia la pequeña.

—*Eta zu*[16]... tú debes ser Maritxu. Me ha dicho un pajarito que vas a ser la *neska* más guapa de todo el valle. Y tengo que decir que estoy de acuerdo con él. ¿Le das un abrazo a tu tío Enrique?

Maritxu se sentía entre intimidada y fascinada por aquel hombretón que tenía una personalidad arrolladora.

—Te pareces a *Olentzero* —dijo tímidamente.

Todos volvieron a reír ante la ocurrencia de la pequeña. La *Amona* llamó a Maritxu y le dijo:

—¿Te acuerdas cuando en Navidad me preguntaste por qué yo no tenía regalo y te dije que era muy difícil de conseguir?

La nieta asintió.

—Pues aquí está mi regalo —dijo señalando a Enrique—. Tenías razón. Nunca hay que dejar de creer en la magia de la Navidad.

La familia dejó por un momento aparcadas las rencillas y se reunió en torno al fuego a escuchar los «relatos del Nuevo Mundo», como las bautizó Enrique, que se descubrió como un fantástico narrador de historias. Los sobrinos escuchaban emocionados aquellas anécdotas que su tío iba desgranando con su peculiar forma de mezclar emoción y giros inesperados en las historias. Anamari preparó cena para todos y comieron juntos, recordando episodios de la infancia en el pueblo, cuando los tres hermanos eran una piña. La *Amona* asistía emocionada al momento que se desplegaba antes sus viejos y cansados ojos. Estaba exultante de volver a ver a los tres juntos narrando aquellas aventuras de tiempos pasados y felices. Por un momento se

16 Y tú

olvidó de su enfermedad y de todo aquello que le preocupaba y se permitió sentir y vivir ese momento de dicha.

Los dos hermanos menores decidieron ir a dormir a casa de la *Amona*. Enrique quería volver a sentir los recuerdos grabados en aquellas paredes donde había transcurrido su infancia. Quedaron en verse para la misa dominical y comer juntos, antes de que Martín volviera a Pamplona por la tarde. Cuando los chicos y la *Amona* se fueron a la cama, Salvador y Anamari se quedaron recogiendo los platos y limpiando. Ella se acercó a su marido.

—¿Qué piensas? Llevas un buen rato callado.

—No sé, Anamari, tengo sentimientos encontrados. Estoy feliz de volver a ver a mi hermano, pero no dejo de pensar que esto es una maniobra de Martín para poner a Enrique de su parte y salirse con la suya en la venta de la casa. Estoy seguro de que le ha pagado el viaje con la condición de que se ponga de su lado en este tema. Recuerdo que, en el hospital, dije que el hecho de que Enrique no estuviera, le quitaba el voto para tomar decisiones de familia. Ahora que está, su voz vale igual que la mía o la de Martín. Y son dos contra uno.

Salvador golpeó con los nudillos en la mesa. Anamari acarició el brazo de su marido, queriendo transmitirle que entendía su preocupación.

—Lo que tenga que ser será, Salvador. Hay cosas que están fuera de nuestro alcance. Terminemos de recoger esto y vayamos a dormir. Mañana será otro día y verás las cosas con mayor claridad.

Salvador la abrazó. Adoraba esa sabiduría serena de su mujer.

El día siguiente amaneció radiante y soleado, con una temperatura más primaveral que invernal. Poco a poco las calles volvían a retomar el tono gris pardo de la piedra, después de tantos días cubiertas de nieve. Toda la familia se reunió en la parroquia para la misa. La visita de Enrique supuso todo un acontecimiento social en el pueblo, en el que, por otra parte, pasaban pocas cosas habitualmente. Después del oficio religioso, Salvador presentó a su hermano a Agustín Castrejana y su familia. Los dos hombres se cayeron bien de inmediato, quizá porque las referencias mutuas que tenían eran buenas. Enrique captó unas señales sutiles entre su sobrino y la hija de los Castrejana. Se alegró por él, parecía buena chica. Antes de comer, los tres hermanos fueron a la taberna con el resto de los hombres del pueblo. Estaban ávidos de conocer cómo le había ido en América, después de tantos años sin volver al valle.

Antes de comer, mientras preparaban la mesa, Enrique hizo un aparte con Pedro.

—Oye, bandido —cuchicheó—, qué pasa con la hija del Guardia Civil, no te quitaba ojo de encima.

Pedro se ruborizó al instante y agachó la cabeza.

—Ya sabía yo —sonrió divertido su tío—. Tranquilo que no le diré nada al *Aita*. A tu *Ama* no hace falta que le diga nada porque ella ya lo sabrá hace mucho tiempo. Las mujeres tienen un sexto sentido para eso y las madres, un séptimo. Pero te alabo el gusto. Me ha parecido muy guapa, aunque modosita. Le quedaba muy bien ese abrigo azul.

Pedro se sintió halagado aunque, por un momento, quedó desconcertado.

—Tío, Luna llevaba un abrigo marrón. La que llevaba el abrigo azul era Candela.

—Tienes razón, nunca me quedo con los nombres cuando me los dicen. No me hagas caso —se excusó.

Anamari llamó a todos a comer y se sentaron en la mesa. La comida fue una segunda parte de la cena de la noche anterior. Volvieron a salir batallitas y anécdotas de la época joven de los hermanos, entre las que Enrique insertaba historias de América. Martín se cuidó mucho de no estropear aquel momento feliz de su madre. No hacía falta más que mirarle a la cara para darse cuenta de que estaba radiante. Ya habría tiempo para discutir lo que ahora parecía que quedaba claro. La casa se vendería, como él quería.

De pronto, sonaron fuera sirenas de los coches patrulla de la Guardia Civil. Dos vehículos salieron a gran velocidad en dirección a Pamplona. Anamari se acercó a hablar con Teresa. Al volver, les contó que habían recibido un aviso de un accidente dos kilómetros más abajo. Sin embargo, media hora más tarde los dos coches patrulla regresaron al pueblo. Agustín se acercó a casa de los Andonegui, que esperaban las noticias con expectación.

—¿Qué ha pasado, Agustín? —inquirió Salvador.

—¡Madre mía, qué desastre! Debido al deshielo, ha habido un corrimiento de tierras y una lengua enorme se ha tragado la carretera. No sabemos de momento si ha podido pillar a alguien debajo. Tendremos que esperar a que retiren la tierra o a que alguien denuncie la desaparición de un familiar.

—Santo Dios.

—Pero... —intervino Martín—. ¿No se puede pasar, entonces? Yo tengo que volver hoy a Pamplona.

—Imposible. Hay por lo menos cincuenta metros de carretera sepultados bajo el corrimiento. Pueden tardar semanas en retirar todo aquello.

—¿Y por Francia?

Agustín negó con la cabeza.

—En el alto, en el paso fronterizo, aún debe haber por lo menos dos metros de nieve... —Hizo una pausa—. Me temo que estamos completamente aislados.

Todos se miraron entre sí, tratando de entender el alcance de aquellas palabras, pero ninguno era consciente aún del impacto que tendría en sus vidas.

XVI.

Había pasado una semana desde el corrimiento de tierras. La Guardia Civil acababa de descartar que hubiera muerto sepultado un vecino que había salido en coche en dirección a Pamplona cerca de la hora en que se produjo el suceso. No habían podido localizarlo hasta ese día. Los trabajos de retirada de la tierra acumulada sobre la carretera acababan de comenzar. El ejército envió efectivos para las labores principales, a lo que se sumaron un par de máquinas pesadas llegadas desde el concejo próximo, además del esfuerzo conjunto de los vecinos que, con palas, carretillas y manos desnudas, luchaban con denuedo por despejar la lengua de tierra y escombros que había sepultado la carretera.

Antes, expertos geólogos venidos de Madrid inspeccionaron el terreno para encontrar las causas y certificar que la zona era segura para las labores de desescombro. El informe final concluyó que el deshielo y años de erosión habían provocado el desprendimiento de la ladera. Los trabajos no solo incluirían la limpieza del terreno y la retirada de las toneladas de roca y piedras, sino que habrían de ejecutarse labores de estabilización para que no se repitiera un acontecimiento similar. Se estimó un plazo de entre tres y cuatro semanas para dejar practicable la carretera, a lo que habría que sumar dos meses más para afianzar el terreno.

Abel Lusarreta, alcalde del pueblo, había tomado las riendas en cuanto se enteró de lo que había ocurrido. El mismo domingo del accidente, se reunió con el sargento Castrejana y don Antonio, el párroco, para organizar un contingente que garantizara los suministros, alimentos, medicinas y otras cuestiones básicas. Cuando Santos Eguinoa llegó al colmado la mañana del lunes, encontró una turba aporreando la puerta. Avisó de inmediato a Agustín, temiendo que la situación se descontrolara y terminara en tumulto. Hubo que dispersar al gentío y se decidió no abrir el colmado. Santos Eguinoa pidió que se vigilara la tienda para evitar saqueos durante la noche.

Se establecieron cartillas de racionamiento para que todos los vecinos tuvieran acceso a productos esenciales. No se podría comprar en el colmado sin exhibir la cartilla. Don Antonio exhortaba en sus homilías a sus convecinos a que fueran generosos y favorecieran el trueque. El doctor Zunzunegui hizo un listado de las medicinas que necesitaba la gente del pueblo y estableció una previsión para varias semanas. Todos estos fármacos llegaron por carretera hasta el límite exterior del desprendimiento y fueron transportados por una cadena humana de militares hasta el otro lado.

A pesar de la buena organización y disposición de la mayoría, nada se pudo hacer por la vida de Manuel Iriarte, padre de Carmelo, quien sufrió un ictus en casa una fría noche de mediados de febrero. En el entierro del finado, los vecinos comentaban la mala suerte que había tenido el pobre hombre de morir en circunstancias tan adversas. Solo su hijo y su viuda conocían el infierno vivido en la intimidad de casa. La consternación en sus rostros ocultaba el alivio de sus corazones. Ninguno dijo nada. No lo harían jamás. Hubo un pacto de silencio entre madre e hijo, que siguieron cenando como si nada mientras Manuel yacía inerte en el suelo y su sopa se enfriaba en el plato.

Al tiempo que el pueblo trataba de recobrarse de la pérdida, en casa de los Andonegui la tensión iba en aumento. Martín no llevaba bien el aislamiento por lo que suponía de interferencia en su carrera profesional. Se estaban tomando decisiones importantes en la empresa y él no estaba allí para ser partícipe. Se quejaba amargamente, pero tampoco hacía nada por ayudar en las labores de limpieza. Él era un hombre de negocios, no podía mancharse las manos. Tampoco se le escuchaban palabras sobre su familia, parecía que lo único que importaba fuera la empresa. Una noche, durante la cena, los ánimos se caldearon y la conversación subió de tono:

—¡Ya vale de quejas, Martín! —le espetó Salvador—. Si de verdad quieres volver a Pamplona cuanto antes, deberías estar echando una mano.

Su hermano lo miró, dolido.

—¿A qué viene ese reproche? ¡Tú no entiendes lo que esto puedo suponer para mi carrera en la empresa!

—¡Lo único que te importa eres tú mismo! Aquí todos estamos arrimando el hombro para volver a la normalidad lo antes posible, menos tú. Las quejas no mueven piedras, que yo sepa.

—¡Tú qué vas a saber! ¡No sabes nada! ¡No entiendes nada! ¡No comprendes nada del mundo más allá de estas montañas!

Salvador calló, con la mirada fija en el plato. Su hermano lo miraba con ojos encendidos. Nadie se atrevió a romper el silencio. Por fin, Salvador levantó la vista y miró fijamente a su hermano pequeño.

—Mira, Martín. No hace falta dar la vuelta al mundo para entender ciertas cosas que son muy sencillas. La vida tiene sus propios planes para cada uno de nosotros y nos pone en situaciones que nos llevan al límite. Hay cosas que escapan a nuestro control, pero hay otras que sí podemos controlar. Lo que está claro es que la queja no te va a sacar de aquí. ¿No sería de más ayuda para todos que estuvieras ahí, al pie de la ladera?

—¡Tengo que estar pendiente del teléfono por si me llaman o me necesitan!

—¿Cuántas veces te han llamado para consultarte una decisión?

—Nnn...ninguna —balbució Martín.

—¿Sabes quiénes son los que de verdad te necesitan? Macarena y tus hijas. ¿Cuántas veces las has llamado?

—¡A qué viene eso! ¿Me meto yo con cómo gestionas tu familia?

—¿Gestionar? ¿Acaso una familia es una empresa? ¡Las familias no se gestionan, por el amor de Dios, las familias se cuidan!

Esta vez fue Martín el que calló. Apretó los puños y dio un golpe en la mesa.

—Ya he escuchado suficiente. No permito que me des lecciones de hermano mayor. Vámonos, Enrique.

Se levantó y fue a la puerta. Al ver que su hermano no lo seguía, le increpó:

—¿Qué pasa, no vienes?

—Prefiero quedarme a terminar la cena —dijo, sin levantar la mirada.

—Allá tú. Yo me voy.

—Martín... —dijo la *Amona*.

—Déjalo, *Ama*, está claro lo que pasa aquí.

Se fue dando un portazo que retumbó en el comedor, haciendo aún más duro el silencio.

—Hijos —dijo Salvador—. No me gusta que presenciéis estas discusiones, pero forman parte de la vida y de las relaciones humanas. Si algo deberíamos aprender de esta situación es que cuidéis como un tesoro vuestra relación. No dejéis que el orgullo se interponga entre vosotros. Lo lamentaréis el resto de vuestra vida.

Enrique observó a su hermano mayor. Entendió que sus palabras no iban dirigidas solo a sus sobrinos, sino que había implícito un mensaje para él.

—Vuestro padre tiene razón, *mutilak*[17]. No hay nada en esta vida que merezca la pena si eso significa enfrentarse a los que quieres.

Salvador asintió y dedicó una cariñosa mirada a su hermano. El trabajo codo con codo durante los días pasados había acercado posturas. La distancia física y emocional que los años habían interpuesto entre ambos parecía acortarse. Los dos hermanos habían tenido una conversación sincera. Los reproches dieron paso a palabras de acercamiento y, por fin, de perdón y cariño.

«Salvador, tú siempre has sido y serás un héroe para mí. Cuidas cada día de *Ama* y de nuestro legado. Siempre te estaré agradecido por ello».

«Y yo siento si a veces me excedo en mi papel de hermano mayor. No siempre es fácil aceptar las renuncias que supone quedarse. Vosotros habéis podido viajar y conocer otros lugares. Yo solo conozco los campos y montes de este valle. Mi mundo es pequeño, como lo es a veces mi entender. Discúlpame si, en ocasiones, te he hecho sentir de menos por ello. La rabia no es contra ti, es solo conmigo mismo».

Los hermanos se habían fundido entonces en un abrazo sentido y prolongado, antes de poder volver a mirarse a los ojos. En

---

17 Chicos

esa mirada se dijeron, sin palabras, muchas cosas largo tiempo silenciadas, y cualquier distancia entre ambos desapareció.

Pedro observaba a aquellos dos hombres rudos, fuertes, como imponentes hayas de Irati, mirarse con ojos emocionados y decidió grabarse a fuego aquella imagen en su memoria. Más tarde, en la soledad de su habitación, escribió en su diario la situación vivida con todo lujo de detalles. La frase final era toda una declaración de intenciones: «Pondré todo lo que esté de mi parte para que mi relación con David sea como la de *Aita* y *Osaba*[18]».

A la mañana siguiente, la *Amona* pidió a sus hijos que la llevaran a su casa. Quería ver cómo estaba Martín y que pudieran hablar con calma. Encontraron al menor de los hermanos en la cocina, totalmente abatido, frente a una botella de licor y un vaso vacío, como su mirada.

—¿Qué ha pasado, Martín? —dijo la *Amona* con voz trémula.

—Se acabó, *Ama* —respondió él sin levantar la vista del vaso.

—¿El qué, *maitia*?

—Me han echado del trabajo. Estoy acabado.

—¿Cómo? ¿Cuándo ha sido eso? —preguntó Salvador.

—Hoy a primera hora he llamado a la oficina desde la casa comunal y he hablado con el director general... —calló unos instantes.

—¿Y qué te ha dicho?

—Ha dicho... ha dicho que en estos días en los que no he estado no se ha echado en falta mi presencia. Que agradecen los servicios prestados, pero ya no me necesitan más. —Hundió la cara en las manos.

Salvador puso una mano en el hombro de su hermano pequeño.

—Es el fin —dijo sollozando.

—¿Por qué dices eso? —intervino Enrique—. Encontrarás otro trabajo.

Martín negó con la cabeza.

—No lo entiendes. Estoy hasta el cuello de deudas. He ido pidiendo préstamos para pagar otros préstamos. Pedí dinero a gen-

---

18 Tío

te peligrosa. Y todo se sostenía mientras tuviera trabajo. Si dejo de pagar mientras encuentro otro trabajo, todo se desmoronará como un castillo de naipes.

—¿Macarena sabe algo de esto?

—No. He tratado de aparentar una vida por encima de mis posibilidades, para que viera que también podía estar a la altura de su familia y de sus expectativas. ¡Soy un fraude!

Se inclinó hacia adelante poniendo los brazos sobre la mesa y hundiendo en ellos la cabeza. Al hacerlo, golpeó la botella que cayó con estrépito contra el suelo, haciéndose añicos.

—Lo siento, *Ama, barkatu*. Por eso quería vender la casa. Aunque hubiera que repartir el dinero, cualquier cantidad me iba a dar un respiro.

—¿Y cómo pagaste mi billete desde América? —preguntó Enrique—. Siempre pensé que te iba tan bien que no te suponía ningún esfuerzo económico.

Martín sollozó.

—Me da vergüenza reconocer esto. Empeñé unas joyas familiares de Macarena. Confiaba en recuperarme, en ascender en el trabajo, por eso lo daba todo. Ahora no tengo nada. «Gracias por los servicios prestados». ¡Miserables! ¡Les he dedicado los mejores años de mi vida! He antepuesto sus intereses a los de mi propia familia. Y así me lo pagan.

—En esta casa están nuestros recuerdos —terció Salvador—, pero solo representan el pasado. Ahora es más importante solucionar tus problemas que cualquier otra cosa. Venderemos la casa si hace falta.

Martín lo miró con ojos vidriosos.

—Lo siento, Salvador. Tenías razón. Sé que he sido un maldito egoísta. Me parte el corazón dilapidar el legado familiar por mi mala cabeza.

—No se hable más. Venderemos la casa.

—Esto... yo tengo algo que decir al respecto —dijo tímidamente Enrique—. Le he estado dando muchas vueltas desde que llegué. Mi sitio... mi sitio está aquí, con mi familia, no a quince mil kilómetros de distancia. He decidido quedarme y no volver a California. Me gustaría vivir en esta casa, *Ama*.

—Enrique, *maitia*... —A la *Amona* se le humedecieron los ojos—. Me haces la madre más feliz del mundo.

—Lo siento, Martín, sé que esto no estaba en tus planes, pero la llamada de la tierra es más fuerte que cualquier otra cosa.

—Ahora sí que estoy acabado —Martín se hundió más en la silla—. El derrumbe de esa montaña me ha enterrado a mí también.

—Eso no es así. No mientras esté yo viva.

Los tres miraron a su madre. Sonaba serena y segura de sí misma.

—¿A qué te refieres, *Ama*? —quiso saber Martín.

—¿Cuánto dinero debes?

—Unas cincuenta mil pesetas.

—Salvador, ve al granero y trae el cofre.

El mayor de los hermanos obedeció. Los otros dos se miraron entre sí. Al cabo de unos minutos, Salvador regresó con algo en las manos, depositándolo sobre la mesa. La *Amona* posó sus manos temblorosas en la tapa desgastada.

—Lo que hay dentro es fruto del esfuerzo y el trabajo de muchos años. Y de guardar para tener, no para aparentar lo que no somos.

Dedicó una dura mirada a Martín que hizo a este agachar la cabeza. Abrió el cofre y los hermanos se inclinaron para ver el contenido.

—¡Ama! ¿Pero todo este dinero? ¿Y las joyas? Nunca te vi llevar ninguna de ellas —Martín tenía los ojos como platos.

—Las joyas eran una inversión. Nunca me interesaron como abalorio. El dinero viene, entre otras cosas, de las salidas nocturnas de Salvador con los caballos. Una parte me la daba a mí, sin decírselo siquiera a Anamari.

—Ahora ya lo sabe, *Ama*.

—Está bien. Somos una familia, y en las familias de bien nos ayudamos los unos a los otros.

—¿Tú sabías de la existencia de todo esto, Salvador? —preguntó Enrique.

El aludido asintió.

—Parte se ha utilizado para el tratamiento de la enfermedad de *Ama*.

—Quise yo que lo supiera por si nos pasaba algo al *Aita* y a mí. Las instrucciones estaban muy claras. Repartirlo a partes iguales entre los tres. Confío en Salvador plenamente. Sé que es un hombre justo y así lo haría llegado el caso. Pero esta circunstancia es distinta y requiere de la generosidad de todos para ayudar a uno de los nuestros. ¿Estamos todos de acuerdo?

Los tres asintieron. La *Amona* sacó el dinero y empezó a contar hasta sesenta mil pesetas.

—Te doy un poco más para que salgas adelante y busques un trabajo de provecho, no para que lo malgastes como un vulgar don nadie.

—Sí, *Ama*.

—Toma estas joyas y regálaselas a Macarena. Y en cuanto puedas, recupera las que empeñaste. Solo hay una cosa que debe preocuparte una vez que hayas saldado tus deudas.

—¿Cuál, *Ama*?

—Salvar tu matrimonio.

XVII.

Martín trabajó con ahínco en la ladera desde ese día. Consideraba que le debía algo al valle y a su familia antes de volver a Pamplona. Habló por teléfono con Macarena y le dijo que las cosas cambiarían a partir de entonces, pero no quiso darle más detalles. Todo se aclararía a su vuelta en unos días.

Los vecinos del pueblo veían que sus esfuerzos iban teniendo recompensa y la zona lucía cada día más despejada. No obstante, el miedo a nuevos derrumbes seguía siendo una sombra alargada sobre el valle. Las nevadas eran intermitentes y menos copiosas. Se notaba que la primavera estaba a la vuelta de la esquina. Los tres hermanos Andonegui constituían una formidable fuerza de trabajo, a la que se unían Pedro y David. Cuidaban de los animales y del campo y ayudaban en las tareas de la ladera. El trabajo era muy físico, por lo que los hombres llegaban al final del día exhaustos. Para Anamari, aquello también supuso una carga adicional por tener que alimentar dos bocas más, que no comían poco precisamente. Por suerte, Teresa le echaba una mano en la cocina.

Lo que sí había cambiado era la atmósfera que se respiraba en la casa, mucho menos tensa que las semanas anteriores. Los hermanos recuperaban el tiempo perdido y restañaban las heridas del pasado. Eso hacía feliz a la *Amona*, que veía cómo la armonía volvía a su hogar, después de tantos años de hiel. Sin embargo, su salud se resentía por el aislamiento. Las medicinas llegaban, pero habría necesitado cuidados más intensivos que en el pueblo no podía recibir. Procuraba que no se le notara, aunque a veces no podía ocultar los dolores lacerantes que padecía.

Decidieron que ya era el momento de que Martín partiera a Pamplona. Debía solucionar sus problemas económicos y familiares, con intención de volver al pueblo los últimos días de febrero para celebrar el cumpleaños de Pedro. Había nacido un 29 de febrero, hacía catorce años, por lo que la celebración de su cumpleaños oscilaba, en años no bisiestos, entre el 28 de febrero y el 1 de marzo. «Fuiste especial hasta para elegir la fecha de nacimiento», le decía siempre la *Amona*.

Luna y Pedro habían cogido la costumbre de ir juntos a la escuela. Se esperaban el uno al otro y demoraban sus pasos para alargar el momento. La complicidad entre ellos crecía.

—¿Qué me vas a regalar por mi cumpleaños? —preguntó Pedro.

—¿Cuándo es? —Luna fingió haberlo olvidado.

—No te hagas la interesante conmigo. Lo sabes muy bien.

—No tengo nada pensado. Hasta el próximo 29 de febrero quedan dos años. Hay tiempo de sobra.

—Muy graciosa.

—No sé. Supongo que una corbata o unas pantuflas. A menos que el señorito tenga algún capricho en mente.

Pedro sonrió para sí. Le gustaba aquella ironía que ella utilizaba como si fueran una pareja que llevaran juntos una vida.

—Bueno, los ratones me han roído los calzones. Ahí te dejo una pista.

—Serás ordinario...

—Extraordinario. Eso dice mi *Amona*.

—¡Extra! ¡Extra! ¡Modesto baja, que sube Pedro! Lo que dicen las abuelas no cuenta. No son objetivas.

La inminente llegada de la primavera no solo la sangre alteraba, también suponía la vuelta a las salidas nocturnas al monte, cosa que Pedro esperaba con anhelo. Deseaba sentir de nuevo la adrenalina de la furtividad, la conexión con aquellos imponentes animales y con el bosque de Irati. También añoraba la pesca y su rincón solitario en el río. La intensidad de las emociones vividas durante el invierno había vaciado sus reservas de calma interior. Sentía la llamada del bosque. Una llamada difícil de ignorar.

Su tío Enrique fue todo un descubrimiento para el joven. A través de las historias que contaba, iba revelando una personalidad fuerte y amable al mismo tiempo. A pesar de los años y la distancia, el arraigo con la tierra que le vio nacer seguía estando presente en sus palabras y sus maneras. Tío y sobrino habían compartido momentos de confidencias en los que, de alguna forma, una semilla de audaz aventura se fue instalando en el corazón de Pedro sin ser consciente.

Enrique era su ventana a un mundo inmenso por explorar,

vasto en extensión y en complejidad, tan alejado de la vida sencilla en el valle. Un día en el que estaban teniendo una conversación banal, de pronto el tío miró a Pedro con una intensidad inusitada en los ojos.

—Dime, ¿tu *Aita* y tú habéis tenido ya *La Conversación Trascendental*?

Pedro lo miró sin saber a qué se refería.

—No entiendo... ¿La conversación trascendental? ¿Sobre qué?

—Sobre qué va a ser, querido sobrino, sobre lo más importante. Lo único importante, de hecho... —Hizo una pausa teatral y dibujó un corazón en el aire con las dos manos—. Las chicas.

Pedro se ruborizó. Su tío soltó una carcajada.

—Ya veo que no. Te diré que ya va siendo hora, pues. No vaya a ser que el amor te pille desprevenido.

—Bueno... —Pedro bajó la mirada.

—¡No me digas más! Ya te ha pillado. Pedro Andonegui, entonces no podemos esperar a que tu *Aita* se decida. Debo ser yo quien te lo cuente.

—¿Contarme qué, *Osaba*?

—El gran secreto oculto de las mujeres, Pedro.

Su sobrino lo miró intrigado.

—Mira, las mujeres son como el río Irati. Hermosas, profundas, a veces en calma; otras veces, te arrastran en su corriente. Debes conocerlas bien, o puedes resbalar y acabar calado hasta los huesos.

Pedro soltó una risa nerviosa.

—No te rías, *boy*. Te lo digo en serio. Al principio pueden parecer tranquilas, como esas pozas donde puedes ver el fondo. Te acercas confiado, pensando que no hay peligro, pero ¡ay, amigo!, un paso en falso y te ves arrastrado por una corriente impetuosa.

—¿Qué hay que hacer para no resbalar?

—Primero, observar. Como haces cuando vas a pescar. Las truchas no se dejan atrapar por el primero que llega chapoteando. Hay que ser paciente. Estudiar dónde se esconden, qué corriente siguen, qué cebos las tientan. Y, sobre todo, saber reconocer cuándo recoger sedal y cuándo dejarlas que naden en libertad.

—Pero yo no quiero atraparlas.

—Claro que no. Tú quieres seducirlas. Pero no te engañes, querido, siempre son ellas las que te acaban atrapando a ti.

Enrique calló un instante. Pedro lo miró con una mezcla de asombro y cariño.

—¿Y tú, *Osaba*? —preguntó por fin—. ¿Encontraste tu Irati en América?

Enrique sonrió con tristeza.

—Lo encontré, pero tal como vino se fue. Lo nuestro fue un amor imposible. Mundos distintos; un abismo social entre ambos. Tardé demasiado en darme cuenta de que no era para mí. Y entonces ya fue demasiado tarde. Acabé calado hasta los huesos, frío y solo. —Enrique sintió un escalofrío—. La realidad, Pedro, es que no puedo darte un consejo respecto al amor. Es algo que tienes que experimentar por ti mismo, y el único guía posible es tu propio corazón. No hagas caso a nadie más, y menos a un viejo *cowboy* como yo.

Aquella misma noche, Pedro escribió sobre la conversación con su tío en el diario, atreviéndose a plasmar aquello que sentía de manera incipiente y cada vez más intensa por Luna.

Finalmente, lograron despejar la carretera a tiempo, y los vecinos pudieron salir del pueblo. Incluso el autobús que hacía la ruta entre el valle y Pamplona reanudó su tránsito. En él llegaron al pueblo Martín, Macarena y las niñas, a punto para celebrar el cumpleaños de Pedro. Decidieron cenar todos juntos el día 28 y felicitarlo justo en el momento que el reloj diera las 12 de la noche, en el preciso momento que ya no era febrero y aún no había llegado marzo.

Martín solucionó sus problemas económicos con el dinero de su madre y le contó toda la verdad a Macarena. Buscaría un trabajo y vivirían una vida acorde a sus posibilidades. Al principio, la confesión de Martín supuso un duro golpe para ella, acostumbrada desde su infancia a no vivir apreturas económicas. Sin embargo, percibió un cambio de actitud real en su marido, mucho más presente en la familia ahora que no tendría que desvivirse por la empresa para la que había trabajado.

Aquella noche en la cena fue la primera vez que toda la familia se sentó junta a la mesa. La *Amona* no cabía en sí de gozo. La sensación de unidad del clan la llenaba por dentro y disipaba cualquier dolor físico. Contemplaba a sus hijos, nueras y nietos disfrutar de la comida y la conversación. Ni rastro de reproches; ningún atisbo de rencor. Tras la cena, poco antes de que dieran las doce, hizo un aparte con Pedro y le entregó su regalo de cumpleaños.

—Toma, *maitia*, este anillo es mi joya más preciada. Nunca me he separado de él, pero ahora es el momento de dejarlo ir. Siempre he sabido que sería para ti. Acéptalo y consérvalo para la mujer que llene tu corazón. Lo sabrás cuando la encuentres.

Pedro miró el anillo maravillado. Era de oro viejo, sin adornos, con el brillo ligeramente gastado por el paso del tiempo. Una joya sencilla, pero de una belleza cautivadora. Lo tomó de las temblorosas manos de su abuela y lo sostuvo con cuidado. Entonces, al observarlo de cerca, se fijó en unas letras apenas perceptibles grabadas en el interior: *F. Andonegui*.

—No recuerdo habértelo visto antes.

—Esta no es una joya para lucir. Es un anillo para recordar.

El nieto abrazó a su abuela.

—Gracias, *Amona*, no sé qué decir. Yo...

—No tienes que decir nada. A estas alturas, las palabras ya me sobran. Me siento la persona más afortunada del mundo.

Anamari los llamó porque faltaban apenas segundos para la medianoche. Todos explotaron de júbilo y felicitaron a Pedro. Hubo regalos, risas, confidencias y anécdotas hasta bien entrada la madrugada, cuando Martín y su familia, junto con Enrique, se marcharon a casa de la *Amona*. Aún resonaban las risas en la casa, cuando David se sentó al borde de la cama de su hermano.

—*Zorionak,* Píter. Creo que nunca habíamos estado todos juntos y sin discutir. Eres un tío con suerte.

—Gracias, hermano. Puedo decir que este ha sido el mejor cumpleaños de mi vida. Y será difícil que otro lo supere.

—Tú y yo siempre estaremos juntos, ¿verdad?

Pedro miró a su hermano mayor, poco pródigo en conversaciones profundas.

—Claro. ¿Por qué lo dices?

—He visto lo que ha pasado entre *Aita* y sus hermanos y yo no quiero que nos pase eso a ti y a mí.

—Yo tampoco.

—¿Pacto de hermanos?

—Pacto de hermanos.

—Y ahora a dormir, mañana nos espera un día muy intenso, intuyo.

—Seguro que sí... Buenas noches, David —dijo Pedro apagando la luz.

A la mañana siguiente, la *Amona* no amaneció. Salvador lo supo en el mismo momento en que Lagun lo despertó. «Algo no va bien», dijo a su mujer. Se acercó a la habitación que nieta y abuela compartían y sacó a su hija aún dormida. La llevó con Anamari y volvió al dormitorio. Su madre yacía con una expresión serena en el rostro, como si el descanso eterno la hubiera encontrado en paz. Se arrodilló junto a ella y rezó por su alma, pidiendo a su padre que volviera a cuidar de ella. «Ahora te toca a ti, *Aita*». Notó la mano de su mujer en el hombro. «Lo siento, *maitia*», le dijo. Entonces, Salvador rompió a llorar.

Tiempo después, al recordar aquel día, todo quedaba envuelto para Pedro en una especie de nebulosa. No estaba seguro si los recuerdos que tenía eran reales o simplemente huecos que su cerebro iba rellenando. No fue capaz de escribir una palabra en su diario durante días. Creía ver a sus tíos y su padre yendo nerviosos de un lado a otro; el llanto de sus hermanos, de sus primas. Su madre abrazándolo y dedicándole palabras de consuelo.

Sin embargo, el recuerdo no era triste. La *Amona* había decidido irse cuando supo que ya no tenía nada más que hacer en este mundo. «Sagrario se ha ido a reunirse con su Félix, en paz con Dios y consigo misma», fueron las últimas palabras de don Antonio en el funeral. Pero un recuerdo permanecía vívido en su memoria. Muchas veces volvería a él buscando calma y seguridad: Luna se le acercó a la salida del funeral a darle el pésame y deslizó algo en el bolsillo del abrigo. «*Zorionak*, Pedro Andonegui, espero que te guste mi regalo. *Maite zaitut*», susurró.

En el entierro de la *Amona*, todo el pueblo se congregó en el cementerio. Sagrario había sido una mujer apreciada por sus vecinos por su bondad y porque sabía leer en sus corazones, más allá de los actos y las palabras.

Pedro, arropado por el resto de la familia, introdujo con disimulo la mano en el bolsillo de su abrigo y sacó un canto rodado del Irati, suavemente pulido y con forma de corazón, como si el río lo hubiera esculpido a propósito. Por un lado, había grabada una P; por el otro, una L. Colocó de nuevo la piedra en el bolsillo y se aferró a ella con una mano, mientras que con la otra agarró con firmeza el anillo que le había regalado la *Amona* la noche anterior. Entonces, y solo entonces, derramó la primera lágrima de muchas.

Segunda Parte

I.

Hospital Civil de Bilbao. Junio de 1961

Los dos hermanos estaban sentados en un rígido banco de una sala de espera del Hospital Civil, en el bilbaíno barrio de Basurto. David, inquieto, no dejaba de mover la pierna arriba y abajo mientras mantenía la vista fija en la puerta frente a ellos. En cualquier momento, un médico saldría para llamarlo y pasar el reconocimiento médico. Pedro, en cambio, escudriñaba la sala, tan poco acogedora como la enfermera que los había atendido al llegar. El suelo de granito gris, la escasa decoración y las paredes pintadas en un tono indefinido entre verde y amarillo —según la incidencia de la luz solar que entraba por la única ventana o la mortecina iluminación de los fluorescentes del techo— hacían de aquella estancia un lugar desangelado. Un fluorescente titilaba intermitentemente, irritando a Pedro casi tanto como el movimiento nervioso de la pierna de su hermano.

—¿Puedes parar con el bailecito? —dijo, poniéndole la mano en el muslo.

—¿No deberían haberme llamado ya? —respondió él, con la mirada aún fija en la puerta.

—No sé, llevamos aquí dos horas por lo menos.

David se levantó y comenzó a dar vueltas por la sala como un león enjaulado. Se paró frente a la ventana y su cara tornó en asombro.

—Oye, ¿ese no es?...

No pudo acabar la frase. En ese momento, la puerta se abrió y un médico con abundante pelo canoso y una impoluta bata blanca llenó la sala con su sola presencia.

—¿David Andonegui Elizondo? —Su voz retumbó en la estancia.

—Soy yo.

—¿Y usted es? —preguntó, dirigiéndose a Pedro.

—Su hermano. He venido a acompañarlo.

—¿Qué edad tiene, joven?

—Diecisiete años, señor.

—Está bien. Espere ahí de momento. Pase, David.

David siguió al médico, que cerró la puerta tras él. Pedro permaneció en la sala de espera, sentado, sumido en sus pensamientos. Su hermano estaba a punto de emprender la aventura de su vida. Por eso estaban allí. Para poder emigrar a Estados Unidos como pastor, la agencia gubernamental encargada de la tramitación de los visados y los contratos en destino, con sede en Bilbao, exigía pasar un reconocimiento médico. Su tío Enrique, a través de sus contactos en California, les habló a sus sobrinos de que buscaban pastores de ovejas en el oeste americano. Era habitual que jóvenes de Navarra, País Vasco y otras regiones de España con tradición ganadera fueran a Estados Unidos en busca de oportunidades. Salvador no estaba muy de acuerdo en que alguno de sus hijos emprendiera el viaje que una vez hizo su hermano, pero era consciente de la escasez de posibilidades que ofrecía el pueblo más allá del ganado, las tierras y el contrabando.

El asunto de las salidas nocturnas con los caballos, además, se había ido poniendo cada vez más complicado con la Guardia Civil y la Gendarmería francesa, quienes habían redoblado sus esfuerzos por impedir el tráfico ilegal de animales en el paso fronterizo. Las confiscaciones eran cada vez más habituales, lo que suponía una merma para la economía familiar. Eso hacía que tuvieran que arriesgar más y con mayor frecuencia. Para disuadir a los jóvenes de iniciarse en las prácticas del contrabando, la Guardia Civil había empezado a detener a algunos a los que pillaban *in fraganti* pasando caballos y a llevarlos a dependencias del Cuerpo en Pamplona, para darles un escarmiento. Estos castigos habían empezado a surtir efecto y habían desmotivado a algunos jóvenes a seguir con la actividad. La relación de los guardias con los vecinos también se había resentido. Se habían producido enfrentamientos entre los agentes y los padres de los chicos conducidos a Pamplona y que habían vuelto con signos de violencia en el cuerpo.

Esa tensión se empezó a notar también entre los Andonegui y los Castrejana, quienes dejaron de acudir con regularidad a casa de los primeros como venían haciendo los últimos años. Aunque nunca les habían pillado con caballos en el monte, la Guardia Civil sospechaba que los Andonegui también tomaban parte en las salidas. Agustín, por la amistad debida hacia Salvador, había hecho lo posible por mirar hacia otro lado, pero ya no podía sostener la situación por más tiempo.

Igualmente se había visto afectada la relación entre Luna y Pedro. Ambos estaban muy enamorados, pero las desavenencias entre sus progenitores habían comenzado a hacer mella. Agustín, hasta entonces encantado con la relación de su hija mayor con el mediano de los Andonegui, había advertido a Luna de que, si pillaban a Pedro en alguna actividad ilícita, le prohibiría seguir viéndolo y tendría que romper su relación con él. Luna se rebeló contra su padre en un principio y la cosa se puso tan tensa entre padre e hija que este amenazó con dejar el pueblo y volver a su Badajoz natal con toda la familia, cosa que ninguno quería. Al final, la mano izquierda de Teresa consiguió aplacar los ánimos de ambos y no fue a más.

Ante las preguntas directas de Luna sobre su participación en las salidas, Pedro lo negaba todo. Eso le hacía sufrir, debatiéndose entre la lealtad hacia su familia y sus sentimientos por Luna. Odiaba mentirle. Se acordó de la *Amona*, quien a menudo repetía que el amor y la mentira eran la peor pareja de baile posible. En ese preciso instante, la luz del techo que hasta entonces había estado titilando dejó de hacerlo. Pedro lo interpretó como una señal de su abuela. Le pasaba a menudo. La sentía cerca de él, protegiéndolo, cuidándolo.

—Lo sé, *Amona*, en algún momento tendré que tomar una decisión —murmuró en voz baja.

La puerta se abrió en ese mismo instante y apareció David.

—¿Con quién hablabas, Píter?

—Con nadie. Cosas mías.

—El doctor quiere verte.

—¿A mí? Si solo he venido a acompañarte.

David se encogió de hombros.

—Eso ha dicho.

Pedro titubeó, pero su hermano lo apremió con la mirada.

Pasó a la habitación contigua y se encontró en una estancia muy distinta a la anterior. Ni rastro de la frialdad de la sala de espera. El despacho del doctor era, por contra, muy acogedor. Dos de las paredes estaban cubiertas por sendas estanterías repletas de libros con tratados médicos y anatómicos. Pedro se fijó en que muchos de ellos estaban en un idioma que no era español. Supuso que sería inglés porque algunas palabras se le hacían familiares de cuando su tío Enrique trataba de enseñarles algo del idioma a sus sobrinos.

En la esquina entre las dos librerías había un rincón de lectura con un sillón orejero y una mesita con una lámpara. El desgaste en el cuero era evidente, lo que hizo suponer a Pedro que el doctor pasaría horas allí sentado, estudiando los libros de su biblioteca. En el centro de la estancia destacaba un gran escritorio de roble macizo sobre una mullida alfombra de motivos persas. A un lado de la mesa, dos sillas dispuestas en ángulo, mientras que, al otro lado, el doctor escribía en un cuaderno que descansaba sobre un vade de escritorio. No había nada más sobre la mesa a parte de una lámpara encendida que iluminaba a medias la cara del médico.

Pedro intuyó un aspecto inteligente y cultivado. Aquella persona desprendía una seguridad en sí misma que se proyectaba más allá de su cuerpo. Era de complexión fuerte y su pelo cano anticipaba un aura de sabiduría y experiencia. En el bolsillo superior de su bata había tres iniciales bordadas con letra de caligrafía: J. B. G. Siguió escribiendo con parsimonia en el cuaderno, sin reparar aparentemente en la presencia del joven. Por fin, dejó de escribir, puso el capuchón de la estilográfica con movimiento pausado, se quitó las gafas y posó sus ojos en Pedro, que se sintió de pronto intimidado, como si aquel hombre no necesitase aparatos médicos para escrutar el interior de los pacientes.

—Siéntese, joven —dijo, señalando las sillas frente a él.

Pedro obedeció.

—¿Cuál es su nombre completo?

—Pedro Andonegui Elizondo.

El médico pasó una hoja en el cuaderno, se puso de nuevo las gafas y comenzó a escribir con letra cuidada.

—¿Fecha de nacimiento? —preguntó, sin levantar la vista del cuaderno.

—29 de febrero de 1944.

—Curioso. Es usted un *leapling*. Mi intuición no me fallaba.

—¿Qué soy qué? No sé muy bien qué hago aquí. Yo solo venía a acompañar a mi hermano...

El doctor levantó la vista del cuaderno, dejó con delicadeza la pluma sobre este y cruzó las manos con gesto elegante.

—Disculpe mi falta de cortesía, joven. Soy el doctor John Bennett. Mi padre era inglés y mi madre vasca. Mi segundo apellido es Garmendia. Y sí, los libros que ha visto en las estanterías están en inglés, en su mayoría.

Pedro se sorprendió porque habría jurado que el doctor no había levantado la cabeza de su cuaderno.

—Soy el médico encargado de pasar los reconocimientos médicos a los jóvenes que queréis emigrar a Estados Unidos y de emitir los correspondientes informes.

—Pero yo no... —quiso protestar Pedro.

El doctor Bennett levantó una mano, como pidiendo silencio.

—Lo sé. Sé que usted solo ha venido en calidad de acompañante, pero algo me dice que es buena idea que se haga las pruebas. Solo serán treinta minutos y podrá volver a casa con su hermano. En cuanto lo vi en la sala de espera, supe que usted tenía algo diferente a los demás. Tengo un don para leer en las personas. Me lo ha confirmado cuando me ha dicho su fecha de nacimiento. Un *leapling* es una persona nacida un 29 de febrero. Aquí en España creo que se les llama bisiestos.

Pedro se removió inquieto en su asiento. Tal vez fuera el tono de voz, la cadencia de sus palabras o el aura que desprendía el doctor Bennett, pero había algo en él que lo empujaba a confiar. Sin saber por qué, intuyó que aquel no era un reconocimiento médico más.

—De acuerdo, las pasaré —sentenció.

II.

Bosques de Aezkoa (Navarra). Julio de 1961

Los caballos resoplaron nerviosos. Pedro contuvo el aliento tras los arbustos y rezó por que no se encabritasen. De pronto, oyó voces no muy lejos de donde se encontraba. Hablaban castellano con acento español y francés. Un silbido cruzó la cálida noche veraniega, seguido de golpes y sonidos de forcejeos. Supo que habían interceptado a la reata que le precedía y tensó los músculos, preparándose para reaccionar. Cerró los ojos y trató de calmar su agitada respiración. Aguzó el oído. Podía percibir los ruidos que no eran propios del bosque. Unos pasos cautos se acercaban. Por puro instinto, salió corriendo en dirección contraria al origen de los pasos, dejando los caballos a su suerte.

Una voz gritó: «¡Alto a la Guardia Civil!». Pedro siguió corriendo sin mirar atrás, adentrándose en la espesura. «¡Andonegui! ¡Sé que eres uno de ellos! ¡Detente o será peor!». Era la voz de Agustín. No se detendría por nada del mundo. Por sus palabras quedaba claro que no sabía si era él o David, y no pensaba despejar su duda. Mientras no le pillara con las manos en la masa, no podría hacerle nada más allá de la sospecha. Ambos hermanos eran muy similares en complexión y altura. Vistos de espaldas en una noche oscura, nadie que no los hubiera gestado durante nueve meses podría distinguirlos. Anamari sería capaz de distinguirlos sin verlos, solo por el sonido de sus pasos o su respiración. Pero no Castrejana, así que Pedro no paró de correr hasta que tuvo la certeza de que el sargento no lo seguía. Solo entonces detuvo su desbocada carrera y se apoyó en las rodillas para recobrar el resuello. Se maldijo por haber abandonado la reata, pero habría sido peor no hacerlo. Era la primera vez que volvería a casa de vacío.

Retrocedió cauteloso sobre sus pasos. Se acercó lo suficiente para ver cómo cuatro guardias trataban de conducir las dos reatas de caballos interceptadas, además del *guía*, al que tenían retenido. Se trataba de dos guardiaciviles y dos gendarmes. Parecieron acordar que los guardias españoles se llevarían al *guía*, mientras que los franceses conducirían a los caballos a su territorio. Se despidieron y cada uno emprendió su camino. Pedro siguió a los gendarmes franceses a una distancia prudencial. No estaban lejos de la frontera. Tenía que pensar y actuar rápido. Sintió un sudor frío recorrerle la espalda. ¿Y si lo atrapaban? Sacudió la cabeza. No podía permitirse pensar en eso.

Cogió una pesada piedra del suelo y pidió perdón al animal por lo que estaba a punto de hacer. Apuntó a los cuartos traseros del último de los caballos y arrojó la piedra. El impacto hizo que el animal se encabritara con furia y empezara a dar coces al aire. Los otros caballos se contagiaron del nerviosismo de su hermano de manada y comenzaron a moverse inquietos y a relinchar. Aquello pilló de sorpresa a los agentes, que se afanaban por controlar a la caballada sin mucho éxito. Pedro lanzó otra piedra, que impactó en el hombro de uno de los gendarmes. Este maldijo en francés, sin saber el origen del ataque.

Aprovechando el tumulto producido por los animales, Pedro se movió rápido rodeando al grupo. Volvió a lanzar una piedra y golpeó al caballo que estaba más cerca de los guardias. Este se revolvió y lanzó varias coces al aire, una de las cuales alcanzó en el abdomen al otro gendarme, que salió despedido y cayó al suelo como un saco, entre grandes gritos de dolor. Su compañero lo ayudó a levantarse y lo arrastró, doblado sobre sí mismo, hacia la frontera, donde tenían el Land Rover. El gendarme coceado apenas podía mantenerse en pie, mientras que el otro, metiendo su cuerpo por debajo de uno de los brazos y agarrando con firmeza el cinturón del primero, lo llevó en volandas lejos de aquel lugar.

Pedro esperó a que los animales se calmaran un poco y los gendarmes hubieran tomado suficiente distancia para acercarse a la caballada. Fue directo al caballo que lideraba al resto. Tenía un don para identificar a aquel que más ascendencia tenía sobre sus hermanos y sabía ganárselo. Sacó una zanahoria del zurrón y se la dio al hermoso ejemplar, mientras acariciaba su gran cabeza. Dio más zanahorias a cada uno de los caballos y cogió las cuerdas que guiaban las reatas. Nunca había llevado tantos caballos a la vez, pero se supo capaz de hacerlo. En realidad, no le quedaba otra opción y, por otra parte, no se encontraban lejos del punto de encuentro. Arrancó la marcha y la caballada lo siguió sin relinchar. Se sintió orgulloso de sí mismo por cómo había gestionado ese momento de crisis y le vinieron a la memoria las palabras que le dedicaron la primera vez que participó en las salidas: «Pedro, vas a ser el mejor contrabandista de caballos que hayan conocido estos valles».

Por fin, avistó el punto de encuentro donde debería entregar a los caballos. No vio a nadie y, por un momento, pensó que los que tenían que recoger la mercancía se habrían ido, ante el retraso en llegar. Esa noche, la salida solo contaba con tres reatas. No sabía nada de la última tampoco. Emitió un sonido ulular y aguardó. Pasaron unos interminables segundos hasta que tres franceses se aproximaron saliendo de detrás de una zona de sotobosque. Pedro les contó lo ocurrido y decidieron esperar diez minutos más por si llegaba la tercera de las reatas. Esta apareció justo cuando la cuadrilla de franceses se disponía a irse. Era conducida por Adolfo, un asiduo de las salidas junto con Pedro. Ambos, con el paso de los años, habían establecido una sincera camaradería y eran capaces de entenderse sin palabras, cosa muy útil cuando el silencio era más necesario que el ruido. Adolfo era del pueblo vecino, y más allá de las salidas y las fiestas del valle, Pedro y él no se veían con asiduidad. Era un joven callado y muy responsable, de aquellas personas en las que podías confiar ciegamente.

Pedro y Adolfo emprendieron el camino de vuelta en silencio, solo roto por el crujido de ramas y piedras bajo las botas de los dos intrépidos jóvenes. En el punto en el que sus caminos se separaban, se dieron un apretón de manos y, por primera vez, Adolfo le dio un abrazo.

—No sé si volveremos a vernos, Andonegui. Es posible que en unas semanas me vaya a Estados Unidos de pastor. Pagan muy bien y aquí las cosas se están poniendo feas con los gendarmes.

—¡Vaya! ¡No lo sabía! Mi hermano también está pensando en ir. Anda a la espera de que le lleguen los resultados del reconocimiento médico y que le declaren apto para el trabajo.

—Yo también estoy a la espera. Si todo va bien, antes del otoño ya estaré en tierras americanas.

Dudó si contarle que él también había pasado las pruebas médicas.

—Me alegro por ti, Fito. Te echaremos de menos en estos montes.

—Oye, lo que has hecho hoy ahí arriba con los caballos... ha sido... increíble. Hay que tenerlos bien puestos para hacer lo que has hecho. Eres un tipo especial, Pedro.

Pedro no supo que decir, embargado por la emoción que le producían las palabras de su compañero.

—Bueno, solo espero que a Tomás no lo maltraten mucho. Se están pasando últimamente.

Se despidieron y cada uno emprendió el camino hacia su hogar.

Esa misma tarde, después de comer, llamaron a la puerta de la casa de los Andonegui. Cuando Pedro abrió, se encontró con el rostro circunspecto del sargento Castrejana. Sin saludarlo, soltó:

—Tengo que hablar con tus padres. ¿Están?

Pedro asintió y le franqueó el paso. Agustín Castrejana se plantó en el centro del cuarto de estar y no respondió a los saludos de Anamari y Salvador.

—Ha ocurrido algo muy grave —dijo, por toda respuesta.

Salvador envió a los chicos y a Maritxu a sus respectivas habitaciones.

—No —intervino Castrejana con voz grave—, los chicos se quedan.

—Sentémonos, Agustín —Salvador trató de mostrarse cordial.

—No, gracias, estoy bien aquí. Lo que tengo que deciros es muy serio y quiero que me escuchéis con atención. Esta noche, en el monte, un gendarme francés ha estado a punto de perder la vida por la coz de un caballo. Ahora mismo está siendo operado en un hospital de San Juan de Luz. Tiene mujer y dos hijas pequeñas. Solo hacía su trabajo y ahora se debate entre la vida y la muerte —se encaró a Pedro y David—. El otro gendarme cuenta que recibió el impacto de una piedra en el hombro. Sé que uno de los dos estuvisteis en el monte anoche. Ya no puedo cubriros más. Tomás Iraizoz ha sido trasladado a dependencias de Pamplona y más le vale por su bien que el compañero francés no fallezca, porque entonces podrían acusarle de algo más serio.

—¿Todo esto que cuentas ha sucedido en territorio francés? Porque si no es así, la Gendarmería no podría acusarlo de nada.

—Estábamos en la frontera. No querría tener que declarar que todo ocurrió más allá de los límites de la muga.

Pedro se mordió la lengua, conteniéndose para no contradecir a Castrejana. Eso significaría delatarse.

—Salvador, esto es muy serio. Las comandancias de Pamplona y Bayona están en permanente contacto y han decidido que van a acabar con el contrabando ilegal de caballos en la frontera. —Hizo una pausa y los miró con gesto grave—. Nos han autorizado a usar armas de fuego.

Castrejana se dirigió a la puerta, dejando un incómodo silencio entre los Andonegui. De pronto, pareció recordar algo y se dio la vuelta.

—Pedro, eres un buen chico y te aprecio, pero no permitiré que Luna se vea implicada con personas que no respetan la ley y el orden. Esta es mi última advertencia. La próxima vez no podré mirar hacia otro lado —dijo abandonando la estancia. Pedro sintió un nudo en el estómago. Sabía que cada salida al monte no solo ponía en riesgo su integridad, sino también su relación con Luna.

Anamari abrazó a Pedro. Los cuatro fueron a sentarse en la mesa del comedor.

—¿Qué pasó en el monte, hijo? —preguntó su madre preocupada.

Pedro contó lo ocurrido la pasada noche, sin omitir un solo detalle. Sus padres y hermano escucharon con atención el relato. Cuando hubo finalizado, la preocupación de Anamari no hizo sino aumentar. Manoseaba el delantal con nerviosismo. Salvador, por su parte, se debatía entre el orgullo por la actuación de su hijo y la velada amenaza que había dejado caer Agustín.

—Tenéis que dejarlo —dijo ella.

—No es tan fácil, Anamari —respondió su marido—. Sin ese dinero, iríamos muy justos.

—¿Pero de qué me sirve el dinero si uno de mis hijos acaba en un calabozo de Pamplona?

Salvador no supo responder a esa pregunta. Su esposa tenía razón.

—Está bien —dijo—. Lo consideraré. Quizá deberíamos dejar pasar una temporada hasta que se calmasen los ánimos.

—Yo no quiero dejarlo —dijo David.

—Yo tampoco —le secundó Pedro.

—¿Y qué pasa con Luna? —preguntó Anamari—. Ya has oído a Agustín.

—La familia es lo primero, *Ama* —respondió sin dudar.

Salvador y Anamari se miraron, orgullosos de sus hijos. Se levantaron y se dirigieron a la cocina.

—Por cierto, se me olvidaba —le dijo Pedro a su hermano—. Fito me habló de que se marcha a América de pastor, como tú.

De pronto, a David se le iluminó la cara.

—¡Ahí va la *hospa*! ¡Claro, era eso, Píter! —David se golpeó la frente con la mano—. ¿Te acuerdas cuándo estábamos en la sala de espera del hospital de Bilbao? Justo antes de que el doctor me llamara, me pareció ver a alguien conocido desde la ventana.

—Es verdad. Dijiste algo así como «¿ese no es? ...», pero no llegaste a acabar la frase.

—¡Pues ahora estoy seguro de que era Fito a quien vi en el aparcamiento!

III.

Al día siguiente, Pedro y Luna habían quedado para pasar juntos la jornada. Irían al río a bañarse y pescar truchas. Llevaban semanas preparando esa escapada, pero los acontecimientos ocurridos hacía dos noches amenazaban con echar por tierra su momento. Pedro se levantó pronto. No había dormido bien. Sus pensamientos iban del monte al río, de los caballos a Luna, pasando por la conversación con Castrejana del día anterior. Miró por la ventana y vio salir el sol tras las montañas. El cielo estaba despejado y de un precioso azul metálico. Sería un hermoso sábado de verano. Sin embargo, una sombra de duda oscurecía el ánimo de Pedro. Las palabras del padre de Luna resonaban en su mente. Había algo en su conciencia que no le dejaba descansar. Sacudió la cabeza como para librarse de pensamientos negativos y salió a la parte trasera de la casa. Trabajar con las manos le vendría bien para despejarse.

Su madre ya estaba en la huerta a esa hora, recogiendo huevos de las gallinas y verduras para la comida. Le maravillaba la exuberancia de la naturaleza y lo abundante que era al proveer de alimentos. La huerta lucía magnífica. No eran capaces de consumir todo lo que les daba, así que era habitual que cambiasen productos de la tierra por otros a los que la familia tenía menos acceso, como carne o pescado.

—A quien madruga, Dios le ayuda —dijo su madre—. Ven, hijo, échame una mano con los calabacines.

Pedro ayudó a recolectar los calabacines y a meterlos en la cesta.

—Te preocupa algo, ¿verdad? —preguntó Anamari, siempre tan intuitiva.

—Mmmm... —Fue la lacónica respuesta de Pedro.

—Pedro Andonegui, te conozco como si te hubiera parido, así que no me vengas con rezongos.

—No sé, *Ama*, tengo muchas cosas en la cabeza. Estoy hecho un lío. Hoy me voy a pasar el día con Luna, pero no deja de rondarme la cabeza lo que ayer dijo Agustín. Ella me gusta, *Ama*, me gusta mucho, pero en el monte, con los caballos, la adrenalina, soy feliz. ¿Por qué tiene que ser todo tan complicado?

—Elegir siempre es difícil. Se sufre por lo que se deja atrás. Es ley de vida, hijo. Queremos tenerlo todo, pero no siempre se puede. No te preocupes tanto. Probablemente la vida se encargará de mostrarte el camino que debes seguir. Recuerda lo que decía la *Amona*: «Si no tomas las decisiones tú, alguien lo hará por ti, y entonces puede que no sea lo que te conviene».

—Ojalá estuviera aquí… la echo tanto de menos… —Se le quebró la voz.

—Todos la echamos de menos, *maitia*, era una mujer muy especial. —Tomó la cara de Pedro con sus manos para mirarlo a los ojos—. Como tú.

Entraron en casa con las viandas y encontraron a Salvador y David preparándose para ir con los animales.

—¿Vas a venir con nosotros, Pedro? —preguntó su padre.

—No, *Aita*, tengo un asunto que resolver.

—¿Asunto? —se mofó David—. ¿Ahora se le llama *asunto*, donjuán?

Pedro lo fulminó con la mirada. Intentó lanzarle un puñetazo al hombro, pero este estaba preparado y lo esquivó.

—*Tenorio* tiene *asuntos* que resolver —David seguía con la broma mientras Pedro se dirigía a su habitación.

—¡Ya vale, David! —oyó exclamar a su madre.

Se tumbó en la cama, con la vista perdida en el techo, dando vueltas a los mismos pensamientos una y otra vez. No veía una salida sencilla. Sobre todo, no veía una salida sin dolor, sin tener que decepcionar a alguien, incluido a sí mismo. De pronto, notó una presencia en la habitación. Se incorporó y vio con asombro cómo a los pies de la cama se encontraba la *Amona*. Abrió la boca para decir algo, pero ella puso un dedo índice sobre sus labios a modo de silencio.

—Tranquilo, *maitia*, no te estás volviendo loco. Sé que estás hecho un lío y que dudas entre la lealtad, el amor y ser fiel a ti mismo. El conflicto que vives ahora lo hemos vivido otros antes que tú. En algún momento la vida nos ha puesto ante esa tesitura. El corazón contra la razón. Los sentimientos frente a los pensamientos. Es una batalla sin ganador, perdida de antemano.

—¿Entonces, no tiene solución?

La *Amona* sonrió.

—Claro que la tiene, *maitia*. En realidad ya la sabes, pero tienes miedo de escucharte. Presta atención a lo más profundo que hay en ti, Pedro, a tu esencia más pura. No se trata de lo que quieren unos o esperan otros. Se trata de lo que necesitas tú. La respuesta nunca puede venir de afuera, sino de dentro, de las entrañas. —La *Amona* colocó su mano sobre el estómago.

—Tengo miedo de decepcionarlos…

—Las expectativas de los demás, como la propia frase indica, no son tuyas. No dejes que te las impongan, y menos que condicionen tu vida, porque entonces nunca serás libre. —Hizo una pausa—. Estate preparado para tomar decisiones, Pedro. Las cosas no son como parecen.

—*Amona*, yo…

Abrió los ojos, sobresaltado. Se encontró mirando al techo. Se incorporó, pero no había nadie a los pies de la cama. Ni rastro de la *Amona*. Se mesó los cabellos, con la respiración aún agitada. Había sido tan real.

Alguien llamó a la puerta.

—¿Sí?

Anamari abrió ligeramente.

—Pedro, tienes visita.

—¡*La hospa*! ¡Luna!

Se incorporó de un salto y salió al cuarto de estar. Allí estaba Luna, con un vestido de flores veraniego que marcaba su estilizada figura. Estaba radiante. De pronto, todas las dudas que bullían en su cabeza parecieron esfumarse como por arte de hechizo. Ya solo tenía ojos para ella. Tenía las manos entrelazadas detrás de la espalda, sujetando algo.

—He preparado algunas cosas por si nos entra el hambre —dijo mostrando una cesta de mimbre.

—Eh…, claro, hambre. Yo…, eh…, dame un momento que cojo los aperos de pesca y nos vamos.

Se había puesto rojo como un tomate. Anamari sonrió al recordar la frase «la familia es lo primero, *Ama*», dicha por él mismo la noche anterior con todo el aplomo que daba no tener delante a su amor adolescente. Estaba segura de que en ese momento no la diría con la misma convicción. Sintió una punzada de nostalgia cuando le vinieron a la memoria aquellos momentos de amor incipiente vividos junto a Salvador.

—¿Vais a pasar el día en el río? —le preguntó a Luna.

Esta se sonrojó.

—Uy..., pensé que Pedro te lo habría dicho.

—Ya sabes cómo son los chicos adolescentes con sus cosas —rio Anamari.

—¿Vamos, Luna? —dijo Pedro asomando por la puerta—. *Ama,* no me esperéis a comer.

—Vale, pasadlo bien, tortolitos.

Tomaron las bicicletas y dispusieron la cesta y los aperos en las parrillas traseras. Hacía un día radiante. El sol despuntaba ya en el cielo y el viento sur anticipaba una tarde tórrida. A Pedro no se le ocurría mejor plan que el bosque, el río, las truchas y...

—¡Luna! —La voz de Agustín Castrejana sonó como un trueno desde la casa vecina—. ¡No vuelvas tarde!

—Sí, padre —dijo con un hilo de voz.

Después lanzó una mirada a Pedro que le hizo encogerse.

—Vamos —le dijo a Luna.

Pedalearon como si les fuera la vida en ello en dirección a la *Lágrima*, el rincón secreto de Pedro en el río. No pararon ni echaron la vista atrás en ningún momento. Solo la distancia física atenuó el yugo paterno sobre la pareja. Llegaron al meandro del río y dejaron las bicicletas apoyadas en un árbol cercano.

—Ven —le dijo Pedro a Luna—. Te enseñaré todos los secretos de la pesca.

—¿De la pesca de qué? —inquirió ella con picardía.

—De la trucha, ¿de qué va a ser? —respondió Pedro, ingenuo.

—¡Ay, Pedro Andonegui! Me parece que el calor te ha fundido las neuronas.

—Ah, entiendo, con que esas tenemos, ¿eh?

—Lo de pescar... puede esperar —dijo poniendo las manos alrededor del cuello de él.

Pedro le correspondió rodeándola con sus brazos por la cintura. Se miraron fijamente. Luna se puso de puntillas para estar a la altura de los ojos de él. Con aquella luz veraniega, se acentuaba aún más el azul de su mirada. Sus caras cada vez más cerca. Escucharon de pronto un crujido de ramas detrás de ellos. Ella acercó aún más su cuerpo al de él, sobresaltada.

—¿Qué ha sido eso?

—Nada, quizá algún animal. Es habitual que los corzos y ciervos vengan a abrevar a esta zona. No te preocupes.

Luna se zafó del abrazo de Pedro. No parecía convencida.

—¿Tienes hambre?

—Depende. ¿Hambre de qué? —Pedro le devolvió el juego.

—He hecho una tortilla de patatas que tiene una pinta fantástica. Y también he traído queso, membrillo y uvas.

—Podríamos comer. Y luego, si nos quedamos con hambre, probar lo que has traído.

—No te vengas tan arriba, jovencito. Yo soy una chica bien que no se deja engatusar por cualquiera. Toma, coloca el mantel —dijo, con fingida altanería.

Pedro claudicó a regañadientes y dispuso el mantel de cuadros azules y blancos sobre la mullida hierba de la vera del río. Luna sacó entonces varios recipientes con la comida y los fue colocando sobre el mantel. Miró a Pedro con una media sonrisa y sacó de la cesta una botella pequeña con un contenido rojo oscuro.

—¡Sorpresa!

—¿Qué es?

—Elixir de arañones.

—¿Pacharán?

—Ay, hijo, qué poco poético eres.

—Te sorprendería...

—¿Ah, sí? Soy toda oídos —dijo poniendo las manos a modo de pantalla detrás de cada una de sus orejas.

—Te lo tendrás que ganar. Yo no leo mi poesía ante cualquiera.

Luna rio. Se la había devuelto otra vez. Se sentaron y comieron con ganas, mientras hacían bromas y chanzas el uno con el otro. Luna siempre iba un paso por delante. Era una maestra en el manejo de la ironía y los juegos de palabras. Pedro tampoco se quedaba atrás. Los duelos dialécticos eran rápidos y ambos se divertían mucho juntos. Cualquiera podía ver que la complicidad entre ambos era evidente.

De pronto, algo ensombreció el rostro de Luna.

—¿Qué pasa? —preguntó él.

—No sé. Eso mismo te pregunto yo. ¿Qué ha ocurrido con mi padre? Él no habla de estas cosas en casa, pero yo puedo ver que algo ha pasado con tu familia porque ya no vamos a vuestra casa, y últimamente no ve con buenos ojos que nos dejemos ver juntos. ¿Tiene que ver con esa locura de los caballos?

—¿Caballos? No. Ya te he dicho que no tengo nada que ver con eso —Pedro agachó la cabeza mientras lo decía, desviando la mirada de la de ella. Se arrepintió de inmediato.

—Pedro Andonegui, no creo una palabra de lo que me dices. Tu boca dice una cosa, pero tus ojos cuentan otra.

—Prefiero no hablar de esto, Luna.

—Pues yo creo que es el momento de hacerlo, Pedro. No puede haber secretos entre nosotros.

Pedro dudaba. Temía que, si le contaba la verdad, ella lo rechazaría. De alguna manera, sentía que no decirle nada suponía protegerla. Se equivocaba.

—Igual es mejor que no sepas.

—¿Cómo? ¿Vas a decidir tú por mí lo que me conviene o no saber? —Luna estaba enfadada—. ¡Con un padre tengo suficiente!

—Está bien. Tienes razón. No te pongas así, Luna.

—Odio que me traten con condescendencia.

—Luna, mírame —Pedro imprimió toda la dulzura posible en sus palabras—. No pretendo ser un segundo padre para ti. Tienes razón. No puede haber secretos entre nosotros. Te contaré la verdad. Pero me tienes que jurar que no dirás una palabra de esto a Agustín.

Ella lo miró entre asustada y curiosa.

—¿Me lo juras?

—Te lo prometo.

—No, solo prometer no vale. Me lo tienes que jurar.

—¡Está bien! Lo juro.

—Luna —La miró muy fijamente a los ojos—, confío en ti.

Ella asintió, rendida a la profundidad de su mirada.

Pedro relató su participación en las salidas nocturnas. Omitió nombres. No era un delator. Habló solo por él. Tampoco le contó lo ocurrido hacía un par de noches. Pensó que silenciar algunos detalles no era mentir.

—Es verdad que las cosas se han puesto complicadas con los guardias, pero yo en el monte me siento feliz, me siento más vivo que n... —De pronto se dio cuenta de que aquello podría herir los sentimientos de ella—. Ya me entiendes. Se me da muy bien. Me siento útil. Soy bueno en esto, de verdad.

Luna calló, asimilando aquellas palabras. En su casa, la habían educado siempre en la estricta observancia de la ley y la norma. Sin embargo, conforme iba cumpliendo años y la niña que había sido daba paso a la mujer que era, una fuerza rebelde se iba apoderando de ella. No soportaba la sumisión a la figura masculina. Adoraba a su padre, pero estaba cansada del servilismo de su madre hacia él. Había algo en lo que Pedro hacía que la atraía sin remisión. Ese desafío al orden, esa valentía de jugarse el tipo ante animales y hombres mayores que él. Pero a la vez la nobleza en la forma de contarlo y vivirlo. Como si respetara de verdad a los caballos y no fueran simple mercancía.

—¿No vas a decir nada? —Él interrumpió sus pensamientos.

No dijo nada. Se abalanzó y lo abrazó con fuerza. Pedro se vio sorprendido por la reacción y devolvió el abrazo.

—¡Qué susto! Pensé que...

—¡Ssshhhh! No digas nada —exclamó ella—. Solo abrázame.

Estuvieron un buen rato entrelazados, aunque a Pedro le supo a poco. Al separarse, ella le dio un tímido beso en la boca.

—Este te lo has ganado —dijo, sonriendo.

—¡Oye! ¿Y si nos damos un baño?

—¿Estás loco? ¡Debe de estar el agua helada! Además, no he traído toalla.

—No importa, te secas con mi camisa —dijo mientras se levantaba y se desabrochaba los botones.

Luna admiró su torso desnudo. El trabajo del campo había moldeado unos músculos bien definidos que, junto con la nariz ligeramente torcida, le conferían aspecto de boxeador. Él le tendió la mano.

—Vamos, confía en mí.

Ella se debatía entre el pudor y el deseo. Él se quitó los pantalones y se quedó solo con los calzones.

—¡Uf! —exclamó Pedro—. Hace tanto calor que me sobra toda tu ropa.

Luna soltó una carcajada.

—Date la vuelta —continuó con una media sonrisa—. Te ayudaré con el vestido.

—Está bien —asintió ella, volteándose sobre sí misma mientras retiraba la melena del cuello para dejar al descubierto el broche del vestido.

Pedro lo soltó con cuidado, dejando que el vestido cayera suavemente mientras rozaba la piel de Luna.

—Está bien, tú ganas —dijo Luna, girándose para quedar frente a él—. Yo también *ganas*.

Se abrazaron en un apasionado beso que hizo elevar aún más la temperatura en aquel recodo del río. El mundo se detuvo. Pedro cerró los ojos y se dejó caer en un profundo abismo de deseo. Cuando se separaron, siguieron mirándose embelesados. Pedro la cogió de la mano y puso cara traviesa.

—¿A la de tres? —dijo señalando el río.

—A la de tres.

—Una, dos y... ¡tres! —Y tirando de ella, se zambulleron en las frescas aguas del Irati.

Rieron, se salpicaron, se besaron y amaron sin remordimientos, dejando que sus cuerpos se fundieran el uno con el otro por primera vez, guiados únicamente por un febril deseo adolescente, ajenos a los ojos que, desde la otra orilla, los observaban ocultos en la espesura.

IV.

Al día siguiente, Pedro se levantó temprano, inquieto. Se vistió en silencio, dejó una nota a su madre y salió de casa. El aire aún olía a rocío mañanero. Aspiró hondo, llenando sus pulmones con aquella bocanada refrescante. Lo repitió dos veces y, de pronto, sintió una liberación en su cabeza. Sin embargo, algo en el pecho seguía oprimiéndolo. Tomó su bicicleta y pedaleó en dirección a la frontera. Los músculos protestaron por el ejercicio tempranero, pero no tardaron en entrar en calor y responder a la exigente demanda. Tenía prisa por llegar a su destino. Sabía que la persona a quien quería ver era de costumbres madrugadoras y temía no llegar a tiempo. Aceleró el paso y acompasó la respiración. A sus diecisiete años, estaba en plena forma, fruto de las largas jornadas de trabajo en el campo y con los animales. El recuerdo de la tarde anterior le dio un brío aún mayor. Por fin, llegó a su destino. La casa parecía vacía. Llamó a la puerta y esperó, pero nadie contestó. Volvió a llamar, esta vez con más insistencia. Misma respuesta. Se acercó a la ventana de la cocina y se asomó al interior. No se veía movimiento ni luz a través de los visillos. Decepcionado, dudó si esperar o retornar a casa. Decidió volver y montó en su bicicleta, cuando la puerta se abrió de pronto.

—Hola, Pedro —dijo una voz de mujer—. No te esperábamos.

Se giró, sorprendido.

—¡Ah! Hola, Isabel —contestó ruborizado—. Perdona, pensé que mi tío estaría solo. No quería molestar.

—Tranquilo, no molestas. Enrique ha salido temprano a pasear a Fiel, no tardará en volver. Pasa.

Dejó la bicicleta junto a la puerta y entró en la casa, la misma que antes perteneció a sus abuelos y que ahora era el hogar de su tío. Enrique vivía con su perro, uno de los hijos de Lagun, que había fallecido poco después de hacerlo la *Amona*. Él e Isabel, viuda de Manuel Iriarte, ya no ocultaban su relación a ojos de los demás. Habían transcurrido cuatro años desde que su marido falleciera y ella había guardado luto religiosamente. Aunque mantenía un rictus melancólico a ojos de los demás, su corazón descansaba sin el tormento de su marido en casa. El maltrato había comenzado poco después de nacer su hijo Carmelo. Su carácter cambió de la noche a la mañana y se volvió un hombre arisco e irascible. El niño también era objeto de sus estallidos de furia, pero estos recaían sobre todo en Isabel, a la que culpaba de unas desgracias que solo estaban en su cabeza. De cara a sus vecinos, se mostraba como un hombre ejemplar y trabajador, pero en casa descargaba su furia sin contemplaciones. Otros días, en cambio, se mostraba cariñoso y cercano. Isabel nunca sabía qué cara de su marido vería esa noche cuando él regresaba a casa. Fueron años de auténtico suplicio.

Enrique y ella se conocían desde niños. Él era unos años mayor. De jóvenes y, en secreto, Isabel había fantaseado con convertirse en la novia de Enrique, pero este emigró pronto a Estados Unidos y aquella historia se quedó en un anhelo juvenil no correspondido. A la vuelta de Enrique al pueblo, al tiempo que Isabel enviudaba, el corazón de ella retomó aquel sentimiento de juventud, pero el luto le impedía exteriorizar nada. Enrique, por su parte, además del trabajo de campo junto a su hermano y sobrinos, se había convertido en el manitas del pueblo. Durante sus años en América, había trabajado en múltiples oficios relacionados con la construcción de casas. Los vecinos del pueblo acudían a él cuando necesitaban reparaciones o reformas menores en casa. Pronto se convirtió en un miembro muy apreciado en la comunidad, por su carácter afable y siempre dispuesto a ayudar. Además, sus historias de América amenizaban las tertulias en el bar del pueblo. Siempre había alguien dispuesto a invitarle a un trago a cambio de escuchar aquellas aventuras allende los mares.

Una tarde, Isabel necesitó la ayuda de Enrique con un grifo estropeado. Acudió solícito, como siempre, y arregló el problema en un santiamén. Ella se atrevió a invitarlo a un café y él aceptó. Estuvieron charlando largo y tendido de los viejos tiempos. De cómo habían cambiado las cosas en el pueblo de cuando ellos eran jóvenes. La noche se les echó encima e Isabel lo invitó a cenar, ya que él se había negado a aceptar dinero por aquel trabajo sencillo. Dijo que sí. Nadie lo esperaba en casa. Durante la cena, Enrique le contó muchas cosas del tiempo pasado en América. Lo miraba y apenas podía disimular la fascinación que le producían aquellas historias de lugares tan remotos e inaccesibles para ella. Él le preguntó por su soledad, después de que Carmelo hubiera ido a Pamplona a estudiar. Ella quiso leer entre líneas y, sin saber de dónde había salido aquel arrojo, se aventuró a confesarle sus sentimientos por él, tanto tiempo olvidados, pero cuyos rescoldos aún crepitaban en su pecho. Se miraron a los ojos y no necesitaron más palabras aquella noche. Después de aquel primer encuentro, tuvieron que ser muy cautos en los sucesivos. Pero después de dos años del fallecimiento de Manuel, empezaron a dejarse ver juntos por el pueblo. Hubo vecinos que no aprobaron la relación, aunque, en general, el pueblo siguió con sus vidas y la pareja se fue afianzando.

—¿Cómo está Carmelo? —preguntó Pedro—. ¿Le va bien en Pamplona?

—Está muy contento. Le va bien en los estudios y parece que ha conocido a una chica. Es de Pamplona y su padre es dueño de unos grandes almacenes. Espero que no se deje cegar por el amor y se olvide de visitar a su madre este verano.

—¿Va a venir?

—En principio estará aquí en agosto, para las fiestas patronales de la Virgen.

—Hace tiempo que no lo veo. Me alegrará charlar con él.

—Te tiene en mucha estima, Pedro. Tú no te acordarás, pero él no olvida cómo lo defendiste una vez que los chicos se ensañaron con él a bolazos de nieve.

—Claro que me acuerdo.

—Eres buena persona, como tu tío Enrique —sonrió.

Como invocado por las palabras de Isabel, Enrique hizo entrada en la casa junto a su fiel compañero.

—¡Píter! He visto tu bici aparcada en la puerta y la verdad es que no me esperaba esta agradable visita. ¿Qué te trae por aquí, *dear nephew*[19]?

---

19 Querido sobrino

—Yo... necesito hablar contigo —miró a Isabel— a solas...

Enrique rio.

—Uy, uy, uy... se avecina conversación *txapela*.

—¿*Txapela*? ¿Cómo? No entiendo...

—Conversación fundamental, Pedro —dijo, señalándose la boina que llevaba puesta—, funda-mental.

Volvió a emitir una sonora carcajada, encantado con su propio chiste. Pedro se ruborizó y sonrió. Isabel entendió el mensaje al instante.

—Me voy a casa a prepararme. Nos vemos después en misa.

Le dio un beso a Enrique y se despidió de Pedro con la mano antes de salir. Enrique la siguió con la mirada hasta la puerta. Se volvió hacia su sobrino y, clavando sus ojos en los de él, dijo con voz solemne:

—Te escucho, sobrino. Qué pasa con *ella*.

—Tío... ella y yo... ayer, en el Irati...

Enrique alzó la mano y Pedro calló.

—Creo que esta conversación de hombre a hombre merece ser regada con un buen caldo —dijo, levantándose y dirigiéndose a una alacena cercana para volver con una botella de anís y dos copas.

Sirvió sendos tragos y alzó su copa en un brindis al aire.

—Brindo por vosotros. Y por el amor. La fuerza que mueve el mundo —dijo, apurando su copa.

—*Mesedez*, no le digas nada al *Aita*.

—Ya sabes que, por lo que a mí respecta, nuestras conversaciones son como las confesiones de un cura. Nos asiste el secreto de *conexión*. Tú eres lo más cercano a un hijo para mí, Pedro, con la suerte para ti de que no soy tu padre y puedes contarme todo aquello que te aflige. Lo que tú y yo hablemos se irá a la tumba conmigo.

—Lo de ayer fue increíble. Ella me gusta tanto... pero, a la vez, es la hija de Castrejana y ese no me quita ojo de encima. Lo que ocurrió en el monte el otro día con el gendarme fue un accidente, pero hay algo dentro de mí que no me deja descansar. Me siento responsable.

—No te tortures, sobrino. Tú no eres responsable de aquello.

—Eso dice mi cabeza, pero mi conciencia...

—Te entiendo muy bien. Te contaré una historia que no he contado nunca a nadie desde que volví de América. Un día estábamos trabajando en el tejado de una casa. Había llovido y estaba peligroso. Yo era el encargado de los que allí estábamos. Insistí mucho a los chicos que tomaran las medidas de protección adecuadas. Les proporcioné el equipo necesario para que trabajaran con seguridad. Uno de ellos, un chico mexicano que llevaba poco tiempo con nosotros, resbaló y cayó del tejado, con tan mala suerte que se golpeó y se desnucó. Tenía mujer y una niña recién nacida. No sabemos qué le pasó, por qué no se aseguró, cómo resbaló. O quizá no fuera un accidente y otro de los trabajadores... quién sabe. —Hizo una pausa, recordando—. El caso es que, durante mucho tiempo, me torturé y me sentí responsable por su muerte. Hasta que un día entendí que no soy el capitán general del Universo. Solo Dios lo es. Los demás somos simples soldados rasos que lo hacemos lo mejor que podemos. Tus sentimientos de responsabilidad te honran, pero no fue tu culpa. Los accidentes ocurren y solo el de arriba tiene las respuestas a todas las preguntas.

Pedro permaneció callado unos instantes, tratando de asimilar las palabras de su tío. Puede que tuviera razón y no le correspondiera a él hacerse cargo de sucesos que quedaban fuera de su alcance. Se tranquilizó y su expresión tensa se relajó. Enrique notó que su sobrino se calmaba y aprovechó la guardia baja.

—Bueno, pillo, ahora dime que dejaste el pabellón de los Andonegui bien alto...

Pedaleando de vuelta a casa, se sentía mucho más ligero. Hablar con su tío le hacía mucho bien. Siempre encontraba las palabras adecuadas para reconfortarlo. Sin embargo, aún le quedaba algo que hacer para calmar su conciencia. Resolvió hacerlo ese mismo día. Y esa determinación le dio fuerzas para lanzarse a tumba abierta hasta casa.

La familia ya había desayunado y se preparaba para ir a misa. Anamari miró a su hijo al entrar en el comedor.

—¿Todo bien, Pedro?

—Sí, *Ama*, necesitaba desfogarme un poco con la bici. Me sienta bien para no pensar demasiado.

—Ya... —Su madre lo miró de soslayo.

Él evitó su mirada y fue directo a su habitación a cambiarse. No tenía mucho tiempo si quería resolver la cuestión que le preocupaba antes de misa. Se acicaló, se vistió con la ropa de los domingos y volvió a salir de casa sin decir nada.

Anamari oyó la puerta y se asomó desde la cocina.

—¿Quién se ha ido?

—Pedro —contestó Salvador—. Parecía que llevaba prisa.

—Me preocupa este chico. Últimamente hace cosas bastante extrañas.

—Déjalo, mujer, ya se le pasará. Con diecisiete años quién no hacía cosas extrañas. A esa edad son hormonas andantes.

Pedro pasó por delante de la casa de los Castrejana y el recuerdo de la tarde anterior volvió a asomar a sus mejillas. Apretó el paso sin levantar la vista del suelo, no se fuera a topar con la mirada reprobatoria de Agustín. A donde se dirigía estaba a apenas cien pasos de allí. Al llegar, entró por una puerta lateral. Agradeció el silencio y el frescor de aquel lugar. Pronto todo sería distinto. Cuando sus ojos se acostumbraron a la penumbra, divisó lo que buscaba en una esquina y se acercó, decidido. Al arrodillarse, un olor dulzón, mezcla de naftalina y anís, le provocó una pequeña náusea.

—Ave María Purísima —dijo, santiguándose.

—Sin pecado concebida.

—Hace mucho que no me confieso.

—Entiendo. ¿Qué te aflige, hijo?

—Padre, he hecho algo impropio de mí, y necesito el perdón de Dios...

V.

Después de misa, Pedro se reunió con sus amigos de la infancia. José y él seguían viéndose con regularidad, pero Txori había marchado a Pamplona a estudiar hacía dos años, por lo que se juntaban en las ocasiones en las que este visitaba el pueblo, como en las vacaciones de verano. Entonces, volvían a ser el trío inseparable que fueron una vez. Tras ponerse al día con los aconteceres de cada uno desde la última vez, acordaron verse después de comer para ir al bosque, como en los viejos tiempos.

Durante el almuerzo en casa de los Andonegui, al que se sumaron Enrique e Isabel, Pedro se mantuvo callado y comió sin apenas levantar la cabeza del plato.

David le dio una colleja cariñosa.

—¿Y a ti qué te pasa? ¿Te ha comido la lengua el gato? ... ¿O la gata?

—No me pasa nada, mendrugo de pan de ayer. Déjame tranquilo.

—El amor os vuelve a todos idiotas, de verdad.

Sintió la mirada de los cuatro adultos sobre él.

—Bueno..., me refiero a nosotros, los jóvenes. ¡Vosotros ya no tenéis remedio!

Todos rieron a carcajadas. Pedro terminó lo más rápido que pudo y se despidió de la familia diciendo que había quedado con sus amigos para ir al bosque.

—Volveré tarde, *Ama* —dijo cuando esta se acercó a la puerta.

—Pedro, ¿seguro que estás bien? Estos últimos días vas y vienes a horas intempestivas. Apenas te vemos el pelo y, la verdad, hijo, ando un poco preocupada.

—Tranquila, va todo bien. De hecho... ¡va mejor que nunca! —gritó, saliendo por la puerta.

Pedro y José llegaron a la fuente junto al frontón casi al mismo tiempo. El último en llegar fue Txori.

—Bueno, ¿a dónde vamos? —dijo este—. ¿A la Cabaña?

—No —respondió Pedro—. Os enseñaré un sitio mejor. Lo

descubrí por casualidad dando una vuelta con Fiel, el perro de mi tío Enrique.

—En marcha. Te seguimos.

Los tres pedalearon hasta La Factoría, pasando junto a la casa de Enrique y continuaron por una senda que subía en dirección a la muga con el país vecino. Llegó un momento en que lo escarpado del camino les hizo desmontar de sus bicicletas. Las dejaron escondidas entre la maleza y continuaron a pie. El calor apretaba a esa hora del día y se agradecía mucho el cobijo de las hayas y los robles. Bajo aquellos árboles centenarios, la temperatura descendía hasta un nivel aceptable. Los tres amigos caminaban en fila por el estrecho sendero: Pedro delante, Txori en medio y José cerrando el grupo. Se adentraron en una zona recóndita del bosque, a la que incluso José, buen conocedor de la zona, nunca había accedido.

—¿A dónde nos llevas, Pedro?

—Es una sorpresa. Prometo que os va a gustar. No estamos lejos.

Rodearon una gran roca y, de pronto, ante sus ojos, un claro se abrió en el bosque dejando ver la majestuosidad del valle de Aezkoa desde lo alto. Los tres contemplaban el paisaje extasiados, mientras recobraban el resuello. Una bandada de buitres sobrevolaba en círculos el territorio, aprovechando las cálidas corrientes de aire ascendentes.

—¿Qué os parece? ¿Ha merecido la pena?

José y Txori permanecieron callados, maravillados por el espectáculo que se extendía ante sus ojos.

—Lo tomaré como un sí —dijo Pedro, riendo—. Aunque, en realidad, esto solo es una parte de lo que quiero enseñaros. Seguidme.

Los otros dos se miraron con curiosidad y fueron tras él. Descendieron rodeando la roca, esta vez por el otro lado. Pedro tomó entonces un sendero tan estrecho, que apenas era reconocible entre la maleza. Por fin, llegaron a un punto que parecía no tener salida. Delante, solo se veían rocas, ramas y arbustos que taponaban el paso.

—Ayudadme —les conminó Pedro.

—¿A qué? —dijeron ambos al unísono.

—Vamos a retirar estas ramas.

Sin comprender del todo a qué se refería, los dos amigos lo ayudaron a despejar una maraña de maleza que aparentaba estar profundamente enraizada. Sin embargo, aquellas ramas, que a simple vista parecían ser obra caprichosa de la naturaleza, resultaron ser el trabajo meticuloso de manos expertas en ocultar lo que asemejaba ser la entrada a una cueva.

—¿Qué es esto? ¿Una gruta? ¿Una caverna donde hibernan osos?

—Nada que ver. Es algo mucho más alucinante.

—¿Más alucinante que una caverna de osos?

—Mucho más. Vamos. —Hizo un gesto con la mano a sus amigos para que lo siguieran.

Tuvieron que agacharse para entrar por la angosta boca de un túnel. No se veía nada más allá de un metro. Entonces, Pedro sacó una linterna e iluminó el pasadizo. Miró a sus amigos como esperando aprobación y estos asintieron. Avanzaron por el estrecho pasillo y notaron cómo el suelo se inclinaba según iban avanzando. Estaban descendiendo. El túnel no era recto, sino que iba haciendo un codo hacia la izquierda. Por fin, llegaron a lo que parecía el final y se detuvieron ante unas escaleras de piedra que descendían.

—¿A dónde lleva esto, Pedro? —preguntó Txori, inquieto—. Está empezando a no gustarme.

—¿Qué pasa? —le espetó José—. ¿Te has vuelto un blando de ciudad?

—¡Serás melocotón! ¡Tira, anda!

—Cuidado, que resbala.

Pedro inició el descenso por los escalones. Los otros dos lo siguieron a corta distancia. Txori advirtió que las paredes de la gruta eran de hormigón rugoso. En algunas zonas, el agua entraba y formaba chorretones de un color verdoso, en los que habían aparecido musgos. Se oía un goteo constante.

—Más vale que no nos quedemos encerrados aquí. Jamás nos encontrarían —Txori seguía intranquilo.

—Sería una muerte muy triste, la verdad —se mofó José.

Llegaron al pie de las escaleras y Pedro iluminó la estancia. José y Txori quedaron boquiabiertos. Una bóveda de hormigón, de unos tres metros en su punto más alto y ocho de largo por tres de ancho, se abría ante ellos. Aquella gruta no era natural, sino hecha por la mano del hombre. En una pared lateral, varias aberturas horizontales dejaban entrar la luz del exterior. Txori se asomó a una de ellas. La perspectiva del valle que habían visto antes se extendía delante de sus ojos.

—¡La *hospa*! ¡Si es un búnker! —exclamó, asombrado.

—No es *un* búnker. Es *el* búnker —replicó Pedro, orgulloso de su descubrimiento.

—¡Es una pasada, *Andoni*! Nada que ver con los otros que hay en Irati. Claro, desde este punto se controla casi todo el valle. Y por las dimensiones que tiene, aquí dentro deberían de haber tenido armamento pesado.

—Estamos justo debajo del mirador que hemos visto antes. Ya os dije que iba a merecer la pena la excursión. Es el más alucinante que haya visto nunca.

Entre finales de los años treinta y hasta mediados de los cincuenta, el Régimen había considerado una buena medida de protección, contra potenciales invasiones extranjeras, sembrar el Pirineo de búnkeres escondidos entre la maleza, desde los que atacar líneas enemigas y proteger la muga entre España y Francia. Inicialmente, se proyectó la construcción de diez mil unidades a lo largo de los 500 kilómetros de frontera. La empresa, a todas luces demasiado ambiciosa, se quedó al final en la ejecución de cerca de cuatro mil.

En los alrededores del pueblo había varios. Los chicos los frecuentaban de manera habitual en sus juegos. Pero, como aquel, no se conocía ninguno. Se notaba que, en su construcción, se había puesto más esmero que en los otros, por lo general toscos y poco habitables. Sin embargo, aquel daba una sensación bien diferente y, dentro de las limitaciones, quedaba claro que se había pensado en las comodidades de las personas que pasarían tiempo en él, incluidas unas camas con mucho mejor aspecto que los desvencijados camastros que solían encontrarse en los otros.

—¿Y estas provisiones? —preguntó José, que había encontrado varias latas de comida—. No parecen muy antiguas.

—Son mías. Nunca se sabe los imprevistos que puede haber en las salidas. Pero venid —dijo Pedro con una mirada enigmática—. Las sorpresas aún no han acabado.

Los condujo hasta el final del búnker y, al acercase, vieron que había una puerta de madera en la pared.

—¿Os atrevéis?

—¡Claro! —dijo José, sobreactuando—. ¡Abre ya esa maldita puerta!

Pedro la empujó y los oxidados goznes se quejaron amargamente. El sonido retumbó en la bóveda, magnificándolo. Un escalofrío recorrió la espina dorsal de Txori. Ambos estaban expectantes ante lo que se ocultaba detrás de aquella puerta. Pedro iluminó el interior. A simple vista, parecía la continuación de la galería abovedada desde la que accedieron. Aunque no estaba provista de ventanas, sí tenía pequeños orificios por toda la pared a través de los cuales se colaban rayos de sol. Tendría apenas tres metros de profundidad y otros tantos de ancho, resultando en un espacio de planta cuadrada. Pero lo que enseguida captó la atención de los amigos fue una mesa en el centro de la estancia, sobre la que descansaba lo que parecía un antiguo artilugio de telecomunicaciones.

—¿Qué es esto? —preguntó José.

—Mi *aita* dice que es un aparato de conexiones cifradas, una especie de radio para comunicarse con otros búnkeres como este en otras zonas del Pirineo.

José y Txori lo miraban con la boca abierta.

—¿Y funciona?

—No creo. Aquello era el generador para darle corriente —dijo señalando los restos de un viejo equipo tirado en un rincón—. Sin eso, no arranca. Además, no sabríamos manejarlo.

—¡Madre mía! —Txori seguía con la boca abierta—. ¡Esto es un tesoro! Tuvieron que irse a toda prisa de aquí para dejar atrás semejante reliquia.

—*Aita* dice que a lo mejor lo dejaron pensando en volver y escondieron muy bien la entrada. Pero nunca regresaron. Y nadie había vuelto a entrar aquí hasta que yo lo encontré. Bueno, fue Fiel quien lo descubrió.

—¿Y los agujeros en la pared? —inquirió José—. Hacen un efecto curioso los rayos de sol entrando.

—Son pasatubos para que las ondas pudieran entrar y salir. Es probable que hubiera también una antena exterior oculta entre la maleza, que conectaba a través de ese cable en el techo con la estación de radio —dijo, iluminándolo.

Los amigos comenzaron a elucubrar teorías sobre quiénes habrían construido aquel magnífico búnker o quiénes habrían ocupado las posiciones de defensa y comunicaciones. Estaban tan metidos en su conversación, que no se dieron cuenta de que, fuera, el sol ya se había puesto tras las montañas y la noche pronto se les echaría encima. Pedro fue el primero en notarlo y advertir a sus amigos de que deberían irse. Aún tenían que sellar la entrada, recoger las bicicletas y llegar hasta el pueblo. Tendrían que apresurarse, si no querían que la oscuridad les alcanzara de camino.

Las bicicletas volaban por aquellos caminos polvorientos. Los tres pedaleaban embriagados por una sensación de libertad y plenitud que los empujaba en un descenso frenético. Ninguno era consciente de que sería la última vez que vivirían una aventura semejante.

Se despidieron junto a la fuente. Al día siguiente, los quehaceres de cada uno esperaban para mantenerlos ocupados. Antes de irse, José señaló a Pedro con la barbilla:

—Con tanta emoción y tanto búnker, se nos ha olvidado preguntar a este tortolito por sus escarceos.

—Os lo contaría, pero, si no llego en cinco minutos, mi madre me matará.

No les dio opción a réplica. Enfiló como una bala hacia su casa, justo cuando la noche se cernía sobre el pueblo. Aparcó la bicicleta en el cobertizo y se dirigió a la puerta de entrada. De pronto, una figura saliendo de las sombras lo sobresaltó. No se distinguía bien su rostro.

—Hola, Pedro.

—¡Luna! ¡Pero qué susto me has dado! ¡Casi se me para el corazón!

Entonces, se fijó mejor. No era Luna.

—¿Candela? ¡Dios mío! ¡Pero qué cambio has dado! Si estás igual de alta que tu hermana…

La segunda hija de los Castrejana había pasado el año estudiando en las Carmelitas de Pamplona. Su cambio físico era notable. Se fue siendo una niña y había vuelto convertida en una mujer.

—He llegado en el autobús de la tarde. Toma, te he traído un regalo —dijo tendiendo hacia él un pequeño paquete plano—. Espero que te guste. Pero no lo abras ahora, me daría mucha vergüenza. Hazlo cuando estés solo.

—Está bien —Pedro dudó—. Muchas gracias, Candela. No tenías por qué haberte molestado.

—No es molestia —dijo ella, agradeciendo que la penumbra ocultara el incipiente rubor en sus mejillas—. Bueno, tengo que volver. Me esperan a cenar.

—Sí, a mí también.

—Hasta mañana, Pedro.

—Adiós, Candela.

Pedro la observó marchar. Algo profundo había cambiado en ella desde la última vez que la había visto. Miró el paquete que sostenía entre las manos y tuvo la certeza de que no iba a ser un regalo cualquiera.

Solo en su habitación, Pedro daba vueltas al encuentro que acababa de tener con Candela. Siempre tan discreta y en segundo plano, le había sorprendido que se atreviera a dar ese paso. Saltaba a la vista que el año pasado en Pamplona había tenido un efecto transformador. No solo en el plano físico, sino también en la confianza y seguridad que desprendía. Aun así, le inquietaba el rubor que había adivinado en sus mejillas.

Retiró el envoltorio del paquete y encontró una caja de madera oscura, con remaches latonados y un escudo grabado en el centro. Destrabó el cierre y la abrió. Sacó un objeto redondo y brillante, de tamaño poco mayor que un reloj de bolsillo. Tenía una especie de argolla para pasarle una cadena. Rozó con sus manos la superficie pulida del objeto. Al tacto era muy agradable. Por fin, le pudo la curiosidad y abrió la tapa. No era un reloj, eso seguro, pero tenía una manecilla que se movía sin control en la esfera. Nunca había visto nada igual. Entonces, como en un fogonazo, le vinieron a la memoria las clases de don Sabino, cuando les había explicado los puntos cardinales y la *Rosa de los Vientos*. En ese momento, se fijó en una nota que acompañaba a la caja. Estaba manuscrita con una letra cursiva y elegante:

Querido Pedro:

Cuando la vi en una tienda de antigüedades, supe que era para ti. Con ella, nunca estarás perdido. Te guiará si no encuentras el camino. Te acompañará para que nunca olvides donde están tus raíces y la gente que te aprecia. Es una brújula y funciona con magnetismo, como funcionan todas aquellas cosas que nos atraen sin remisión. Siempre apuntando al norte, estés donde estés.

Los que, como tú y como yo, compartimos el hecho de ser el segundo hermano de la familia, pareciera que debemos mantenernos a la sombra del hermano mayor, pero yo me rebelo contra eso. Y algo me dice que el destino tiene para ti otros planes. Estamos aquí para reescribir nuestro propio camino.

Desearía que este regalo te acompañara allá donde fueras y que te sirviera de referencia cuando puedas sentirte perdido y no sepas qué sendero seguir. En esos momentos, la intuición es nuestra mejor brújula. Y mi intuición me dijo que tenía que hacerte este regalo. Espero que sepas apreciarlo.

Con cariño,
Candela

VI.

Los días de trabajo en el campo se parecían mucho unos a otros. En épocas de calor, se aprovechaba el fresco de la mañana para adelantar trabajo y, cuando el sol despuntaba en lo alto, solían parar a almorzar juntos en casa de Enrique. La borda en la que tenían los animales estabulados se encontraba cerca de *La Factoría*, así como los campos donde sacaban a pastar al ganado. Después de almorzar y descansar un poco, volvían a la tarea vespertina. Pedro solía encargarse de las ovejas; David de las vacas y terneros, mientras que Salvador y Enrique se ocupaban de los cerdos, las gallinas y las labores propias del campo. Formaban un buen equipo y la carne de sus animales era bien apreciada por los tratantes de la zona. Anamari y Maritxu, por su parte, ayudaban en labores que requerían de menor fuerza física, llevaban la huerta de casa y, además, se preocupaban de preparar la comida para la familia mientras los hombres trabajaban.

Al caer la tarde, con la faena terminada y la satisfacción del deber cumplido, volvían a casa a reponer fuerzas para la jornada siguiente. Todos los días la misma rutina. Pero todos los días con su propio afán. Solo los fines de semana podían los chicos disfrutar de algunas horas libres. Sin embargo, aquel día iba a ocurrir algo que alteraría la rutina por completo. En la hora del almuerzo, Anamari trajo dos cartas que el servicio postal de correos había dejado para David y Pedro. El remitente era la Agencia que gestionaba los visados para trabajadores expatriados en Estados Unidos.

—¡David, ha llegado la carta que estabas esperando! —En el rostro de su madre se podía ver una sombra de dolor ante la posible marcha de su hijo a América.

—¡Por fin! —dijo este—. ¡Ya tardaba!

Tomó el sobre con manos nerviosas y la impaciencia le pudo al abrirlo. Según iba leyendo el contenido de la carta, su cara mudó de la expectación al asombro y, por último, a la profunda decepción.

—¡Cabrones! —maldijo tirando la carta al suelo—. Me rechazan por no sé qué *hospas* de problema en el corazón.

Se sentó en una silla y hundió la cara entre sus manos. Anamari tomó la carta del suelo y leyó:

A la atención de don David Andonegui Elizondo:

Por la presente, le comunicamos que su solicitud de incorporación a la fuerza de trabajo para expatriados en Estados Unidos debe ser RECHAZADA.

No ha superado las pruebas médicas pertinentes para desempeñar con garantías y sin riesgo para su integridad los trabajos para los que se le requieren.

MOTIVO MÉDICO: *Cardiopatía congénita en grado medio.*

Pedro observaba la escena con preocupación. Sabía que, al abrir su carta, se desencadenaría una tormenta en aquella casa.

—¿Y qué dice la tuya, Pedro? —David pareció salir de su trance.

Deslizó el dedo con cuidado bajo la solapa del sobre. Extrajo la carta y leyó:

A la atención de don Pedro Andonegui Elizondo:

Por la presente, le comunicamos que su solicitud de incorporación a la fuerza de trabajo para expatriados en Estados Unidos ha sido ACEPTADA.

Póngase en contacto con este departamento para tramitar su visado en las próximas semanas. Si no hemos recibido noticias de su parte antes del 1 de septiembre, entenderemos que desiste de formar parte.

David se levantó hecho una furia y salió por la puerta, maldiciendo. El silenció atronó la estancia. Anamari se acercó a su hijo y lo abrazó.

—No tengo por qué ir, *Ama*. Yo quiero quedarme aquí.

—Lo sé, *maitia*, ya hablaremos de ello.

David no dio señales de vida en toda la tarde. Pedro era consciente de que no tenía nada que ver con todo aquello; aun así, se sentía culpable y triste por su hermano. Sabía la ilusión que le hacía irse a América. Pensó en lo caprichosa que era la vida y sus designios, y recordó la frase que a menudo decía la *Amona*: «Dios le da pan a quien no tiene dientes». Decidió no torturarse con aquel pensamiento, pero estos tienen, a menudo, vida propia, y aquel no iba a abandonarlo así como así.

La tarde declinó y volvieron a casa. Pedro quiso contarle a Luna lo que había ocurrido. Ella siempre encontraba las palabras adecuadas para acallar su tormenta interior. Se mostró preocupada ante la posibilidad de que Pedro se marchara a América, pero él la tranquilizó diciendo que no había ninguna razón para ello. «Todo lo que me importa está aquí».

David no apareció hasta bien entrada la noche, cuando ya habían cenado y estaban a punto de irse a la cama. Pedro nunca había visto a su hermano en aquel estado. Era evidente que había bebido y su cara reflejaba un profundo sentimiento de derrota. Se dirigió a su habitación sin decir nada. Salvador fue tras él y durante más de media hora se oyeron palabras altisonantes, sollozos y, por fin, silencio.

Ambos aparecieron en el cuarto de estar y Salvador les dijo a todos que se sentaran a la mesa. David se mostraba abatido, pero sacó la dignidad que le caracterizaba y habló:

—Yo sabía que esto iba a pasar, pero no quería aceptarlo. Cuando en el hospital me hicieron el electrocardiograma, o como se diga, vi la cara del médico y supe que algo iba mal. De hecho, sé que algo no va bien desde hace mucho, pero no había dicho nada por orgullo. —Hizo una pausa—. Hace tiempo que noto que me canso, que el corazón me palpita demasiado rápido o me da la sensación de que se para y entonces me entra un miedo horrible a morirme. Muchas noches me meto en la cama con el pensamiento de que al día siguiente no despertaré.

Sus ojos se anegaron de lágrimas. Anamari apretó su mano con fuerza.

—Si estuviera aquí la *Amona* —continuó—, me diría que tengo que aprender a jugar con las cartas que me han tocado. Que no me puedo quejar. No es solo que no pueda ir a América, es la confirmación de que algo no va bien con mi corazón y que cualquier día...

—No pienses eso, David —intervino Anamari—. Iremos a Pamplona a hacerte pruebas y ver qué se puede hacer con lo que tienes.

—Ya, *Ama*, pero la angustia se me agarra aquí como una garrapata. —Hizo un gesto con el puño en el pecho, en el lado del corazón.

—Bueno —dijo Salvador—, no podemos hacer nada más por hoy. Mañana nos espera otro día de trabajo en el campo. Si quieres, puedes descansar y más adelante...

—¡Ni hablar, *Aita*! ¡No quiero que me tratéis diferente a como lo habéis hecho hasta ahora! Eso solo conseguirá que me sienta peor...

—Tienes razón, hijo. No se hable más. La vida seguirá como hasta ahora en esta casa. Y que Dios disponga según su voluntad.

Maritxu se levantó y corrió a dar un abrazo a su hermano. «No te mueras, David», le dijo al oído. Este sonrió y le dio un beso a su hermana. «Tranquila, hermanita, no te dejaré sola con este», le susurró, refiriéndose a Pedro.

—Hermano, ven. Tenemos que hablar.

Pedro se levantó y lo siguió hasta la habitación. David cerró la puerta y fue a sentarse al borde de su cama. Pedro hizo lo propio.

—*Barkatu,* Píter. No estoy enfadado contigo, aunque pueda parecerlo. A veces la rabia me puede y no sé gestionarla bien. Esto que voy a decir me cuesta la vida porque soy un maldito orgulloso, pero te quiero y te admiro, hermano. No sé cómo lo haces. Todo te sale fácil, sin esfuerzo aparente. La vida fluye contigo como el Irati, mientras los demás nos pegamos cabezazos una y otra vez con la misma pared.

Pedro se emocionó con aquellas palabras y le costó sostener la mirada de su hermano.

—Somos hermanos de sangre y la familia está para lo bueno y lo malo —continuó David—. No dejaremos que nada se interponga entre nosotros, como les pasó a *Aita* y *Osaba* Martín. ¿Estamos?

Tendió la mano hacia Pedro.

—¡Estamos! —dijo, mientras se agarraban fuerte de los antebrazos.

Ambos se acostaron y David apagó la luz. Pedro se sintió feliz, a pesar de la angustia que estaba viviendo su hermano. Aquel acontecimiento les había acercado aún más, y las palabras que acababa de escuchar resonaban como música en su cabeza. Estaba a punto de dormirse cuando oyó a su hermano:

—Píter...

—¿Mmmm...?

—Por si no me despierto mañana, hay algo que deberías saber...

VII.

Valle de Aezkoa (Navarra). Agosto de 1961

El verano seguía su curso en el valle. Las familias más pudientes del pueblo, con negocios propios, aprovechaban los primeros días de agosto, antes de la festividad de la Virgen a mitad de mes, para irse de vacaciones a lugares próximos a la playa, en comunidades limítrofes o cercanas como País Vasco, Cantabria o, en el mejor de los casos, la zona vascofrancesa de Iparralde. El pueblo entraba entonces en una especie de letargo previo a las fiestas patronales, cuando la vida y el bullicio volverían con fuerza a sus calles y plazas.

La familia Andonegui no podía permitirse el lujo de marcharse a veranear. La buena noticia era que las pruebas realizadas en Pamplona habían descartado un problema grave en el corazón de David. El médico le había dicho que podría hacer vida «casi normal».

Para la familia Castrejana tampoco habría vacaciones, debido a la urgencia de las comandancias a ambos lados de la frontera por acabar con el contrabando. Para Pedro y Luna eso suponía cualquier cosa menos un problema, ya que podían pasar juntos más tiempo del que habrían esperado. Llevaban un mes sin salidas nocturnas y los ánimos se habían templado entre ambas familias. Pedro ya no sentía el yugo de la mirada inquisitiva de Agustín cada vez que se veía con Luna. Sin embargo, ordenó que Candela los acompañara en cada salida juntos, cosa que parecía incomodar a todos, menos a la propia Candela.

Pero una noche, Salvador reunió en casa a sus hijos y su hermano y les dijo que el viernes de aquella misma semana habría un traslado importante de caballos en la frontera. Dado que mucha gente estaba de vacaciones, harían falta manos para llevar las reatas al otro lado. Los cuatro estuvieron de acuerdo en participar. Acordaron no hablar con nadie del asunto durante aquella semana y trazaron un plan de contingencia por si las cosas se ponían feas. Solo Anamari mostró su desacuerdo con la salida.

Siguieron con sus faenas diarias hasta que llegó el viernes por la noche. Pedro fingió estar enfermo para no salir con Luna, como hacían con regularidad. Le dolió mentirle, pero no se le ocurría ninguna otra excusa plausible para no quedar con ella. Salvador era consciente de que la relación de su hijo con Luna era un eslabón débil en la cadena. Lo había discutido con Enrique y este había abogado por su sobrino, disuadiendo a su hermano de actuar en contra de la relación de los jóvenes. En su fuero interno, esperaba no tener que arrepentirse de haber hecho tal cosa.

A punto de dar la medianoche, los Andonegui estaban puntuales en el lugar acordado para la recogida. Además de ellos cuatro, Tomás Iraizoz también era de la partida. Finalmente, el gendarme se había recuperado de la coz propinada por el caballo y no fue acusado de ningún delito contra la autoridad. El sexto integrante del grupo era Jose Mari Salazar, otro habitual de las salidas. Acordaron que David sería el guía y Tomás cerraría el grupo. Pedro iría tras su hermano. Establecieron la ruta a seguir, una de las menos habituales, por ser menos directa que las otras. Salvador fue muy insistente con las precauciones que deberían tomar. A pesar de la cálida noche, llevarían pañuelos tapándoles las caras y *txapelas* en la cabeza. Toda prudencia sería poca.

El cielo estaba despejado. La luna brillaba por encima de los montes hacia los que se encaminarían en breve. El grupo vio marchar al último de los camiones. Estaban listos. Repasaron una vez más la ruta y David partió con su reata. Pedro lo vio adentrarse en el bosque y tuvo un mal presentimiento. Un nudo en la boca del estómago se le había ido formando en los momentos previos a la hora de partir, pero ya era demasiado tarde para echarse atrás. Comenzó a andar con su caballada, siguiendo los pasos de su hermano. La sensación fue en aumento conforme avanzaba entre los árboles. En la frondosidad de la naturaleza se sentía protegido, mas no en aquella ocasión. La náusea que nacía en la boca del estómago subió por el esófago hasta provocarle una arcada. Tuvo que parar un momento y tomar aire. Se dijo a sí mismo que debía calmarse y mantener todos sus sentidos alerta. Los necesitaba más que nunca.

El primero de los caballos de la reata reaccionó a su nerviosismo y se acercó, empujándolo con suavidad con la testuz para que continuara el camino. Pedro se volvió y acarició la cara de aquel portento de la naturaleza. De todos los animales que había conducido al otro lado de la muga, aquel bello ejemplar era el más imponente de todos. Negro azabache de la crin a las pezuñas, su piel brillaba bajo la luna de aquella cálida noche de verano. Tenía un tamaño que asustaba, pero la energía que desprendía era todo lo contrario a una amenaza.

Pedro asintió y continuó la marcha a buen paso. La presencia del líder de la manada lo fue calmando, aunque no del todo. Permaneció atento a cualquier ruido extraño, hasta casi obsesionarse. Un sonido en unos arbustos cercanos tensó sus músculos como resortes. Estaba preparado para huir. Falsa alarma. Quizá habría sido un pequeño corzo o algún conejo. La sensación de peligro inminente se acrecentó.

No se equivocaba.

De pronto, como si estuvieran esperándolo, dos guardias salidos de entre la maleza le interrumpieron el paso. Castrejana era uno de ellos. Vio por el rabillo del ojo como un tercero le impedía la escapatoria por detrás. Se trataba del cabo Méndez. Pedro se obligó a pensar rápido. Rezó porque no lo hubieran reconocido.

—¡Alto a la Guardia Civil! —gritó Castrejana.

Por instinto, Pedro se protegió tras el primero de los caballos. Los animales parecieron arroparlo. Uno de los guardias se adelantó para apresarlo. En ese momento, el líder de la manada se alzó sobre sus cuartos traseros, pateando el aire con sus pezuñas delanteras y relinchando con furia. El sonido atravesó el bosque y llegó a oídos de los otros miembros de la salida, que se pusieron en alerta. La imagen de aquel enorme animal sobre dos patas era impactante y los guardias quedaron paralizados por un momento, que fue aprovechado por Pedro para adentrarse en el bosque como una exhalación. Méndez salió tras él, ya que el caballo cortaba el paso de los otros dos.

—¡Que no escape, Méndez! —bramó Castrejana—. ¡Cueste lo que cueste!

La caza al hombre dio comienzo. Méndez era un perro de presa que no cejaría en su empeño hasta echársele encima. Pero Pedro era hábil y escurridizo, y contaba con la ventaja de conocerse aquellos bosques como la palma de su mano. Con lo que no contaba era con la consigna de comandancia: luz verde a usar armas de fuego.

—¡Alto o disparo! —gritó Méndez.

Pedro no detuvo la carrera y el arma restalló en la noche estrellada. A Salvador se le heló la sangre en las venas. Nunca había sentido aquel temor visceral y salió corriendo en dirección al eco de aquel sonido infernal. No había sonado lejos.

—¡El primero ha sido de aviso! ¡El segundo tiraré a dar! ¡Alto, es una orden!

Pedro detuvo su carrera y se agazapó detrás de una roca. Se sintió atrapado. Oía cómo Méndez se acercaba.

—¡No tienes escapatoria, chaval! Sal con las manos en alto donde yo pueda verlas. No quiero ninguna tontería. Y tú no quieres una bala en el cuerpo.

Apoyado sobre su espalda contra la roca, Pedro trataba de encontrar una salida a aquella situación desesperada. La angustia lo invadió. Su respiración se aceleró bajo el pañuelo. Tuvo que quitárselo para dejar pasar el aire a los pulmones. Se acordó de Luna y supo que su relación estaba acabada. Ella no le perdonaría haberle mentido. Sintió la decepción de su familia; la tristeza de su madre, que se había opuesto a aquella incursión.

Se incorporó despacio, dispuesto a salir con las manos en alto. Volvió a colocarse el pañuelo sobre la cara, en un intento vacuo de retrasar lo inevitable, cuando escuchó un ruido seco como de un golpe de madera contra hueso, seguido de un sonido sordo de cuerpo desplomándose. Se quedó paralizado. Contuvo el aliento y esperó, sin saber qué hacer. De pronto, le pareció oír unos golpes en un árbol cercano. Aguzó el oído. No cabía duda. «Toc, toc». Como impulsado por un resorte, siguió aquel sonido en la espesura del bosque. Vio el cuerpo de Méndez, tendido inerte en el suelo, pero no se detuvo. La consigna era clara: si había algún contratiempo, los caballos se quedarían en el monte y se reunirían en casa de Enrique. No le cabía duda de que, después de haber oído el disparo, su padre, su tío y su hermano estarían camino de La Factoría. Tomás y José Mari continuarían si fuera posible y si no, abandonarían también. Se orientó al instante, moviéndose con celeridad entre árboles y sotobosque en dirección a la casa familiar. Escuchó a lo lejos los gritos de Castrejana maldiciendo y llamando a Méndez. No podía creer lo cerca que había estado de venirse todo abajo.

Una hora más tarde, los cuatro estaban reunidos en casa de Enrique, con las luces apagadas. Todos coincidieron en pensar que los estaban esperando y que alguien los había delatado. Los guardias habían dejado pasar a David y asaltaron directamente a Pedro, como si supieran que iría segundo. Podría haber sido Tomás, dejando una señal en el punto de encuentro. El hecho de que no hubieran interpuesto cargos contra él era sospechoso. Quizá había llegado a un acuerdo de filtrar información a cambio de no denunciarlo. Pero podría haber sido Jose Mari. Era una persona muy reservada y en apariencia confiable. Pero ya no se podrían fiar de nadie que no fuera de la familia. Se cambiaron de ropa y aguardaron a la previsible visita de los guardias, aunque suponían que primero visitarían la casa de los Andonegui en el pueblo.

Pedro aún intentaba asimilar el hecho de que un ser sobrenatural lo hubiera protegido en el bosque, tal como hizo con su abuelo Félix hace muchos años.

Anamari se sobresaltó por unos insistentes golpes en la puerta. Eran altas horas de la madrugada, pero ella no podía dormir. De inmediato supo que algo había ido mal y se preparó para interpretar su papel. Abrió la puerta en camisón y con cara soñolienta. Frente a ella, Agustín Castrejana y otros tres guardias estaban plantados con cara de pocos amigos.

—¡Anamari, dile a Salvador que salga!

—Lo siento, Agustín. Salvador y los chicos están en casa de Enrique. Mañana madrugan para trabajar y han decidido dormir allí.

—¡Anamari, no estoy para tonterías! Un agente ha sido herido hoy en el monte y ya se me ha terminado la paciencia con vosotros.

—Te estoy diciendo la verdad, Agustín. Puedes comprobarlo por ti mismo, verás que no miento —dijo Anamari, franqueándole el paso.

—Vámonos —ordenó Castrejana a sus compañeros—. ¡Esta gente se va a enterar!

Los vio alejarse y rezó para que no pasara nada que fuera irremediable.

Los dos *Land Rover* de la Guardia Civil cubrieron el trayecto entre el pueblo y *La Factoría* como una exhalación. Las ruedas de los vehículos chirriaron al frenar bruscamente frente a la casa de Enrique. Los Andonegui esperaban ese momento metidos en la cama. Uno de los guardias aporreó la puerta con violencia. Algunos vecinos se asomaron a las ventanas, alertados por el barullo.

—¡Andonegui! ¡Abre a la Guardia Civil!

Volvieron a golpear con insistencia. Enrique apareció en pijama y con cara de susto. Las linternas lo cegaron.

—¿Se puede saber qué pasa? ¿A qué viene este escándalo?

—Enrique Andonegui —dijo Castrejana con voz grave—. Dile a tu hermano Salvador que salga de inmediato. Sabemos que está aquí. ¡Y también a tus sobrinos!

—Agustín..., vamos a calmarnos —trató de apaciguar Enrique—. Aquí solo estamos...

—¡Ahora mismo! ¡O te detendré por desacato a la autoridad!

—¿Qué pasa, Enrique? —Salvador apareció en la entrada en ese momento, con cara de haber sido desvelado de un sueño profundo.

—¡¿Que qué pasa!? ¿Hace falta que lo explique? ¡Porque yo creo que sabéis perfectamente lo que pasa! ¡Estáis los cuatro en el ajo!

—Pasad dentro, Agustín. No es necesario armar un escándalo delante de los vecinos.

Castrejana dudó, pero al final los cuatro guardias entraron en la casa. Pedro y David aparecían en ese momento en el cuarto de estar, en pijama.

—Agustín, ¿a qué viene todo este jaleo?

—No te hagas el tonto conmigo, Salvador. Solo necesito una

prueba o un testigo para deteneros a los cuatros, por culpables y cómplices.

—¿Culpables de qué, Agustín?

—¡De contrabando y asalto a un agente de la autoridad! Esta noche, Méndez estaba a punto de apresar a uno de vosotros, cuando otro le ha atacado por la espalda y lo ha dejado inconsciente, tirado en el suelo. Ahora lo llevan camino de Pamplona. La otra vez fue un gendarme francés, Salvador, ¡pero esta vez es uno de los nuestros, joder! —Castrejana estaba fuera de sí.

—Eso es imposible, Agustín. Llevamos aquí toda la noche durmiendo porque mañana madrugamos. No estamos en el contrabando, ¡y menos aún atacamos a guardias!

Salvador y Agustín se sostuvieron la mirada, desafiantes.

—Ya os di el último aviso. Y mi paciencia se ha agotado. No nos andaremos con chiquitas con vosotros. Os estaremos vigilando y, al mínimo desliz, no habrá miramientos. Estáis advertidos, Salvador. —Miró a Pedro con furia en los ojos—. Y tú, ¡olvídate de ver a Teresa! ¡Te prohíbo acercarte a mi hija! ¿Me has entendido?

Pedro asintió, sosteniendo la mirada de Castrejana. Un silencio incómodo se adueñó de la sala de estar. Los ocho hombres se medían los unos a los otros. Una simple chispa habría hecho estallar aquel polvorín de tensión. Pero no pasó nada. Los guardias se retiraron y un portazo resonó con fuerza en el interior de la casa. Los Andonegui se miraron sin pronunciar palabra. Esperaron a escuchar el ruido de los *Land Rover* marchar para romper el silencio. Fue Salvador quien habló.

—Por esta vez nos hemos librado, pero no nos quedan más balas. Se acabaron las salidas por un tiempo. Mantendremos perfil bajo las próximas semanas. Nos dedicaremos a trabajar y a estar en casa. Pedro, no podrás ver a Luna, ya lo has oído, y va muy en serio. Nada de escarceos ni de veros a hurtadillas. No hasta que se calmen las aguas, al menos. Y no se habla de este tema fuera de casa. No podemos confiar en nadie que no sea de la familia.

Todos estuvieron de acuerdo. Estaba claro que alguien los había delatado. No tenían enemigos declarados, pero los intereses de las personas eran muy volubles o quizá muy espurios. Decidieron volver a la cama. Deberían madrugar al día siguiente para no despertar sospechas. Salvador pensó en Anamari; estaría preocupada. Salió y fue a casa de Miguel Errandonea. Le pidió que fuera en su todoterreno a avisar a Anamari de que todo estaba bien. Miguel era un buen hombre al que el *Aitona* Félix siempre había tratado de ayudar. Se sentía en deuda con la familia y no dudó un instante en cumplir la voluntad de Salvador.

Al volver a casa, encontró a Pedro cerrando la ventana del cuarto de estar.

—¿Qué haces, hijo?

Pedro se ruborizó.

—Na... nada. Solo estaba dejando un mendrugo en la ventana. Ya sabes, para...

Salvador sonrió.

—Tienes un ángel de la guarda. Vamos, mañana espera un día duro.

Aquella noche, a todos les costó conciliar el sueño. Apenas dormirían dos horas antes de que el sol volviera a anunciar la jornada de trabajo. Antes de despuntar el alba, Salvador se levantó sigilosamente y se dirigió al cuarto de estar. Abrió la ventana y tomó el pan, dejando el trapo en el alféizar. Se estremeció al recordar el sonido del disparo y cómo había dejado inconsciente al cabo Méndez pocas horas antes.

VIII.

Valle de Aezkoa, Navarra. 15 de agosto de 1961

El día de la Asunción era la jornada grande de las fiestas patronales. Las celebraciones daban comienzo con una Misa Mayor en honor a la Virgen, para después pasearla en procesión por las calles del pueblo, deteniéndose por el camino para que los vecinos le dedicaran canciones tradicionales. Era un momento emotivo y muchas personas de otros pueblos se acercaban también a presenciar la comitiva. Después, en el frontón, se celebraba una comida popular para los vecinos del valle para, a continuación, disfrutar de una verbena que duraba hasta altas horas de la madrugada.

Los jóvenes del pueblo eran los encargados de portear la imagen de la Virgen, una antigua talla de madera policromada que había sido recientemente restaurada por expertos venidos de Toledo. Pedro y David formaban parte del grupo de jóvenes responsables de portar sobre sus hombros la preciada talla, engalanada para la ocasión con mantillas cosidas por las mujeres del pueblo, a modo de ofrenda. Se turnaban en grupos de ocho para acarrear los más de cuatrocientos kilos que pesaba el conjunto. Tal era el fervor que, en ocasiones, se producían pequeñas avalanchas para poder acercarse y tocar la peana donde se acomodaba la talla. Don Antonio y dos monaguillos iban delante. El primero sostenía un acetre en una mano y agitaba un hisopo en la otra, rociando con agua bendecida a los feligreses que iban franqueando el paso a la comitiva.

Los vecinos aparcaban por unos días las obligaciones, las rencillas y las preocupaciones y se entregaban a la devoción a su patrona, pero también al disfrute y a la celebración.

Incluso en la tensa relación entre la Guardia Civil y los Andonegui parecía haberse producido una tregua tácita, a la que habían contribuido sobre todo Anamari y Teresa, cuya amistad se había visto muy afectada por la situación. Ambas familias se saludaron antes de la misa y se felicitaron las fiestas con cortesía.

Pedro y Luna se miraron de soslayo. Llevaban días sin poder verse y se echaban de menos. Se anhelaban el uno al otro con un ardor adolescente que invadía sus cuerpos y mentes. De pronto, una furtiva mirada de Castrejana puso a Pedro en alerta. Su instinto de protección se activó salvajemente, pero había sido tan fugaz que llegó a pensar que eran solo imaginaciones suyas. Supo después que no lo eran porque más tarde, durante la procesión y bajo el peso de la talla, no podía quitarse de encima aquella sensación de desazón que sentía.

La comida popular discurrió entre risas y bailes. Había ganas de celebrar y dejar en el rincón las preocupaciones del día a día. Se asaron varios cerdos, terneros y corderos para alimentar a los comensales que se habían dado cita en el frontón. El vino y los licores caseros corrían con alegría de vaso en vaso, de mesa en mesa. La comida se alargó hasta bien entrada la tarde, tras la cual se retiraron a un lado las mesas y una orquesta comenzó a amenizar el cálido anochecer que se cernía sobre el valle. Animados por los efluvios del alcohol, los vecinos se dieron al baile y a la diversión de las almas.

Pedro y sus amigos alternaban danzas y bailes con las chicas del pueblo, pero también de otros pueblos. Notaba la mirada de Luna, que, desde un extremo del frontón, guardaba una prudencial distancia. Sentía cómo los efectos del alcohol iban desinhibiendo sus reticencias y fue acercándose a ella de manera sutil. Luna vio cómo su padre no le quitaba ojo de encima desde el otro lado del frontón y con una leve negación de cabeza lo disuadió de acercarse. Pero Pedro no iba a rendirse fácilmente. La vigilancia de Castrejana no duraría toda la noche. Otros chicos del valle se acercaron a las hermanas y las invitaron a bailar. Candela se dejó llevar, pero Luna permaneció en el mismo sitio, sin dar opción siquiera a ninguno. Parecía decirle a su padre que no estaba de acuerdo con aquella situación de distanciamiento a la que la tenía sometida. Castrejana y sus hombres velaban por que la fiesta discurriera sin problemas, pero el primero parecía más preocupado por que Pedro no se acercara a su hija.

En un instante, un tumulto se formó en el centro del frontón. Un chico del pueblo se había enzarzado con otro del pueblo vecino, quizá por el favor de una chica. Los guardias se acercaron a sofocar el conato de pelea y tuvieron que llevarse fuera del frontón a los dos contendientes, con intención de advertirles que, o deponían su actitud, o pasarían la noche en el calabozo. Pedro aprovechó la situación para acercarse a Luna. Trataba de abrirse paso entre el gentío, pero no le era fácil avanzar. De pronto, se encontró cara a cara con Candela. Tenía una expresión extraña en el rostro y percibió miedo en sus ojos. Notó cómo le tomaba de la mano y depositaba algo en ella, cerrándole el puño. «¡Huye!», le dijo, y desapareció entre el gentío. Se quedó paralizado mirando el trozo de papel. No se atrevía a leerlo. Intuía que algo estaba a punto de ocurrir. La mirada de ella no dejaba lugar a dudas. Alzó la vista hacia donde se hallaba Luna, pero ya no estaba. La buscó desesperado y por fin la vio, alejándose con su hermana por un extremo del frontón. Trató de seguirlas, zafándose de la gente que mantenía a duras penas el equilibrio a ritmo de la música, pero la figura de Castrejana se interpuso en su camino. Esta vez, la mirada que había percibido por la mañana se clavó en sus ojos y sintió un escalofrío. Sin decir nada, dio media vuelta y se alejó.

Se sentía mareado, a pesar del estruendo de la música y el vocerío, solo una palabra resonaba en su cabeza como un martillo: «¡Huye!». Se apoyó en una de las paredes del frontón y respiró hondo. Era la manera en que la *Amona* le había enseñado a tranquilizarse. «Controla tu respiración y controlarás tu mente». Por fin, encontró el valor para desplegar el papel y leerlo. Al terminar, sintió una enorme presión en el pecho y pensó que el corazón había dejado de latir. «Controla tu respiración y controlarás tu mente». Las palabras de la *Amona* acudían de nuevo a su rescate. De pronto, un brazo rodeó su cuello por detrás. Instintivamente se deshizo de la presa y se giró con brusquedad.

—¡Andoni! ¿Qué te pasa? Ni que hubieras visto un fantasma. ¡Vente a bailar con los demás!

—No me encuentro bien, Txori, me voy a casa —dijo con la mirada perdida.

Pedro pasó al lado de su amigo, dejando a este con la boca

abierta, sin acertar a decir nada. Txori lo vio alejarse tambaleante, como si todo el peso del mundo cayera a plomo sobre sus hombros. Nunca lo había visto así. Otros dirían después que iba tan borracho aquel día que pasó junto a ellos como si fueran invisibles, y que no respondió a sus llamadas.

Al entrar en casa, encontró a sus padres y a Maritxu sentados a la mesa, riendo. El buen humor salió en estampida por la puerta en el momento que Pedro pisó aquella estancia.

Anamari fue la primera en darse cuenta del estado de su hijo y se acercó a él de dos grandes zancadas.

—¡Pedro! ¡Hijo! ¿Qué te pasa?

Él negó con la cabeza y le tendió el papel a su madre, que leyó:

Mañana al amanecer la Guardia Civil irá a buscarte a casa. Debes huir. No hables de esto con nadie.

Siempre te he querido.
Y siempre te querré.

—¿Quién te ha dado esto? —intervino Salvador, alarmado.

—Candela —Pedro se dejó caer en una silla—. Es de Luna, pero Castrejana no le dejaba acercarse a mí. Van a detenerme. Se acabó.

—¡De eso nada! —bramó Salvador.

—¿Será verdad lo que pone ahí? —preguntó Anamari.

—No podemos esperar a comprobarlo. Hay que actuar y… ¡rápido! —dijo Salvador—. ¡Maritxu, *maitia*! Ve al frontón y diles a David y a Enrique que vengan a casa lo antes posible. No deben correr ni alterarse ni deben venir juntos. Es muy importante que actúen con normalidad y que no despierten ninguna sospecha. ¿Podrás hacerlo?

Maritxu asintió, asustada, consciente de la trascendencia de aquel momento y salió corriendo. Salvador paseaba arriba y abajo de la estancia. Miró el reloj en la pared.

—Faltan menos de cinco horas para que amanezca. No sabemos si vienen a interrogarte o a detenerte, pero no podemos arriesgarnos, debes irte cuanto antes. Agustín dijo que buscaría pruebas o testimonios para incriminarte. Te tiene ganas desde el incidente de la coz al gendarme. ¿Tú has hablado de lo que pasó en el monte con alguien?

—No, con nadie. Bueno, lo saben los que estuvieron arriba conmigo aquel día. Estoy seguro de que Fito no ha sido. No saben que estuvo allí. Pero a Tomás lo pillaron y puede que cantara...

—Necesitan dos confesiones, con una no basta. ¿Estás seguro de que nadie más lo sabe? ¿Tus amigos?

Pedro negó con la cabeza. Y de pronto cayó en la cuenta.

—¡Maldita sea!

—¿Qué ocurre?

—Me confesé con don Antonio...

Salvador golpeó la mesa con furia. Anamari y Pedro se sobresaltaron.

—¡Ese maldito cura! ¡Lo sabía!

—No ha podido ser él —intervino Anamari—. A Pedro le asiste el secreto de confesión.

—¿Secreto de confesión? ¿Te digo yo por qué parte de la sotana se pasa ese el secreto de confesión? Nos la tiene jurada a la familia desde que Enrique se ve con Isabel. ¡Vaya con el siervo de Dios!

Salvador frunció el ceño y se apretó con fuerza el labio inferior, señal de que su cabeza estaba funcionando a pleno rendimiento.

—Ve con tu madre al cuarto y preparad un zurrón con lo imprescindible. Mientras vienen tu hermano y tu tío, pensaré la manera de huir y sacarles ventaja.

No tardaron en aparecer; primero Enrique y, al cabo de unos minutos, David. Salvador había desplegado un mapa de los valles del norte de Navarra y los territorios franceses al otro lado de la muga. Toda la familia estaba reunida en torno a la mesa, con caras de preocupación. Salvador explicó a David y Enrique lo ocurrido. Todos estuvieron de acuerdo en que no había que tomar aquel mensaje a la ligera y que era mejor ser previsores que lamentar después, aunque fueran a la vez conscientes del momento trascendental que estaban viviendo. Un punto de no retorno.

Salvador fue explicando paso a paso el plan que había improvisado minutos antes. Deberían aprovechar aquellas pocas horas de ventaja que las hermanas Castrejana les habían concedido. Anamari observaba a los hombres de la casa hablar entre ellos, concentrados en la huida de Pedro, pero lo que ella sentía era que esa vía de escape era, en realidad, una vía de agua en la línea de flotación de su corazón. Su hijo, lo que más quería en este mundo, abandonaba el que había sido su hogar con un zurrón por todo equipaje, hacia un futuro incierto. Trató de contener las lágrimas que asomaban a sus ojos, pero no fue capaz.

El momento de la partida quedaría marcado en el recuerdo de cada uno de los miembros de la familia como uno de los más difíciles de su vida. Uno a uno, Pedro fue despidiéndose de las personas que lo habían sido todo para él en su vida, sin saber a ciencia cierta cuándo los volvería a ver. Maritxu no pudo contener las lágrimas. Su hermano era un referente para ella y no se imaginaba la vida sin él. Enrique, que sabía cómo manejar la situación en momentos difíciles, quiso insuflar en su sobrino palabras de ánimo. «La mayor aventura de tu vida está a punto de comenzar. Recuerda: *you only live once*[20]».

Se volvió hacia su madre y ambos se fundieron en un emotivo abrazo del que no hubieran querido separarse nunca.

Anamari sintió que su corazón se desgarraba en ese momento, como si le hubieran arrancado un trozo de sí misma. Salvador, a punto de romperse por dentro, trató de mantener la compostura. «Cuídate, hijo. Preocúpate de que no te cojan y de estar mañana a la hora convenida en el lugar acordado. Yo me ocuparé de que alguien te esté allí esperando». Pedro abrazó el *haya* bajo cuyos brazos siempre había encontrado protección y sintió por última vez el calor humano que desprendía su *Aita*, su guía, su norte. Se dio la vuelta para que no le vieran llorar y se calzó el zurrón y la bota de vino.

—Vamos, David, no hay tiempo que perder.

Los dos hermanos salieron por una ventana que daba a la parte trasera de la casa. Atravesaron la huerta y se perdieron en la noche, dejando en la casa un ambiente más propio de un

20 Solo se vive una vez

velatorio, que contrastaba con la algarabía reinante en el pueblo aquella noche. La casa de los Andonegui se hallaba cerca de los límites del pueblo y ningún vecino vio cómo dos sombras sigilosas se adentraban en el bosque cercano para esquivar ojos indiscretos. De pronto, Pedro se desvió del camino. Su hermano le llamó la atención:

—¿Qué haces?

—Solo será un segundo. Tengo que despedirme de alguien.

—¿Estás loco? ¿No te estarás refiriendo a Luna?

—Confía en mí.

Pedro se acercó a un muro cercano a la carretera de Pamplona y lo rodeó hasta la parte posterior. No quería ser visto. De un ágil salto se encaramó a la parte superior y saltó al otro lado. Se orientó entre las lápidas y enseguida encontró la que buscaba:

Félix Andonegui Salazar
(1888-1952)
y su esposa
Sagrario Arive Echeverría
(1890-1958)
En el amor y en la promesa,
juntos para siempre.

Pedro tomó un poco de tierra con una mano, se la llevó a los labios y la esparció sobre la tumba de sus abuelos.

—*Aitona, Amona,* me voy pero volveré. Lo prometo. Vuestro recuerdo irá conmigo a donde vaya. Llevo puesto vuestro anillo y me aferraré a él para no olvidar. Mirad por mí desde arriba, y cuidad de la familia, como habéis hecho siempre. *Maite zaituztet*[21].

Tardaron casi dos horas en llegar al búnker que había descubierto Pedro, por caminos no convencionales que conocían bien. Allí descansarían un poco, comerían algo y se prepararían para

21 Os quiero.

la decisiva jornada que les esperaba al día siguiente, confiando en que la estrategia urdida por *Aita* funcionase. Un poco antes del alba, los hermanos reemprendieron la marcha en silencio, sumidos ambos en sus propios pensamientos, conscientes de que el momento de la despedida definitiva estaba cerca. Para Pedro, suponía cortar el último de los hilos que lo ataban a aquel lugar mágico. Notaba un nudo en la garganta que le impedía pronunciar palabra alguna. Por fin, llegaron al punto que *Aita* había marcado como el momento en que cada uno de ellos seguiría caminos distintos. David y Pedro quedaron frente a frente:

—Bueno, Píter, se me dan fatal las despedidas, ya lo sabes. Solo quiero que sepas una cosa: eres el mejor hermano que alguien pudiera tener. Te voy a echar de menos, *canijo*.

Pedro sonrió, recordando cómo se había dirigido a él aquel hombre con acento del sur en su primera salida. Parecía haber transcurrido una vida desde entonces. Los dos se dieron un emocionado abrazo.

—Yo también te echaré de menos, hermano. Pero piensa una cosa, todo el cuarto se queda para ti solo —sonrió, con lágrimas en los ojos.

—¡Eres un cenutrio, Pedro Andonegui! ¡Lárgate!

Dio media vuelta y emprendió su camino, mientras David lo seguía con la mirada, preguntándose cuándo sería la próxima vez que se vieran, o si volverían a hacerlo siquiera. Sacudió la cabeza como para expulsar aquella idea y echó a andar en dirección opuesta, hasta perderse en la espesura del bosque.

IX.

Valle de Aezkoa, Navarra. 16 de agosto de 1961

Todo estaba en silencio en casa de los Andonegui. La calma previa a la tormenta que se desató en el momento en que el día comenzaba a desperezarse en el valle, después de una noche que había sido frenética. Pocos en el pueblo habían dormido algo, y los Andonegui menos que ninguno.

Fuertes golpes en la entrada se escucharon al despertar el alba. Había llegado la hora. Salvador se levantó con parsimonia, mientras fuera seguían aporreando la puerta. Cuando abrió, se encontró de frente con Castrejana, flanqueado por cinco guardias. Agustín tenía expresión de triunfo en el rostro. Salvador pensó para sí que no le iba a gustar lo que estaba a punto de descubrir.

—Buenos días, Salvador —dijo con cierto desdén—. Venimos a hacerle unas preguntas a tu hijo.

—¿Qué hijo? —respondió Salvador sin emoción alguna.

—Pedro.

—No está, Agustín. Aún no ha venido. Debe de andar de fiesta con sus amigos, o con su hermano. David tampoco ha llegado.

—No te creo, Salvador. ¡Dile que salga inmediatamente!

—Puedes comprobarlo por ti mismo —dijo, invitándolo a pasar.

Los guardias accedieron a la casa en el momento que Anamari entraba en la sala de estar.

—¿Qué ocurre, Agustín?

—Dile a Pedro que salga de su cuarto. Queremos hacerle unas preguntas. Si no, entraremos a buscarlo.

—Acabo de mirar y ninguno de los dos ha vuelto aún de la fiesta.

Castrejana pasó como una exhalación junto a Anamari y se dirigió a la habitación que compartían los hermanos. Volvió hecho una furia y se plantó delante de Salvador.

—¿Dónde está? ¡Más vale que colaboréis o será peor para él!

—No lo sé, Agustín, de verdad. Es probable que haya ido a dormir la mona a casa de su tío.

Castrejana acercó su cara a la de Salvador y lo miró desafiante, pero no dijo nada. Se notaba cómo la ira se iba adueñando de él. Golpeó con su hombro el de Salvador al pasar junto a su vecino y se dirigió a la puerta.

—¡Vamos! ¡A los *Land Rover*! Méndez, tú te quedas aquí vigilando la casa, atento a cualquier movimiento. No te andes con chiquitas.

Los cinco guardias se alejaron. Salvador y Anamari se miraron con preocupación. La caza había dado comienzo y solo podían rezar para que el plan de Salvador surtiera el efecto deseado. La incertidumbre era demasiada para él, así que se vistió, se calzó las botas y salió de casa. Los animales no entendían de momentos de desesperación. Necesitaban atención todos los días, así que se dirigió a sus labores habituales. Quizá el trabajo le ayudaría a no pensar tanto.

Los dos vehículos se detuvieron delante de la casa de Enrique. Este salió ante las insistentes llamadas de los guardias e interpretó su papel. Castrejana y sus hombres revisaron la casa de arriba abajo, pero no encontraron lo que buscaban. El enfado de Agustín iba en aumento. Sospechaba que se la estaban jugando, pero no había pasado el tiempo suficiente como para asegurar que no estuvieran aún de fiesta. Oyó cómo el sargento arengaba a sus hombres:

—Vosotros dos id a casa de sus amigos a ver si ya están allí, e interrogadles. Traedme al confidente, como si tenéis que sacarlo de la cama a rastras. Vosotros dos, traed los perros. Intuyo que nos va a tocar salir al monte. Yo me quedo con este. —Hizo un gesto con la cabeza en dirección a Enrique—. Tengo unas palabras pendientes con él.

Los guardias obedecieron y Castrejana volvió a la casa.

—¿Quieres un café, Agustín? —le ofreció.

—No me vendrá mal.

Los dos hombres se sentaron frente a frente. Enrique percibió un cambio en la expresión de su interlocutor. Ya no parecía furioso, sino contrariado.

—Andonegui, por el amor de Dios, dime dónde está Pedro. Es mejor que nos acompañe de manera voluntaria a que seamos nosotros quienes lo encontremos.

—¿De qué se le acusa exactamente?

—Hay dos personas que lo sitúan en el monte y lo hacen responsable de lo que le ocurrió al gendarme aquella noche. Me están presionando mucho desde Pamplona para encontrar al que lo hizo. Solo quiero hacerle unas preguntas.

—De verdad que no sé dónde está. Y no te lo diría aunque lo supiera.

La cara de Castrejana se ensombreció.

—Si no me lo pones fácil, yo tampoco te lo pondré fácil a ti.

—No entiendo la amenaza, Castrejana. Pedro es un buen chico y lo sabes. Tu hija está enamorada de él. Ambos se quieren.

—¿Qué crees? ¿Que no lo lamento cada día? Si no fuera por la relación que tienen, hace tiempo que Pedro estaría detenido. Sé que en el Cuerpo cuestionan mis decisiones y que en algunos despachos se habla de conflicto de intereses por mi parte. Esto tampoco está siendo fácil para mí.

En ese momento, Enrique entendió la magnitud de la carga que soportaba aquel hombre que se debatía entre su deber y el amor por su hija. Sintió cierta compasión por él, pero no podía delatar a su sobrino. Una vez detenido, era probable que quedara fuera del control de Castrejana y quién sabe qué podría pasarle. Pensó en cómo el amor de Luna había sido más fuerte que la lealtad a su padre. «No quisiera estar en tu pellejo, Agustín», pensó.

—Seguro que están por ahí de juerga. Ya sabes cómo son los jóvenes. Habrán ido a alguna cabaña de pastores con alguna... —Se detuvo ante la insinuación de que Pedro pudiera estar olvidando a Luna con otra chica.

—Reza por que así sea, por su bien. Y por el tuyo.

El *walkie-talkie* de Castrejana zumbó:

—Sargento, estamos de camino con los perros y el confidente. Uno de los amigos de Pedro asegura que habló con él sobre las dos de la noche y le dijo que se encontraba mal y que se iba a casa. Estaba muy borracho, dice.

—Está bien, venid rápido. ¡No hay tiempo que perder! —El

tono de Castrejana había mudado por completo al interpelar a sus hombres.

Se levantó y se ajustó el uniforme. Miró a su interlocutor con una expresión que este no supo interpretar.

—Se vienen tiempos difíciles, Enrique. Si lo ves antes que nosotros..., dile que haga lo correcto. Una cosa más...

Fuera, se oyó a los *Land Rover* derrapar sobre la pista de piedras. Los guardias se sorprendieron al ver que el sargento no salía. Méndez hizo sonar el claxon y, en ese momento, Castrejana salió de la casa y montó en uno de los vehículos. Desde la ventana, Enrique los vio partir en dirección a la muga, tal como estaba planeado. De pronto, una silueta en uno de los coches llamó su atención. No había conseguido ver quién era, pero... aquella figura había ensombrecido su ánimo. Decidió seguir a los vehículos por el monte. Intuía a dónde se dirigían y podría acortar por el bosque.

Daba grandes zancadas entre los árboles. En los todoterreno no podían llegar hasta el búnker. Aún les quedaba un trecho a pie y estaba seguro de que no conocían bien el camino. Sería el confidente quien les conduciría hasta el lugar. Quería comprobar que sus sospechas eran ciertas. Apretó el paso. Notaba su corazón bombeando a toda su capacidad, no solo por el esfuerzo, sino por la tensión del momento. Pero no iba a parar. No hasta comprobarlo.

Oyó voces y ladridos conforme se acercaba al lugar, así que se cuidó de no ser descubierto. Conocía un promontorio desde el que poder ver lo que ocurría sin exponerse mucho. Dio un pequeño rodeo y se apostó en lo alto de una roca, desde donde divisaba la entrada al búnker. Vio cómo los guardas se afanaban en retirar las ramas cuidadosamente colocadas. Dos grandes pastores alemanes tiraban con fuerza de sus correas. Castrejana gritó para que quien estuviera dentro saliera con las manos en alto. Pero no halló respuesta. Tres de los guardias accedieron al interior del escondrijo, mientras el tiempo pareció detenerse. Salieron al cabo de un rato diciendo que allí no había nadie, pero que había restos de comida recientes. Castrejana maldijo. Había llegado el momento de poner a los perros a seguir el rastro por el bosque. En ese instante, el confidente, que hasta el momento se había mantenido de espaldas a Enrique, se giró y este pudo verle la cara. Se quedó helado. Sus sospechas se habían confirmado. Se incorporó y emprendió el camino de vuelta a casa.

En dirección contraria, Castrejana y cuatro guardias comenzaron la persecución de Pedro, mientras el sexto se llevaba al confidente de vuelta. Ya lo habían expuesto demasiado. El sargento le dio instrucciones para que avisara a la Gendarmería y pusiera alerta a las patrullas al otro lado de la muga. Pronto los perros parecieron haber encontrado un rastro e imprimieron un ritmo frenético a la cacería. Dirigieron su camino hacia la frontera, olisqueando el terreno a cada paso.

El fugitivo escuchó a lo lejos el rumor de cacería y se preparó para lo que estaba por venir. El plan estaba saliendo tal cual *Aita* lo había trazado sobre aquel mapa. Sintió el miedo recorriendo sus venas y calando cada rincón de su cuerpo. La adrenalina hizo que se le tensaran los músculos y aceleró el paso. Cada vez estaban más cerca. Los ladridos de los perros y el ruido de las botas militares sonaban amenazantes. Le iban comiendo terreno. Ya no habría escapatoria.

—¡Allí! —gritó uno de los guardias—. ¡Allí está!

Los pastores alemanes y los guardas apretaron el paso. Oía el jadeo de aquellos perros de presa, retenidos por las correas de sus amos. Si los dejaran libres, se abalanzarían sobre él como un animal indefenso.

—¡Alto a la Guardia Civil! ¡Las manos en alto donde pueda verlas!

El fugitivo detuvo su huida. Puso las manos en alto. Los guardias esperaron a que los alcanzara Castrejana, que iba unos metros por detrás. Este llegó jadeando por el esfuerzo. Los perros ladraban con furia, mientras los guardias apenas podían sujetarlos.

—¡Date la vuelta, Andonegui! ¡Muy despacio!

Poco a poco, este se giró y miró de frente a sus captores.

—¡Mierda! ¡David! ¿Dónde está tu hermano?

—Ni idea. Hace horas que lo dejé en la muga.

Castrejana maldijo en voz alta. Los guardias lo retuvieron. El sargento se le acercó y puso su cara muy cerca de la de David.

—Te la estás jugando, chaval. Si no podemos tener a tu hermano, nos divertiremos contigo.

—No te tengo miedo, Castrejana. ¡Que te jodan!

Este se dio la vuelta y se alejó.

—Todo vuestro —les dijo a sus hombres.

El primero de los golpes en la boca del estómago hizo que David se doblara sobre sí mismo. Sonrió para sus adentros, a pesar del dolor. Todo iba saliendo según lo previsto por *Aita*.

X.

Selva de Irati, Navarra. 16 de agosto de 1961

Tras haberse despedido de su hermano, Pedro inició la ruta marcada por su padre a través del indómito Bosque de Irati. Siguiendo las indicaciones de *Aita*, él y David habían intercambiado su ropa y seguido rutas distintas, con idea de despistar a los guardias en su cacería. *Aita* intuyó que utilizarían perros adiestrados, con un olfato tan afilado como sus colmillos. «Aléjate de los caminos principales. Busca la protección del bosque. Confía en tu instinto y dirígete siempre al este. Cuando las campanas de la iglesia anuncien la medianoche, deberás llegar a Ochagavía, donde te estarán esperando». Conocía bien aquellas rutas, las había recorrido antes, pero no tomaría el camino directo. Lo más sensato sería atravesar el bosque hasta el Pantano de Irabia, una presa construida para embalsar las aguas del río Irati y crear una central hidroeléctrica. Bordeando el embalse, llegaría hasta la Casa Forestal y cruzaría al otro lado para recorrer la Sierra de Abodi por su cara norte, mucho menos expuesta que la cara sur, en dirección al vecino Valle de Salazar. Rodearía el Pico que daba nombre a la Sierra para adentrarse en los Barrancos de Iruritarriko y Eterreka en dirección a la Ermita de Nuestra Señora de Muskilda, para de ahí bajar a Ochagavía.

Si todo salía como *Aita* había planeado, la Guardia Civil seguiría sus pasos a través de la muga hacia Francia, dándole una preciosa ventaja para llegar a su destino. Caminar entre las hayas y robles centenarios de aquel bosque calmó su ánimo. La tristeza le había invadido en el momento de despedirse de David y cortar el último de los hilos que lo conectaban con sus seres queridos. Pensó en abandonar y entregarse, pero no había puesto en riesgo a toda la familia para nada. Así que apretó los dientes y continuó su camino.

Era un día caluroso de mediados de agosto y Pedro agradeció la protección que el bosque le proporcionaba, no solo de los guardas, sino también del sol de justicia que caía. Cuando creyó que este estaba en su zénit, paró a descansar y comer un poco. Sacó del zurrón la navaja, un mendrugo, un trozo de queso y una manzana. Comió despacio, no tenía excesiva prisa, y bebió de la bota. El sabor dulzón de aquel vino le recordó a casa y sintió una punzada en el pecho. Aún restaba media jornada hasta la hora del encuentro. Mientras masticaba despacio, pensó en todo aquello que dejaba atrás. La familia, sus amigos y... Luna. Le dolía sobremanera no haber podido despedirse de ella, aunque quizá había sido mejor así. No habría podido soportar la mirada de ella pidiéndole que no se marchara. Pero sí había muchas cosas que le gustaría haberle dicho. Resolvió que le escribiría una carta lo antes que pudiera, explicándole las razones de su huida. Al menos, su versión, porque la versión contraria convivía con ella en casa.

Entonces, una sombra de duda atravesó su mente. Recordó una conversación con David la noche en que se enteraron de que él no era apto para ir a América. Antes de dormir, David le había confesado algo que lo había dejado intranquilo. No podía probar nada, le dijo, pero había visto cómo su amigo José entraba y salía de la comandancia un par de veces. «Ándate con ojo con él —le había dicho su hermano—, creo que no es de fiar». Desde aquel día, había observado en su amigo algún comportamiento extraño que le habría pasado desapercibido si no tuviera sospechas sobre él, pero no se atrevió a plantarle cara y preguntarle directamente. Ahora ya no podría.

Le pareció curioso cómo las lealtades no eran lo que parecía. Pudiera ser que uno de sus mejores amigos lo hubiera traicionado, mientras que la hija de su mayor enemigo le había salvado de ser detenido. Era una persona confiada, pero había aprendido la lección y, a partir de entonces, se fiaría más de su instinto y menos de las buenas palabras de los demás.

No eran pocas las cuestiones sin resolver que dejaba atrás. No estaba del todo orgulloso de aquella forma de huir, pero ya no era tiempo de lamentos. Era el momento de mirar adelante y ser valiente. Como había dicho su tío Enrique, la aventura de su vida no había hecho sino comenzar. Y algo le decía que aquella no iba a ser una aventura cualquiera, sino que muchos años después, en aquel valle que ahora dejaba atrás, se hablaría de él y de sus hazañas. Aquel pensamiento levantó su ánimo y le insufló energía para retomar su camino. «Siempre al Este». Metió la mano en el zurrón y sacó la brújula que le había regalado Candela. Comprendió en toda su magnitud el carácter simbólico y real de aquel regalo, y le agradeció mentalmente a Candela por haber pensado en él cuando lo vio. Además de la brújula, en el zurrón había metido la piedra que le entregó Luna en su último cumpleaños, el libro de *El Camino*, su diario, dos fotografías, una navaja, una linterna, varias mudas y calcetines y algo de comida para esa jornada. «Quien te recoja te proporcionará ropa y dinero». Se dio cuenta de que las cosas materiales no formaban parte de su equipaje. Todo lo que le importaba cabía en aquel viejo zurrón. Le gustaba la sensación de viajar ligero, sin apegos. Otra cosa eran las cuestiones emocionales. Ahí sentía el peso de los sentimientos que dejaba heridos en su partida, y se prometió volver para resolver las cuentas pendientes.

Siguió avanzando a buen ritmo, mientras se iba despidiendo de aquel bosque que tantos momentos de alegría le había dado. De pronto, detuvo su camino. Había oído voces no muy lejos. Se agazapó detrás de unas enormes raíces de haya y aguardó. Falsa alarma. Eran una pareja de *mendizales*[22] que estaban disfrutando de un paseo por el monte. Los vio pasar de lejos, ajenos a lo que ocurría a su alrededor.

Reanudó la marcha y, a media tarde, había recorrido casi toda la Sierra y podía ver el Pico de Abodi, que rodearía a media altura para pasar al otro lado y bajar hacia la Ermita de Muskilda. Se detuvo en un claro a tomar un trago de la bota y secarse el sudor de la frente. El sol ya declinaba y no abrasaba como unas horas antes. Delante de él, un movimiento en el sotobosque al otro lado del claro lo sobresaltó. No podía creer lo que estaba viendo. Majestuoso, como aquel día en *La Lágrima* de Irati, el ciervo salió lentamente de entre los arbustos y se situó en el centro del claro. Pedro dudó un momento, pero algo lo impulsó a

22 Montañeros.

aproximarse. De cerca, aquel animal era aún más impresionante. Se miraron a los ojos y se reconocieron. La infinita extensión del Universo y sus millones de galaxias estaban contenidas en aquellos ojos negros. Supo que el bosque se estaba despidiendo de él. Hizo un gesto de asentimiento con la cabeza y el ciervo se marchó por donde había venido.

Se frotó los ojos y volvió a una realidad que hasta hace un momento le había sido ajena, como si hubiese estado en un plano distinto a aquel que ahora tocaban sus pies. Se preguntó si aquello habría sido real.

Un par de kilómetros más adelante abandonó el cobijo del bosque para rodear el Pico de Abodi e iniciar el descenso hacia su destino. Sintió el peso del futuro que le esperaba. Nunca se le había dado bien manejar la incertidumbre, pero supo que tendría que aprender a convivir con ella a partir de ahora. Ya no podría contar con la protección de sus padres y solo se tendría a sí mismo para salir adelante. Llegó a la Ermita cuando ya estaba anocheciendo. La oscuridad lo protegía. Parecía que el peligro había pasado ya. Se sentó a los pies de la sencilla construcción y sacó de su zurrón el último trozo de queso, un poco de tocino y el resto del pan. Dio buena cuenta de la comida y apuró el resto de la bota. Ochagavía se encontraba a los pies de la colina donde se alzaba la Ermita. No tardaría más de una hora en llegar al pueblo, así que tenía tiempo de sobra. Calculó que serían cerca de las once de la noche y decidió retomar la marcha.

Pronto divisó las luces en las calles del pueblo al pie de la colina y le embargó una sensación agridulce. Se sentía a salvo de los guardas. El plan de *Aita* había funcionado a la perfección, o eso parecía. No sabía qué estaba ocurriendo en el otro valle; esperaba que lo estuvieran buscando más allá de la frontera. Por otro lado, ya no había vuelta atrás y aquellas eran sus últimas horas entre los valles que lo habían visto crecer. Tenía diecisiete años y estaba a punto de enfrentarse a un desafío que a ratos no se sentía capaz de asumir. «No hay marcha atrás», se dijo. Dio dos vueltas al anillo que portaba en el dedo, como queriendo invocar el recuerdo de sus abuelos y su compañía.

El camino zigzagueante bajaba de la Ermita y llegaba al pueblo, desembocando directamente en la parte posterior de la Iglesia de San Juan Evangelista. Un coche apareció en el preciso momento que las doce campanadas saludaban el nuevo día. Pedro reconoció el vehículo y su corazón dio un brinco. Salió de las sombras que lo cobijaban y se acercó en el momento que el conductor se apeaba. Este sonrió al ver a Pedro acercarse.

—Hola, sobrino —dijo Martín.

—Hola, tío.

Se dieron un sentido abrazo, pero Martín enseguida se zafó.

—Vamos, no hay un minuto que perder, Pedro. Tenemos mucho que hacer y poco tiempo.

Ambos montaron en el coche, que arrancó raudo entre las desiertas calles del pueblo. Pedro miró por la ventanilla y vio la luna llena en lo alto del firmamento. No pudo evitar sentir una punzada de nostalgia. Martín lo advirtió y, poniendo una mano en el hombro de su sobrino, dijo:

—Tranquilo, lo peor ya ha pasado. Todo irá bien.

—Ojalá —suspiró Pedro—. Ojalá.

Tercera Parte

I.

Bakersfield, California. 1 de septiembre de 1961

Amada Luna:

Tengo tantas cosas que decirte, que no sé por dónde empezar. Tendrás mil preguntas para las cuales no tengo todas las respuestas. Todo ocurrió tan rápido, que no tuve tiempo para pensar si las decisiones que tomaba eran las correctas. Seguro que no te consuela si te digo que cada paso que daba alejándome de ti, me dolía como si me clavaran un puñal. Seguro que tampoco te consuela si te digo que ojalá hubiera hecho algunas cosas de otra manera. Ojalá hubiera tomado mejores decisiones. Pero no lo hice.

Si ahora te tuviera delante, te pediría perdón. Por marcharme tan lejos sin despedida. Por dejar atrás todo aquello que quería y me importaba. Por dejarte llena de dudas e interrogantes. ¿Quién le hace algo así a la persona que ama? Solo un necio o un cobarde.

Te echo de menos cada minuto del día. Todo aquí es muy diferente a como es allí. Es un mundo nuevo. Sin embargo, te me apareces en cada esquina. Ninguna se parece a ti, pero todas son tú. A veces creo que me voy a volver loco.

Si durante el día te veo en cada rostro, por la noche, cuando el sol se pone y te encaramas al cielo, radiante, veo tu cara mirándome desde arriba. Y vienen a mi memoria recuerdos de bosques, ríos y baños vividos junto a ti. Y besos y caricias y la sensación de tu piel pegada a la mía. Me quedo colgado en esos momentos hasta que el sueño me vence. Y por la mañana, despierto sobresaltado, abrazado a tu recuerdo. Pero no estás. Y la vida me parece entonces un lugar menos seguro.

Sé que tu padre te habrá contado cosas horribles de mí. Pero también sé que tú me has visto por dentro. Que la carcasa que son mis huesos y mi piel encierra un alma que tú reconoces. Te pido que te quedes con ese recuerdo, querida Luna. Yo te seguiré recordando en la distancia y, si tú quieres, te contaré las maravillas de este nuevo mundo.

O quizá no quieras saber de mí. O puede que nunca me perdones. Lo entenderé. Aun así, yo te amaré noche y día. En cada minuto, en cada lugar.

Tuyo siempre,
Pedro A.

Para evitar que Castrejana interceptara las cartas, metía el sobre en otro con la dirección de su propia casa y destinataria su hermana Maritxu. Esta se la daba a *Luna* lejos de la vigilancia paterna. Salió de la oficina de correos donde había depositado la carta y caminó por la orilla del río Kern buscando cobijo bajo las sombras de los árboles de la vereda. El calor seguía siendo intenso, pero ya se iba acostumbrando a esa sensación que no se le había despegado de la piel desde que bajó del avión cinco días atrás. Una vaharada caliente y pegajosa lo había golpeado al poner el pie en la escalerilla, como si la puerta de un horno gigante se hubiera abierto ante él. Nunca había tenido aquella sensación, ni en los momentos más calurosos del verano en el valle.

A la salida del aeropuerto, tras una agónica espera en el control de extranjería, lo esperaba Ramón, un antiguo compañero de trabajo de su tío Enrique, quien lo acogió en casa con su familia unos días hasta que lo llevó a un hotel a esperar que el patrón fuera a buscarlo. Ramón Cortés había llegado de México hacía veinte años, buscando aquel sueño americano que tantos perseguían. Se casó con Emma, hija de inmigrantes irlandeses, y tenían dos risueñas niñas que mezclaban de forma caprichosa los genes aztecas y celtas. Lea, de diez años, era pelirroja, de tez nívea salpicada de pecas y ojos negros como los de su padre. Ciara, llamada así por la palabra irlandesa *ciar* —«oscuro»—, tenía ocho años y era morocha como Ramón, pero había heredado de Emma sus preciosos ojos verdes. La familia Cortés solo era el reflejo de la multiculturalidad y la diversidad de razas que habitaban aquel rincón del planeta, que parecía hecho de fragmentos de mundos distintos encajados en un mismo paisaje. Pedro nunca había visto tanta variedad de rostros, de colores de piel, de formas de hablar. En el valle, la gente se parecía entre sí; aquí, en cambio, cada persona era única y distinta.

En sus primeros días en Bakersfield, descubrió que podía cruzarse en la misma calle con un hombre negro que hablaba en perfecto español caribeño, un anciano chino con sombrero tejano o un grupo de filipinos que parecían moverse en manada y que reían con sonoras carcajadas. En la tienda de ultramarinos, la dependienta tenía los ojos rasgados, pero un acento mexicano inconfundible. En el autobús, vio a una familia con turbantes y coloridas ropas que conversaba en un idioma que jamás había oído.

Al principio, le costaba no quedarse mirando fijamente. Era la primera vez en su vida que veía personas de razas tan distintas. Había oído hablar de negros y de indios en los libros de Historia, pero jamás se había encontrado cara a cara con ninguno. Su mundo, hasta ese momento, había sido un valle entre montañas donde todos compartían los mismos rasgos, la misma lengua, la misma ascendencia. Ahora, sin embargo, se encontraba en un lugar donde nadie era igual y, aun así, todos parecían haber encontrado su sitio.

Ramón y Enrique habían sido compañeros en la construcción durante muchos años y se habían hecho íntimos, así que no dudó en acoger al sobrino de su amigo cuando le pidió el favor. Las pequeñas se entretenían enseñando inglés a Pedro que, a su vez, les contaba historias del valle y leyendas de los bosques de Irati. El joven agradeció mucho poder pasar tiempo con aquella familia y no sentirse tan solo en sus primeros días en tierras extrañas. De noche, tumbado en el sofá de la modesta casa de Ramón y Emma, fijaba la vista en el ventilador del techo que aliviaba la tórrida sensación de calor y recordaba los acontecimientos de las últimas semanas. Apenas habían pasado quince días desde que se despidiera de su familia, pero a él le parecía una vida entera.

Después de que Martín lo recogiera en Ochagavía, lo llevó directo a Bilbao sin pasar por su casa, donde, previsiblemente, irían a buscarlo, como así sucedió. Llegaron cuando las primeras luces del alba asomaban tras los montes que rodeaban la ciudad.

Pararon en un hostal a descansar, con idea de ir al día siguiente a la agencia de visados. Sin embargo, Pedro le pidió a su tío que lo llevara a ver al doctor John Bennet. Algo le decía que él era la persona adecuada y quien mejor podría ayudarlo en aquella situación. El doctor Bennet no se sorprendió al verle. Más bien parecía estar esperándolo. Movió hilos a uno y otro lado del Atlántico y, en poco más de una semana, Pedro estaba embarcando con una pequeña maleta y su zurrón en un avión rumbo a América.

No iba solo en aquel viaje lleno de escalas e incertidumbre. Otros jóvenes como él, de diferentes lugares del País Vasco y Navarra, cruzaron el océano en busca de nuevas oportunidades. La primera parada fue Madrid, después vinieron Oporto, Nueva York, Dallas, Los Ángeles y, por fin, Bakersfield, la quinta ciudad de California por tamaño y población. Llegó a perder la noción del tiempo durante el viaje y no fue consciente hasta llegar a su destino de que habían pasado cuatro días con sus cuatro noches, en un continuo sube-baja y una especie de duermevela que lo dejó aturdido un par de días a su llegada.

La experiencia de volar le resultó fascinante. Su tío Enrique ya le había advertido de las sensaciones que se producían en el despegue, cuando la aceleración del avión te dejaba pegado al asiento y cómo después, en el preciso momento en que las ruedas perdían contacto con la pista, una leve ingravidez y hormigueo se apoderaban del estómago. Después de cinco escalas, aquella impresión se había convertido en casi rutina.

Poco antes de partir rumbo a América, había podido telefonear a casa y hablar con sus padres y hermanos. Le contaron que todo había salido según el plan de *Aita* y que se había armado un buen revuelo en el pueblo. Como habían previsto, la Guardia Civil, en colaboración con la Gendarmería, orientó sus pesquisas hacia territorio francés. Después de varios días de persecución infructuosa, ampliaron el radio de búsqueda a otros valles vecinos e incluso a Pamplona, donde visitaron la casa de Martín.

La tardanza en informar por parte de Castrejana, quien no quería quedar mal frente a sus superiores, había dado a Pedro una preciosa ventaja que le había permitido poner un océano de por medio con su antigua vida. Agustín tuvo que soportar una reprimenda de su capitán, aunque, en verdad, su labor era apreciada en el Cuerpo y la cosa no llegó a mayores.

Al final no pasó nada, salvo el tiempo.

Antes de partir para tierras californianas, Pedro había podido disfrutar de la compañía del doctor Bennet. Él y su esposa acogieron a Pedro en su casa los días previos al viaje. Vivían en una elegante mansión del barrio de Neguri, demasiado grande, como reconocía el propio doctor, para ellos dos solos y Matilde, la interna que llevaba media vida con ellos.

Aquel hombre dejó una impronta duradera en el joven. Era un pozo insondable de sabiduría y Pedro podía estar escuchándolo hablar durante horas, sin importar cuál fuera el tema de conversación. Su mujer, Nerea, hija de uno de los empresarios más influyentes de Vizcaya, no se quedaba a la zaga de su marido. Era de una inteligencia discreta pero brillante, con esa elegancia que se tiene desde cuna. El matrimonio no había podido tener hijos y ese hecho había supuesto para Nerea una carga emocional que llevaba con apenas disimulada pesadumbre. Bennet insufló en Pedro coraje para afrontar, en palabras del propio doctor, «el viaje de su vida». El joven agradeció a la pareja su hospitalidad y prometió visitarlos a su vuelta a España. En su cabeza resonaba la última frase que le dedicó Nerea: «Recuerda siempre que el viaje es el camino, no el destino».

Aquellos pensamientos eran recurrentes en los desvelos nocturnos de Pedro. Aún acusaba el desfase horario al que debía acostumbrarse. En ese momento, la nostalgia invadía su cuerpo con tal violencia que las lágrimas asomaban a sus ojos de forma torrencial y un nudo aprisionaba su garganta impidiéndole respirar. Por puro agotamiento, acababa sumergido en un profundo sueño en el que se le aparecían una y otra vez escenas de los bosques de Irati, los caballos, los gendarmes y una sensación de persecución permanente de la que parecía no poder huir, pero nunca era apresado.

Una especie de limbo del que solo despertando podía escapar. Entonces era la tristeza la que lo perseguía sin tregua.

Ramón lo ayudó en los primeros días con diversos trámites, como abrirse una cuenta bancaria o compulsar en la municipalidad su contrato de trabajo en origen para obtener el permiso de residencia. El idioma le parecía una barrera infranqueable, pero Ramón lo tranquilizó diciéndole que no era tan difícil. «No se trata de hablarlo perfecto, sino de comunicarse».

Una de las noches en las que el calor y los recuerdos le impedían conciliar el sueño, salió con sigilo al porche de los Cortés buscando un poco de aire para sus pulmones. Lloraba en silencio. Echaba tanto de menos su vida en el valle que se maldecía a sí mismo por haber huido. Oyó un ruido y vio que Ramón salía al porche.

—¿Qué ocurre, Pedro? ¿No puedes dormir?

Este negó y bajó la mirada, tratando de que no lo viera llorar. Pero a Ramón no le hacía falta ver las lágrimas para saber por lo que estaba pasando el joven. Exactamente por lo mismo que, veinte años atrás, había pasado él cuando llegó con la misma edad que Pedro a los Estados Unidos. Entonces él no tuvo una familia como la suya que lo ayudara en los primeros momentos, sin duda los más duros. Recordó las lágrimas, las noches en vela, la sensación de añoranza que atenazaba su pecho. Se sentó en la mecedora junto a Pedro.

—Sé por lo que estás pasando, *mijo*. Estos son los momentos más duros. Las dudas, la incertidumbre, las preguntas en la cabeza que no cesan. Después las lágrimas, el dolor agarrado aquí al pecho. Yo lloré como para desbordar el río Kern. Y, de pronto, un día, que parecía igual que el anterior, las lágrimas desaparecen. Y vuelven cada tanto. Y al otro día ya no vuelven más. Así es esto. ¿Enrique no te lo contó?

Pedro asintió, sorbiendo la nariz.

—No es lo mismo que te lo cuenten a que te ahogue la garganta y no te salgan las palabras —dijo con un hilo de voz.

—¡Pues claro! Emigrar es duro. Es como si te arrancan una parte de ti y te ponen otra que no reconoces, que rechazas. Tienes que pasar por ello. No te puedo decir otra cosa. Lo que sí te puedo decir es que nunca más serás un *chavo* después de esto.

Palmeó el hombro de Pedro y se incorporó.

—Mañana iremos al hotel donde debería recogerte tu patrón. Intenta descansar.

El sábado era el día en que los patrones pasaban a buscar a las nuevas remesas de pastores venidos desde Europa, principalmente franceses y españoles, aunque también había portugueses o italianos, los menos. Pedro se preparó para dejar la casa de los Cortés. No tardó mucho en empacar las pocas pertenencias que había traído de España. Cuatro camisas, tres pantalones, dos chaquetas de punto y un chaquetón para el frío, varias mudas y unos borceguíes nuevos que su tío Martín le compró en Bilbao. El chaquetón fue un regalo del matrimonio Bennet. Con aquellos calores del tardío verano solo era una prenda que ocupaba sitio en la maleta, pero aún no era consciente de lo que estaba por llegar en los meses siguientes.

Agradecido, se despidió de Emma y las niñas. Habían sido una compañía muy agradable y sus primeras maestras en un idioma que le era esquivo. Montó en la camioneta con Ramón y este condujo despacio hacia el punto de encuentro.

—Gracias, Ramón, de verdad. Nunca hubiera esperado una bienvenida como la que me habéis dado.

—Tu tío siempre fue un buen capataz. Se portaba bien con su gente y hacía de escudo cuando llegaban palos de los jefes. Siempre le estaré en deuda por la oportunidad que me dio. Por él, estoy donde estoy.

Pedro agradeció a su tío en la distancia. De pronto, fue consciente de cómo la familia lo había sostenido en estas últimas semanas de caos en su vida. Su hermana y su madre como apoyo moral, su padre trazando el plan de huida; su hermano, sacrificándose por él; Martín proporcionándole los medios para huir y Enrique utilizando sus contactos para hacer que su aterrizaje en América no fuera tan abrupto. Como si le leyera la mente, Ramón le dijo:

—Cuando la familia está lejos, *mijo*, tienes que buscarte aquellos que hagan ese papel. Es importante tener gente que esté dispuesta a jugarse el pellejo por ti. Y eso solo se consigue de una forma: deben saber que tú estás dispuesto a jugarte el tuyo por ellos.

Pedro asintió en silencio, tratando de grabarse a fuego aquellas palabras. Continuaron unos minutos en silencio, sumidos en sus propios pensamientos, hasta que Ramón detuvo la camioneta.

—Es aquí —dijo.

El edificio era una construcción sobria de dos plantas que había conocido tiempos mejores. Le faltaba una buena mano de pintura en la fachada y algún que otro arreglo en el tejado. Ramón se fijó en lo mismo.

—Le dejaré mi tarjeta al gerente. Esta gente nos necesita.

Pedro lo miró divertido.

—En este *pinche* país siempre se está haciendo *business*, *my friend*[23].

Accedieron al vestíbulo por una puerta que debió de haber sido giratoria en algún momento de la década anterior. La luz era tenue y contrastaba con la claridad del día. La decoración, sin embargo, sorprendía por su elegancia y sencillez para lo que se podía esperar después de ver el estado exterior. El techo, salpicado de ventiladores que refrescaban el ambiente, era de madera oscura e intencionadamente bajo a propósito para comprimir el espacio y hacer que los huéspedes no se quedaran quietos interrumpiendo el paso en la entrada.

Ramón identificó el mostrador de recepción y se dirigió a él para anunciar la presencia de su joven acompañante y preguntar por el gerente. Pedro pensó que estaba soñando cuando una voz familiar sonó a sus espaldas:

—¡¿Andonegui!? ¿Eres tú?

—¡Fito! ¡Qué alegría verte! —Ambos se fundieron en un sentido abrazo— ¿Cuánto tiempo llevas aquí?

—Llegué hace un par de días. ¿Y tú?

—Tres o cuatro... creo... ya no sé. No me he acostumbrado aún al maldito cambio horario. He estado viviendo en casa de Ramón, un amigo de mi tío Enrique.

Pedro hizo las presentaciones entre Fito y Ramón, que se acercaba en ese momento a los jóvenes.

—Me dicen que hay que esperar. El patrón no tardará en llegar y llevaros a los ranchos. Aquí nos despedimos, *chavo*. Ya sabes dónde vivo. Te dejo también el número de la casa. —Lo

23 Negocio, amigo mío.

escribió en un papel—. Cualquier cosa que necesites, *just call*[24].

Se dieron un abrazo y Ramón salió al ardiente sol californiano.

—¡Oye! —dijo Fito—. Me lo tienes que contar todo. Al pueblo llegaron noticias de lo que habías hecho y cómo burlasteis la persecución de la Guardia Civil. Creo que en el valle te consideran un héroe.

Pedro se sonrojó. Se sentía todo lo contrario a un héroe, pero lo reconfortó escuchar que no había sido una huida en balde. Se alegraba tanto de que Fito estuviera allí y no perder la conexión con el valle, que se puso a hablar sin freno de todo lo acontecido en los días previos a su marcha.

—Pero... ¿cómo no te detuvieron esa misma noche? —preguntó Fito.

—*Aita* cree que no querían armar escándalo en medio de las fiestas. Se les podría haber echado el pueblo encima y armarse una buena.

—¿Entonces, tu hermano... se ha quedado en el pueblo?

Asintió.

—Lo descartaron por un problema de corazón. Te puedes imaginar cómo se puso al recibir la carta.

—Me da pena por él, pero no sabes lo que me alegra que estés aquí —sonrió y abrazó a Pedro. Ninguno de los dos imaginaba aún lo mucho que aquel reencuentro marcaría sus destinos.

24 Simplemente llama.

II.

Rancho Woody, California. Octubre de 1961

Valle de Aezkoa. 30 de septiembre de 1961

Querido Pedro:

Habré leído tu carta más de cien veces antes de decidirme a contestar. He pasado por todos los estados de ánimo desde que aquel día fatídico desapareciste de mi vida. Primero incredulidad, después rabia, más tarde tristeza y, ahora, añoranza. Y la pregunta que me ha estado torturando todos estos días ha sido la misma: ¿volveré a verte alguna vez?

Me ha costado mucho entender y perdonar que te alejaras de mí. La situación con mi padre había llegado a un punto de no retorno, lo sé, pero en esa batalla entre los dos, yo he sido la clara perdedora. Han sido muchos días sin hablarme con mi padre y a ti no sé si volveré a verte más.

Pero lo cierto es que, después de pasar por todos esos estados de ánimo, si soy sincera conmigo misma, no puedo dejar de quererte. No te creas que no lo he intentado. De hecho, he querido odiarte, pero el corazón no atiende a las razones de la razón. Atiende a las suyas propias. Y el mío ha decidido, en contra de mi propia voluntad, seguir amándote. Contra eso no puedo luchar.

Cuando leas esta carta en los confines del mundo, ya me habré olvidado de lo que escribí en ella..., pero no sé si podré olvidarme de ti, Pedro Andonegui. Dicen que el primer amor dura para siempre. Es posible. La pregunta es: ¿cuánto dura el primer dolor? Mi madre piensa que el tiempo todo lo cura, pero para mí ahora es todo locura. Locura de amor por ti. Cada día te pienso, cada tarde te lloro, cada noche te sueño. Y, por la mañana, despierto con la ilusión de mirar desde mi ventana y verte salir por la puerta de tu casa, con tu sonrisa puesta y tus ojos azules que me miraban con esa intensidad con que nadie nunca me ha mirado.

Dices que me ves en cada esquina. Qué irónico. Yo he dejado de verte en cada rincón de este maldito pueblo que ahora me parece una cárcel. Evito pasar por aquellos sitios en los que hay un recuerdo de los dos. Quizá me vaya a Pamplona con mi hermana, no lo sé. Estoy hecha un lío.

Me gustaría seguir recibiendo cartas tuyas, en las que me cuentes cómo es el nuevo mundo. Serán la ventana a la que asomarme, agarrada a los barrotes, anhelando estar contigo.

Siempre tuya,
Luna.

Pedro releía una y otra vez aquella carta, tumbado en el camastro de la pequeña *roulotte* que ahora era su casa. Había temido que Luna le escribiera que no quería saber nada de él o, peor aún, que no lo hiciera. Cuando el patrón le dio la carta, estuvo un buen rato sin abrirla, mientras daba vueltas en sus manos a la piedra que Luna le regaló en el entierro de la *Amona*. Casi prefería quedarse con la duda de saber que Luna aún lo amaba, que constatar que no era así. Por fin, se atrevió a hacerlo y rasgó con su navaja el borde superior del sobre. Extrajo la carta con cuidado y leyó despacio, saboreando cada una de las palabras escritas por su amada. Comprobó que el papel tenía pequeñas manchas en las que la tinta se había corrido ligeramente. Imaginó las lágrimas de Luna cayendo mientras escribía. Pasó las yemas de los dedos por las manchas, sintiendo el dolor de ella. Aquellas lágrimas le decían mucho más que todas las palabras escritas juntas. Luna lo amaba aún. Eso le alegraba el corazón, pero una sombra de duda lo inquietó. Le dolía hacerla sufrir y convertir a la risueña Luna en una persona desdichada. ¿Qué amor era aquel que se alimentaba solo de lágrimas y nostalgia?

Se incorporó en el camastro. Fuera era noche cerrada. Lagun levantó la cabeza y gruñó, mientras que Fiel siguió dormitando a los pies de la cama. Acarició la cabeza del perro, se levantó y salió a la noche estrellada. En el valle de su infancia y juventud, el cielo nocturno se plagaba de puntos luminosos en días claros, pero en aquel recóndito lugar parecían concentrarse todas las estrellas del universo. Se había acostumbrado a que los cantos de las chicharras y los grillos formaran parte del *silencio* nocturno. La temperatura había empezado a refrescar por las noches, cosa que agradecía para dormir, aunque por el día el calor seguía apretando.

Desde que el patrón los recogiera en el hotel y los llevara a *Rancho Woody*, a unos cincuenta kilómetros al norte de Bakersfield, en dirección a las montañas, Fito, Pedro y Marcelo, un pastor del vecino valle navarro de Baztán, se encargaban de las ovejas y corderos del rancho, que tenía una extensión de cuarenta acres al sur del Valle de San Joaquín y se prolongaba hasta las faldas de la Sierra Nevada, un macizo montañoso que hacía de frontera natural con el estado vecino.

El trabajo de los pastores consistía en sacar a las ovejas de los cercados donde pasaban la noche para que pastaran en los inmensos campos de alfalfa que conformaban una llanura infinita hasta donde alcanzaba la vista. Cada uno de ellos vivía en una pequeña caravana que distaba un par de kilómetros de las otras, y cubría una parte diferente del rancho. Generalmente, no se veían entre sí para no mezclar los rebaños, excepto cuando tocaba la época de parición, hacia finales de octubre, o de esquilar a los animales. La mayoría de las ovejas parían dos corderos; pocas eran las que tenían uno solo. Los pastores, asistidos por una cuadrilla de mozos contratados para la ocasión por el patrón, se encargaban de atender a las ovejas paridoras y atar las patas de los corderos de la misma madre de dos en dos, para que no se extraviaran, y de marcarlos con hierro.

Había que estar atento a que el rebaño, en especial los corderos, no se excedieran en el pasto y acabaran reventando, por lo que, cada dos horas, debían devolverlos de nuevo al redil. Para ello contaban con la inestimable colaboración de los perros, habituados a conducir la grey. Pedro enseguida congenió con los dos machos que le asignaron, de una raza muy similar a la del *pastor vasco*. Les puso de nombres Fiel y Lagun, en honor a los dos últimos canes que había tenido la familia y de los que tanto se había encariñado.

Al declinar el día, una vez que las ovejas estaban de vuelta en el redil, regresaba a la *roulotte*. Se había encariñado con aquella pequeña caravana que hacía las veces de casa. Tan pequeña que no había sitio para apenas nada que no fuera un camastro, una cocinilla con un fuego de gas, un armario y una mesa con dos sillas, que le hacía las veces de comedor, escritorio y rincón de lectura.

El mejor momento del día llegaba después de la cena. Se sentaba en la escalerilla de acceso a la caravana con un café con licor quemado mientras contemplaba el sol ponerse sobre el perfil recortado de la cordillera cercana a la costa. Era un espectáculo de la naturaleza que le regalaba momentos de auténtico gozo. Fiel y Lagun se sentaban uno a cada lado, como una guardia pretoriana esperando las órdenes de su general. Se quedaba largo rato en silencio, bebiendo a pequeños sorbos, con la mirada perdida en algún punto de la llanura que se extendía ante él, hasta que la noche engullía las últimas partículas de luz y la llanura se convertía en un vacío de una negrura insondable. En esos precisos instantes, tenía la sensación de estar flotando en el espacio, hasta que su vista se acostumbraba y comenzaba a destellear en el firmamento la luz de las primeras estrellas. Por fin, majestuosa, la Luna se iba alzando en aquella oscura bóveda y Pedro se despedía de *ella*, su amada, rogando a Dios porque no lo olvidara.

Entonces, volvía a entrar en su pequeño reino y escribía en el diario, a la luz de un tenue candil, palabras brotadas desde lo más profundo de sus entrañas.

III.

Rancho Woody, California. Enero de 1962

Valle de Aezkoa. 15 de enero de 1962

Querido hijo:

Te escribe tu Ama. Nos hizo muchísima ilusión recibir tu carta en Nochebuena, maitia. Me la sé de memoria. Una madre sabe leer entre líneas y siento que se te está haciendo duro estar lejos, como a nosotros tu ausencia. No sabes cuánto nos hemos acordado de ti estas Navidades. Tu nombre salía a cada rato, y yo te sigo llorando en silencio, preguntándome cómo estarás, qué harás y cómo te tratará la vida...

El pueblo retoma poco a poco la actividad tras la Navidad. Todo está nevado y tengo a tu padre y tu hermano dando vueltas por la casa y renegando como el buey y la mula. Te diré que las cosas con la familia Castrejana se han suavizado y volvemos a tener cierto contacto, aunque nada que ver con lo de antes, aún siguen candentes los rescoldos. Las primeras semanas tras tu marcha la tensión fue enorme, y Aita y David no han vuelto a salir al monte. Agustín y los suyos los vigilan muy de cerca. Parece que escoció en la comandancia de Pamplona que escaparas. Tenerte lejos es muy duro, maitia, pero habría sido peor tener que visitarte en algún calabozo. Saber que eres libre y que estás rodeado de naturaleza y animales me reconforta, porque es ahí donde siempre te he visto plenamente feliz.

Luna me pregunta a hurtadillas por ti y le dejé leer la carta que nos escribiste. Ella también te echa mucho de menos. Teresa me dijo que quizá marcharía a Pamplona con Candela, pero de momento aquí sigue, un poco más marchita cada día. Maritxu y yo hablamos mucho de ti. Ella te extraña tanto... Eras su faro, su guía. Te diría que es quien más ha sufrido tu marcha, aunque trate de que los demás no lo vean. En el pueblo muchos te consideran casi un héroe y hablan de tu huida como una hazaña.

Anhelo el día en el que puedas volver al hogar, donde está la gente que te quiere. Tu presencia discreta ha dado paso a un vacío que retumba como un trueno. Cada vez que se abre la puerta de casa, miro con ansia esperando que seas tú quien entre por ella.

Cuídate mucho, maitia. La vida ha querido que estés lejos por alguna razón que no alcanzo a comprender; solo espero que el tiempo arroje luz y me dé las respuestas que ahora me niega. Te dejo con Aita.

Kaixo, Pedro:

Aquí Aita. Cuando leas esta carta, espero que la nieve se haya derretido y vuelva el verde al valle. Ya sabes que no me gusta estar sin hacer nada. Hay mucho más tiempo para pensar. Y pensar significa acordarme de ti y echarte de menos. Aquel día de tu marcha, concentrado como estaba en encontrar una forma de esquivar a los guardias, no supe darme cuenta de que no te vería más en mucho tiempo, y ahora quisiera volver a ese momento y saber despedirme de ti de otra manera.

Y la vida sigue. David, Enrique y yo echamos a faltar tu ayuda con los animales, pero nos vamos apañando. No queda otra. Como bien sabes, el ganado no entiende de sentimentalismos y come todos los días.

Algunos recuerdos se han removido de cuando Enrique partió a América y reconozco en David esa mirada perdida que yo tenía entonces. Pensaba que aquellos sentimientos ya los había curado el tiempo. Qué iluso. Si duro es que un hermano ponga tierra de por medio, no quiero contarte lo duro que es que lo haga un hijo.

En fin, las pruebas que nos pone la vida, como siempre decía la Amona, son para que aprendamos aquello que no somos capaces de descubrir por nosotros mismos. Yo no lo tengo tan claro como ella. Sabía ver más allá de lo que vemos los demás. Solo te pido que te cuides bien y que dejes el apellido familiar en el lugar que se merece en aquellas tierras lejanas.

Tu familia que te quiere.

Sostenía la carta de sus padres en una mano mientras en la otra humeaba una taza de café recién hecho. Aquellas palabras traían olores, sabores y sonidos de su hogar; la risa contagiosa de su hermana, el ímpetu de David o la tranquila energía de su *Ama*. También la sensación de protección que desprendía *Aita*. El dolor por la ausencia ya no pesaba tanto. Ramón estaba en lo cierto. Un día, sin previo aviso, las lágrimas habían dejado de asomar a sus mejillas. Pensó que se le habían secado, porque el dolor persistía. Pero no era así. Las lágrimas no lo habían abandonado; simplemente, habían dejado de fluir. Incluso cuando se acordaba de Luna, la amargura había dado paso a una nostalgia serena. Aprendió a ser selectivo con sus pensamientos y a bloquear aquellos que lo hacían sufrir, para dar paso a otros que traían consigo una sonrisa al recordar momentos vividos.

Aquella mañana de finales de enero, había amanecido con una ligera capa blanca sobre la llanura, algo nada frecuente y que Pedro entendió como una señal que lo conectaba aún más con su hogar. Las ovejas apenas se movían. Se arremolinaban unas con otras, con los corderos en el centro del rebaño, para darse calor. Le esperaba un día tranquilo, supuso. Colocó el calentador de agua sobre el hornillo y salió a despejar la cabeza. La nieve daba al paisaje un aspecto irreal, pero de una belleza abrumadora. Algo tenía aquel paraje, tan distinto de los bosques de su infancia, que lo tenía subyugado. Se descubría en ocasiones a sí mismo con la vista perdida en un punto del horizonte y la mente en blanco. Entonces no existían problemas ni angustias ni penas en el corazón. Ese estado lo había experimentado antes, pescando en el río Irati. Sin embargo, en aquella llanura, la intensidad era aún mayor. Él lo achacaba a la soledad. Pasaba muchas horas sin hablar con nadie. El tiempo era una cuerda elástica que se estiraba o contraía a su antojo. Había días que se le hacían eternos y horas que pasaban como minutos.

Volvió al interior cuando escuchó el silbido del calentador de agua. Vertió el líquido hirviendo en una vieja taza de latón y echó unos polvos de café soluble. No añadió azúcar. No quería endulzar aquel momento.

Fuera, el viento comenzó a soplar con una fuerza inesperada.

Las paredes de la *roulotte* se quejaron ante el empuje del vendaval. La madera crujía y el frío se colaba por algunas rendijas que el paso del tiempo había ido abriendo en el cascarón de aquel refugio. Pedro se estremeció. La temperatura bajaba por momentos. Sacó del armario el chaquetón que le habían regalado los Bennet y se lo puso por primera vez. No solo calmó el frío externo, sino que templó también su estado de ánimo.

A media tarde, el patrón y sus dos hijos se acercaron a pasar revista al estado del rebaño. Pedro aprovechó para pedirles que arreglaran los agujeros en la caravana, pero se encontró con una desagradable sorpresa. El mayor de los hijos se le encaró con malos modos. «Tú qué te has creído, ¿que esto es un hotel? Ya puedes dar gracias por tener un techo para dormir y comida caliente. Aquí se viene a trabajar, no a quejarse». Aquella respuesta lo dejó tan helado como las corrientes de aire en el interior de la caravana. Había sido un buen trabajador y había cumplido siempre con lo encomendado. La relación con el patrón era cordial. El hijo mayor se había mostrado distante, sin apenas cruzar una palabra con él. Hasta ese momento. El pequeño, que tendría su misma edad, callaba. Parecía estar a la sombra de su hermano, pero no era como él. Eso Pedro podía percibirlo. Lo veía en sus ojos y en su forma de mirarlo, como disculpándose por la actitud de su hermano.

No contestó a la provocación, aunque tuvo la sensación de que aquello sería un punto de inflexión. Sintió la mirada de aquel clavada en su espalda mientras se alejaba en dirección a la caravana. Apretó los puños, dolido consigo mismo por no haber sido capaz de defenderse, pero aquella situación lo había pillado totalmente desprevenido y con la guardia baja. No le volvería a pasar, resolvió. A partir de ese momento, se las tendría que ingeniar él solo y dejar que su trabajo hablara por él frente a los patrones.

Al día siguiente, la temperatura subió y borró cualquier rastro de la capa de nieve. Las ovejas se movieron pronto y Pedro salió con los perros a cumplir con su deber. Abrió el cercado y Fiel y Lagun entraron como centellas en el redil, movilizando al rebaño en dirección a la salida. Era un espectáculo verlos en acción. Como una coreografía ejecutada a la perfección. Un baile sin música, pero con partitura propia. Los perros condujeron al rebaño hasta una zona donde pacer tranquilas. Pedro se sentó en una gran piedra a esperar a que las ovejas hubieran pastado y devolverlas al redil. Una idea cruzó su mente. Quiso desecharla, pero su cabeza volvía a ella una y otra vez. Miró al rebaño, que pacía en silencio. Los perros comenzaron a moverse hacia las ovejas, señal de que debían volver al redil, pero un silbido cruzó el aire.

—¡Fiel! ¡Lagun! *Hemen*[25]!

Los perros corrieron hacia él, obedientes. Vieron que su amo no se movía de la piedra y se sentaron a su lado. Las ovejas siguieron a lo suyo, buscando las briznas más tiernas. Los canes miraban a Pedro que permanecía impasible, la vista fija en el ganado. En ese instante, se produjo un desplazamiento en la grey fuera de lo común. Varias ovejas balaron y se movieron de donde estaban, dejando a la vista a una de ellas, que yacía en el suelo, inerte. Entonces, Pedro silbó y los perros salieron raudos, movilizando al rebaño. El pastor se acercó al lugar donde estaba la oveja muerta. Palpó el hinchado estómago, aún caliente, y sacó la navaja. Sus hábiles manos esquilaron con destreza al animal. Metió la lana y la navaja en el zurrón y volvió junto al rebaño, al que los perros habían introducido de vuelta en el redil. Cerró el cercado y se dirigió a la caravana.

Con la lana recién esquilada fue tapando cada uno de los agujeros de la *piel* de su hogar. Aquella lana era uno de los materiales naturales más aislantes que había. No volvería a pasar frío aquel invierno. No dentro de su refugio.

Satisfecho, se preparó un café con licor y salió de la *roulotte*, justo en el momento en que una bandada de buitres comenzaba a sobrevolar en círculos la llanura.

Febrero era el mes en que los corderos se retiraban del rebaño para venderlos a los tratantes de carne de la zona. Las temperaturas comenzaban a dar una tregua después de un enero frío

---

25 ¡Aquí!

y seco que se había hecho largo. La rutina de los días, en la que todos se parecían al anterior, hizo perder a Pedro la noción del tiempo, así que le pidió un calendario al patrón, en el que ir tachando el paso de las jornadas. Le trajo uno con imágenes de una ciudad llamada San Francisco. Cada mes iba acompañado de una escena típica de la ciudad, que Pedro contemplaba maravillado. De esa manera, descubrió el *Golden Gate*, las empinadas calles o las pintorescas casas de los barrios altos. Cuando supo que aquella urbe se hallaba a cuatrocientos kilómetros al norte, se prometió que la visitaría en cuanto ahorrara lo suficiente.

Lo que el aumento de temperaturas de febrero no había deshelado era la relación de los pastores con el hijo mayor del patrón, que no perdía la ocasión de mostrar su desprecio. Tras alguna reprimenda de su padre, había optado por ensañarse con ellos cuando él no lo veía. Se mostraba desagradable, faltón y altivo, siempre desde lo alto de su caballo. Se cuidaba mucho de no desmontar en su presencia, ya que no superaba el metro sesenta de estatura y la diferencia era manifiesta. Los tres le sacaban más de veinte centímetros, pero Marcelo destacaba sobre todos, no solo en altura, sino también en complexión. Era una auténtica fuerza de la naturaleza.

Aquel corpachón escondía, no obstante, un corazón sensible. Cada uno de los pastores, a su manera, iba asumiendo la distancia con sus respectivos lugares de origen y sus familias. Pero era Marcelo al que más le estaba costando. Nunca había salido de su pueblo antes de emigrar a California y el apego que sentía por su hogar le hacía sufrir enormemente. Se cuidaba de no hacérselo ver a los patrones, mucho menos al hijo mayor. Sin embargo, en las ocasiones que los tres compartían confidencias, este se derrumbaba delante de sus amigos. Resultaba desconcertante ver a aquel hombretón alto y fuerte cual roble llorar como un niño, sin que los otros dos pudieran apenas consolarlo.

El hijo mayor percibió la debilidad de Marcelo y se cebó con él. A pesar de su fuerza y envergadura, permitía las vejaciones, lo que envalentonaba aún más al primero. En presencia de Pedro y Fito, el hijo se mostraba comedido, pero Marcelo les contaba lo que le hacía cuando lo visitaban a solas. A Pedro le hervía la sangre en las venas y conminaba a Marcelo a defenderse, si bien este parecía tener una relación de sumisión absoluta a la autoridad, proveniente, según les confesó un día entre lágrimas, de los abusos a los que había sido sometido por alguien muy cercano. Pedro se había encariñado con él de inmediato y actuó como un hermano mayor; descubrió con sorpresa que tener a alguien de quien *hacerse cargo* le ayudaba a sobrellevar su propia pena.

Un día de finales de mes, Pedro se hallaba confinando a las ovejas en el redil, cuando apareció el patrón a caballo con los dos hijos. El padre y el hijo pequeño desmontaron, no así el mayor, que observaba al pastor desde su montura con gesto altivo.

—Peter. —El patrón lo llamaba siempre por la versión inglesa de su nombre, en un característico español con acento americano. Descendiente en segunda generación de emigrantes mexicanos, era un hombre parco en palabras y gestos. Sin embargo, solo con la mirada era capaz de poner a sus hijos en su sitio o de trasladar el mensaje que quería comunicar—. Acércate.

Cerró el redil una vez que la última oveja había entrado y se dirigió a donde estaban ellos. Al aproximarse, percibió un destello en los ojos del patrón que no supo interpretar y que lo puso en alerta.

—Muy bien, chico —dijo, poniendo una mano en el hombro de Pedro mientras esbozaba una abierta sonrisa que dejó ver una irregular sucesión de dientes manchados por el tabaco de mascar.

Pedro pensó que era la primera vez que lo veía sonreír y dejó asomar un gesto inquisitivo a su rostro. El patrón lo percibió y volvió a palmear el hombro del chico.

—¡Muy bien! —repitió, esta vez con mayor vehemencia—. Tus corderos han sido los mejores. Solo cinco han sido desechados por los tratantes. Todos los demás estaban en su peso y con un aspecto perfecto. *Great business*[26].

Pedro se relajó. El patrón le estaba felicitando por haber hecho un buen trabajo en el cuidado de la grey. Vio cómo el hijo menor esbozaba una sonrisa. Pedro sabía que aquel chico callado y siempre a la sombra de su hermano lo apreciaba realmente.

---

26 Gran negocio.

Sintió pena por él y se acordó de inmediato de David y de la bonita relación que tenían.

—Jimmy. —El patrón hizo un gesto con la cabeza hacia su hijo menor, que sacó un objeto pequeño y rectangular de una de las alforjas de su caballo. Se lo entregó a Pedro, que lo miraba sin saber muy bien qué era aquello.

—Es un transistor —aclaró el patrón—. ¿Nunca habías visto uno? Sirve para escuchar noticias, música, novelas, de todo. Hace poco instalaron una antena repetidora en lo alto de la montaña y se sintonizan emisoras mexicanas. Aunque te puede venir bien para aprender inglés, hijo.

Pedro recordó entonces que Ángel, el pastor de su pueblo, tenía un aparato similar a aquel, pero de dimensiones mucho mayores. El artefacto que sostenía entre las manos era pequeño y gris, con un círculo hecho de pequeños agujeritos y una pantalla por donde se deslizaba una aguja al mover una rueda en el lateral. En la parte superior, un elemento metálico se extendía y recogía.

—Eso es la antena —le explicó el patrón—. Si la extiendes, escucharás mejor. Considéralo un regalo por haber hecho un buen trabajo con los corderos, chico. Sigue así.

Se despidió con un afectuoso toque en el hombro. Pedro notó entonces unos ojos clavados en él y levantó la vista hacia el hermano mayor, que lo miraba con un indisimulado gesto de desaprobación, aunque no se atrevió a decir nada en presencia de su padre.

IV.

Rancho Woody, California. Marzo de 1962

Pamplona. 28 de febrero de 1962

Querido Pedro:

Hoy es un día especial. En el preciso momento en que escribo estas líneas, el reloj marca las doce de la noche y febrero da paso a marzo, y tú cumplirás dieciocho años en un instante fugaz. No sé cuándo leerás mi carta; cada vez me parece más lejano el rincón del mundo al que te has ido. Me he venido a pasar unos días a Pamplona con Candela. En el valle me ahogo. Aquí, al menos, veo caras y lugares que no me recuerdan constantemente a ti.

En casa, la situación se ha vuelto cada vez más tensa. Al principio, las insinuaciones de mi padre eran sutiles, pero ya no se corta en decirme que tengo que pasar página y buscar un hombre de provecho con el que casarme y formar una familia. Sé que él solo quiere lo mejor para mí, pero ni siquiera yo sé lo que es eso. Tengo claros mis sentimientos por ti y, a la vez, cuando pienso que quizá no vuelva a verte o que, cuando vuelvas, los mejores años de mi vida habrán pasado ya, una punzada se me clava en el corazón. Maldigo mi suerte por haberme quedado atrapada en este purgatorio.

Hace unos días fui a pasear por la Lágrima de Irati; los recuerdos me quemaban de una forma tan intensa que estuve tentada de saltar a la corriente. Entonces, de los árboles al otro lado del río, salió un ciervo majestuoso y se acercó a beber. Me quedé paralizada. Nunca había visto un ejemplar así. Me miró y juraría que pudimos hablar sin palabras. ¿Me estaré volviendo loca? Solo sé que me dio una enorme paz y la ansiedad desapareció. No quedó ni rastro de amargura asociada a tu recuerdo.

Por último, amor mío, te envío un regalo que encontré allí mismo antes de volver a casa. Es un trébol de cuatro hojas, un símbolo de buena suerte, que vi como una señal de que tengo que confiar más y no dejar que los pensamientos oscuros me arrastren.

Anhelo tu próxima carta y que me cuentes las maravillas de aquella tierra indómita y lejana. Leerte me reconecta con lo que fuimos y, quién sabe, podríamos volver a ser. Yo, por mi parte, seguiré asomándome al firmamento cada noche para ti.

Siempre tuya,
Luna.

Pedro dobló con cuidado la carta y la introdujo de nuevo en el sobre. Abrió la vieja caja de galletas donde guardaba, como si de tesoros se trataran, aquellas misivas que le traían noticias de su mundo. Se cumplían seis meses de su llegada a tierras norteamericanas, aunque por momentos le parecía que llevaba media vida en aquella llanura. La carta de Luna le había dejado cierta sensación de inquietud. Seguía declarándole su amor, pero la sombra de la duda se había instalado en ella.

Se quedó largo rato pensando en lo que sentía él. Era consciente de que la distancia le hacía idealizar una relación que, en la práctica, no tenía visos de realidad, más allá de sus anhelos. No obstante, se resistía a deshacerse por mera voluntad de aquellos sentimientos que templaban su corazón. Quizá el tiempo, como ya hizo con las lágrimas, iría llevándose el amor y dejando solo los recuerdos. Tampoco tenía derecho a esperar de ella que se aferrara a una esperanza incierta. Su abrupta marcha y la incertidumbre de una vuelta que solo Dios sabía cuándo se produciría eran razones suficientes para acabar con el más sólido de los amores.

Apuró el café y se preparó para un nuevo día. Aquel no sería igual que todos los anteriores. Los tres pastores habían acordado celebrar juntos el cumpleaños de Marcelo y el del propio Pedro con una cena en la caravana del primero. El patrón les había regalado sendas botellas del licor que preparaba su mujer. Era un buen hombre y se preocupaba por ellos. Por desgracia, cada vez delegaba más en sus hijos el trato con los pastores y el mayor de ellos no se parecía en nada a su padre. Los desencuentros eran frecuentes y la tensión iba en aumento.

Pedro salió de la caravana con Lagun y Fiel pegados a su

sombra. Siguiendo el ritual diario, sacaron al rebaño del redil y lo condujeron a una zona de la llanura menos pastada. Además de los perros, ahora tenía la inseparable compañía de la radio, que se había convertido en el puente que lo conectaba con la realidad más allá de las tierras del páramo. Poco a poco, a través de emisoras latinas, iba conociendo la personalidad de aquel vasto país a través de su música, su cultura popular, sus figuras políticas y un idioma que cada día le sonaba menos extraño. Ese pequeño aparato era su ventana al mundo real y se asomaba cada día con la curiosidad de descubrir nuevos personajes y sucesos de la vibrante década recién comenzada.

Así había conocido la música *country*, el *rock'n'roll*, el movimiento por los derechos civiles, la guerra de Vietnam y la carrera espacial con Rusia. Sin embargo, de todos los personajes que iban y venían en los programas radiofónicos, dos habían impactado profundamente en el joven Pedro: un cantante de Memphis llamado Elvis Presley, al que apodaban el rey del Rock, y un joven y carismático político que había sido proclamado el año anterior presidente de la nación, John Fitzgerald Kennedy.

Al primero lo había descubierto mientras pensaba en Luna tumbado en el catre de la caravana, cuando la pausada voz del locutor de la emisora anunciara una canción diciendo: *Queridos oyentes, para todos aquellos que esta noche os sentís solos, el Rey del Rock tiene una canción dedicada a vosotros. Que sepáis que no estáis solos, sois miles de oyentes a ambos lados de la frontera. Radio Nuevo México y Elvis están aquí para haceros compañía y poneros la mejor música. Y ahora sí, que suene «Are you lonesome tonight*[27]*?»*.

No sabría explicar después el impacto que le causaron las notas y la voz grave de aquel cantante. Parecía que le estaba susurrando a él, como si lo conociera y, aunque no era capaz de entender el significado de las palabras, el mensaje le caló hondo y lo reconfortó en aquella noche solitaria. Desde ese primer encuentro, Pedro se enamoró de la música y la energía de Elvis.

El presidente Kennedy también supuso una gran inspiración

27 ¿Estás solo esta noche?

para el joven. Su voz transmitía una determinación contagiosa. Había escuchado al locutor contar que JFK, como se referían a él, había dado un discurso al Congreso de los Estados Unidos anunciando que el país enviaría un hombre a la Luna antes de que acabara la década. Aquello le parecía imposible. ¿Existía la tecnología capaz de enviar un cohete al espacio y traerlo de vuelta? Empezó a entender que el país al que había llegado era en realidad una potencia mundial mucho más avanzada de lo que se vislumbraba en aquella llanura. *Man in the moon*. Ojalá pudiera ser él el hombre en su Luna.

Por fin llegó el momento en que se juntarían en la caravana de Marcelo. Pedro pasó a recoger a Fito y los dos juntos se acercaron hasta la *roulotte* del tercero. La tarde estaba templada, así que decidieron cenar fuera, al calor de una hoguera. Comieron y bebieron entre risas y confidencias, hasta que el efecto del alcohol comenzó a hacer mella en el ánimo de Marcelo, que se puso sentimental y confesó a sus amigos que soñaba con retornar a casa, o se volvería loco en aquellas tierras. Los otros dos trataron de animarlo y a Pedro se le ocurrió que la música podría ser la manera de romper aquel momento melancólico. Sacó su pequeña radio y movió la rueda hasta que encontró una emisora musical, en el momento en que el locutor anunciaba una canción icónica de Elvis Presley, *Jailhouse Rock*. Como impulsados por una energía invisible, los tres se levantaron y comenzaron a moverse al ritmo de los acordes de la música, en una frenética danza que pretendía expulsar todos los demonios que los rondaban. Bailaban alrededor del fuego y cantaban a pleno pulmón palabras tan ininteligibles como catárticas. En aquel frenesí, no se dieron cuenta de que alguien se acercaba y contemplaba a cierta distancia aquel ritual salvaje.

Un disparo atronador restalló en la noche.

Los tres se quedaron paralizados, sin saber de dónde procedía la detonación, hasta que un jinete a caballo se acercó a la hoguera, el rifle aún humeante.

—¿Para esto se os paga? —exclamó, iracundo, el hijo mayor del patrón—. ¿Para que os emborrachéis y bailéis como si estuvierais poseídos por el mismísimo diablo?

Los pastores no supieron reaccionar. El primero en hablar fue Fito.

—Patrón, solo estábamos celebrando el cumpleaños de mis amigos. No estamos haciendo nada malo. Bailábamos para animar a Marcelo… —se arrepintió en el mismo momento en que las palabras salieron de su boca.

—Me lo suponía. La culpa no podía ser de otro que de este montón de basura —dijo, mientras escupía a los pies de Marcelo.

Este agachó la cabeza.

—¿No tienes nada que decir, pedazo de mierda? —insistió.

El joven permanecía mudo. En un momento en el que el hijo cabalgaba a la espalda del pastor, sacó el pie del estribo y le propinó un puntapié. Marcelo se trastabilló hacia adelante. Pedro se adelantó hacia su amigo, en un gesto instintivo de protección, pero el jinete le encañonó con el rifle.

—¡Atrás! O te meteré una bala en la cabeza.

Pedro reculó. El jinete siguió conduciendo al caballo en círculos alrededor de Marcelo, que temblaba como una hoja. Una segunda patada estuvo a punto de hacerle caer. Desde el caballo, el hijo mayor se divertía a costa del joven. Se sentía confiado y poderoso percibiendo el miedo en los ojos del chico.

—¡Mírame, montón de estiércol! —le espetó.

Pero este seguía con la vista fija en el suelo.

—¡Que me mires!

Cuando Marcelo alzó la vista, el jinete aprovechó para acercarse y lanzarle una patada a la cara. De pronto, Marcelo apresó con sus manazas la bota del patrón, a escasos centímetros de su cara, y tiró con tal fuerza que el jinete salió volando de la grupa del caballo y dio con sus huesos en el suelo. Aturdido, trató de incorporarse en el momento en que Marcelo lo agarró de las solapas del chaleco y lo alzó en volandas como si nada. Lo sacudió en el aire y lo lanzó con violencia al suelo.

—¡Te voy a matar, cabrón! —Marcelo estaba fuera de sí.

La mirada de pánico, de pronto, había cambiado de bando.

El hijo del patrón se arrastraba por el suelo mientras una mole enfurecida se le acercaba dispuesta a acabar con él. El primer puñetazo en la cara le alcanzó de lleno en el ojo y pensó que le iba a estallar. El segundo no llegó, porque Pedro y Fito se abalanzaron sobre su amigo y lo detuvieron a tiempo. Apenas pudieron contener entre los dos el ímpetu de Marcelo, decidido a darle al patrón una paliza. Este aprovechó el momento de forcejeo para escabullirse y volver a su montura.

—¡Esto no quedará así! —gritó, montando a lomos del caballo y espoleándolo de vuelta al rancho—. ¡Eres hombre muerto!

Se alejó a galope tendido, dejando la amenaza flotando en el aire.

Marcelo cayó al suelo de rodillas y hundió la cara entre las manos. Sus amigos lo abrazaron en señal de protección y decidieron pasar la noche haciendo guardia en la caravana, por si el hijo volvía para cumplir su palabra. Fito recogió el rifle del suelo y se apostó en la puerta, mientras Pedro vigilaba que, en el interior, a Marcelo no se lo ocurriera hacer ninguna tontería.

V.

Sierra Nevada, California. 15 de agosto de 1962

Querido David:

Te escribo esta carta desde un lugar remoto de las montañas que separan California de Nevada. Llevo aquí cuatro meses, desde que el patrón decidiera adelantar el paso de la llanura a la montaña para evitar males mayores con su hijo. La cosa había llegado a un punto de tensión insostenible después de que Marcelo le dejara el ojo como un arcoíris. Es un tipo peligroso y vengativo, así que su padre decidió poner tierra de por medio con nosotros y nos ha mandado a pastorear lo más lejos posible.

Aquí paso días enteros solo, con un rebaño de quinientas ovejas, mis fieles perros y una burra de carga que me lleva las provisiones y los aperos. Cada cuatro días me traen alimentos y agua, pero no siempre es así, por lo que he aprendido que tengo que racionarme bien la comida.

El paisaje es increíble, de una belleza muy distinta a nuestra Selva de Irati; a veces me quedo sin habla contemplando las puestas de sol sobre los lagos y bosques. El espectáculo de la naturaleza en su lado más salvaje y puro. Estoy aprendiendo los códigos que dicta. Este lugar es territorio de coyotes y serpientes cascabel. Los coyotes son como lobos pequeños y atacan a las ovejas cuando tienen mucha hambre. Ahora, en verano, se dejan ver menos que en primavera. Los cascabeles son unos bichos peligrosos. Por suerte para mí, cuando se sienten amenazadas o van a atacar, menean la cola y se escucha un sonido característico, por eso las llaman así.

Hemos aprendido a respetarnos, pero los perros son muy diestros cazándolas, sobre todo Fiel, *que siempre va unos metros por delante de mí, abriendo camino;* Lagun *a mi lado, como mi sombra. Si aparece una cascabel en el camino,* Fiel *se encarga de ella sin pestañear. Es un perro increíble. Parece que me lee la mente y ya no necesito casi darle órdenes.*

Las horas pasan lentas y los días se parecen unos a otros.

El tiempo lo ocupo pensando, rezando y escribiendo mucho. También escucho la radio siempre que puedo, pero aquí en la montaña no se sintoniza bien. Es una pena, porque me hace mucha compañía y me permite escuchar otras voces que no son la mía propia, y asegurarme de que el mundo sigue girando más allá de estas montañas. Hay un pensamiento que me asalta continuamente: el de que estoy solo en la Tierra, que el resto de la humanidad ha desaparecido y no me he enterado. Me genera angustia pensarlo y por eso la radio me confirma que no estoy solo, que todos seguís ahí, con vuestras cosas. Muchas veces pienso en qué estaréis haciendo en ese momento tú y el aita. Saber que estás pastoreando las vacas me hace creer que la distancia que nos separa no es tan grande.

Hoy es el día grande en el pueblo, las fiestas de la Virgen. Y hoy hace justo un año que se desató toda la tormenta que me condujo hasta este lugar. Desde luego que la noción del tiempo es completamente distinta aquí porque me parece que hubieran pasado cinco años desde que dejé el valle.

Te echo de menos, hermano.

Cuida de Mari y los aitas.

Tu hermano que te quiere,
Píter.

Guardó con cuidado la carta en el zurrón. Absorto como estaba en su escritura, no se había dado cuenta de que una espesa niebla estaba descendiendo desde las cumbres cercanas. Miró con preocupación aquel manto blanco y silbó a los perros para que reunieran al rebaño. En menos de cinco minutos, las ovejas estaban agrupadas y quietas. Poco a poco, la niebla los fue rodeando. Era tan densa que ya no veía al rebaño, solo podía oír los cencerros y los balidos nerviosos de los animales.

Decidió esperar por si la niebla pasaba de largo pero, después de una hora, la visibilidad seguía siendo nula y lo peor es que no tenía pinta de disiparse pronto. Calculó que le quedaban tres horas para encontrarse con los patrones en el punto acordado, no lejos de donde estaban. Sin embargo, se hallaba totalmente desorientado. No era capaz de reconocer el terreno que pisaba. Apenas sí podía verse las manos si extendía los brazos. Recordó entonces la historia del *Aitona* Félix en el bosque, cuando se sintió tan perdido que llegó a temer por su vida. Pudo entender el desasosiego que pasó su abuelo, pero él no tenía cerca la ayuda de *Basajaun*. Hasta los perros se mostraban inquietos y andaban en círculos alrededor de él, con la cabeza y la cola gachas.

Intentó mantener la calma. Cerró los ojos y respiró como le había enseñado la *Amona*. Notó cómo el corazón se le desaceleraba. Aquel momento le devolvió a un año antes, en el frontón del pueblo, con la espalda apoyada en la pared lateral, tratando de asimilar la noticia que le acababa de dar Candela.

¡Candela! ¡Eso era!

Con la emoción a flor de piel, metió la mano en el zurrón y palpó hasta dar con la superficie brillante y pulida de la brújula. La abrió y esta, obediente, le indicó de inmediato dónde se situaba el norte, justo a su espalda. Para encontrarse con los patrones debía ir al oeste, en dirección a la llanura. «La intuición es nuestra mejor brújula». Recordó las palabras de Candela y, aunque seguía sin ver nada a su alrededor, sintió que estaba en el camino correcto. Agradeció el regalo y se prometió enviarle una carta si todo salía bien.

Avanzaban con cautela. Pedro no quitaba ojo de la brújula, para no extraviarse. De pronto, los perros levantaron las orejas y ladraron en dirección al rebaño. Algo pasaba porque oía a las ovejas balar nerviosas. Chasqueó la lengua y los canes salieron corriendo, perdiéndose en la niebla. El pastor los siguió, temiéndose lo peor. Oía gruñidos y ladridos, pero no podía ver nada. Por fin, el revuelo pareció calmarse y silbó a los perros, que ladraron indicándole su posición. Cuando llegó donde estaban, entendió lo que había pasado. Una pequeña manada de coyotes, quizá tres o cuatro, había aprovechado la niebla para atacar la retaguardia del rebaño. Pedro encontró dos ovejas inertes, con el cuello mordido, pero probablemente habrían aislado alguna otra del grupo, quedando a merced de los depredadores. La rápida intervención de los perros había evitado males mayores, aun así, no podía valorar los estragos que habían causado en el rebaño.

Mandó a Fiel por delante y él se quedó cubriendo el grupo por detrás junto a Lagun. Poco a poco, la niebla se fue disipando y no tardó en orientarse de nuevo. Se relajó cuando vio que estaba muy cerca del punto de encuentro con los patrones. Cerró la brújula, besó el bendito aparato y lo guardó en el zurrón.

Aún tuvo que esperar un buen rato hasta que llegaron los hijos del patrón a reponerle víveres. Pedro les contó el incidente con los coyotes, pero el hijo mayor fingió ignorarlo y volvió a entrar en la camioneta. Jimmy se le acercó:

—En cuatro días vendremos de nuevo. Esta vez con los camiones. Volvemos a la llanura. Hay que preñar a las ovejas.

—¿Ha llegado alguna carta para mí?

Jimmy negó con la cabeza. Pedro le tendió la carta para David.

—¿Puedes enviar esta por mí?

—¿Es para tu hermano?

—Así es.

—¿Mayor o menor que tú?

—Dos años mayor.

—Y... —Jimmy miró de reojo a la camioneta—. ¿Qué tal te llevas con él?

Pedro entendió el sentido de la pregunta.

—Muy bien. Es la persona que más admiro en el mundo.

—¿Lo echas de menos?

El claxon de la camioneta sonó con insistencia. Jimmy puso cara de resignación y fue a reunirse con su hermano.

—¡Recuerda! En cuatro días aquí de nuevo.

Pedro buscó una zona donde extender la tienda y el pequeño camastro plegable, y recogió unas ramas para hacer fuego. Alimentó a los animales y cocinó para él una sopa con tocino, de la que dio buena cuenta junto con un pedazo de la hogaza que le habían traído. Pocas veces podía comer pan fresco. De postre, abrió una de las tabletas de chocolate y comió la mitad.

Recogió los cachivaches, los empacó en las alforjas y se dispuso a dormir. Pensó que ya tenía ganas de volver a la llanura. En aquellos cuatro meses en las montañas, apenas había visto a sus amigos. Un día, su rebaño y el de Marcelo se mezclaron en un descuido de los pastores. Se armó un buen lío y tuvieron que venir los patrones con varios ayudantes para separarlas. El padre, con buen criterio, había prohibido a su hijo acercarse a Marcelo y su rebaño, por lo que pudiera pasar. No obstante, ambos jóvenes no se libraron de una buena reprimenda del patrón.

Sumido en aquellos pensamientos, Pedro se fue quedando dormido hasta que, en una especie de duermevela, creyó oír el característico sonido del cascabel, seguido de ladridos y gemidos, y soñó con coyotes, niebla y ovejas muertas. Algo lo despertó y encontró la cabeza de Lagun junto a la suya.

—¿Qué pasa, chico?

El perro tiró de su manta y Pedro entendió que tenía que seguirlo. Lagun gemía como nunca antes. Salió de la tienda y lo que vio lo dejó horrorizado. Fiel yacía en el suelo, hinchado, jadeando con dificultad. Junto a él, una enorme serpiente cascabel muerta. El joven entendió lo que había sucedido: Fiel intuyó que la serpiente quería entrar en su tienda y trató de interceptarla, pero esta se las había arreglado para morder al perro antes de que este acabara con ella. Pedro acarició la cabeza de su fiel amigo, que no podía haber hecho mayor honor a su nombre que dando su vida por él. El perro lo miró con un dolor infinito en sus ojos. Pedro apoyó su frente en la cara de Fiel y dio las gracias a aquel animal con el que tenía una conexión casi humana. Volvió a la tienda, cogió la navaja y, con los ojos anegados en lágrimas, acabó con el sufrimiento de su compañero.

Caía la noche cuando puso la última de las piedras sobre el cuerpo sin vida de Fiel. Con dos ramas armó una cruz y la colocó sobre la improvisada tumba. Tomó un puñado de tierra, se llevó la mano a los labios y la esparció sobre el pequeño túmulo.

—Descansa en paz, amigo. Nunca te olvidaré.

Años después, seguiría recordando aquella noche como una de las más amargas de su vida.

VI.

Rancho Woody, California. 15 de septiembre de 1962

Amada Luna:

Te escribo de vuelta en la Llanura. Han sido casi cinco meses en la montaña y ya tenía ganas de volver. Echaba de menos mi pequeña caravana. Después de dormir prácticamente al raso estos últimos meses, me parece un palacio.

Este país es increíble. Hace unos días, escuché al presidente Kennedy dar un discurso en una Universidad de Texas en el que anunció a la nación que Estados Unidos elige ir a la Luna, no porque es fácil, sino por todo lo contrario. ¿No es inspirador? Eligen lo imposible. Admiro la determinación del presidente; su carisma ha contagiado al resto de la nación, incluso a mí, que pienso en que me gustaría también ir a mi propia Luna, que no es otra sino tú.

Ya ha pasado un año sin ti, mi querida Luna, y mi amor por ti sigue intacto. A decir verdad, no es el mismo que cuando llegué, porque tampoco lo soy yo. Mi amor ha evolucionado conmigo y ahora es más maduro, más reposado. Lo que he vivido aquí me ha impactado profundamente. Han sido muchas las horas en soledad, sin más compañía que mis perros. Ahora uno de ellos, Fiel, *ya no está conmigo y su pérdida me duele casi tanto como lo que en su momento supuso perder a la Amona.*

Aquí la naturaleza es amable y salvaje al mismo tiempo. Indómita y brutal. Tiene sus propios códigos, que no son los mismos que en nuestro valle. Aun así, prefiero la naturaleza salvaje a las personas. Los animales no hacen daño por maldad. Es parte del ciclo de la vida. En cambio, los humanos somos capaces de albergar los pensamientos más oscuros y actuar los unos contra los otros por envidia, miedo o, simplemente, maldad pura. La veo cada día en los ojos del hijo mayor del patrón. Pero también veo, como dos caras de la misma moneda, bondad en los ojos de su hermano. Es un gran chico que ha tenido la mala fortuna de ser hermano del mismísimo diablo. Tú y yo tenemos la gran suerte de tener hermanos a los que adoramos. Me he dado cuenta de que eso es un tesoro.

Por último, quiero decirte que entenderé y respetaré cualquier decisión que tomes con respecto a nosotros. No puedo pedirte que me esperes. Ni siquiera puedo pedirte que me ames. Solo puedo pedírmelo a mí mismo. Yo, por mi parte, seguiré buscándote cada noche entre las estrellas.

Tuyo siempre,
Pedro A.

Terminó de escribir la carta y salió de nuevo a las escalerillas de la *roulotte*. Ahí estaba ella, llena, radiante. Le parecía una maravillosa locura que alguien pudiera siquiera plantearse poner un pie en ella. Si el presidente Kennedy había elegido lo *imposible*, él también podía hacerlo y mantenerse fiel al amor que sentía por ella. No podía esperar que fuera correspondido, pero sí podía hacerse dueño y responsable de sus propios sentimientos. Aquel pensamiento le dio ánimos, y con esa agradable sensación se fue a la cama.

Sin embargo, la noche fue todo menos tranquila. Tuvo un sueño en el que aparecían personas que no tenían relación aparente entre sí, como los hijos del patrón y su hermano o Luna, Fiel, Castrejana y los pastores de la llanura. Pero no estaban en ningún sitio conocido. Hasta que Pedro se dio cuenta de que era la Luna lo que pisaban, al ver la Tierra como una gran bola azul a lo lejos. De pronto, se quedó solo. El resto había desaparecido. Los buscaba con desesperación, pero nadie respondía a sus gritos. De hecho, no podía gritar, por muy fuerte que expulsara el aire de los pulmones. ¿Aire? Se estaba quedando sin él. No podía respirar. Miraba a su alrededor buscando ayuda, pero si la llanura de California era inmensa, aquella era aún más inabarcable. Hasta donde alcanzaba la vista, solo había tierra y polvo y, más allá, solo oscuridad. Una negrura de una intensidad que no había conocido antes.

Abrió la boca para aspirar una última bocanada de aire, pero ya era demasiado tarde...

Despertó sobresaltado, empapado en sudor. Alarmado, descubrió que no estaba solo. A los pies de la cama, alguien lo miraba fijamente. Estaba oscuro y no lograba distinguir quién era, aunque aquella silueta le resultaba familiar.

—¿*Amona*?

—Hola, *maitia*.

—Estoy soñando, ¿verdad? ¡Estaba teniendo una pesadilla horrible!

—Los sueños son el reflejo de nuestras tormentas interiores.

—Pues esta era una tormenta de las buenas. Me quedaba solo, atrapado en la Luna.

—Tu subconsciente quizá está tratando de enviarte un mensaje...

—No sé... tal vez... no quiero quedarme solo.

—Igual es hora de mirar hacia adelante y poner los pies más en la Tierra.

—¿Tú crees? Pero eso sería como olvidar mis raíces.

—No conviene idealizar el pasado. Eso nos impide avanzar. Todos allí continúan su vida sin ti. Debes continuar la tuya sin ellos. Olvídalos.

—¡Pero no puedo hacer eso, *Amona*! ¡Sería como traicionarlos!

—Al único que no debes traicionar es a ti mismo. Lo que dejaste atrás es un ancla para ti. El futuro allí se construye sin ti. Pronto dejarás de significar algo para ellos.

—¡*Amona*! ¡Pero cómo puedes decir eso! Son mi familia, mis padres, mis hermanos...

—Hermanos...

La figura se movió de los pies de la cama y se acercó. Entonces pudo verle la cara. Pedro quedó paralizado. No era su abuela, sino el hijo mayor del patrón quien estaba en la caravana. Vio con horror cómo este llevaba el rifle en una mano. Lo cargó y apuntó directamente a la cabeza de Pedro.

—Reza lo que sepas —dijo, apretando el gatillo.

Pedro se despertó gritando. Lagun se acercó a él y le lamió las manos. Se levantó de un salto y salió de la caravana en una carrera frenética. Por fin, paró y soltó un grito desesperado y desgarrador, que atravesó la noche. «Cálmate, cálmate», pensó.

Miró alrededor. Todo estaba tranquilo, en su sitio. Desde arriba, la luna iluminaba la llanura, tan majestuosa y lejana como siempre.

Poco a poco, su agitada respiración fue recuperando su cadencia y su corazón volvió a latir a un ritmo normal. Regresó a la caravana, donde lo esperaban Lagun y Fidel, el perro que le habían traído para sustituir a Fiel en las labores de pastoreo. Fidel era hijo de Fiel y, aunque era aún un perro joven, podía percibir en él las hechuras de su padre. Le gustó aquel nombre, que le recordaba a su anterior compañero.

Se tumbó en el camastro y permaneció largo rato mirando al techo. No se atrevía a cerrar los ojos, por si aquella pesadilla volvía. Al final, el sueño pudo más y cayó profundamente dormido.

VII.

Rancho Woody, California. Diciembre de 1962

Era la semana previa a Navidad y Pedro estaba intranquilo. No podía olvidar lo duro que había sido para él pasar las primeras Navidades lejos de casa. Temía que volviera aquella tristeza profunda que le había embargado la noche del veinticuatro, la más especial del año para ellos. Pero no solo eso lo inquietaba, hacía días que no recibía cartas del valle. Pensó que quizá los patrones no se las habían entregado, como había pasado otras veces. Llevaba varias jornadas con una sensación extraña en el estómago. Todo estaba demasiado tranquilo en la llanura. Hacía semanas que el hijo del patrón no los molestaba. Marcelo había recuperado el buen ánimo y ya no repetía cada día que quería volver a casa. Pedro no se fiaba. A pesar de no molestarlos como antes, su mirada no engañaba. Seguía teniendo los ojos llenos de ira.

Los tres amigos estaban en la caravana de Fito, planeando cómo iban a celebrar la Nochebuena. La conversación fluía animada:

—Oye, Marcelo —le espetó Fito, divertido—, este año espero que no te dejes llevar por los efluvios del licor que prepara la mujer del patrón, como el año pasado. Te recuerdo que te caíste de la silla hacia atrás como un saco.

Los tres rieron de buena gana, al tiempo que Marcelo se sonrojaba.

—Prometo que este año me iré a la cama por mis propios medios, sin que tengáis que arrastrarme hasta ella —respondió.

—Más te vale —intervino Pedro—. El año pasado casi no pudimos contigo. Desde ya te digo que este año te dejamos durmiendo en el suelo.

—Con la mona que llevabas, te habría dado igual dormir en un lago helado.

—Está bien. Confío en vosotros para que no me dejéis beber más de la cuenta. ¿Creéis que el patrón nos dará un cordero asado como el año pasado?

—Espero que sí. Hemos hecho un buen trabajo en el rancho. No tenemos la culpa nosotros de que tenga un desgraciado por hijo.

—¿No creéis que está demasiado tranquilo? —comentó Pedro—. Me da que este trama algo.

—O que ha entrado en razón —terció Fito—. El ojo morado que le dejó Marcelo fue un buen recordatorio de que abusar no siempre sale gratis.

El aludido sonrió al recordar el incidente. Aquella reacción, que ni el mismo supo decir de dónde había salido, fue totalmente inesperada y había supuesto un punto de inflexión en el trato con los patrones, en especial con el hijo mayor. Marcelo había cambiado desde entonces, ganando en confianza y amor propio. Eso pudo percibirlo el hijo, que desde entonces había mantenido las distancias con el hombretón.

—Yo no me fío —continuó Pedro—. No le quitaría ojo a ese, por si acaso.

—Otra cosa es Jimmy, ¿verdad? —dijo Fito.

—Verdad. No es para nada como su hermano mayor. Está atrapado en su papel de benjamín, pero estoy seguro de que le gustaría escapar y no puede.

—O no sabe cómo.

Los tres callaron por un momento, cada uno inmerso en sus propios pensamientos.

—¡Oye! —Marcelo rompió el silencio—. ¿Y si nos hacemos un regalo para *Olentzero*?

Fito y Pedro se miraron, asintiendo.

—¿Cómo lo hacemos? ¿Quién regala a quién?

—A ciegas. Escribimos nuestros nombres en un papel y cogemos al azar. Cada uno le regalará a quien le haya tocado en el *papelico*.

—De acuerdo.

—¡Me parece una gran idea!

Marcelo escribió los nombres en sendos papeles, los dobló y esparció sobre la mesa. Cada uno cogió un papel. Pedro soltó una carcajada.

—Esto no funciona.

—¿Por qué? —se extrañó Marcelo.

—¡Porque me he tocado yo mismo! —dijo, enseñando el papel.

—Está bien. Puede pasar, lo haremos hasta que el azar decida.

A la tercera fue la vencida. Pedro desplegó su papel:

Yo.

Sonrió. Le había tocado el hombretón.

—Es secreto. Nadie puede saber quién os ha tocado. Cuando nos demos los regalos, tendremos que adivinar quién ha regalado a quién.

Los tres estuvieron de acuerdo.

—Bueno, amigos, me voy al catre. Mañana me esperan mis *chicas* —Pedro se levantó.

—Yo también marcho —dijo Marcelo, haciendo lo propio. Su cabeza rozó el techo de la *roulotte*—. A descansar.

Ambos salieron a la fría noche. Los dos quedaron un momento en silencio, contemplando con admiración la negra bóveda, plagada de brillantes puntos.

—Hay que reconocer que este sitio tiene su magia —apreció Marcelo, exhalando una bocanada de vaho.

—Sí que la tiene. Pero no es solo por el paisaje —Pedro dio una cariñosa palmada en el hombro de su amigo.

Este sonrió.

—Gracias, Pedro. Sin vosotros esto habría sido un infierno. Sois para mí lo más parecido a una familia que puedo tener.

Asintió. Le había cogido un enorme cariño a aquel chico sensible y bueno como pocos.

—Mientras nos tengamos los unos a los otros, todo irá bien. Descansa, hombretón. Hasta mañana.

Se despidieron y cada uno emprendió el camino hacia su caravana. Pedro iba pensando qué regalar a su amigo. Una idea comenzaba a formarse en su cabeza, aunque para ello necesitaría la ayuda de Jimmy. Al llegar, vio que un sobre estaba incrustado en la rendija de la puerta de la *roulotte*. Extrañado, lo recogió y vio que era una carta de su padre. Alguno de los patrones habría ido a entregársela y, al no encontrarlo, la habría dejado allí. Decidió preparase un té y leerla con tranquilidad después. Cuando el hervidor silbó, apagó el hornillo y se sirvió una taza colmada.

Antes de sentarse y abrir la carta, salió a aliviarse a la trasera de la caravana. Lagun salió con él, con las orejas tiesas y ladró a la noche. Le sorprendió la insistencia del perro y miró en dirección a sus ladridos. De pronto, una explosión retumbó en la llanura.

—¡Mierda! —exclamó.

Pedro salió corriendo como una exhalación. Por el camino, se encontró con Fito, que corría en la misma dirección.

—¡Fito! ¡Yo voy con Marcelo! ¡Avisa a los patrones! ¡Rápido!

Este obedeció y corrió en dirección al rancho.

Pedro alcanzó jadeando el campamento y se encontró una escena dantesca. La pequeña *roulotte* ardía como una tea, pasto de las llamas.

—¡Marcelo! ¡Marcelo!

Pedro gritó de pura impotencia, incapaz de hacer nada por su amigo, tal era la bola de fuego en la que se había convertido la caravana.

—¡No! ¡Marcelo!

Por instinto, rodeó la *roulotte* y, de pronto, vio un bulto oscuro en la parte trasera. Se acercó corriendo a su amigo, que estaba completamente quemado.

—¡Marcelo! ¿Qué ha pasado?

Este no podía apenas articular palabra.

—Gas..., explosión..., ventana..., *Ama*..., *Aita*...

Pedro vio la ventana trasera de la caravana rota y supuso que Marcelo habría saltado por ella y rodado por el suelo hasta apagar las llamas, pero estas se habían cebado con el joven. No se atrevió a tocarlo.

—Tranquilo, Fito ha ido a por ayuda. —Oyó el motor de un vehículo acercándose—. ¡Ya llegan!

La camioneta se detuvo derrapando y de ella descendieron el patrón, los hijos y Fito. Con ayuda de extintores, apagaron el fuego, que ya había empezado a remitir. Fito se acercó a sus amigos y se llevó las manos a la cabeza al ver el estado de Marcelo. Se dio la vuelta como un rayo y se dirigió al hijo del patrón.

—¡Qué le has hecho a mi amigo, cabrón de mierda! —exclamó, fuera de sí, mientras lo empujaba con tal violencia, que cayó al suelo.

El padre y Jimmy lo sujetaron.

—¡Yo no he hecho nada, imbécil! ¿Quién estaba aquí antes que ninguno? ¡Andonegui! ¡Pregúntale a él!

—¡Eres un miserable! ¿Cómo me puedes acusar a mí? ¡Es mi amigo! ¡Los tres escuchamos cómo lo amenazaste de muerte un día y has cumplido tu palabra!

—Vuelve a la camioneta. Ya hablaremos —le ordenó su padre, contrariado.

Este obedeció, maldiciendo.

—No hay tiempo que perder. ¡Ayudadme los tres! —exclamó el patrón.

Entre los cuatro, lograron montar a Marcelo en la parte trasera de la camioneta. Fito y Pedro subieron atrás con él. El vehículo volaba en dirección al hospital más cercano.

—Tranquilo, Marcelo, pronto llegaremos al hospital —intentaban consolarle sus amigos—. ¿Te duele mucho?

Este negaba con la cabeza.

—*Ama..., Aita...*

La camioneta se detuvo en la puerta del hospital y Jimmy entró corriendo a buscar ayuda. Rápidamente, un equipo de médicos se ocupó de Marcelo y lo ingresaron en Urgencias, mientras los cinco aguardaban noticias en una sala de espera. La tensión era máxima entre los pastores y el padre decidió enviar a su hijo de vuelta a la camioneta.

A las dos horas, un médico salió y les informó de la situación de Marcelo. Las quemaduras eran muy graves. Habían conseguido estabilizarlo y ahora estaba sedado, pero había que llevarlo a un hospital de quemados en San Francisco. Las siguientes veinticuatro horas serían determinantes para su evolución.

No les permitían entrar a verlo, así que los cinco volvieron al rancho. Eran cerca de las dos de la mañana y las ovejas no esperarían al día siguiente. Pedro llegó a su caravana y se derrumbó sobre el catre. Sentía una mezcla de rabia, impotencia y pena por su amigo. No se merecía lo que le había pasado. Pedro estaba convencido de que el hijo había tenido algo que ver, aquello no había sido un accidente.

En ese momento, recordó que la carta de su padre se había

quedado sin leer. Estaba tan exhausto, que pensó en dejarla para el día siguiente, pero algo lo impulsó a levantarse y abrir el sobre. Se sentó en una silla y leyó:

Valle de Aezkoa. 27 de noviembre de 1962

Querido hijo:

No sé cómo empezar siquiera esta carta. Son palabras que desearía no haber tenido que escribir nunca. Con todo el dolor de mi corazón, debo contarte que nuestra querida Ama se nos ha ido al cielo con los aitonas. Hace tres días, no se despertó por la mañana. Parece que su enorme corazón decidió pararse mucho antes de lo que tocaba. Se nos ha ido demasiado pronto, dejando en casa un vacío y un silencio que no conseguimos llenar.

Ojalá fueran otras las palabras que llevaran esta carta, querido Pedro, pero no va a ser así. Me gustaría transmitirte el calor de la familia, que te enviamos con todo nuestro cariño. Maritxu y David lo están pasando mal, pero se apoyan el uno al otro. Se han vuelto inseparables y eso me da fuerzas para seguir adelante cada día. Sin embargo, por las noches, en la soledad de mi cama, echo tanto de menos a la Ama que me duermo agotado de llorar.

Siento que tengas que enterarte de esta manera. Me gustaría podértelo decir en persona, mientras te doy un abrazo y lloramos juntos por la mujer y la madre más maravillosa que hemos podido tener a nuestro lado.

La verdad es que no sé cómo, pero la vida sigue. Si tu Amona estuviera aquí, seguro que sabría decir las palabras de consuelo que yo ahora no encuentro. Cuídate mucho, hijo.

Tu aita que te quiere,
Salvador A.

Pedro pensó que le iba a estallar el corazón según leía la carta. No podía soportar la pena que lo abrasaba por dentro. Su querida *Ama*, la persona que más lo había querido en su vida, se había ido para siempre, y él no había podido despedirse de ella como hubiera querido, sino en aquella atropellada huida que ahora se le antojaba la peor decisión de su vida.

Las lágrimas le arrasaron los ojos y un nudo en la garganta le impidió siquiera poder gritar de dolor. Deseaba con todas sus fuerzas estar en ese momento con su padre y hermanos, pero un continente y un océano se interponían entre ellos.

Se puso el chaquetón y salió en dirección a la caravana de Fito. Necesitaba desahogarse con alguien y contarle a su amigo la decisión que estaba empezando a tomar forma en su cabeza.

VIII.

San Francisco, California. 25 de noviembre de 1963

Querido tío Enrique:

Espero que tú e Isabel estéis bien. Me acuerdo mucho de vosotros. Echo de menos aquellas visitas improvisadas a tu casa y las charlas que teníamos. Escribo para contarte que mi vida ha dado un giro importante. Tras la muerte de Ama y el accidente de Marcelo, decidí dejar el rancho y venirme a San Francisco. Ésta ciudad me enamoró desde que la vi por primera vez en las fotos de un calendario, pero es todavía más fascinante en vivo y en directo. He conocido el cine, los teatros, el béisbol... Las calles bullen de gente a todas horas.

Otra de las razones para venir aquí fue estar cerca de Marcelo. Sus aitas se desplazaron a San Francisco cuando se enteraron de la noticia. Los pobres apenas habían salido del pueblo y de pronto se encuentran en una ciudad de un país desconocido, con un idioma que no hablan y su hijo debatiéndose entre la vida y la muerte. Fue muy duro para ellos. Y para mí también. Apreciaba mucho a aquel mocetón grande y bueno. Llegué a quererlo como a un hermano. Lamentablemente, no pudo superar la gravedad de las quemaduras y nos dejó con el corazón encogido. Me consuela pensar que no murió solo en un país extraño, sino que sus aitas, Fito y yo estábamos con él. Qué duro para unos padres enviar a un hijo al Nuevo Mundo y retornar con un cadáver.

Estos días están siendo muy convulsos en América. Hace tres días, un loco disparó al presidente Kennedy en Dallas. Todavía estoy en shock. Admiraba muchísimo a ese hombre. Tenía un carisma especial. En el rancho solo podía oír su voz por la radio, pero cuando lo vi por primera vez en la tele (¡la tele, qué invento!), me impresionó aún más. Tras el asesinato, ahora tenemos nuevo presidente, un tal Lyndon B. Johnson, que no le llega a Kennedy a la suela de los zapatos.

Hay otra figura que ha surgido con fuerza y de la que todo el mundo habla, Martin Luther King. Es un negro que defiende los derechos civiles y que pronunció un discurso hace poco en Washington que se ha hecho muy famoso. Seguro que esta América no es la misma que tú conociste. Este país avanza a pasos de gigante y hay oportunidades en cada esquina.

Te mando recuerdos para Aita y mis hermanos.

Tu sobrino,
Pedro A.

Era lunes por la mañana. Su único día libre en la semana. Compaginaba dos trabajos que lo tenían ocupado dieciséis horas al día. Las mañanas las empleaba en una empresa de jardinería que se encargaba del mantenimiento de las casas de la alta sociedad de San Francisco, mientras que, por las tardes, fregaba platos en un restaurante del barrio de Fisherman's Wharf. Trabajaba incluso los fines de semana, pero el lunes era su día.

Vivía en una modesta pensión del distrito de Lower Haight, en la confluencia de las calles Oak y Pierce. Le encantaba aquel barrio bullicioso y dinámico de calles empinadas. Era tal cual se lo imaginaba desde que soñó con visitar la ciudad contemplando las imágenes de aquel calendario. La pensión la regentaba la señora Hawthorne, una mujer de sesenta años que había enviudado hacía cinco y heredado de su marido aquel edificio.

El señor Hawthorne fue un contratista que medró a finales de la década de los cuarenta y principios de los cincuenta construyendo edificios por todo San Francisco. El bloque de la pensión lo levantó para alojar trabajadores de su empresa, generalmente latinos a los que pagaba menos que a los trabajadores nacionales, pero a los que al menos ofrecía un techo y contrato de trabajo. Sin embargo, la recesión de finales de los cincuenta lo atrapó muy endeudado y falleció en la ruina. Lo único que la señora Hawthorne pudo salvar fue aquel edificio, cuyos alquileres compensaban en parte su exigua pensión de viudedad. El matrimonio Hawthorne tenía un hijo, Michael, que vivía en la costa este y visitaba a su madre un par de veces al año.

Pedro había decidido pasar a visitar a su amigo Fito. Este había llegado a la ciudad hacía un par de meses desde Bakersfield, a donde se fue tras los acontecimientos que ocurrieron en el rancho poco después del accidente de Marcelo. En Bakersfield no halló su sitio y decidió probar suerte en San Francisco, una ciudad con más oportunidades. Había encontrado trabajo rápidamente en un restaurante del distrito The Mission, un barrio multicultural con gran presencia de latinos y centroamericanos, sobre todo mexicanos.

El día que todo se torció en el rancho, Pedro había ido a la caravana de su amigo con la carta de su padre en la mano y los ojos anegados en lágrimas. Fito había tratado de consolarlo, pero no había palabras que pudiera aliviar el dolor que sentía aquella noche. Estuvieron despiertos hasta el alba. Hablaron durante horas y acordaron que Pedro se iría a San Francisco a cuidar de Marcelo; por su parte, Fito tomó la decisión de quedarse en el rancho porque, según él, «su misión allí aún no había concluido».

Así lo hicieron.

Al día siguiente, Pedro se presentó en el rancho y pidió la cuenta al patrón, que aceptó con tristeza la pérdida de uno de sus mejores pastores. Le pidió también liquidar la cuenta de Marcelo; no sabía los gastos a los que tendría que hacer frente en el hospital. El patrón no pidió disculpas. Aquello habría sido como reconocer que su hijo tenía algo que ver con el incidente, pero aquel hombre no necesitaba decir con palabras lo que transmitían sus ojos y Pedro supo leer en su mirada una mezcla de dolor y disculpa.

El *sheriff* del condado condujo una farsa de investigación que determinó que la causa de la explosión había sido una fuga de gas por un probable descuido de Marcelo. Al volver a la caravana y encender un candil, se había producido la deflagración. Ni Fito ni Pedro quedaron conformes con aquella versión. Ambos sabían que aquel malnacido había tenido algo que ver, pero no podían demostrarlo, así que se cerró el caso sin consecuencias para nadie.

Tres semanas después, el hijo del patrón salía de un bar en el que había estado tomando unas cervezas con amigos y ligando con unas chicas cuando, camino del rancho, la camioneta que conducía perdió el control en una curva y cayó por un terraplén, quedando boca abajo sobre una vereda. Tardaron varias horas en encontrarlo, sin conocimiento y con múltiples contusiones y fracturas por todo el cuerpo. Sobrevivió al accidente, pero ya nunca más pudo caminar ni montar a caballo. No eran pocos los enemigos que se había ido labrando con el tiempo ni pocas las personas que celebraron lo ocurrido, pero no se pudo demostrar que nadie tuviera responsabilidad, ya que los análisis practicados revelaron restos de sustancias estupefacientes en su sangre.

Después de aquello, la tensión llegó a tal extremo que se hizo insostenible para Fito, al que ninguno acusaba, pero muchos miraban. El pastor ni siquiera pidió el finiquito. Un frío amanecer de finales de enero, empacó las pocas cosas que tenía y abandonó la llanura sin mirar atrás.

Pedro nunca le preguntó a su amigo si él tuvo algo que ver en aquel suceso ni este mencionó nada al respecto. Sin embargo, ambos estuvieron de acuerdo en que cierta justicia divina había concurrido para resarcir, al menos en parte, a los padres del desdichado Marcelo.

Pedro tenía tiempo de sobra. El restaurante donde trabajaba Fito se encontraba a poco más de media hora caminando desde la pensión, así que decidió hacerle un regalo a su amigo antes de pasar a verlo. Paró en una tienda de *souvenirs* y compró una gorra de los *Giants*, el equipo de béisbol de la ciudad. Le parecía un deporte fascinante. Lo había descubierto semanas atrás cuando Felipe, un compañero mexicano de la empresa de jardinería, le había invitado a presenciar un partido de los *Giants* frente a los *Mets* de Nueva York en el estadio Candlestick Park. Los *Giants* ganaron por trece-cuatro, vengando así la derrota infligida por los *Mets* el día anterior. Pedro quedó impresionado por el espectáculo dentro y fuera de la cancha y, aunque aún no terminaba de entender las reglas de aquel juego, vibró con la victoria del equipo de casa como si fuera un Gigante más.

Llegó sobre las doce del mediodía al restaurante, que se encontraba en la décimo sexta con la calle Valencia, justo al lado de uno de los cines más antiguos y con más carisma de la ciudad, el Teatro Roxie. El establecimiento, que hacía esquina entre las dos vías, ocupaba los bajos de un edificio de tres plantas construido según el estilo victoriano de finales del siglo XIX, con sus cornisas ornamentadas, ventanas en guillotina y las tradicionales escaleras exteriores en la fachada.

Pedro accedió al interior, que aún conservaba una relativa calma previa al bullicio que cada día se producía en los tres turnos de comida. Se sentó en la barra y pidió una tónica. Dijo al camarero que avisara a Fito de que Pedro estaba allí. Asintió y desapareció por una puerta hacia la parte trasera del local. Pronto apareció su amigo con una gran sonrisa y los brazos abiertos, dispuesto a estrujarlo.

—¡Mira a quién tenemos por aquí! ¡El segundo mejor pastor de California! ¿Qué te trae por *The Sarah's Corner*?

Ambos se fundieron en un cariñoso abrazo y se miraron a los ojos, que reflejaban la alegría del reencuentro.

—Me han dicho que aquí sirven el segundo mejor *bistec* de la ciudad, y venía a comprobarlo por mí mismo.

—Te han engañado. Aquí servimos el mejor —dijo alguien a su espalda.

Al girarse, un latigazo lo sacudió de arriba abajo. La dueña de aquella voz era una mujer de edad indefinida entre treinta y cuarenta años, de estatura media y hechuras poderosas, con una seguridad en sí misma que se proyectaba más allá de su cuerpo. Llevaba el pelo rubio recogido en un moño, lo que marcaba unas facciones bien definidas. Pero lo que subyugó a Pedro fueron los ojos color miel, de una mirada profunda y misteriosa.

—Soy Sarah Kerrigan —saludó, tendiéndole la mano a Pedro—. La que da nombre al título de ahí afuera, y tú debes de ser el amigo del que Fito tanto habla.

—Pe... Pedro Andonegui, señora —balbució.

—Tu amigo cuenta maravillas de ti.

Pedro se sonrojó. Fito lo miraba divertido.

—¿Tienes trabajo, chico?

—Sí, señora.

—Tiene dos trabajos —intervino Fito—, pero no está muy contento.

Pedro lo fulminó con la mirada.

—Es una pena —añadió Sarah—. Uno de los cocineros se nos acaba de ir y necesitamos manos. ¿Sabes cocinar?

Pedro negó con la cabeza. Manoseaba nervioso el regalo para su amigo.

—No importa. ¿Tienes los diez dedos en las manos? Nos sirves.

Bajó la cabeza y, en ese momento, se dio cuenta de que estaba retorciendo la gorra de los *Giants*.

—Toma, es para ti —dijo, dirigiéndose a Fito, feliz de retirar la vista de los ojos de aquella mujer que parecían atraparlo sin remisión—. Un regalo.

—¡Una gorra de los *Giants*! ¿Os gusta el béisbol? —inquirió ella—. Aquí somos muy de los Gigantes. Bueno, ¿qué me dices, Andonegui? Me gusta cómo suena ese apellido. ¿De dónde eres?

—De Navarra, señora, al norte de España, junto a la frontera con Francia. Fito y yo somos de pueblos vecinos.

—¿Eso es un sí, entonces? ¿Te quedas con nosotros? No te arrepentirás.

—Yo... eh... Ya tengo trabajo.

—Ya lo sé, chico, pero no como este, te lo aseguro. Aquí aprenderás junto al mejor *chef* de la Costa Oeste. ¡J.P.! ¡Ven!

De una puerta salió un cocinero que bien podría haber sido *aizkolari*[28]. Metro noventa de estatura, brazos musculados y una enorme cabeza que lucía una calva brillante.

—Este es Jean Paul, nuestro *chef* francés —Sarah hizo las presentaciones—, pero todos le llamamos J.P. Este es Pedro Andonegui, tu nuevo pinche. Es navarro del norte, así que sois vecinos.

Pedro tendió la mano. Jean Paul ignoró el saludo, lo miró de arriba abajo y puso los ojos en blanco.

—*Mon Dieu*[29]. Yo necesito un hombre, no un *enfant*[30].

Dio media vuelta y se dirigió de nuevo a la cocina, mascullando en francés.

—No le hagas caso. Es más bueno que un *brioche*. Y es el mejor cocinero que hemos tenido nunca.

---

28 Cortador de troncos. Típico deporte popular vasco-navarro.
29 Dios mío
30 Niño

—Señora Kerrigan…

—Sarah.

—Sarah, de verdad, agradezco mucho la oportunidad, pero yo ya tengo trabajo y…

—Vamos, Pedro —interrumpió Fito—. ¡Trabajaríamos juntos! ¿No crees que estarás mejor aquí que fregando platos en ese restaurante de los Wharfs?

Dudó un momento. Lo cierto es que el trabajo en el restaurante no le satisfacía nada, pero ganaba un buen dinero. Sarah pareció leerle la mente.

—El dinero no será un problema.

—No me gustaría dejar la jardinería. Me pagan bien, trabajo al aire libre y… —sonrió de oreja a oreja— veo las mejores casas de la ciudad.

—¿Te parece bien entonces el turno de tarde, de tres a once?

—¿Podría tener el lunes libre?

—Hecho. ¿Tenemos trato?

Sarah tendió la mano. Pedro miró a su amigo, que asintió, radiante. Estrechó la mano de ella por segunda vez aquel día y, en esa ocasión, pudo sentir la suavidad de la piel de la mujer, que lo miraba fijamente a los ojos. Se avergonzó al pensar que ella habría notado la aspereza de sus manos, pero solo eran imaginaciones suyas.

IX.

San Francisco, California. Navidad de 1963

Valle de Aezkoa. 1 de diciembre de 1963

Querido hermano:

Soy Maritxu. Te escribo muy emocionada para contarte que... ¡me caso! Como sabes, hace ya casi un año que Juan Eguinoa y yo somos novios y, recientemente, por mi cumpleaños, me regaló un anillo y me dijo que yo era la mujer de su vida. Casi me desmayo de la emoción, Pedro, ¡me hace tan feliz! Estamos muy enamorados y deseando que pase el año que viene para poder casarnos en la primavera siguiente.

Por supuesto, espero que puedas venir a celebrar el casamiento con nosotros. Sabes que sin ti no será lo mismo. Ya será una gran falta que no esté Ama, pero si no estás tú, la alegría no será la misma. Dime que sí, por favor, querido hermano. Te escribe David...

¡Píter! ¿Cómo estás, cowboy de pradera? ¿Has visto la noticia tan estupenda de nuestra hermanita? Nos ha adelantado a ti y a mí por la derecha. Yo, al menos, ni tiempo ni ganas de echarme una novia tengo. Todo el día con los animales y la huerta. Ninguna mujer quiere acercarse a un hombre que huele a estiércol de vaca.

¿Cómo va la vida en San Francisco? Enrique nos cuenta cosas increíbles de aquella ciudad. Dice que las mujeres son muy guapas. Por lo menos verás caras distintas. Aquí siempre están las mismas. Últimamente a Luna le vemos poco el pelo. Prefiere pasar tiempo en Pamplona más que en el pueblo.

Aita está mejor. Ya sabes que es duro como un roble, aunque dentro de poco serán las primeras Navidades que pasemos sin Ama. Va a ser duro para todos, pero sobre todo para él. Estamos pensando en ir a pasar Nochebuena a casa del tío Martín. Demasiados recuerdos hay en esta casa.

Bueno, hermano, escribe y cuéntanos historias de San Fran-

cisco. Muchas veces pienso que, si no fuera por esta gaita del corazón, podría estar allí viviendo aventuras como las tuyas.

Cuídate, Píter.

Tus hermanos,
Maritxu y David A.

Pedro sonrió al leer la noticia de que Maritxu se casaría con el hermano pequeño de su amigo Txori. Iban a ser cuñados, pensó. Eso le agradaba. Los Eguinoa eran de buena familia y el pequeño Juan, callado y estudioso, sería el marido adecuado para Maritxu. *Ama* estaría contenta. Aquella carta le subió el ánimo a pesar de saber que *Aita* lo estaba pasando mal. Todos, a su manera, pasarían días complicados en aquellas fechas, ya fuera por la distancia, las ausencias o el recuerdo de tiempos mejores.

Los días previos a la Navidad habían sido de un intenso ajetreo en el restaurante «The Sarah's Corner». Y no lo serían menos los días señalados. A la comunidad hispanoamericana, católicos en su mayoría, le gustaba celebrar en familia y con amigos la Navidad. Algunos se reunían en casas, pero muchos acudían a restaurantes de la zona. Se doblaban servicios en Nochebuena, Navidad y Año Nuevo.

Pedro llevaba un mes trabajando en el turno de tarde del restaurante. Llegaba puntual a las tres para ayudar con la recogida y limpieza de cacharros del turno de comidas. A las seis comenzaban los primeros servicios del turno de cenas, que se prolongaban hasta pasadas las nueve. Después tocaba recoger, limpiar de nuevo y dejar todo listo para que, a las seis de la mañana del día siguiente, la maquinaria se pusiera en marcha en el turno de desayunos.

Era un trabajo exigente, porque así lo eran J.P. y Sarah, exhaustivos con el detalle y el servicio al cliente. Como había predicho ella, el cocinero era un buen tipo. En cuanto vio que Pedro era un trabajador nato que aprendía rápido, se volcó con él en enseñarle las principales técnicas culinarias. J.P. no se encargaba de los desayunos. Llegaba a las once de la mañana y no se iba hasta las once de la noche. Tenía una energía inagotable y mantenía un alto ritmo de trabajo en la cocina. No era fácil acostumbrarse a esa intensidad y a la exigencia que imponía el *chef*; por ello, la rotación de ayudantes de cocina era alta. Los que aguantaban tenían una ética similar de trabajo y, además, Sarah reconocía y remuneraba bien el trabajo.

En los seis años que J.P. y Sarah llevaban trabajando juntos, la popularidad del restaurante había subido como la espuma, granjeándose una reputación más allá del barrio e, incluso, de la ciudad. Los tres primeros años, anteriores a la llegada de J.P., habían sido duros. Sarah y Paul, su marido, habían arrancado el negocio con más ilusión que experiencia, y los dos primeros años sobrevivieron a base de esfuerzo y muchas horas dedicadas. Un día, de pronto, Paul se desplomó sobre el suelo de la cocina. Quince días después, fallecía en una cama de hospital, dejando a Sarah con el corazón roto, un negocio lleno de deudas y un futuro plagado de dudas. La pareja no había tenido hijos. La naturaleza no quiso al principio y, después, el restaurante enterró las pocas opciones que les quedaban.

Sarah a punto estuvo de tirar la toalla tras la muerte de Paul, pero este le había hecho prometer que seguiría adelante con el sueño de los dos. Después de diez meses de momentos angustiosos y pocas alegrías, J.P. apareció en la vida de Sarah. Un día entró como cliente y, desde entonces, se quedó como jefe de cocina. En su París natal, había trabajado con algunos de los *chefs* más reconocidos del momento, aprendiendo sus técnicas y los sistemas de trabajo que hacen que un restaurante funcione. Un día, paseando por las Tullerías, conoció a Nancy, una americana de San Francisco que estaba en la ciudad de turismo. Ya no se separaron y él dejó París para seguirla y casarse con ella. Tenían dos preciosos hijos rubios que hablaban fluidamente inglés y francés.

Aquel encuentro salvó «The Sarah's Corner» que, a partir de ese momento, se convirtió en un lugar de referencia por su comida de calidad y sus buenos precios. A él acudían desde trabajadores de la zona hasta personas de otros distritos, atraídos por el boca a boca. Un plan perfecto para el sábado por la tarde entre los vecinos del barrio era ver una película en el Teatro Roxie y cenar en «The Sarah's Corner».

Pedro era feliz. Su vida había dado un giro de ciento ochenta grados desde su llegada a la ciudad. La quietud y la introspección de la llanura habían dado paso a la acción y al frenetismo de aquellas calles bulliciosas. Se despertaba a las siete de la mañana para acudir a su trabajo en la jardinería. A las dos terminaban el turno y su compañero Felipe lo llevaba en su camioneta hasta el restaurante, donde le daba tiempo a comer antes de empezar la jornada en la cocina.

En la jardinería, trabajaba de martes a sábado, lo que le dejaba libres las mañanas del domingo y el lunes entero. El ritmo era frenético, pero lo hacía sentirse vivo. A pesar de la intensidad del trabajo y la exigencia de J.P., a Pedro le encantaba el fragor de la cocina. Las comandas entraban sin descanso, al mismo ritmo que los platos iban saliendo en manos de los camareros. Una perfecta sinfonía orquestada por J.P. en los fogones y Sarah en la sala. Ella se encargaba de atender a los comensales y hacer que se sintieran como en casa. Muchos de ellos eran habituales y ella se conocía al dedillo sus gustos.

Pedro admiraba la fuerza de aquella mujer, que parecía inmune al cansancio. Trataba a todo el mundo con una mezcla de firmeza y ternura que a muchos llegaba a confundir. Tanto, que no había semana que algún hombre no se declarara o le pidiera una cita. Sarah reía, entre halagada y divertida. «No tengo tiempo para el amor, cariño», era su invariable respuesta.

El último día del año, el restaurante permanecía cerrado al público, pero las cocinas no cesaban su trajín. Sarah invitaba a sus empleados a una comida de celebración que se alargaría durante la tarde y la noche hasta el cambio de año. Algunos de los trabajadores traían a sus familias y todos juntos daban la bienvenida al nuevo año. El día siguiente no se servirían desayunos; el primer turno sería el almuerzo.

El ambiente en el restaurante era de alegría y sana camaradería. Sarah cuidaba a su gente como si fuera una gran familia. Así lo sentía ella. Se preocupaba por todos con un peculiar sentimiento maternal, aunque no maternalista. Cuando había que poner orden en el rebaño, era implacable. No toleraba la vagancia ni la indulgencia. Y mucho menos la no asunción de responsabilidades. Equivocarse era humano, pero no admitía la mentira o el escaqueo.

Al acabar la comida, pasadas las cinco de la tarde, Sarah sacó varias botellas de *champagne* francés y llenó las copas de los comensales. Les pidió que se levantaran y alzó su copa:

—Queridos, deseo hacer un brindis porque, otro año más y ya van nueve, nuestro *Corner* ha sido el punto de encuentro donde muchas personas han venido a calentar sus estómagos... y sus gaznates. Nuestro restaurante sigue ganándose una fama bien merecida y el boca a boca está empezando a cruzar las fronteras del Estado de California. Eso es gracias al esfuerzo y el compromiso de todos, pero me vais a permitir que dedique unas palabras de admiración y cariño para nuestro jefe de cocina —miró a J.P.—, quien ha hecho posible que este humilde rincón empiece a ser conocido y reconocido por su buena mesa.

Alzó su copa en dirección al *chef* y ambos brindaron.

—Nos quedan pocas horas —prosiguió— para dar la bienvenida al nuevo año. 1964 no es un año cualquiera. «The Sarah's Corner» cumplirá diez años de vida y será un momento de celebración para todos. Haremos una gran fiesta en la que invitaremos a nuestros clientes habituales, pero también a políticos y a la prensa. Quiero que salgamos en los periódicos y que nos conozcan en todo San Francisco... Qué digo... ¡en toda California! Creo que ha llegado el momento de pensar en una expansión a otras ciudades, como Los Ángeles o San Diego.

Los comensales prorrumpieron en vítores hacia su jefa.

—Tengo... tenemos —dijo, guiñando un ojo hacia J.P.—... grandes planes para los próximos años. Y queremos que vosotros también forméis parte de ello. ¡Por un feliz 1964!

Todos estallaron en una sinfonía de risas y abrazos. Desde luego, Sarah sabía muy bien cómo motivar a sus empleados. Pedro y Fito se dieron un abrazo amistoso. Trabajar juntos todos los días iba afianzando su relación y los dos se alegraban de estar cerca el uno al otro. Eran lo más parecido a una familia que ambos podían tener. La comida dio paso a un baile improvisado en la misma sala principal del restaurante. El alcohol fluía tanto como la exaltación del compañerismo.

—Andonegui.

Pedro oyó que Sarah lo llamaba a su espalda y se dio la vuelta.

—Quiero darte algo —dijo, entregándole un sobre—. Es una gratificación bien merecida. J.P. está muy contento con tu trabajo. Y, si J.P. está contento, yo también lo estoy. Tengo que darle la razón a Fito: todas las cosas buenas que decía sobre ti, son ciertas. Incluso se quedan cortas.

Pedro se ruborizó y no pudo aguantar la mirada de ella.

—Gracias, Sarah. No sé qué decir.

—No hace falta que digas nada, chico. Tu trabajo habla por ti.

—Bueno, sí quiero decir algo. Tú tampoco te equivocabas.

Sarah ladeó la cabeza, poniendo cara de curiosidad. Pedro pensó que no era de extrañar que los hombres perdieran la cabeza por ella.

—Cuando dijiste que no me arrepentiría de trabajar aquí. Tenías razón.

Ella sonrió, pero no dijo nada.

—Puedes contar conmigo… Bueno, con nosotros —señaló a Fito con la cabeza—, para los planes de futuro.

—Claro que cuento contigo —respondió con una sonrisa enigmática—, con vosotros. Y, ahora… ¡sigamos con la fiesta!

Se dio la vuelta y se unió al resto, que festejaba sin descanso. Pedro se quedó mirando el sobre unos momentos. Lo abrió y echó un vistazo al contenido. No solo los encantos estaban entre sus atributos, también la generosidad la adornaba.

X.

San Francisco, California. 29 de febrero de 1964

El despertador sonó, como cada mañana, diez minutos antes de las siete. Se aseó en el lavabo de su habitación, se vistió con el uniforme de la empresa y descendió las escaleras hasta el piso bajo, donde la señora Hawthorne servía el desayuno desde las seis y media. Los huéspedes eran gente madrugadora.

Pedro se sentó en el lugar que ocupaba de costumbre. Aquel día, por ser sábado, la sala estaba menos concurrida de lo habitual. El chico era el más joven de los habitantes de la pensión y, en general, todos lo trataban con cariño. En ese momento, la señora Hawthorne apareció desde la cocina con un pequeño pastel coronado por una vela encendida. De pronto, todos los que desayunaban en ese momento en la sala, comenzaron a cantar a coro el «cumpleaños feliz». Pedro cayó en la cuenta en ese momento de qué día era: el de su vigésimo cumpleaños. Se ruborizó en el acto y aguantó con paciencia las chanzas de sus compañeros de pensión más veteranos.

A las siete y media, puntual como siempre, su compañero Felipe lo recogió con la furgoneta en la puerta del hostal.

—Buenos días, chavo —saludó—. *Ready for the fight?*[31]Nos toca chamba en una casa de Seacliff, así que dale.

—Hoy es mi cumpleaños, Felipe.

—¡De veras, *güey*! ¡Felicidades! Pues, ¿cuántos te caen?

—Veinte.

—¡Ah, no inventes!... Si apenas eres un chamaco, no más.

—¿Cuántos tienes tú?

—Veintiocho, mijo, pero bien vividos, eh —Felipe le guiñó un ojo—. Ándale, abre la guantera y agarra el regalo de tu tío Felipe.

Pedro obedeció y sacó del compartimento un flamante guante de béisbol.

—¿Cómo sabías que era mi cumpleaños?

—Ahhh..., a tu tío no se le va ni una, *güey*.

31 ¿Preparado para la pelea?

Sonrió para sus adentros, sorprendido por la coincidencia de haberle comprado aquel guante sin saber que era su cumpleaños.

—Eso es solo una parte del regalo. Aquí está la segunda —dijo, sacando dos entradas para el partido del día siguiente de los *Giants*.

—Pero, Felipe, ¡mañana trabajo!

—Bla, bla, bla... Estoy seguro de que la señora Sarah te dará la tarde libre si se lo pides. —Volvió a guiñarle un ojo.

Llegaron a la dirección acordada de la calle Camino del Mar, donde los esperaba el capataz de la empresa para explicarles el trabajo que deberían llevar a cabo. En aquella ocasión, consistía en podar el seto y cortar el césped. Aquel era un barrio de casas distinguidas, con amplios jardines y mansiones señoriales. La casa en cuestión era una construcción tradicional que se alzaba en la zona alta de la calle, con espectaculares vistas sobre la bahía y el Golden Gate Bridge.

Pedro permaneció un momento admirando aquella obra de ingeniería que conectaba la península de San Francisco con el condado de Marin y el distrito de Sausalito. Le recordó al momento que lo vio por primera vez en el calendario que el patrón del rancho le regaló. Había cumplido con creces su promesa de visitar aquella ciudad que lo había encandilado entonces. Aunque las fotos reflejaban fielmente algunos de los rincones más emblemáticos de la ciudad, no podían hacer justicia a la energía que habitaba las calles de aquella gran urbe.

El día estaba despejado y el sol empezaba a asomar a sus espaldas, desparramando destellos dorados que hacían honor al nombre de la bahía. Pedro se sintió afortunado por poder conocer aquellos lugares y casas que, de otro modo, habrían estado fuera del alcance de un chico humilde como él.

Los tres accedieron a la casa, donde fueron recibidos por el personal de servicio. Un hombre de unos cincuenta años, de origen hispano y que se presentó como Rolando, fue el encargado de conducirlos al jardín. Pedro se había mantenido en un discreto segundo plano mientras Rolando y el capataz departían sobre el trabajo a realizar. Los dos hombres acordaron la faena y se despidieron con un apretón de manos. Se disponía a volver a la casa cuando reparó en Pedro por primera vez.

—¡Dios mío! —exclamó, perplejo.

Miraba a la casa y a Pedro alternativamente, sin poder quitarse la cara de asombro.

—¡Dios mío! —repitió, y apretó el paso en dirección al vestíbulo.

—¿Qué ha pasado aquí? —preguntó el capataz—. ¿Conocías a ese hombre?

—No lo había visto en mi vida.

—Pues él parece conocerte. Cualquiera diría que ha visto un fantasma.

Pedro se encogió de hombros.

—Está bien, empecemos con el tajo. No hay tiempo que perder. Seguidme.

Ambos fueron tras él en dirección al cobertizo donde se encontraban las herramientas de jardinería. Pedro echó un vistazo hacia la casa y vio cómo el personal de servicio lo observaba, protegidos por las cortinas. No imaginaba cuál sería la razón por la que aquel hombre se había sorprendido tanto al verlo.

En el interior de la mansión, Rolando, con la impresión aún reflejada en el rostro, subió al dormitorio donde descansaba la dueña de la casa. Llamó a la puerta y esperó respuesta:

—¡Estoy descansando!

—Señora, creo que debería ver algo.

—Ver qué, Rolando.

—Es mejor que lo vea usted con sus propios ojos, señora. Es importante.

—Está bien. Bajo enseguida.

Mientras tanto, en el jardín, el capataz había repartido el trabajo y daba las últimas instrucciones a sus hombres. Felipe se encargaría del seto y Pedro del césped. En ese momento, unos gritos alteraron la paz del vecindario:

—¡Se puede saber que hacen estos aquí! ¡Fuera de mi casa ahora mismo! —La dueña irrumpió en el jardín hecha una furia.

—Disculpe, señora —el capataz trataba de contener la ira de la mujer—, su marido nos contrató para ocuparnos del seto y el césped.

—¡Me da igual lo que hiciera mi marido! ¡Quiero fuera de mi vista a esta gente antes de que él vuelva!

—Pero, señora...

Esta lo fulminó con la mirada y se dio la vuelta en dirección a la casa.

—Ya han oído a la señora —terció Rolando—. ¡Váyanse!

Los tres se miraron sin entender nada, pero no tenía sentido quedarse en un lugar donde no eran bien recibidos. Recogieron las herramientas y atravesaron el vestíbulo de la casa en dirección a la salida. El capataz hizo un último intento por recibir alguna explicación, pero eso no hizo sino aumentar la furia de la dueña, que vociferaba exigiendo que se fueran.

—¿Se puede saber qué ocurre aquí? Ya ni dormir se puede en esta casa de locos.

La voz provenía del piso superior. Un joven en bata se asomaba con cara somnolienta a la balaustrada. Los presentes se quedaron mudos mirando alternativamente al joven y a Pedro.

—¡He dicho que fuera! —exclamó la mujer.

Abandonaron la casa a toda prisa. Pedro no podía creer lo que había visto; no se habló de otra cosa durante el viaje de vuelta en la furgoneta. Estaba claro que aquel chico tenía algo que ver con la reacción tan exagerada de la señora.

Eran poco más de las dos de la tarde cuando Pedro se presentó en el restaurante. Solía comer lo que J.P. preparaba para la plantilla, pero aquel día tenía el estómago cerrado. Los acontecimientos de la mañana le habían dejado una sensación extraña

—¡Pedro! *Zorionak*! —Su amigo Fito se abalanzó sobre él en cuanto lo vio entrar—. Chico, ¿estás bien? Tienes una pinta horrible.

—No te vas a creer lo que me ha pasado esta mañana —dijo, y le relató a su amigo lo ocurrido en la mansión de Seacliff.

Fito escuchó la historia con atención y fue a comentarle algo cuando se oyó la voz de J.P. desde los fogones.

—¡Peter! ¡Mueve el culo hasta las cacerolas! ¡Hoy tenemos un jaleo de mil demonios!

—Me vendrá bien para no pensar en ello —sentenció Pedro, dirigiéndose a la cocina.

—¡Venga, navarro! —le espetó J.P. con su vozarrón—. Vamos a demostrarles a estos americanos cómo se come de verdad. ¡Al tajo!

Pedro se puso enseguida a limpiar y preparar las cacerolas para el turno de las cenas. Después, había que pelar cebollas, patatas y verduras para los guisos. El corte de la carne se lo había enseñado J.P. y Pedro aprendió tan rápido que el *chef* no tuvo inconveniente en delegar aquella tarea en su ayudante. El joven se sentía fluir en aquella sinfonía que convertía la materia prima en los platos más sabrosos y elaborados de todo el distrito.

Poco antes de que empezara el turno de cenas, Sarah entró en la cocina y se dirigió a Pedro.

—Hay alguien que pregunta por ti.

La miró sorprendido y se dirigió a la puerta para observar la sala por el ojo de buey. El corazón le dio un vuelco.

—¿Qué ocurre? —quiso saber Sarah—. ¿Te encuentras bien?

Pedro negó con la cabeza.

—¿Quién es?

—No lo sé. Esa mujer me ha echado a patadas de su casa esta misma mañana ¡No quiero ni verla!

—Tranquilo, yo me ocupo —dijo Sarah, y salió a echar a la mujer.

Pedro las vio hablando a través del ventanuco. La señora parecía compungida y mantenía la cabeza gacha. Puso su mano en el antebrazo de Sarah y la miró con ojos suplicantes. Esta asintió y volvió a la cocina.

—Ha venido a pedirte disculpas por lo que pasó esta mañana. Dice que ha llamado a la empresa de jardinería y les ha pedido tus datos. Ellos le dijeron que trabajabas aquí por las tardes.

—¿A qué ha venido lo de esta mañana?

—No ha querido darme detalles. Dice que te lo tiene que contar en persona. Y solo a ti.

—No sé, no me fío.

—Ha dicho que probablemente responderías eso. Que le dieras una oportunidad para explicar su comportamiento.

Pedro dudaba. Sarah vio la expresión en su cara y trató de calmarlo.

—También me ha pedido que, en el caso de que no quisieras hablar con ella, te dijera solo un nombre.

—¿Cuál? —preguntó, intrigado.

—Enrique —respondió ella.

Un rayo atravesó el corazón de Pedro. El pulso se aceleró y el cerebro comenzó a conectar puntos y a formular conjeturas a una velocidad pasmosa. No podía ser verdad.

—Hablaré con ella —dijo, decidido.

—Como quieras. Si me necesitas, estaré por aquí —Sarah le puso una mano amistosa en el hombro.

Salió a la sala y se acercó a la mujer. Esta juntó las manos sobre la cara, cubriendo la boca y la nariz. Los ojos delataban un estado muy alterado.

—Pe... Pedro, ¿verdad? —titubeó.

—Sí, señora.

Le tendió una mano fina y de largos dedos. Pedro la estrechó con suavidad.

—Soy Veronica Sutherland. Supongo que nunca has oído hablar de mí. Lo primero que me gustaría es pedirte disculpas por haberte echado de mi casa de malas maneras. —Agachó la cabeza, avergonzada—. Pero no he sabido reaccionar de otra forma cuando te he visto. ¿Te importa si nos sentamos?

Se acomodaron en una mesa al fondo de la sala, lejos de oídos indiscretos.

—Te debo una explicación, pero primero te contaré una historia. Hace más de veinte años, yo vivía en Bakersfield con mis padres. Un día, mi padre contrató una cuadrilla de obreros para reparar el tejado de nuestra casa. Éramos una familia humilde, sin muchos recursos. Las goteras eran constantes y mi padre consiguió ahorrar para reparar por fin el tejado. Durante una semana, una cuadrilla de cuatro operarios estuvo trabajando en casa. Uno de ellos era el capataz y dirigía los trabajos. Mi padre trataba siempre con él. Era guapísimo, con unos rasgos que no se veían habitualmente de forma habitual entre los habitantes de aquella ciudad. Tenía unos ojos de un azul profundo, como el océano.

En ese punto hizo un alto en el relato y miró a Pedro con una intensidad que obligó a este apartar la mirada.

—Era unos años mayor que yo. Me enamoré perdidamente. Él también se fijó en mí y comenzó a cortejarme. Estuvimos saliendo unos meses hasta que mi padre se enteró y me prohibió verlo. Había un chico de buena familia que me rondaba y mi padre se las arregló para que aceptara su propuesta de noviazgo. Para él era muy importante que su hija subiera peldaños en la escalera social y no iba a permitir que me enamorara de un extranjero. Acabé casándome con aquel chico, John, que hoy sigue siendo mi marido, pero no dejé de verme en secreto con el muchacho de los ojos azules.

Se quedó callada unos instantes, mientras daba vueltas al anillo en el dedo.

—Aún recuerdo la última vez que lo vi. Llovía a mares y le dije que no podríamos volver a estar juntos porque nos mudábamos a San Francisco. A mi marido empezaban a irle muy bien los negocios inmobiliarios y vio la oportunidad aquí. Bajo un paraguas, nos dimos un último beso de despedida. Cuando me alejé, volví la vista atrás y lo vi bajo la lluvia, empapado y helado. Esa imagen me persigue cada día de mi vida. No he conseguido olvidarlo.

De pronto, una conversación con su tío asaltó la memoria de Pedro; aquella charla en la que Enrique le contó que hubo un amor imposible que lo había dejado marcado. «Así que fuiste tú el *Irati* de mi tío», pensó.

—En el momento de la despedida, yo aún no sabía que estaba embarazada. Nuestro hijo Matthew nació en San Francisco nueve meses después. No tuve ninguna sospecha sobre la paternidad hasta que creció. No tenía los ojos azules, pero los gestos, su cara… ¡Que Dios me perdone! Me recordaban tanto a él. —Los ojos de Veronica se ensombrecieron—. Mi marido es un gran padre y adora a Matt. Los dos se quieren con locura.

Sarah observaba la escena desde la barra. No podía oír la conversación, pero veía la cara de ella, y sobre todo sus ojos, profundamente tristes.

—No tuvimos más hijos. Lo intentamos de todas las maneras, pero no fue posible. Hace unos años, cuando Matt tenía diez, mi marido se sometió a unas pruebas médicas debido al estrés en su trabajo. Volvió a casa hecho una furia. Los médicos le habían dicho que era estéril. Atravesamos una crisis muy seria, pero mi marido es muy religioso y pudo más en él la vergüenza por el qué dirán y la humillación que supondría que la verdad saliera a la luz. Hicimos un pacto de silencio y aparentamos normalidad en nuestro matrimonio.

Pedro abrió la boca para decir algo, pero ella se adelantó:

—Déjame terminar, por favor. No sé si tendré fuerzas para llegar al final. —Hizo una pequeña pausa—. El tiempo ha curado las heridas. Se podría decir que hoy somos felices y que, a nuestra manera, nos queremos. Yo sé que él nunca me perdonará del todo la traición, y yo no estoy orgullosa de lo que hice, pero con él no habría podido ser madre y Matt es... mi única razón para vivir.

—Entiendo que... —intervino Pedro— ¿Matthew no sabe nada?

—¡No! —Los ojos de Veronica se abrieron como platos—. Matt piensa que John es su padre. Por eso esta mañana, cuando te he visto, me he puesto tan nerviosa y he reaccionado mal. Creo que ha sido peor, porque el barullo ha despertado a Matt. No sé qué pensar. Quizá es el momento de que lo sepa... Estoy hecha un lío.

Pedro sintió lástima por la mujer. Su sufrimiento era muy real.

—Entiendo también... que mi tío no sabe que tiene un hijo.

Veronica negó con la cabeza. Sus ojos reflejaban una profunda melancolía. Puso la mano sobre la cara de Pedro.

—Me recuerdas tanto a él... ¿Te puedo preguntar cómo está?

Sarah observó cómo la mujer ponía la mano en la cara de Pedro y cómo lo miraba. Una sensación extraña recorrió su cuerpo y se sorprendió al reconocer que eran celos lo que sentía. Se giró, molesta consigo misma, y entró a la cocina.

Pedro y Veronica se levantaban en ese momento. Él la acompañó hasta la puerta y se despidieron.

—Por favor —dijo ella—, no le cuentes esto a nadie. Adiós, Pedro.

La vio alejarse y volvió a la cocina.

—¡Vamos, navarro, es para hoy! ¡Mueve el culo! —J.P. no hacía prisioneros.

—¿Todo bien, Andonegui? —A Pedro le sorprendió el tono frío de Sarah.

—Todo bien —mintió.

—Pues a trabajar —dijo, empujando con ímpetu las puertas de la sala.

Durante el resto de la tarde, Pedro hizo sus tareas en silencio, sumido en sus pensamientos, intentando procesar todo lo que había ocurrido aquel día y el impacto de saber que Enrique tenía un hijo y él un primo hasta entonces inédito, a una hora escasa de allí. Sintió de pronto mucha curiosidad por cómo sería y le entraron ganas de ir a verlo, pero le había prometido a Veronica que no diría nada a nadie.

La jornada terminó y Pedro recogió todo, dejándolo preparado para el turno siguiente. Solo quedaba Sarah en la barra, que cuadraba la caja. Se acercó a ella.

—Sarah, mi compañero Felipe me ha invitado por mi cumpleaños a ver mañana a los Giants. Quería pedirte la tarde libre. La recuperaré el lunes.

—Está bien —dijo ella sin mirarlo.

—Bueno, me voy. Hasta el lunes.

—No te olvides de sacar la basura —dijo ella en tono gélido.

—Claro.

Tomó las bolsas de los cubos y se dispuso a salir por la puerta trasera, cuando Sarah lo llamó.

—Oye, Pedro, sé que lo que ha pasado hoy no es asunto mío, pero, si necesitas algo, ya sabes dónde estoy.

Pedro asintió, agradecido. Sarah le tendió un pequeño paquete.

—Feliz cumpleaños.

La miró sorprendido. No se lo esperaba.

—Me han dicho que te gusta leer. Este era el libro favorito de mi marido.

Deshizo el envoltorio y leyó la portada: «The catcher in the rye[32]», por J.D. Salinger.

—Gracias, Sarah, no tenías por qué...

32 El guardián entre el centeno

—Lo sé... Espero que te guste.

Se despidieron y Pedro salió con las bolsas de basura, que arrojó a los contenedores. Tomó el callejón hacia la calle principal cuando fue abordado por alguien que apareció de entre las sombras. El joven se temió lo peor y reaccionó tensando los músculos, dispuesto para la pelea.

—Tranquilo, no voy a hacerte nada —dijo el desconocido.

En ese momento, su cara quedó iluminada fugazmente y Pedro tuvo una extraña sensación de familiaridad.

—¿Quién eres? —preguntó, aunque ya sabía la respuesta.

—Soy Matt Sutherland. Creo que hoy has estado en mi casa. Después de que os fuerais, mi madre estuvo muy alterada toda la mañana y la oí llamar a la empresa de jardinería para preguntar por alguien. Esta tarde la seguí hasta aquí y os vi hablando a través de la ventana.

Matt dio un paso adelante y ambos quedaron frente a frente, muy cerca.

—¿Se puede saber quién eres? ¿Y por qué nos parecemos tanto?

XI.

San Francisco, California. Noviembre de 1964

Pamplona, 29 de octubre de 1964

Querido Pedro:

Hace tiempo que no te escribo, perdóname. Yo sigo recibiendo tus cartas y vivo con interés tus aventuras americanas. Igual que a ti, me ha hecho mucha ilusión que nuestros respectivos hermanos se casen y pasemos a ser familia. Los Eguinoa siempre les hemos tenido mucho cariño a los Andonegui (espero que sea recíproco). Imagino que ya sabes que la fecha de la boda será el sábado 10 de abril del año que viene. Asumo que ese día estarás acompañando a los novios, así que cuento los días para volver a verte, amigo.

Tengo novedades laborales. He entrado a trabajar como pasante en uno de los mejores despachos de abogados de Pamplona. Prácticamente vivo en la oficina, pero merece la pena, por nuestras manos pasan los casos más interesantes de las personas más eminentes de la ciudad. El secreto profesional me asiste y no te puedo contar... No te puedes imaginar la doble moral de algunas personas en la recatada sociedad pamplonica.

Por cierto, hace unas semanas que Candela, la hermana de Luna, entró a trabajar como secretaria en el despacho. Es una chica espabilada. Llegará lejos. Me dijo que, si te escribía, te enviara recuerdos de su parte.

Del que hace tiempo que no sé nada es de José. Desde que se casó y fue padre, no lo veo apenas. También es cierto que casi no voy al pueblo. Espero que podamos ponernos al día cuando volvamos a vernos.

Me gustará seguir recibiendo tus cartas. Yo prometo escribirte más seguido. Cuídate, amigo.

Con cariño,
Txori.

Los domingos por la mañana, acostumbraba a asistir a la primera misa en la Iglesia de San Ignacio de la calle Fulton, a media hora caminando desde el hostal. Disfrutaba el paseo tempranero, mientras la ciudad se desperezaba del sábado noche. Bajaba por la calle Oak hasta el parque Panhandle y después subía por Cole hasta Fulton. El primer oficio de la mañana lo ofrecía en español un sacerdote hondureño, el padre Sebastián, que tenía un tono de voz profundo y pausado.

Durante el sermón, en torno a la importancia de los amigos y la familia, Pedro pensaba en la carta de Txori. Le sorprendió leer que José había tenido un hijo. No sabía siquiera que estuviera casado. Le había mandado un par de cartas al principio de su estancia en la llanura, pero nunca obtuvo respuesta. Quizá, reflexionaba al tiempo que el padre Sebastián ensalzaba las bondades de la amistad, no había sido tan buen amigo y la traición pesaba sobre su conciencia. Se le despertó de pronto la curiosidad de quién sería la chica con la que se había casado. Resolvió preguntárselo a Txori en la siguiente carta que le escribiera y su mente regresó a la homilía, que en ese momento loaba a la familia como centro neurálgico de la comunidad.

Entonces, su pensamiento voló miles de kilómetros de vuelta al valle de Aezkoa, donde su padre y hermanos, en ese preciso momento, estarían terminando el día alrededor del hogar. Una punzada de nostalgia lo embargó. Habían pasado ya tres años desde que los vio por última vez. Le vino a la mente el momento de la despedida de su *Ama*, sin saber que sería el último. Trató de no pensar en ello y su cabeza voló de vuelta al presente donde, sorpresivamente, una nueva *familia* había empezado a formarse a su alrededor. Su principal apoyo era Fito; el contacto casi diario en el restaurante había consolidado su relación en una sólida amistad. J.P. y Sarah eran sus referentes adultos. Ambos lo cuidaban, pero, al mismo tiempo, exigían de él lo mejor de sí mismo en el restaurante. También la relación con Felipe, su compañero en la empresa de jardinería, se había convertido en amistad fuera del trabajo y, de vez en cuando, se juntaban para ver béisbol o fútbol americano. Pero, sin duda, había alguien que se había colado en su vida de una manera tan inesperada como mágica: su primo Matt. Los demás eran personas más o menos importantes en su vida, que desempeñaban su papel en aquella obra coral, pero Matt era familia. Primo de sangre. Y eso, como decía don Sebastián, es una marca indeleble en el corazón.

Terminada la misa, Pedro salió del templo y bajó la escalinata. Junto a la acera le esperaba una camioneta Chevrolet roja. Sonrió. Ya se había convertido en una tradición que aguardaba cada domingo con impaciencia. Se acercó al vehículo y montó en él.

—Hola, Pedro —lo saludó el conductor.

—Hola, primo.

—¿Vamos?

—¿Cuál es el destino hoy?

—Iremos al norte. Quiero enseñarte un lugar al que me gusta ir solo de vez en cuando, a pensar. O también, bien acompañado —dijo, guiñando un ojo—. Tú ya me entiendes.

La camioneta arrancó y bajó por Fulton en el límite con el parque Golden Gate, hasta que dobló a la derecha por el bulevar Park Presidio en dirección norte. Atravesaron el distrito de Richmond, pasaron por el túnel bajo el parque Presidio y tomaron la Ruta 101, que les condujo directamente al Golden Gate. Cada vez que cruzaba aquel colosal puente rojo, Pedro sentía que su vida había dado un gran paso desde la llanura hacia aquella ciudad vibrante.

Las escapadas dominicales se venían repitiendo de manera habitual desde el inicio del verano. Después de su primer encuentro, en el que Matt había abordado a Pedro a la salida del restaurante, los siguientes contactos fueron esporádicos, en los que parecía que ambos estuvieran explorando el terreno. Poco a poco, la relación se fue afianzando y fueron cogiendo confianza el uno con el otro. Ambos tenían la misma edad y parecidos intereses. Matt ayudaba a Pedro con el idioma y este le enseñaba palabras y expresiones típicas del valle.

En aquel primer encuentro, Pedro no había querido revelar nada a Matt sobre su identidad. Le había pedido que hablara con su madre y lo hizo. A Veronica no le había quedado más remedio que contarle la verdad. Matt entró primero en estado de *shock*, para después negar la realidad y, por fin, aceptarla y enfrentarse a ella. Eso lo condujo a buscar la compañía de Pedro, quien lo acogió de buen grado.

No quiso contar nada en un principio a su tío. Prefería conocer al chico primero y ver cómo avanzaba la relación. John, el padre de Matt, no se tomó muy bien la aparición de Pedro en sus vidas, y prohibió a su hijo que se viera con él. Ante la rebeldía del chico, John tuvo que aceptar los encuentros, pero acordaron que no lo hicieran en los lugares que la familia solía frecuentar, como el Club Bohemian, el Café Balboa o la Iglesia de Santo Domingo. No quería que la suspicaz alta sociedad los viera juntos y comenzaran a especular sobre ellos.

De manera natural, a principios de verano, Matt comenzó a esperar a Pedro a la salida de misa y lo llevaba en su camioneta a conocer sitios en las afueras de la ciudad. No podían alejarse mucho, ya que Pedro tenía que estar de vuelta a las tres para comenzar su turno en el restaurante. De vez en cuando los acompañaba Fito, pero habitualmente iban solos los dos.

Aquel domingo, tras atravesar el Golden Gate, se dirigieron al norte por la 101 hasta Greenbrae, donde tomaron el bulevar Francis Drake, que atravesaba de este a oeste el condado de Marin hasta la península de Point Reyes. Aparcaron la camioneta al final de la carretera y continuaron a pie hasta Chimney Rock, el punto más extremo de la península, con forma de punta de lanza. Era un día soleado y fresco de mediados de noviembre, y a un lado se podía contemplar la bahía Drakes, mientras que, al otro, se extendía la inmensidad del Océano Pacífico.

Pedro contempló maravillado el paisaje todo lo lejos que alcanzaba su vista. Bajo ellos, a los pies del acantilado, el océano rompía contra la roca, formando nubes de espuma que revoloteaban a merced del viento. Los dos se sentaron en silencio a contemplar el espectáculo natural, hasta que Matt habló:

—¿Te gusta el sitio?

—Me parece increíble, Matt. Gracias por haberme traído. Así que, ¿aquí es donde traes a tus conquistas o es aquí donde las traes para conquistarlas?

Su primo soltó una risa nerviosa.

—Se podría decir que ambas. También vengo a pensar cuando estoy agobiado.

Pedro notó cierta inquietud en él, que se mantuvo en silencio un buen rato.

—Oye... le he estado dando muchas vueltas a esto —dijo, por fin.

—¿A qué?

—A si Enrique debería saber que existo.

—Yo también le he dado muchas vueltas.

—Algo dentro de mí me arrastra con fuerza hacia él; otra parte, en cambio, se resiste... No sé, es como si...

—¿Tienes miedo?

Matt agachó la cabeza.

—Supongo... ¿Y si no quiere saber nada de mí? ¿Y si no es como yo me imagino? Me has contado muchas cosas sobre él y, aun así, es un auténtico desconocido para mí. Y yo para él. Quizá preferiría no saber de mi existencia y seguir con su tranquila vida en el valle.

—No lo creo, Matt. Conociendo a mi tío, diría que no te iba a dar la espalda. Pero tampoco estoy seguro de cómo reaccionaría. Eso solo lo sabe Uno.

—¿Quién?

Pedro apuntó al cielo con la barbilla.

—Ah, ya... ¿Y no podría mandarme una señal? ¿No puedes mandarme una señal? —exclamó, elevando los brazos al cielo.

—Ojo con lo que pides —le advirtió Pedro—. Igual la señal no es como tú esperas y te cae en forma de cagada de gaviota en el ojo.

Ambos rieron la gracia de Pedro. Pero enseguida Matt puso cara seria de nuevo.

—No sé, primo, estoy hecho un lío. Tampoco quiero enfadar a mi padre... me refiero a John. Sé que este asunto le está haciendo sufrir mucho.

—Entiendo...

—Pero... ¡maldita sea! La llamada de la sangre es muy fuerte, y la noto ahí, dentro. —Se golpeó el pecho con el puño—. Toda esta historia me ha cambiado la vida, ¿sabes? Piensas que tu realidad es de una manera y, de pronto, esta da un vuelco y te deja totalmente desorientado.

—¡Qué me vas a contar a mí, que estoy a miles de kilómetros de casa!

Matt calló, intentando procesar el pensamiento que lo golpeaba sin cesar.

—¿Crees en el destino, Pedro?

—¡Uf! Esa pregunta es tan profunda como el océano que tenemos delante. No sé bien qué decirte, le he dado muchas vueltas al hecho de que fuera aquel día a cortar el jardín a tu casa. ¿Casualidad? ¿Destino? Supongo que hay un poco de todo, pero aquel encuentro no puede ser puro azar. No tiene sentido.

—Yo creo lo mismo. El destino nos tenía reservado ese momento para sacudir nuestras vidas. Al menos la mía.

—Oye, ¿tienes plan para el sábado que viene por la noche?

—Nada importante.

—Me gustaría invitarte al aniversario del restaurante. Cumple diez años y la jefa está organizando una fiesta por todo lo alto.

—Está bien. ¡Me apunto!

—Te daré más detalles conforme avance la semana. Aún hay asuntos que están por decidir.

—De acuerdo.

—Creo que deberíamos volver. No quiero llegar tarde al trabajo.

Tomaron el camino de vuelta. Pedro iba pensando en la conversación que acababan de mantener. Entendía las dudas de su primo. No tenía que ser fácil descubrir a los veinte años que el que creías tu padre, en realidad no lo era, y que tu verdadero padre biológico era alguien que se hallaba en el otro extremo del globo, ignorando siquiera que existías.

Matt condujo a Pedro hasta la puerta del restaurante. Se despidieron hasta el miércoles, día en el que Matt solía pasarse a cenar por allí. Era cierto lo que decían sobre la cocina de J.P., que estaba cogiendo cada vez más fama.

El sábado siguiente era el gran día.

Todo estaba preparado para la gran fiesta X Aniversario en «The Sarah's Corner». El ambiente los días previos había sido de nervios y prisas para que cada pieza del puzle encajase en su momento y lugar. Sara, fiel a su exigencia con los demás y consigo misma, había tensado la cuerda más de la cuenta con el personal y los proveedores, hasta tal punto que J.P. se tuvo que sentar con ella y poner las cosas en su sitio. «Sarah, si no lo vas a disfrutar, esto no tiene sentido. O te relajas, o convertirás esto en un polvorín que cualquier momento puede saltar por los aires».

Afortunadamente, Sarah recapacitó y se dio cuenta de que no lo estaba pasando bien. En su fuero interno, ella sabía cuál era la razón de aquella tensión, pero no quería mostrarse vulnerable.

El día llegó. El local permaneció cerrado durante la mañana para ultimar los preparativos y que todo estuviera listo para el inicio del evento, que sería a las cinco de la tarde. Amigos, familiares y autoridades locales estaban invitadas a celebrar junto con Sarah y la plantilla al completo. Una gran pancarta en el exterior del local anunciaba el aniversario con grandes letras plateadas, bajo la cual, todos juntos se hicieron una fotografía que saldría al día siguiente en los principales medios locales y regionales. Se habían colocado carteles por el barrio y se habían anunciado en prensa local y radio. Cinco minutos antes de dar comienzo, Sarah reunió al equipo en el comedor. La gente empezaba a agolparse fuera, esperando que se abrieran las puertas.

—Hoy es un gran día para nuestro restaurante. Han pasado muchas cosas en estos diez años, buenas y malas, pero al final del camino aquí estamos. Sé que esta semana he sido presa de los nervios en más de una ocasión y que alguno os habéis llevado alguna bronca inmerecida o exagerada. No me lo tengáis en cuenta, por favor. —Hizo un gesto de disculpa juntando las palmas de las manos—. El momento ha llegado y ahora solo queda pasarlo bien y disfrutar con amigos y familia. J.P. y yo nos encargaremos de atender a la prensa. Una vez más, os doy las gracias por estar a mi lado. Sé que no tengo el carácter más fácil. Pero también sé que a mi lado se aprende y se gana bien. Ahora sí, atendamos a los invitados y dejemos una huella memorable.

Hubo un momento de exaltación y el ánimo de todos quedó por las nubes en el instante previo a que el primer cliente entrara en el local.

La tarde y la noche discurrieron tal y como Sarah había soñado y organizado. Los clientes, familiares y autoridades disfrutaron de las delicias preparadas por J.P. y su equipo de cocineros. Los camareros iban y venían con bandejas de aperitivos y bebidas. La música sonaba alegre, contagiando el ánimo de los presentes. Todo estaba saliendo a pedir de boca.

Pedro había invitado a su compañero Felipe, que acudió con su novia, Miranda, una chica despampanante que captó las miradas de muchos de los presentes. Felipe era un mujeriego empedernido y alardeaba con Pedro de sus conquistas. En más de una ocasión que habían quedado para ver béisbol en algún bar, había aparecido con dos chicas, tratando de que Pedro intimara con alguna de ellas. Ante las negativas continuas de este, Felipe se reía y le llamaba, medio en broma medio en serio, «Padre Pedro».

Matt llegó solo. Todos los más cercanos a Pedro ya conocían la historia, pero aquellos que no, se sorprendían del parecido de los dos jóvenes.

En un momento de la velada, Felipe se acercó a Pedro y le dijo algo al oído:

—Oye, *güey*, aquella no te quita ojo de encima. —Hizo un gesto hacia el otro extremo de la barra, donde Sarah conversaba con una chica de pelo negro.

—¿Quién, la morena?

—¡No inventes! La otra, la señora.

Pedro tragó saliva.

—¡Pero qué dices! ¡Esa es mi jefa!

—Pues bueno, pero no deja de ser una mujer y tú un hombre, ¿no? ¿Es casada?

Pedro negó y dio un trago nervioso a su bebida.

—Su marido falleció hace unos años.

—¿Viuda, *güey*? Seguro que está falta de cariño.

—Lo que no está es falta de pretendientes. No hay semana en la que alguno no le declare su amor.

—Pues claro, *chavo*. Tiene algo especial. Esa mujer es una dama.

Pedro se quedó mirándola. Felipe tenía razón. Y él lo sabía

desde el primer día que la vio. De pronto, ella se volvió y lo miró, sonriendo. Él desvió la mirada y se volvió hacia Felipe.

—¡Órale! ¿Te lo dije o no? La señora te hizo el fichaje.

Felipe soltó una carcajada.

—Ya, ya, recoge la baba, *chamaco* —se burló Felipe—. ¡Te pusiste rojo como jitomate, cabrón!

Pedro le chistó para que bajara la voz. Su compañero se lo estaba pasando en grande a su costa. En ese momento, Fito y Matt se unieron a ellos. Felipe les puso en antecedentes y los dos se unieron a las chanzas sobre Pedro, que se moría de vergüenza.

La velada iba dando sus últimos coletazos. Poco a poco, los invitados fueron despidiéndose, no sin dar las gracias a Sarah y decirle lo bien que lo habían pasado y lo deliciosa que estaba la comida. Ella los atendía a todos con una sonrisa, aunque empezaba a hacer mella el cansancio y el estrés de los últimos días. También el alcohol. No solía beber nunca, pero aquel día se había permitido brindar con champán con más personas de las que era capaz de recordar.

Entre todos recogieron los restos de la fiesta, aunque la limpieza a fondo quedó pendiente para la mañana siguiente. Las ordenanzas de la ciudad no permitían que los locales permanecieran abiertos más allá de la una de la mañana en fin de semana, y esa era la hora que marcaban los relojes cuando salían por la puerta del restaurante, visiblemente contentos y animados.

Pedro vio la camioneta de Matt aparcada en la acera de enfrente y se dirigió hacia él. Lo había estado esperando para llevarlo a casa. Al acercarse, este bajó la ventanilla y preguntó:

—¿Alguien ha pedido un taxi por aquí?

—Me temo que el taxista ha bebido más de la cuenta y no está en las mejores condiciones para conducir.

—Pse —respondió Matt, simulando desdén.

—Te lo digo en serio, primo. No deberías coger la camioneta.

—Controlo perfectamente. ¿Subes o no? —Parecía impacientarse.

Pedro dudó. No le apetecía nada caminar hasta el hostal. El cansancio acumulado era alto y en camioneta no tardarían ni diez minutos. En ese momento, alguien lo llamó:

—¡Andonegui!

Se volvió para ver a Sarah, que acababa de cerrar el local.

—¿Me acompañas a casa? —preguntó.

Pedro miró a Matt, que asintió.

—Insisto, no deberías conducir —dijo, preocupado.

—¡Lárgate!

Pedro cruzó la calle y llegó hasta Sarah. Tenía los ojos vidriosos. Él dudó si era efecto de las bebidas espirituosas o lágrimas asomando. Ella alzó la vista en dirección a la pancarta que anunciaba el aniversario.

—Ojalá Paul hubiera vivido para ver esto. —Se le humedecieron los ojos—. Todavía no me creo que hayamos llegado hasta aquí.

Agarró a Pedro por el brazo e iniciaron el camino en dirección a la casa de ella, que estaba apenas a cinco manzanas del restaurante. Notaba el calor del cuerpo de ella pegado al suyo, y le agradó aquella sensación.

—¿Lo echas mucho de menos? —preguntó él, arrepintiéndose en el acto.

—Mucho. Cada día.

Caminaron varios pasos en silencio.

—¿Y tú? ¿Echas de menos a alguien allí?

—A mis padres, a mis hermanos. A...

—¿A?

Él negó.

—Nadie.

—O sea, que hay alguien.

—Quizá... ha pasado mucho tiempo.

—Ha pasado demasiado tiempo... para todos.

Pedro no supo cómo interpretar aquello. Sarah se detuvo y lo miró de frente.

—Sarah, yo...

No pudo decir nada más. Ella selló su boca con un cálido beso. De pronto, una tonelada de sentimientos y recuerdos cayeron a plomo sobre sus hombros. Las piernas le temblaban. Al separar sus labios, se quedaron mirándose fijamente a los ojos. En los de ella podía leerse el dolor, la fatiga, la fuerza vital necesaria para sacar todo adelante, el peso de la responsabilidad. «Dios, eres preciosa», pensó.

En ese momento, un rayo de lucidez pareció iluminar a Sarah, que se dio cuenta de lo que estaba haciendo y se separó de él.

—Vamos.

Él la siguió, desconcertado. Llegaron en silencio a casa de ella. Se giró hacia él y le puso una mano en la cara.

—Ha sido un día muy largo y cargado de emociones. Toca descansar. Hasta mañana, Pedro.

Abrió la boca pero ella puso un dedo en sus labios.

—Shhh —chistó—. Buenas noches.

Se giró y subió las escaleras de la entrada. Él se quedó mirando hasta que ella entró en casa, sin darse la vuelta siquiera.

XII.

San Francisco, California. Abril de 1965

El reloj de la mesilla marcaba las diez en punto de la mañana cuando abrió los ojos. Los lunes se permitía el lujo de dormir sin hora. Remoloneó un rato entre las sábanas antes de levantarse y asearse; se vistió con ropa informal y bajó las escaleras hasta la planta principal, donde la señora Hawthorne ya había terminado de servir los desayunos. Pedro contaba con ello. Los lunes solía tomar un desayuno tardío en una cafetería de la Plaza Álamo, frente a las emblemáticas casas de colores conocidas como las *Painted Ladies*[33].

La señora Hawthorne llamó su atención antes de salir del edificio.

—Buenos días, Pedro. Hay correo para ti.

—Buenos días, señora Hawthorne.

—La carta viene perfumada —dijo la señora Hawthorne, con voz pícara.

No podía ser de nadie más que de Luna. De un tiempo a aquella parte, dejaba una huella indeleble en las cartas que enviaba. Decía que los recuerdos vinculados a los olores permanecían por más tiempo. Y no le faltaba razón. Había descubierto un nuevo perfume que, según ella, era su favorito y que solo utilizaba en las ocasiones más especiales. Por supuesto, las cartas lo eran.

Salió a la calle. La temperatura en aquellos días de abril era suave. Le llegó el penetrante olor de la floración de los frondosos árboles que daban nombre a la calle, lo que le recordó a los centenarios robles del valle. Definitivamente, Luna tenía razón con su teoría sobre los olores y los recuerdos.

Recorrió las dos manzanas de la calle Pierce que lo separaban de la Plaza Álamo y llegó a la cafetería *The Beech*, su favorita desde que la descubrió hacía unos meses, y que estaba situada sobre un promontorio del parque. Lo primero que le llamó la atención fue el nombre, que significaba *Haya*, el mítico árbol que

33 Señoras pintadas.

poblaba la Selva de Irati. Cuando le contó a Felipe su descubrimiento, este estuvo un buen rato riéndose de su pronunciación. «Cuidado, chico», le advirtió entre risas, «no es lo mismo decir *beech*[34], que *beach*[35], que *bitch*[36]». Pedro se sonrojó. El idioma ya no era un problema para él, pero esos pequeños detalles aún se le escapaban.

Se sentó en la terraza de la cafetería. Brenda, la camarera, le sirvió el café sin preguntar. «El desayuno está en camino», le dijo. Tenía aún una hora hasta que llegara Fito. Habían quedado allí para despedirse porque Pedro cogería al día siguiente un avión para España. Faltaba apenas una semana para la boda de su hermana. Decidió leer la carta mientras esperaba que llegara el desayuno.

Valle de Aezkoa. 15 de marzo de 1965

Pedro, amor mío:

Estoy contando las horas para que llegue el día que vuelvas a casa y podamos vernos de nuevo. Estos últimos días se me están haciendo eternos y las horas parece que no transcurren en este valle.

Imagino que, cuando recibas esta carta, estarás preparando la maleta para volver. Espero que, además de la ropa y los regalos, te quepa en ella la ilusión de volver a encontrarnos, tanto tiempo después.

Han sido años difíciles, cargados de dolor y desánimo, con mi familia en contra, pero el amor todo lo puede. Y mi amor te espera con los brazos abiertos, para volver a sentirte cerca de mí, tan cerca que no vuelvan a caber entre nosotros dudas o resentimientos.

Mi querido Pedro, que te fuiste sin que pudiéramos despedirnos, ahora estás a punto de regresar. A veces me entra la angustia cuando pienso en nuestro reencuentro. Seguro que no eres el Pedro que marchó y quizá yo no soy la Luna que esperas, pero

34 Haya
35 Playa
36 Perra (insulto)

deseo desde lo más profundo de mi corazón que los sentimientos vuelvan a florecer cuando estemos juntos de nuevo. Y ojalá que, entonces, no volvamos a separarnos jamás.

Siempre tuya,
Luna.

Dobló la carta y la guardó en el bolsillo de su chaqueta en el preciso momento en que Brenda traía el desayuno.

—¿Estás bien? —le preguntó, directa—. Tienes una cara que no tenías cuando llegaste.

—Estoy bien, gracias —respondió, intentando disimular su incomodidad.

—De acuerdo —continuó ella, nada convencida.

La realidad era que la carta lo había puesto nervioso. Según se acercaba la fecha del viaje, su intranquilidad iba en aumento. Un mar de dudas bullía dentro de él. El reencuentro con Luna le generaba sentimientos encontrados. Por un lado, deseaba volver a verla y contarle en persona todas las peripecias que había vivido en estos últimos años; por otro, no estaba seguro de los sentimientos que tenía hacia ella. Los meses atrás, desde la fiesta de aniversario del restaurante, su relación con Sarah había ido fraguándose a fuego lento, con mucho tiento por ambas partes, aunque con una innegable atracción mutua.

Luna representaba el amor juvenil, anclado a un pasado y un lugar que sentía lejanos, mientras que Sarah era todo lo contrario. Estaba en su día a día, su sola presencia bastaba para que a Pedro le temblara el pulso.

Por algún sentido de lealtad impregnado en su ADN, se había mantenido fiel al recuerdo de Luna y su relación con Sarah no había ido más allá. Creía que le debía al menos la oportunidad del reencuentro y de una conversación que no tuvo lugar por lo precipitado de su marcha. Quizá cuando la tuviera delante volvieran los sentimientos que hubo una vez. Quizá se diera cuenta de que aquel amor no tenía ya sentido y los dos fueran conscientes de que debían seguir caminos distintos. Quizá...

En ese momento, llegó Fito e interrumpió sus pensamientos.

Se saludaron amistosamente y su amigo pidió un café.

—¿Ya tienes todo listo para el viaje?

—Casi. Me faltan unas pocas cosas por meter en la maleta. Y aún quiero comprar un regalo para mi *Aita*.

—¿Cómo lo llevas? ¿Estás nervioso?

—Sí, la verdad. Ha pasado mucho tiempo. Y tú, ¿cuándo piensas volver?

—No lo sé. Es probable que después del verano le pida vacaciones a Sarah para ir a visitar a la familia. Pero a mí no me espera nadie especial —dijo, guiñando un ojo.

—Eso también me pone nervioso. No sé cómo reaccionará ella ni cómo lo haré yo.

—Tranquilo por eso, si la cosa no cuaja allí, sabes que al volver te van a recibir con los brazos abiertos —añadió, al tiempo que soltaba una carcajada.

Pedro se ruborizó.

—¿Cómo van las cosas con la *jefa*? Después del incidente, has sido un apoyo muy grande para ella.

Su amigo asintió, pensativo. Fito se refería a un episodio ocurrido a principios de año. Después del fragor de las Navidades en el restaurante, un día aparentemente tranquilo, Sarah se desplomó en el suelo de la cocina con una bandeja en la mano. El médico habló de un claro cuadro de agotamiento y estrés. Sarah trabajaba demasiadas horas, con un alto nivel de responsabilidad y exigencia. Estuvo una semana fuera de combate, en la que el restaurante no cerró. Fueron J.P. y Pedro los que llevaron el peso de la gestión. Sarah se dio cuenta de que podía delegar sin que el negocio se resintiera. El médico la obligó entonces a tomarse dos días libres a la semana. Acordaron que sería los lunes y los martes. Las tardes de los martes, se acercaba a casa de ella a darle el «parte de heridos», como ella lo llamaba, y a hacerle compañía.

Aquellas tardes en su casa se convirtieron en el momento preferido de la semana para Pedro. Pudo conocer a la Sarah persona más allá de la jefa exigente que era. Una vez que comprobó que podía confiar en ellos para llevar el restaurante, se relajó y dejó salir a la luz una personalidad humana y cálida. Así, Pedro supo de los orígenes irlandeses de su familia, la férrea vigilancia de un padre excesivamente estricto, el cisma familiar que supuso su relación con Paul, la ruptura con sus raíces y cómo su muerte la había dejado sola en el mundo, con un negocio en marcha al que se había consagrado en cuerpo y alma, sin dejar tiempo apenas para cuidarse a sí misma y, menos aún, para hacerse cargo de otros.

Él también se había abierto con ella y le había contado la historia de sus orígenes, la razón de su huida y lo que había dejado atrás, así como los momentos de soledad en la llanura y el despertar a un nuevo mundo e, incluso, una nueva familia en San Francisco.

Poco a poco, Sarah fue despojándose de la coraza que blindaba su corazón y que impedía a otros hombres entrar en su vida. «Son unos incapaces emocionales», solía decir, «solo les interesa una cosa de mí». Pedro, sin pretenderlo, encontró los resquicios de su muralla y se coló en ella. Hablaron largo y tendido de amor y de relaciones. Un día, muy seria, Sarah le pidió que dejara de hacer aquello. Ante el asombro de Pedro, que no sabía a qué se refería, le dijo que no quería que se quedara a su lado porque podía cuidarla como no pudo hacer con su *Ama*. Aquel comentario, duro y sincero, cogió a Pedro totalmente desprevenido. Ella le pidió que mirara dentro de sí mismo y le dijera si estaba equivocaba. No lo estaba. Con cierta aprehensión, Pedro comprobó que parte de su forma de cuidarla era una manera de resarcirse por no haber estado allí para su madre. Sarah le pidió que no fuera condescendiente y que debía quedarse solo si sus sentimientos eran sinceros hacia ella. «No quiero ser tu salvación, Pedro, quiero ser tu elección». Entendió su petición y solo volvió en el momento que pudo despojarse de aquellos sentimientos. Sarah se lo agradeció y ambos comprobaron cómo lo que había entre ellos evolucionaba hacia una relación más consciente y comprometida.

Pedro y Fito se despidieron y le deseó a su amigo buen viaje, no sin antes entregarle un paquete para sus padres.

—¿Me harás el favor de llevarles esto?

—Claro, les contaré que tienen un hijo que es un desarraigado y que no quiere volver a verlos. Seguro que les hace muchísima ilusión —bromeó.

—¡Serás cenutrio!

—Cuídame el restaurante y a J.P., no sabe hacer nada sin mí.

—Descuida, *jefe*.

Pedro se dirigió a casa de Sarah, pero antes decidió pasar por una tienda de electrónica para comprarle un regalo a su padre. Recordó el impacto que tuvo en él el transistor portátil que el patrón le regaló en la llanura y pensó que sería una buena compañía para *Aita* en sus momentos de soledad con los animales.

Por fin, llegó a casa de Sarah y llamó a la puerta. Ella lo recibió con una amplia sonrisa y lo invitó a pasar. Vivía en una soleada casa unifamiliar de la calle Hancock, amueblada con sencillez. La decoración más llamativa de aquella casa era la luz del sol entrando a raudales por los ventanales del mirador del salón y del dormitorio principal, que quedaba justo encima de aquel. Un hermoso ficus que Pedro le regaló por su cumpleaños presidía el cuarto de estar.

—¿Te apetece un café? —ofreció Sarah.

—Sí, gracias.

La acompañó a la cocina, que daba al patio trasero de la casa. Lucía distinto después de que Pedro la ayudara a desbrozar la selva en que se había convertido por la dejadez y la falta de tiempo de Sarah.

—¡Has comprado mesa y sillas de jardín!

—Sí, puedes llegar a ser muy pesado, ¿sabes? Están por estrenar.

—Hace buen día, así que vamos fuera a tomar el café.

Se sentaron en la parte soleada, cerca de la acacia que ocupaba el centro del jardín.

—¿Habías estado antes fuera de Estados Unidos? —quiso saber Pedro.

—Sí —respondió—, hace bastantes años, Paul y yo hicimos un viaje a Irlanda para conocer los orígenes de la familia Kerrigan. Estuvimos una semana por allí y fue muy emocionante encontrarse con los primos lejanos de Paul. ¡Menudas historias nos contaron sobre los *Ciaragan*, los ancestros de los Kerrigan!

—Nunca me has contado cuál es tu apellido de soltera.

Sarah se revolvió en la silla.

—Smith, un apellido sin ningún interés. No respondo a Sarah Smith, pero Sarah Kerrigan tiene personalidad.

Pedro estuvo de acuerdo.

—En España tenemos dos apellidos. Bueno, en realidad, muchos más, heredamos los apellidos del padre y la madre alternativamente. La mujer no adopta el apellido del marido y mantiene el familiar.

—¡Qué curioso! ¿Y cuáles son los tuyos? —preguntó, intrigada.

—Andonegui, Elizondo, Arive, Almirantearena...

—¡Dios mío! ¡Qué apellidos más exóticos!

—Sí, lo son... —se sonrojó.

—Tengo ganas de conocer a tu familia y tus orígenes.

Pedro imaginó el impacto de la presencia de aquella mujer en el valle.

—¿Tienes la maleta lista? —inquirió ella.

—Quedan cuatro cosas por meter. Lo haré al llegar a la pensión.

—Qué bonito tener una familia que te espera, Pedro.

Notó la punzada de amargura con la que Sarah lo dijo.

—Tengo tantas ganas de verlos...

—Lo puedo imaginar.

Ella lo invitó a quedarse un rato más y él preparó el almuerzo para ambos. Bajo las enseñanzas de J.P., había adquirido unas dotes culinarias más que aceptables. A ella le encantaba que le cocinara y él disfrutaba haciéndolo. A media tarde, Pedro dijo que tenía que volver al hostal y terminar de preparar el equipaje. Ella lo despidió con un ligero beso.

—Mañana temprano pasaré a buscarte para ir al aeropuerto. Estate puntual.

—Claro, jefa —contestó, llevándose la mano a la frente en saludo marcial.

Enfiló la calle Noe hasta el parque, atravesó Market y llegó hasta el Parque Duboce, donde arrancaba la calle Pierce, que lo llevaba directo al hostal.

Al llegar, se dio una ducha y volvió a su habitación a preparar las últimas cosas que habrían de ser el equipaje de su retorno a casa. Tenía una flamante maleta nueva que Sarah le había regalado en su último cumpleaños. No poseía tantas cosas como para llenarla, pero ella le había dado una gran idea: «Mete una pequeña almohada que rellene en el espacio. Durante los vuelos te será muy útil». Le pidió una a la señora Hawthorne, con la promesa de devolverla a la vuelta.

Se sentó en la cama y pensó en el largo viaje que le esperaba por delante. Tendría que llevar algo para entretenerse. Tomó de la estantería *El Camino* y lo ojeó antes de meterlo en la maleta. Lo había leído un par de veces, pero no le importaba leerlo una más. De pronto, un papel se deslizó de entre las hojas y cayó al suelo. Pedro lo recogió y leyó:

Mañana al amanecer la Guardia Civil irá a buscarte a casa.
Debes huir. No hables de esto con nadie.
Siempre te he querido.
Y siempre te querré.

Recordó el momento en que Candela le había entregado el mensaje de Luna y que fue el desencadenante de los acontecimientos que sucedieron en los días siguientes. Le parecía que había pasado una vida desde aquel día en el frontón del pueblo. Volvió la vista al papel y casi se cae de espaldas al darse cuenta de un detalle. A toda prisa, sacó de la caja de galletas las cartas de Luna y las revisó. No podía creer lo que estaba viendo. Volvió a comprobar las cartas y no tuvo duda. Un escalofrío recorrió su espina dorsal y un sudor frío asomó a las palmas de las manos.

Entonces, se puso de nuevo la chaqueta y bajó de dos en dos las escaleras del hostal. Pasó como una exhalación junto a la señora Hawthorne y salió precipitadamente a la calle. Corrió calle abajo, deshaciendo el camino que un par de horas antes había recorrido en sentido contrario.

Tenía que compartir aquel descubrimiento con alguien, y no se le ocurría nadie mejor que Sarah.

XIII.

Café Iruña, Pamplona. Abril de 1965

Pedro daba vueltas a la cucharilla en la taza, sumido en sus pensamientos, y no se percató de que alguien lo observaba de pie, parado a unos metros.

—¡Pero bueno! ¡Vas a marear al pobre café con tanta vuelta!

—¡Txori! ¡Amigo mío! —Pedro se abalanzó sobre él y lo levantó en el aire.

Este se azoró un poco. Los comensales de las mesas contiguas los miraban, curiosos. Su cara empezaba a ser reconocida en aquellos ambientes.

—Bájame, Pedro, que nos están mirando.

—Perdone usted, señor abogado —rio Pedro.

Ambos se sentaron a la mesa.

—Pero ¡mírate! —continuó Txori—. ¡Si estás hecho un toro!

Era cierto, el trabajo físico que desarrollaba mañana y tarde habían hecho que sus músculos, ya de por sí definidos, hubieran tomado un considerable volumen.

—¿Y tú?... —balbució Pedro.

—Yo sigo siendo un pajarito. Eso no ha cambiado en los últimos años. Pero estás delante de una de las cabezas más privilegiadas que puedas encontrar— dijo, tocándose la sien con el dedo índice.

—No me cabe ninguna duda —sonrió Pedro—. Bueno, ¡cuéntame! ¿Qué ha sido de tu vida estos últimos meses?

—A ver... ¿por dónde empiezo? —exclamó, poniendo cara de tener muchas cosas que contar.

Pidió un café al camarero y comenzó a relatar sus aventuras y desventuras por la capital del viejo *reyno*. Lo hacía en voz baja, para que nadie excepto Pedro pudiera oírlo. Este escuchaba asombrado las historias de su amigo.

—¿En serio pasan estas cosas en la ciudad? —preguntó Pedro en un receso del relato.

Txori miró a ambos lados y asintió.

—Alguno de sus protagonistas se sientan habitualmente en este café como personas de bien.

Pedro echó un vistazo a la parroquia del local. Gente elegante, bien vestida, la flor y nata de la sociedad pamplonesa.

—¿Has venido solo? —quiso saber Txori.

—No, he venido acompañado. Ahora está descansando en el hostal. Ha sido un largo viaje de dos días hasta llegar aquí, y aún nos espera el autobús hasta el Valle.

—¿Autobús? ¡No! Yo os llevo en mi coche. ¿Dónde os alojáis?

—En una pensión junto a la estación.

—Muy bien. Os recogeré allí a las cinco en punto de la tarde. ¿Está bien?

—Está más que bien, señor letrado. Bueno, y tú, ¿no te has echado una novia? Seguro que en Pamplona hay chicas guapas dispuestas a hacer caso al abogado de moda.

Txori rio entre dientes, negando con la cabeza.

—Amigo Pedro, tú te fuiste antes de que yo... digamos... despertara a mi orientación sexual.

—No entiendo —Pedro frunció el ceño.

—Muy sencillo, Píter. No me gustan las mujeres, me va más la carne que el pescado.

—¡La *hospa*! ¿En serio?

A Pedro no le sorprendía la homosexualidad. San Francisco era una de las ciudades más abiertas en ese sentido. Le sorprendía que lo fuera su amigo, con quien había jugado a todos los juegos posibles durante su infancia.

—Y, oye... si te puedo preguntar... ¿tú te has sentido atraído por mí alguna vez?

Txori soltó una carcajada.

—No, tranquilo. Tú eras demasiado bueno para mí. Me atraen más los hombres... como decirlo... más rudos, menos sensibles. Como José.

Entonces fue Pedro quien rio con ganas.

—Por cierto, hablando de José, no sé nada de él. No ha contestado a ninguna de mis cartas.

En ese momento de la conversación, la cara de Txori se ensombreció.

—Verás —dudó cómo decirlo—. En lo que respecta a José, hay algo que tienes que saber, pero no debo ser yo quien te lo diga. De todo esto me enteré hace poco, te lo juro.

—Me estás preocupando. ¿Quién me tiene que contar qué?

Txori hizo una señal a alguien que esperaba fuera del local. La persona aludida entró en la cafetería y se dirigió a la mesa.

—Hola, Pedro.

—¡Candela!

—¿No le das dos besos? —intervino Txori—. ¿Dónde están tus modales?

—Cla... claro.

Se levantó y se inclinó hacia ella. Entonces, la sutileza del perfume de Candela lo golpeó con toda la certeza de la traición. Trató de disimular su contrariedad, pero fue más que evidente.

—Bueno —dijo Txori—, yo os dejo. Tenéis mucho de lo que hablar. A las cinco en punto os recogeré en la estación.

—Gracias, don Ignacio —dijo Candela, tímidamente.

Se fue y su lugar en la mesa lo ocupó ella, que pidió una infusión.

—¿No te alegras de verme, Pedro?

En su cabeza, durante las interminables horas de avión, había recreado aquel encuentro innumerables veces. Ahora que la tenía delante, no le salían las palabras. Decidió ser directo.

—Sé por qué estás aquí, Candela. Lo sé todo. Lo que no sé es la razón de todo este engaño.

—¿Te lo ha contado don Ignacio?

—No, Txori no me ha contado nada. Ha dicho que deberías ser tú quien lo hiciera. Hace un par de días, preparando la maleta, una nota manuscrita que me avisaba de que la Guardia Civil iría a por mí apareció entre las páginas de un libro. Tuve que leerla dos veces, Candela, pero he repasado las cartas de Luna tantas veces, que me las sé de memoria, incluso los trazos de su escritura. Imagino que al principio imitaste su letra, pero, con el tiempo, te relajaste y empezaste a escribir como tú. —Pedro hizo una pausa. Su mirada era dura—. El olor de tu perfume ha terminado de confirmarlo. Lo que necesito saber es desde cuándo y por qué, Candela.

Agachó la cabeza, avergonzada.

—Lo siento. ¡Lo siento de veras, Pedro! Todo empezó al tiempo que falleció tu *Ama*. Mi padre presionaba mucho a Luna para que te olvidara y buscara un marido. Ella se resistía al principio, pero él puede ser muy persuasivo. Yo ayudaba a Luna a escribir las cartas y las enviaba por ella. Poco después de la muerte de Anamari, ella te escribió diciendo que sería la última y que seguiría con su vida.

Pedro se mesó los cabellos con incredulidad. Ella continuó el relato.

—Me pareció cruel que te enterases de ambas noticias prácticamente al tiempo y no la envié, pero no se lo dije a Luna. Hablé con tus hermanos y decidimos que no te lo diríamos entonces. En lugar de aquella, escribí otra carta imitando la letra de mi hermana y la envié. Luna me contó, entre confidencias de hermanas, muchas cosas de vosotros. Me habló del encuentro en la *Lágrima* de Irati, de tu visión del ciervo, de las piedras que te regaló...

Pedro no daba crédito.

—¿Y las que yo enviaba?

—No fue difícil engatusar al cartero para que me guardara tus cartas en vez de dárselas a Maritxu. Después, se me ocurrió escribirte que me había mudado a Pamplona con... conmigo, y entonces ya fue sencillo.

—¡Candela, por favor!

—¡Lo siento! ¡Lo siento mucho! —Una lágrima afloró en sus ojos y resbaló por la mejilla. Se apresuró a sacar un pañuelo del bolso y limpiarse—. Lo que empezó como un juego, se hizo cada vez más grande y ya no supe pararlo. Lo vivía como si me estuvieras escribiendo a mí. Pedro, yo siempre he estado enamorada de ti, pero tú solo tenías ojos para Luna. ¿Sabes lo duro que es eso?

Pedro miró a la mujer que tenía delante, más allá de la niña que había sido su vecina. Llevaba un elegante traje falda de *tweed* azul claro. Sobre la cabeza, un sombrero pastillero de fieltro del mismo color. Tuvo que reconocer que era una chica muy atractiva, en otras circunstancias, quizá... Sacudió la cabeza para desterrar aquella idea y volvió a adoptar un tono seco.

—¿Entiendes lo duro que es haber vivido engañado durante casi tres años?

—Tenía la esperanza de que te enteraras por alguien y me escribieras una carta donde todo explotara. Pero, para mi sorpresa, eso no ocurrió y yo no tuve fuerzas para contártelo, Pedro. Sé que te va a costar creerme, pero te juro que te he dicho la verdad. Cuando don Ignacio me dijo que venías a la boda de tu hermana, me rompí y le confesé todo. Él me obligó a venir aquí hoy. Llevo dos días sin pegar ojo apenas.

Candela parecía sincera. En cierto modo, todo aquel despropósito había surgido de un afán por protegerlo, como cuando le dio el papel en el frontón, instándolo a huir y confesándole su amor. Por un momento, se apiadó de ella, pero pudo más el enfado que la compasión.

—Estoy muy decepcionado, Candela. Ahora no puedo pensar con claridad.

—Pedro, solo te pido una cosa en nombre de la amistad que nos une. Entenderé que no me quieras, pero, por favor, no me odies.

Pedro se levantó para marcharse. Ella rebuscó en el interior de su bolso y le tendió un sobre.

—Esta es la carta que nunca se envió. La he guardado todo este tiempo. Te corresponde a ti decidir si quieres leerla o no.

Pedro dudó, pero al final la cogió.

—Por cierto, Txori me ha dicho que tienes que contarme algo sobre José.

Candela apretó nerviosa las asas de su bolso.

—José es... —Rompió a llorar.

—¡Candela, habla! —estalló Pedro, juntando los dientes para no gritar.

—José es mi cuñado. Él es quien se casó con Luna. Tienen una hija, Alba, y otro en camino.

Pedro comprendió muchas cosas en ese momento. Tuvo que sujetarse a la mesa cuando le flaquearon las piernas. Salió del local y deambuló por la Plaza del Castillo. Los pensamientos se agolpaban en su cabeza. No se sentía capaz de digerir todo de golpe él solo. Tenía que desahogarse con alguien, así que decidió encaminarse al hostal. Miró la carta de Luna y dudó por un momento si abrirla. Finalmente, la estrujó entre sus manos y la tiró sin miramientos al pasar junto a una papelera de la plaza.

Valle de Aezkoa. Navarra.

La familia Andonegui al completo esperaba impaciente la llegada de Pedro. Este los había avisado desde Pamplona de que Txori lo llevaría en coche hasta el pueblo. La llegada estaba prevista sobre las siete de la tarde. Faltaban diez minutos para la hora en punto y todos aguzaban el oído tratando de oír el motor de un coche aproximándose.

Habían decorado el salón de casa con globos y una pancarta de bienvenida. También había comida y bebida sobre la mesa del comedor. El perro de Enrique fue el primero en detectar el sonido del motor en la lejanía. Todos se prepararon, dispuestos a dar a Pedro la bienvenida que se merecía. El ruido del motor fue acercándose a la casa, hasta que paró. Se oyeron las puertas abrirse y cerrarse, y la voz de Txori diciendo que él se encargaría de las maletas.

La tensión era palpable en la casa. Todo estaba en silencio. Tanto, que Pedro pensó que no estarían. La puerta se abrió y todos estallaron en júbilo. Se sucedieron los abrazos, las palabras de cariño y las emociones desbordadas. No faltaron las lágrimas, recordando a las personas que ya no estaban. Nada que ver aquella atmósfera de alegría y reencuentro con la escena que se había producido en aquella misma estancia cuatro años atrás.

De repente, se volvió a hacer el silencio en el comedor de los Andonegui. Poco a poco, todos se volvieron hacia la entrada de la casa, por donde acababa de aparecer una figura desconocida, pero a la vez familiar. Todos estaban desconcertados, mirándose unos a otros sin entender lo que estaba ocurriendo.

El perro ladró, rompiendo el silencio. Pedro se acercó sonriendo hacia el desconocido y se volvió hacia los presentes.

—¡Familia! ¡Os presento a Matt Sutherland!

—¿Su... Sutherland? —tartamudeó Enrique—. Pero ese apellido... ¡no puede ser!

—Matt es el hijo de Veronica, tío Enrique. Recuerdas a Veronica, ¿verdad? Matt ha querido acompañarme desde tan lejos para... conocerte.

Enrique no daba crédito. Salvador preguntó:

—¿Qué quieres decir, Pedro?

—Quiero decir que Matt es nuestro primo. Es tu hijo, tío Enrique.

Este dejó caer el vaso que sujetaba. Se acercó despacio hacia Matt y ambos se quedaron mirándose fijamente.

—Hola, Enrique.

—¡Dios mío! ¿Veronica y yo tuvimos...? ¿De verdad tú eres hijo mío?

—Eso parece. Creo que la genética no engaña.

—Pue... ¿puedo darte un abrazo?

Matt abrió los brazos y ambos se fundieron en un emocionado abrazo. Las lágrimas asomaron a los ojos de Enrique, que seguía en *shock* ante la noticia. El resto de la familia presenciaban atónitos el encuentro. Esperaban la vuelta de Pedro, pero nadie contaba con aquel inesperado giro de los acontecimientos.

Cuando se separaron, Enrique presentó a Matt a sus primos, David y Maritxu, a su tío Salvador y a Isabel, su pareja. «Falta Martín, mi otro hermano, y su familia», le dijo Enrique, «llegarán mañana para la gran boda de Maritxu». Entre Pedro y Enrique iban salvando la barrera del idioma con Matt. En un momento dado, este le hizo una señal a Pedro, que captó al instante el mensaje.

—Familia, Matt y yo tenemos un asunto pendiente. Volvemos enseguida.

Salieron de la casa y encontraron a Txori esperándoles con el equipaje.

—No quería romper el momento familiar.

—Perdona, Txori, ¿puedes entrar las maletas?

Accedió y los otros dos descendieron el camino hacia la carretera y cruzaron al otro lado, hasta la entrada del cementerio.

La puerta estaba abierta. Caminaron por el sendero central hasta divisar, al fondo, las tumbas que buscaban.

—Esta es la tumba de tus abuelos, Félix y Sagrario. Creo que te habría encantado conocerlos. Dos personas como Dios manda. Y esta es tu tía Anamari, mi *Ama*, de la que no pude despedirme.

Se arrodilló ante la tumba y leyó:

Ana María Elizondo Almirantearena
(1918-1961)
Madre y esposa amada.

En ese momento, se le vinieron a la memoria una sucesión de recuerdos asociados a su madre que desfilaron ante él como en una película. No tardaron en asomar las lágrimas a sus ojos y rezó en silencio una oración. Le pidió perdón por no haber estado ahí para ella ni para su *Aita* y sus hermanos cuando más lo necesitaron. Por fin, tomó un trozo de tierra, se lo llevó a los labios y lo esparció sobre la lápida.

Matt le puso la mano en el hombro, en señal de apoyo.

—Ya volveré mañana —dijo Pedro—. Ahora nos espera la familia.

Entonces, Matt reparó en una lápida medio oculta por la maleza junto al muro del camposanto. La inscripción llamó su atención:

F. Andonegui Salazar
(1886 - 1921)

—¿Quién era? —Quiso saber Matt—. ¿Es pariente?

—Se trata de Fermín, hermano del *Aitona* Félix, pero apenas se habla de él en la familia. —Pedro se encogió de hombros.

Deshicieron el camino hasta la casa y, al entrar, encontraron a todos enfrascados en una animadísima conversación sobre las sorprendentes novedades familiares. Maritxu cogió de la mano a Matt y le enseñó el cartel de bienvenida que había hecho para Pedro, y en el que ahora se incluía también su nombre.

—*Eskerrik asko* —dijo con su marcado acento americano—. Pedro me ha enseñado algunas palabras en euskera.

—¡Está bien! —intervino Salvador—. ¡Todos a la mesa! Es hora de celebrar que Pedro ha vuelto y que tenemos un nuevo miembro en la familia. Como dice la pancarta de *Mari*: ¡Bienvenidos, Pedro y Matt!

XIV.

Valle de Aezkoa, 12 de abril de 1965

Querida Sarah:

Han pasado muchas cosas desde que dejé San Francisco y volví al valle. Lo que no ha ocurrido es que deje de pensar en ti ni un minuto. Nada más llegar a Pamplona, confirmé mis sospechas sobre el origen de las cartas. Era Candela y no Luna quien las escribía. Ahora me arrepiento por haberme aferrado a un engaño, a la ilusión de un amor no correspondido cuando, en realidad, lo tenía delante de mí. Me siento estúpido, pero ya no puedo dar marcha atrás en el tiempo. Ya no caben más lamentos. Ahora lo único que deseo es que podamos mirar hacia el futuro juntos, para construir algo más grande que nosotros dos.

La boda de Maritxu salió perfecta. La novia estaba radiante, como el día. Fue una fiesta del valle entero. Bailamos, comimos, bebimos y reímos hasta casi pararse el pulso. También hubo momentos emotivos, al recordar a Ama en las palabras que pronunció Aita. Yo me acordé mucho de ti. Creo que te habría gustado conocer a mi familia y las tradiciones tan distintas a las de América. Ahora los novios se van de viaje a recorrer el sur de España. Dicen que Andalucía es una tierra hermosa y el sol brilla todo el día.

Mi tío Enrique aún anda en shock tras conocer a Matt. Imagínate lo que tiene que ser enterarte veinte años después de que dejaste un hijo en América, pero es un hombre feliz. Matt está descubriendo parte de sus orígenes y, a pesar del idioma, no se le borra la sonrisa de la boca.

Aita y David quieren que me quede en el valle. No lo hemos hablado abiertamente, pero yo sé que lo piensan. Hay miradas que dicen más que las palabras. Saben los dos que mi tiempo en América no ha terminado y yo quiero darme la oportunidad de explorar una nueva vida contigo, si tú me aceptas en ella.

Mi avión sale en quince días. Por una parte, quiero pasar con mi familia el mayor tiempo posible; por otra, desearía que las horas fueran minutos y volar a San Francisco cuanto antes. Pero no puedo. Aún tengo asuntos pendientes que resolver en el valle.

Dales recuerdos de mi parte a mis queridos Fito y J.P. Vosotros sois mi familia en California, y a vosotros quiero volver.

Con amor,
Pedro A.

Salió de casa dispuesto a echar la carta en el buzón de correos situado en la plaza del Ayuntamiento. Tomó su vieja bicicleta para después acercarse con ella a La Factoría, donde esperaba encontrar a Enrique y a Matt, que se alojaba en casa de su padre.

Una voz a su espalda lo sobresaltó:

—Por fin ha vuelto el hijo pródigo de su aventura americana…

Pedro sabía que aquel encuentro tendría que llegar tarde o temprano, así que estaba preparado:

—Así es. He vuelto.

Castrejana lo miró sin decir nada. Parecía estar midiendo la clase de hombre que tenía en frente. Pero Pedro ya no era el joven que había salido precipitadamente de aquel valle. Sostuvo firme la mirada de Agustín hasta que este habló:

—¿Y es temporal o definitivo?

—No lo sé aún —mintió Pedro—. Depende de lo que el valle tenga para mí.

—Aquí ya no hay nada para ti, Pedro. Será mejor que vuelvas a América.

—Castrejana, ya ha pasado mucho tiempo de aquello. ¿No crees que va siendo hora de enterrar el hacha de guerra?

—Estoy dispuesto a no volver a mencionar aquellos acontecimientos… con una condición.

Unos ojos observaban la escena desde la ventana de la casa cercana. No podía escuchar lo que ambos decían, pero se podía percibir una tensión evidente entre ellos.

—¿Qué condición? —inquirió.

—Que no te acerques a mi hija Teresa.

Pedro guardó silencio y miró instintivamente a la casa de los Castrejana, hacia la ventana en la que tantas veces había buscado a Luna. Tras unos instantes, tendió su mano hacia Castrejana.

Este la estrechó con fuerza, como queriendo demostrar quién mandaba allí, pero aquello no arredró al joven.

—Una cosa más —Agustín lo retuvo antes de separar sus caminos y acercó su boca al oído de Pedro, casi susurrando—: aquella noche de agosto, no pienses que fuiste más listo que yo. Tú no huiste. Yo te dejé escapar.

—¿A qué te refieres? —Pedro se zafó de él.

—Digamos que hubo una conversación y se llegó a un acuerdo.

—¿Una conversación? ¿Con quién?

—Eso tendrás que averiguarlo tú, no todo es lo que parece en tu familia.

Castrejana esbozó una sonrisa maliciosa y dio media vuelta en dirección a la casa, satisfecho por haber plantado la semilla de la duda en el joven. Pedro vio marchar a quien, en otros tiempos, había sido una figura a la que admiraba y respetaba. Sus palabras habían hecho mella en él. ¿Sería cierto lo que había dicho o, por el contrario, solo se había marcado un farol para quedar por encima de él?

Tomó la bicicleta y, pensativo, caminó hasta la plaza del Ayuntamiento, donde depositó la carta para Sarah. Nunca se sabía con el servicio postal; era posible incluso que él mismo llegara a San Francisco antes que aquel sobre.

«No todo es lo que parece en tu familia».

Aquellas palabras habían sembrado la hiel en el ánimo de Pedro, que montó en su bicicleta rumbo a la casa de la única persona con la que podría hablar de aquello.

Llamó con insistencia a la puerta de Enrique, pero no fue este quien abrió.

—¡Hola, Isabel! ¿Está mi tío?

—Hola, Pedro. Enrique y Matt han ido al bosque hace un par de horas. No deberían de tardar en volver. Pasa si quieres.

Pedro notó algo en la voz de Isabel. Algo apenas perceptible en su tono, pero que no le pasó desapercibido.

—¿Quieres un café? —ofreció ella.

—Gracias, me vendrá bien.

Isabel fue a la cocina y Pedro se quedó observando la estancia en la que había pasado algunos de los mejores momentos de su infancia, cuando David, Maritxu y él iban a merendar con la *Amona*. Como si contemplara una escena a la que no pertenecía, se veía a sí mismo y a sus hermanos correteando alrededor de su abuela, quien los reprendía con cariño. Las risas de los niños inundaban el comedor. Sintió una punzada de nostalgia y recordó lo mucho que echaba de menos a la *Amona*.

«Pedro». «¡Pedro!» La voz de Isabel lo sacó de su trance.

—Tu café.

—Gracias —dijo, tomando la taza humeante—. ¿Cómo le va a Carmelo por Pamplona?

—Esta escena ya la hemos vivido antes, ¿verdad? —rio Isabel recordando la misma situación unos años antes. Enseguida se le borró la sonrisa—. Ahora vive en Bilbao y trabaja en el Banco de Vizcaya. Apenas viene ya a ver a su madre al pueblo.

Agachó la cabeza, pensativa, y Pedro se atrevió a preguntar:

—Isabel..., ¿va todo bien?

—Todo es mucho pedir, ¿no te parece?

—Claro..., pero...

—No sé, Pedro, desde la llegada de Matt, siento que he pasado a un segundo plano para tu tío. No es que ya no se preocupe por mí, es solo que... bueno, ya me entiendes.

Se giró para que Pedro no viera asomar las lágrimas a sus ojos. De pronto cayó en la cuenta de que no había calculado el impacto emocional que la aparición de Matt tendría en la familia. No había pensado en que Isabel pudiera sentirse desplazada. Ella pareció recomponerse y dijo con tristeza:

—Creo que tu tío está pensando en volver a...

No pudo terminar la frase, porque en ese momento la puerta se abrió y entraron Enrique y Matt riendo a grandes carcajadas. Traían un par de liebres cada uno, que habrían recogido de alguno de los cepos que Enrique dejaba en el monte.

—¡Píter! ¡Qué alegría verte, muchacho! —exclamó su tío en un oxidado inglés, dándole un efusivo abrazo. Se le notaba eufórico. Isabel se fue a la cocina en silencio.

—Enrique me ha enseñado a poner cepos para los conejos.

Mira —dijo Matt, exhibiendo orgulloso los trofeos—. Hoy cenaremos barbacoa.

—¿Qué te trae por aquí, sobrino?

—He tenido un encontronazo con Castrejana —respondió en castellano.

La cara sonriente de Enrique se ensombreció.

—¿Qué te ha dicho?

—Me ha hablado de un acuerdo al que llegó con alguien de la familia. ¿Crees que *Aita* y él…?

Enrique meneó la cabeza.

—Matt, ve a ayudar a Isabel a limpiar las liebres —dijo, haciendo un gesto con la cabeza—. Siéntate, Pedro.

Los dos se situaron frente a frente en la mesa del comedor. Enrique suspiró.

—No fue tu *Aita* quien llegó a un acuerdo con Agustín. Fui yo.

Pedro lo miró boquiabierto.

—La noche en la que todo ocurrió, Castrejana vino aquí a buscarte, como mi hermano supuso. Estaba sentado justo donde tú estás ahora. —Miró a Pedro con cierta nostalgia en los ojos, como queriendo hacer retroceder el tiempo—. Tuvimos una conversación en la que se mostró contrariado por el hecho de que su hija estuviera en medio. Me dijo que, si te veía, te ayudara a «hacer lo correcto». Pero, antes de irse, hizo algo que no me esperaba. Sacó unos viejos documentos que yo creía traspapelados y me hizo una… Él lo llamó «propuesta», pero en realidad fue un chantaje.

—¿Qué documentos?

Enrique suspiró. Se le veía incómodo con la conversación. Tenía la vista fija en sus manos, las cuales frotaba con insistencia.

—En el pasado cometí errores, Pedro. Hice cosas de las que ahora me arrepiento. Tu *Aitona* Félix llegó a un acuerdo con el anterior sargento para tapar aquello. Eran otros tiempos. El expediente quedó olvidado en un cajón, pero Castrejana lo encontró y lo guardó hasta que encontró el momento para usarlo.

Levantó la mirada hacia Pedro, que pudo ver la tristeza reflejada en sus ojos. Fue consciente en ese preciso momento de que las palabras que a continuación pronunciaría su tío no le iban a gustar.

—Castrejana me dijo que haría públicos aquellos documentos —prosiguió Enrique—, a menos que lo ayudara...

—¿Ayudara a qué? —La tensión en la voz de Pedro era evidente.

—A hacerte desaparecer del valle...

Pedro lo miró horrorizado. Su tío continuó con el relato:

—Me dijo que, si te ayudaba a huir a América, él haría desaparecer aquellos documentos para siempre.

—Y tú aceptaste, claro —dijo Pedro, con un tono de decepción en la voz.

—Creía que te estaba ayudando, Pedro, y que me estaba ayudando a mí mismo. Si aquello hubiera salido a la luz... —Miró hacia la cocina, bajando la voz—, mi relación con Isabel se habría terminado.

—Entonces Castrejana tenía razón. Esa noche no hui, él me dejó escapar.

—Así es. Dirigió a sus hombres hacia Francia y te dio ventaja para llegar a Bilbao. La idea era que te refugiaras allí por un tiempo hasta que las cosas se calmaran. Después de la conversación con Agustín, hablé con Salvador y le convencí para que marcharas a California. Le dije que Castrejana había amenazado con llevarte al Tribunal de Orden Público, en Madrid. Llamamos a Martín para contarle el cambio de planes antes de que te recogiera en Ochagavía. Con lo que no contábamos era con tu conexión con el doctor de Bilbao. Por mi parte, moví todos los hilos que aún me conectaban con Bakersfield para agilizar tu partida y que tuvieras una acogida lo mejor posible.

—La verdad es que Ramón y su familia me trataron como uno de ellos. Dejaste una honda huella allí —recordó Pedro.

—Algunas cosas hice bien —dijo Enrique, esbozando una sonrisa amarga.

Pedro miraba el fondo de la taza de café vacía, intentando procesar aquellas palabras. Castrejana volvía a tener razón. No todo en su familia era como aparentaba ser. Miró alrededor. ¿Qué otros secretos guardarían aquellas paredes y aquellos bosques? De pronto, sintió que el suelo bajo sus pies, antaño firme y sólido, se volvía arenas movedizas. Las revelaciones de los últimos días ponían de manifiesto que nada era lo que parecía y que los últimos años de su vida se habían construido sobre inestables cimientos de engaño y mentira. Necesitaba pensar en algo que lo anclara a la realidad, tan cambiante a cada momento. Algo o... alguien. De pronto, vino a su cabeza el rostro de Sarah y sus ojos color miel. Sintió que en ellos podría estar seguro y deseó con todas sus fuerzas volver a California.

—Pedro. —Su tío lo arrancó de aquellos pensamientos—. Lo siento de veras. Entiendo que pienses que te he fallado, pero te juro que, en aquel momento, pensaba que lo estaba haciendo por tu bien. Ahora me doy cuenta de que no fue así. Fui egoísta y dejé que Castrejana ganara. Él ganó y nosotros perdimos; te perdimos a ti.

—¿Por qué me cuentas todo esto ahora?

—Porque un hombre, con la edad, al echar la vista atrás y ver todos los errores cometidos, busca en cierto modo redimirse. No espero que me perdones, Pedro. Busco perdonarme a mí mismo y hacer las cosas bien, con Isabel, con Matt, contigo... Creo que lo más honesto que podía hacer era contarte la verdad y pedirte, desde lo más profundo de mi ser, un perdón que quizá no merezco.

—Y, dime —inquirió Pedro con cierto desdén—, ¿Castrejana cumplió su parte del trato?

—Así es. Cuando ya estabas en América, un día vino con el expediente y lo arrojó a la chimenea delante de mí. Agustín tiene sus cosas, pero es un hombre de palabra.

Pedro negó con la cabeza, tratando de asimilar aquello.

—Cuando descubrió que nuestra familia andaba en el contrabando y que tú también estabas metido, tuvo que elegir entre su familia y el deber.

—¿Lo estás justificando?

—Te parecerá extraño esto que te voy a decir. Ahora que he conocido a Matt, se han despertado en mí sentimientos que antes no tenía. Puedo entender que Agustín pusiera todos los medios a su alcance para hacer lo que él consideraba correcto: proteger a su hija, aunque sus métodos no sean los más limpios...

—¿A qué te refieres?

—Utilizó a tu amigo José para teneros vigilados a ti y a Luna. Le prometió que intercedería a su favor con su hija si te ayudaba a *quitarte* de en medio. José estaba enamorado de Luna, pero sabía que no tendría nada que hacer con ella contigo aquí, así que se convirtió en confidente de Castrejana. Una vez que emigraste, se las arregló para convencer a su hija de que José era su mejor opción para no quedarse para vestir santos.

—Vaya con Castrejana, parece que siempre se sale con la suya.

—Bueno, todo tiene un precio. Teresa, su mujer, nunca vio con buenos ojos la boda con José. El matrimonio Castrejana está acabado y la relación con sus hijas no es la mejor, ya solo guardan las apariencias. Pero cuando se toma tres vinos, deja salir el hombre roto que lleva dentro.

Quedaban apenas un par de días para la fecha señalada en el billete de vuelta a San Francisco. Pedro abrió la puerta de reja del camposanto. Los goznes se quejaron. La herrumbre hacía su trabajo, lenta pero inexorable. Se movió entre las tumbas y llegó hasta el rincón en el que, últimamente, encontraba cierta calma en tiempos tan convulsos. Depositó un ramo de flores sobre las lápidas de sus abuelos y su madre y se quedó un largo rato observándolas. Sintió la energía de su *Amona* y su *Ama* recorrer su cuerpo, transmitiéndole la serenidad que tanto necesitaba. Los acontecimientos de los últimos días habían sido dolorosos para él; las certezas se tambaleaban, las lealtades no eran lo que parecían. La realidad que había dejado en el valle antes de partir ya no existía.

Nada había ya que lo retuviera en el pueblo. Su vida estaba lejos, a miles de kilómetros de aquellos bosques y praderas que en otros tiempos había considerado su hogar. Por eso le costaba tanto hablar con *Aita* en aquellos últimos días. Este no ocultaba ya su deseo de que Pedro se quedara en casa, en el pueblo, con la familia, ayudándoles a David y a él con los animales y las tierras. Pedro no quería herir sus sentimientos y había estado evitando la conversación con su padre.

—*Ama*, qué hago —dijo en voz baja—, no quiero enfrentarme a *Aita* por esto, pero yo ya no tengo nada que hacer aquí. Mi futuro está en América, con Sarah. Me he dado cuenta estos días de que lo que siento por ella es profundo y quiero volver a su lado. Ayudadme, *Ama*, *Amona*, ya sabéis cómo es *Aita* cuando una idea se le mete en la cabeza.

Calló, como esperando una respuesta que nunca llegaría.

En ese momento, un gato negro y blanco saltó ágil desde lo alto del muro y se paseó con elegancia entre las tumbas hasta que llegó a la altura de Pedro. Se agachó para tenderle la mano, pero el gato lo ignoró y se contoneó alrededor de él, pasando entre sus piernas para dirigirse a la lápida de los abuelos y tumbarse sobre ella, hecho un ovillo, dispuesto a echar una siesta sobre el mármol templado por el sol de la tarde. Pedro sonrió. «Esta es otra de tus señales, ¿verdad, *Amona*?» No estaba seguro de cómo interpretarla, pero los gatos solo eran fieles a sí mismos. Independientes, seguros y elegantes.

Oyó los goznes de la cancela gemir y dirigió su vista a la entrada. Su hermano se aproximó hacia él.

—Sabía que te encontraría aquí, Píter. *Aita* quiere hablar contigo.

Pedro asintió.

—¿Y este gato? —se fijó David—. ¿De dónde ha salido?

—Pensaba que tú podrías aclararme el misterio. Ha saltado el muro y ha venido hasta la tumba de los abuelos como si lo hiciera todos los días.

David se encogió de hombros.

A modo de despedida, Pedro repitió el gesto de tomar un puñado de tierra y echarlo sobre las tumbas. El gato levantó la cabeza y lo miró fijamente con sus ojos amarillos. Pedro tuvo la certeza de que aquella mirada ya la había visto antes en los bosques de Irati.

Llegaron a la casa y encontraron a *Aita* sentado en la mesa del comedor. Daba vueltas entre las manos a un vaso vacío. Sobre la mesa descansaba una botella de *patxarán* y otros dos vasos.

—Sentaos, hijos —dijo, señalando frente a él.

Tomó la botella y sirvió el oscuro líquido en los tres vasos.

La dejó con parsimonia en la mesa y alzó su vaso.

—¿Por qué brindamos, *Aita*? —quiso saber David.

—Por nosotros, por la familia, por los que estamos y los que se fueron. —Apuró el licor de un trago—. Y por los que se van a ir...

Lo dijo mirando directamente a Pedro. No había dolor en sus ojos ni reproches. Si acaso, cierta tristeza y resignación.

—*Aita*, pero, yo... pensaba que me dirías que me quedara.

—Eso es lo que me gustaría, hijo, aunque sé que no es lo que tú quieres. Lo he estado pensando mucho, lo he hablado con David, con Enrique y hasta con *Ama*. —En ese punto, se le quebró la voz e hizo una pausa—. Todos estamos de acuerdo en que nos haces falta aquí, pero tu vida te pertenece, Pedro. No te puedo pedir nada sin preguntarte antes qué quieres tú.

Aquello lo pilló por sorpresa. Se había preparado para tener una conversación tensa con su padre, incluso con su hermano. En sus desvelos, todos los escenarios posibles se habían formado en su cabeza, incluido el conflicto más crudo, pero no aquel en el que su padre le preguntaba cuáles eran sus deseos. Le estaba dando la oportunidad de elegir. Ver a su padre en aquella situación vulnerable y abierta al diálogo lo desarmó por completo.

—*Aita*, yo... ya salí huyendo una vez del lugar y la gente que amaba. Aquel capítulo de mi vida quedó incompleto y estos días he sabido cosas que ignoraba y que cambian mi manera de ver el valle. Sé que en algún momento volveré a saldar cuentas y cerrar heridas, pero no es ahora.

Tendió el vaso hacia su padre y este vertió licor en él. Lo bebió de un trago y miró directamente a los ojos de su padre, de un azul profundo y melancólico.

—Ahora debo volver a América y seguir escribiendo mi capítulo allí.

San Francisco, California. Mayo de 1965

Descendió por la escalerilla del avión cuando el sol se ponía en el horizonte, pintando el cielo de increíbles tonalidades anaranjadas y rojizas. Respiró el aire mezclado con salitre que, en ese momento fue consciente, tanto había echado de menos. Recordó la primera impresión cuatro años antes cuando, lleno de miedos y dudas, aterrizaba en una tierra desconocida. Ya no era la misma persona que entonces, aunque otras dudas y miedos lo acompañaban.

¿Estarían esperándolo en la terminal?

Recogió el equipaje y accedió al vestíbulo de salidas. Allí estaba Matt. Su primo hacía una semana que había vuelto a San Francisco. Tenían ganas de verse y ponerse al día de nuevo, así que ambos se fundieron en un cariñoso abrazo. Entonces la vio al fondo del vestíbulo junto a la puerta de salida, apoyada en una columna, mirándolo con sus ojos color miel.

Pedro hizo una seña a Matt, quien volvió la cabeza en la dirección indicada y asintió, dando espacio a su primo.

—Ya nos veremos —dijo.

Se acercó a ella, intentando descifrar el mensaje que encerraba su mirada.

—No estaba seguro de que vinieras, por eso avisé a Matt.

—Y yo no estaba segura de que al final volvieras.

—¿Recibiste mi carta?

—La recibí. Aunque eso no significa que la leyera.

—Dime que la leíste y que no la escribí para nada.

—Tranquilo, la leí —Sarah sonrió—. *Solo* un millón de veces.

Ella se abalanzó hacia él y le rodeó el cuello con sus brazos, besándolo con pasión. Todas las dudas, todos los miedos desaparecieron en el acto. Ojalá aquel momento durara para siempre.

—Sarah —dijo él separándose—. ¡Tengo tantas cosas que contarte! Hay mucho de lo que hablar.

—Sí, cariño, pero no aquí. Vamos a casa —contestó ella, cogiéndolo de la mano.

—¿Podemos pasar antes por el restaurante? Me muero de ganas de ver a los chicos y de… ¡hambre! Te he echado tanto de menos… comida de J.P. —Pedro rio su propia broma.

Sarah le dio un cariñoso golpe en el hombro con el puño.

—Está bien. Invita la casa.

El reencuentro con Fito, J.P. y el resto de la plantilla fue muy cariñoso. Se dio cuenta de lo que había añorado a aquella familia hecha de retales llegados de diferentes partes del mundo, cada cual con su historia y su mochila más o menos cargada.

Después de los efusivos saludos, Pedro y Sarah se sentaron, como dos clientes más, en una apartada mesa del restaurante. Tenían mucho de lo que hablar y lo hicieron largo y tendido, pausados, sinceros. Él le dijo lo mucho que la amaba. Había sido consciente en el valle, en la distancia, de que sus sentimientos eran profundos como las raíces de las hayas que poblaban aquellos bosques.

Sarah sonreía y dejaba hablar a aquel potro desbocado por las emociones, pero dentro, una sombra de dolor y duda se abría camino entre los sentimientos y desbordaba sus emociones hasta que ya no pudo contenerlas más:

—Pedro, hay algo que debes saber...

Detuvo el torrente de palabras que surgían de su boca, mirándola con preocupación.

—¿Qué ocurre?

Sarah abrió la boca, pero las palabras no brotaron. No sabía cómo decir aquello.

—¿Recuerdas el día en que caí desplomada en la cocina?

Pedro asintió y una sombra de duda asomó a su rostro.

—Los médicos hablaron de estrés, cansancio y otras causas, pero había algo más en las pruebas médicas. Algo que nadie más sabe. Solo mi médico y yo. Si todo lo que escribiste en aquella carta es cierto, debes conocer la verdad.

Pedro la miró con aquella intensidad que la desarmaba por completo.

—He viajado miles de kilómetros para transformar en hechos mis palabras —dijo, con voz grave—. Estoy preparado para lo que me tengas que decir.

—Está bien —intentó hablar, pero la voz se le quebró.

Pedro cogió su mano y la miró con una mezcla de ternura y firmeza.

—Cualquier cosa que venga, la afrontaremos juntos. No estarás sola en esto. ¿Qué te pasa, Sarah?

Las palabras de él la reconfortaron y, por fin, pudo sacar

aquello que llevaba semanas impidiéndole conciliar el sueño por las noches.

—De pequeña, sufrí unas extrañas fiebres que a punto estuvieron de llevarme por delante. Durante más de una semana, mi temperatura no bajaba de treinta y ocho grados, ni de día ni de noche, con picos por encima de cuarenta. Por fin, los médicos determinaron el origen en una infección de garganta mal curada y consiguieron que la fiebre remitiera. Aparentemente, me recuperé del todo, o eso pensé. Pero no. Lo que nadie supo entonces, ni siquiera yo, es que una válvula de mi corazón quedó dañada. Y, durante todos estos años, ha estado ahí... callada, esperando. El desmayo del otro día no fue por estrés, Pedro. Fue mi corazón, diciéndome que ya no puede con todo...

—Y... ¿es operable? ¿Se puede curar?

Sarah negó con la cabeza.

—Me temo que no. Es una operación demasiado arriesgada.

Pedro tragó saliva antes de hablar:

—¿Cuánto tiempo?

Ella lo miró con tristeza.

—¿No te parece paradójico? Ahora que mi corazón latía de nuevo con la alegría de volver a sentir algo por alguien, no es capaz de soportar la intensidad de lo que siento y lo que vivo.

Pedro insistió, implorando con los ojos:

—Sarah, ¿cuánto tiempo?

Esta vez fue ella quien tomó la mano de él.

—Prefiero no saberlo, Pedro. No quiero ir descontando días hasta que llegue la fecha. Prefiero sumar momentos, conversaciones, abrazos... Cuando toque irse, será rodeada de la gente a la que quiero. ¿Estarás a mi lado, Andonegui? —sentenció con orgullo.

Pedro no respondió. No hizo falta. Porque ella supo leer en sus profundos ojos azules la promesa inquebrantable del amor incondicional.

XV.

San Francisco, California. Enero 1966

Pedro entró en el edificio cuando aún no había nadie. Ni siquiera las luces estaban encendidas. Tuvo que dejar que sus ojos se acostumbraran a la penumbra; después avanzó hacia uno de los bancos colocados en el transepto del templo. Le gustaba ir antes de la celebración de la misa y rezar en silencio, a oscuras. Pedía por ella, para que la enfermedad remitiera y pedía por él, para que le diera las fuerzas necesarias y el ánimo suficiente para ser el pilar donde se apoyara en sus peores momentos.

Las luces de la nave central se encendieron, aunque aún tardarían unos momentos en alcanzar su intensidad máxima. Poco a poco, los feligreses irían llegando y acomodándose en los mismos bancos de siempre, fieles a Dios y a sus rutinas. Pedro permaneció en su sitio, discreto, en apariencia ajeno a la celebración que tendría lugar.

Al terminar la misa, no se movió cuando el resto de los asistentes fueron abandonando el templo y reuniéndose en pequeños grupos para comer juntos o pasar el resto del domingo en comunidad.

Se dirigió a la sacristía y llamó suave a la puerta. Al cabo de unos momentos, apareció don Sebastián.

—¡Pedro! ¿Qué te trae por aquí, hijo? No te vi hoy en la misa.

—Estuve, Padre. Me coloqué en una de las naves laterales.

Don Sebastián enarcó las cejas y asintió.

—¿En qué te puedo ayudar?

—Padre, no consigo que ella venga a misa y escuche la palabra de Dios. Siento que, a veces, no encuentro las palabras para consolarla o apoyarla. Ella dice que prefiere la ayuda de los médicos y que no necesita la intervención divina.

Don Sebastián estaba al tanto del proceso; Pedro se había desahogado con él en su última confesión. La decisión de Sarah había sido no contárselo a nadie, excepto a J.P., y Pedro sentía en ocasiones que el hogar se convertía por momentos en una olla a presión a punto de estallar. Él se había mudado a casa de Sarah a la vuelta del valle. La señora Hawthorne lamentó perder a un buen inquilino y le deseó lo mejor. También había dejado el trabajo en la jardinería. Felipe echaba de menos al chico a su lado y lo visitaba de vez en cuando en el restaurante, cosa que Pedro agradecía mucho. Por su carácter risueño y despreocupado, Felipe era la compañía ideal, aunque no supiera por qué su amigo se veía un tanto apagado en los últimos tiempos. Pedro dedicaba todas sus energías al restaurante y al cuidado de Sarah. Ella aún podía aguantar la carga de trabajo, aunque en ocasiones se fatigaba y el aire parecía no llegarle a los pulmones. Entre Pedro y J.P. fueron asumiendo más responsabilidades y la actividad habitual del restaurante no se vio resentida.

El padre Sebastián puso una mano en el hombro de Pedro.

—Hijo mío. Tú tienes que hacer tu trabajo, ella deberá hacer el suyo, y dejemos que Dios haga lo que mejor sabe: otorgarnos el libre albedrío para tomar nuestras propias decisiones.

—Pero, padre...

Este alzó la mano en señal de silencio.

—Sé lo que me vas a decir, pero así es como funcionan las cosas, créeme.

El chico agachó la cabeza.

—Sé que a veces es duro —continuó don Sebastián—. Son las pruebas que Dios nos pone para saber si realmente estamos dispuestos a amar sin condiciones y dejar que los demás tomen la responsabilidad de sus vidas, aunque creamos que se equivocan. Debes estar ahí para ella, apoyándola, amándola y respetándola. Solo cuando soltemos el control y nos abandonemos a su providencia, Él hará su trabajo.

Pedro sintió que un rayo de certeza lo atravesaba. Tuvo la sensación de haber comprendido de pronto que no podía cargar con las responsabilidades que no le correspondían y debía dejar espacio a Sarah para tomar sus propias decisiones.

—¡Gracias, padre! Siempre tiene usted la palabra precisa.

—Recuerda, hijo, la respuesta a todas nuestras diatribas está en el amor.

Pedro salió del templo y tuvo que poner la mano a modo de

visera sobre los ojos para evitar el deslumbramiento del resol reflejado en la acera. Miró al otro lado de la calle y allí estaba Matt, que lo esperaba como cada domingo. Cruzó la calzada y subió al vehículo.

—¿A dónde vamos hoy, primo?

—Te llevaré a un sitio que te sonará… familiar —dijo Matt con una sonrisa enigmática.

La camioneta enfiló la calle Fulton en dirección al océano y pasó junto a Golden Gate Park hasta tomar Great Highway en dirección sur. La carretera discurría en paralelo a Ocean Beach, fundiéndose en los días de viento con la arena de la playa. Era un domingo de enero frío y despejado, y Pedro iba absorto en los reflejos que el sol salpicaba en las crestas de las olas que iban a morir a la orilla.

—¿Qué te pasa? —quiso saber Matt—. No has dicho ni palabra desde que hemos salido.

—Nada, nada…estoy bien. —No le había contado lo ocurrido con Sarah—. Estaba pensando en una conversación que he tenido con el padre Sebastián.

—Hablando de padres… Esta semana me ha llegado una carta de Enrique.

Pedro se incorporó en el asiento y miró a su primo.

—¿Ah, sí? ¿Y qué te dice?

—Está pensando en venir a San Francisco.

—¿Lo dices en serio?

Matt asintió.

—Pero… cuando dice venir… ¿se refiere a quedarse?

—No lo sé. «Me encantaría reunirme contigo», son sus palabras textuales.

—Y tú…, ¿qué piensas?

—No sé qué decirte, Pedro. El encuentro con Enrique, conocer a la familia en el valle, saber de mis antepasados fue… emocionante. Pero yo ya tengo un padre. John es más que un padre: es un amigo, es un mentor… Él lo está pasando mal con mi decisión de buscar mis raíces, de querer conocer, pero me respeta. Eso lo valoro mucho —calló por unos momentos, con la vista fija en la carretera—. No puedo ignorar la llamada de la sangre, Pedro. Es... más fuerte que yo.

Pensó en las palabras que acababa de pronunciar Matt. No debía de ser fácil tomar una decisión al respecto. En lo concerniente a él, le encantaría volver a tener a su tío cerca. Después de la confesión sobre su pacto con Castrejana, hablaron largo y tendido, y no pudo guardarle rencor. Aceptó la situación y asumió que el pasado ya no se podía cambiar.

El vehículo continuó la marcha por Skyline Boulevard hacia el sur de la ciudad. Matt tomó el desvío en Cabrillo Highway, atravesando el barrio de Pacífica en dirección a Devil's Slide. Pedro seguía con la vista fija en el océano. Las calmadas aguas hacían honor a su nombre. Matt, que empezaba a sentir cierta incomodidad en aquel silencio, conectó la radio de la camioneta. Movió el dial buscando una emisora concreta y la radio crepitó hasta encontrarla. Una vibrante voz masculina rompió el silencio en la cabina de la camioneta. Hablaba con una cadencia que atrapaba la atención desde las primeras palabras. De pronto, bajó el tono, casi en un susurro, como si hablara directamente al oído del interlocutor, para anunciar la siguiente canción: *Querido oyente, bienvenido si te incorporas en esta preciosa y soleada mañana de domingo a nuestro dial. Soy Bobby Mitchell y esto es KFCR, tu estación musical favorita. Nuestra siguiente canción está dedicada a todos aquellos soñadores que no se conforman, que luchan y que miran más allá de lo previsible. A todos los que pasáis momentos de duda, de flaqueza o de dolor. No os permitáis no volver a intentarlo. No os abandonéis a vosotros mismos ni a vuestros seres queridos. Seguid luchando. Seguid amando. Seguid soñando, en tal día de invierno...* Los acordes de *California Dreamin'* flotaron en el aire y los dos corearon el estribillo a pleno pulmón, como liberando cada cual sus conflictos internos:

«California dreamin' on such a winter's day».

Por fin, llegaron a su destino y Pedro no pudo por menos que sonreír ante la ocurrencia de Matt.

—¿Te dije o no te dije que te sonaría familiar? —inquirió, señalando el cartel que anunciaba el lugar: PEDRO POINT.

—Esta no me la esperaba, lo reconozco.

—Dejaremos aquí la camioneta y bajaremos hasta Shelter Cove Beach. Veremos si mi primo está hecho del espíritu indomable de los bosques de Irati o, por el contrario, la buena vida californiana lo ha ablandado.

—¿A qué te refieres?

—Tú sígueme.

Tomaron el sendero que serpenteaba por la ladera del risco hasta la playa, que tenía forma de medialuna y estaba protegida en su lado derecho por una serie de formaciones rocosas, lo que provocaba olas que hacían las delicias de los amantes del surf en épocas estivales.

Pedro se fijó en unas pequeñas siluetas oscuras que se mecían al ritmo del oleaje.

—¿Qué es aquello? —preguntó.

—Son surfistas.

—¿Están locos? ¡El agua no debe de estar a más de diez grados!

Matt se rio.

—Llevan trajes de neopreno.

—¿Neopreno?

—Es un tejido especial que protege de las bajas temperaturas del agua. Es como si llevaran piel de pez y no se mojaran.

—Me sigue pareciendo una locura —dijo Pedro, al tiempo que pasaban la zona de piedras y llegaban a la arena.

—Los surfistas son de una pasta especial. Viven para surfear. Se relacionan solo entre ellos, hasta tienen sus propios códigos. Pero meterse con trajes de neopreno no tiene mérito —dijo Matt, mientras comenzaba a desvestirse.

—¿Qué haces? —preguntó Pedro, con los ojos como platos.

Matt lo miró divertido.

—Vamos, primo. ¿Eres un hombre o un gallina?

—¡Ni hablar! ¡Tú te has vuelto loco! ¡No pienso meterme en ese océano congelado!

—Me decepcionas, Pedro. —Matt puso falsa cara de fastidio—. Yo creía que los navarros del norte estabais hechos de otra pasta.

Pedro sintió la punzada en su orgullo.

—A ver... el Irati en primavera baja congelado por el deshielo de las nieves, pero esto es un océano... ¡y estamos en enero!

—¿Eso es un no? —dijo Matt, enarcando una ceja, sin dejar de desvestirse.

—¡Serás!...

Pedro se debatía entre la duda y el desafío. No quería quedar como un cobarde a ojos de su primo.

—¡A la mierda! —exclamó, y comenzó a quitarse la ropa.

—¡El último que llegue al agua pierde! —Matt se desprendió de la última prenda y salió corriendo.

Pedro estaba mucho más en forma que su primo y pronto le dio alcance, lo pasó como una centella y no detuvo su enloquecida carrera hasta que se zambulló en las frías aguas del Pacífico. Sintió el choque térmico como si miles de pequeños alfileres se clavaran en su cuerpo, pero siguió corriendo hasta zambullirse por completo. Emergió del agua con un grito desgarrador.

—¡Joder! ¡Está congelada!

Entonces, se dio la vuelta y vio cómo Matt se desternillaba de risa en la orilla, al igual que los surfistas que observaban la escena desde lejos. Pedro se sintió ridículo por un momento, semidesnudo y aterido.

—¡Me las vas a pagar, Matt! —bramó, tratando de salir lo más rápido posible del agua en dirección a su primo.

Este vio venir a aquel fortachón embravecido como un toro y comenzó a correr por la playa. Pedro llegó a la orilla y salió disparado tras él. Cuando estaba a punto de darle alcance, Matt se giró y puso las manos en alto a modo de disculpa.

—¡Lo siento! ¡Lo siento! Todo tiene una explicación.

—¿Explicación? ¡Te doy treinta segundos antes de que te arroje al mar!

—Vale, vale, tranquilo —Matt no podía contener la risa, lo que enfureció aún más a Pedro—. Verás, no sé qué te pasa. Hay algo que te ronda la cabeza y que no me quieres contar. Veo el dolor en tus ojos desde hace tiempo. Solo quería que olvidaras las preocupaciones y nos volviéramos a divertir juntos otra vez, como antes.

De inmediato, Pedro se dio cuenta de que Matt estaba en lo

cierto. El refrescante baño lo había sacado de su bucle mental y lo había devuelto de golpe al presente. Por un momento, dejaron de existir los problemas de salud y las preocupaciones. Solo importaban el aquí y el ahora.

Pedro se relajó. Comprobó que el océano había limpiado su cabeza y la marea se había llevado parte del dolor emocional.

Matt puso una mano en su hombro.

—No sé lo que es, primo, pero quiero que sepas que puedes contar conmigo hasta el final.

—Gracias, Matt, de veras. Algún día hablaremos de ello, pero, por lo que has hecho hoy... te quiero... ¡estrangular! —exclamó bromeando, mientras ponía las manos sin presión alrededor del cuello de Matt—. Vamos. No debería tardar mucho en llegar al restaurante.

Ambos volvieron al lugar donde habían dejado la ropa. La carrera había hecho que el cuerpo de Pedro se secara. Se vistieron y emprendieron camino de vuelta a la camioneta. El viaje de vuelta discurrió entre risas y bromas.

Al llegar al restaurante, se despidieron y Pedro entró en el local por la puerta trasera. Saludó a J.P., que estaba dando las últimas instrucciones al equipo de cocina antes de tomarse la tarde del domingo libre.

—¿Está la jefa? —preguntó Pedro.

—Está en el frente —respondió J.P., refiriéndose a la barra.

Atravesó la puerta que comunicaba el comedor con la cocina y se dirigió a la barra. Vio a Sarah atendiendo clientes con aquella sonrisa tan suya y admiró la fuerza que tenía aquella mujer para superar las adversidades y enfrentar el día a día. Entró en la barra y la recorrió hasta la bodega, ubicada al fondo. Al pasar por detrás de Sarah, rozó sutilmente con el dorso de la mano el trasero de ella. Sarah no tardó en despedirse de los clientes y dirigirse a la bodega. Allí, se echó en brazos de Pedro y lo besó con ganas.

—¿Por qué sabes a sal? —preguntó, apartándose de él.

—Si te lo cuento, no te lo crees.

—Prueba... —dijo, pícara.

Pedro narró los detalles de su escapada con Matt, mientras

ella se desternillaba imaginando la escena de él semidesnudo y aterido, persiguiendo a su primo por la playa.

—No se os puede dejar solos. Y no se te ocurrió negarte, ¿verdad?

—¡Puso a prueba mi orgullo navarro!

—Ya veo, ya —Sarah no podía disimular la risa—. Solo espero que no te cojas una neumonía por esto. El papel de chica desvalida y enferma ya tiene dueño en esta pareja.

Pedro la tomó de las manos y la miró a los ojos.

—Oye, he estado hablando con el padre Sebastián y...

Ella le puso un dedo en los labios y lo miró con ternura, pero con firmeza.

—Hablaremos de esto, pero no aquí. Cuando lleguemos a casa.

Él la tomó por la cintura y la atrajo hacia sí.

—Estoy deseando que llegue el momento de...

—No tan rápido, vaquero. —Ella se zafó con elegancia de la presa y apoyó el dedo índice en el pecho de él—. No han terminado aún las emociones fuertes para ti. Hay alguien que te espera fuera.

La miró sorprendido.

—¿Alguien? ¿Veronica otra vez?

—No.

—Entonces... ¿quién es?

—Creo que es mejor que salgas y lo compruebes por ti mismo.

—Pero es... ¿bueno?, ¿malo?

—Es... digamos, necesario.

A Pedro le pudo la curiosidad y salió de la bodega. Se encontró con Fito en la barra, que se mostraba inquieto.

—¿Qué pasa, amigo? —preguntó Pedro—. Ni que hubieras visto un fantasma.

—Poco le falta... No vas a creer quién está aquí —dijo Fito, señalando con la mirada el fondo del comedor.

Pedro miró en la dirección que indicaba su amigo y vio una persona a contraluz que no reconoció. La figura lo saludó, levantando la mano. Miró a Fito inquisitivamente y este asintió, como dando pie a que se acercara al desconocido.

Avanzó entre las mesas hasta que estuvo lo suficientemente cerca para reconocer al visitante. Aún tardó unos momentos en reconocer aquel rostro. De pronto, una sucesión de imágenes y sentimientos recorrieron su memoria y su piel. Eran emociones contradictorias, que removieron en él tiempos pasados.

—¡¿Jimmy?!

Allí estaba el hijo pequeño del patrón del rancho, al que no veían desde los fatídicos acontecimientos que desencadenaron su salida de la llanura.

—Hola, Pedro.

—¿Qué haces aquí, Jimmy?

—He venido en son de paz. Me gustaría que habláramos los tres —dijo, señalando a Fito con la cabeza. Pedro hizo un gesto para que este se acercara y los tres se sentaron a la mesa.

—¿Cómo nos has encontrado? —quiso saber Pedro.

Jimmy les tendió un recorte de un periódico local. En él se veía un artículo sobre el décimo aniversario del restaurante, con la foto de toda la plantilla frente al local. En ella, risueños y sonrientes, aparecían Fito y Pedro.

—Fue mi hermano quien os vio ahí —dijo señalando la foto—. Y fue él quien me pidió que viniera a hablar con vosotros.

Los dos amigos se miraron con tensión al oír mencionar al mayor de los hijos, pero no dijeron nada. Jimmy continuó hablando:

—Mi hermano ya no es el que era. El accidente hizo que muchas cosas cambiaran en el rancho. Nuestro padre estaba ya cansado. Al ver que mi hermano no podría ocuparse y que yo tenía otros planes, lo vendió en cuanto se le presentó una oportunidad. Ahora, mis padres y mi hermano viven en una pequeña casita con jardín en Bakersfield. Yo me mudé a San Francisco hará cosa de un año y medio para estudiar leyes. Me gustaría llegar a ser juez del condado —dijo, con un punto de orgullo en la voz—. Creo que lo que le pasó a vuestro amigo fue una horrible desgracia. El principio del fin.

—Tu hermano se salió con la suya, pero no tenemos dudas de que fue él quien lo hizo o quien lo ordenó. —La voz de Fito sonó tensa.

—A mí nunca me lo ha confesado. —La tristeza se reflejó en los ojos de Jimmy—. Pero mi hermano habla en sueños...

No terminó la frase, aunque no hizo falta.

—Él tuvo su castigo con el accidente de camioneta. Después de salir del hospital, en sus días más oscuros, te culpaba a ti, Fito, de haberle saboteado los frenos, pero la realidad es que tenía muchos enemigos. Cualquiera podría haberlo hecho. Eso ya no importa.

Hizo una pausa antes de continuar.

—Mi hermano es ahora un hombre de fe. Ha sufrido una transformación completa desde que se mudó a Bakersfield y comenzó a ir a la iglesia. Lamenta muchas de las cosas que hizo en el pasado y busca redimirse. No espera que le perdonéis, pero me pide que os transmita su arrepentimiento por su forma de comportarse con vosotros y, sobre todo con... vuestro amigo.

—Para Marcelo llega un poco tarde —sentenció Fito.

—Cierto. No trato de justificarlo, pero no tuvo una infancia fácil. Mi padre nunca consideró que estuviera a la *altura* para hacerse cargo del... Perdón, no debería haber usado esa expresión. —Miró arriba, como intentando rescatar de su memoria las palabras adecuadas—. Tenía complejos por su estatura y por la presión que sentía de padre. Curiosamente, ahora que está en la silla de ruedas, la altura no supone un problema y ese complejo ha desaparecido. Como también se han esfumado el rencor y la amargura que lo caracterizaban. Es otro hombre. Nuestra relación ha mejorado en la distancia y ahora puedo hablar con orgullo de la persona en la que mi hermano se ha convertido.

—Qué extraña la vida —musitó Pedro—. Lo que está claro es que tu hermano ha aprendido a jugar mejor su baza aun con peores cartas.

Jimmy asintió, al tiempo que hacía ademán de levantarse.

—Bueno, creo que ha llegado el momento de irme. Me ha gustado veros, chicos. Aunque sé que mi visita ha podido remover cosas del pasado, era necesario para cerrar viejas heridas que mi familia causó y que habían quedado abiertas. ¡Ah! Se me olvidaba...

Rebuscó en su cartera y sacó una bolsa de tela que tendió hacia Pedro.

—La olvidaste en la *roulotte* el día que dejaste el rancho. Mi hermano pensó que te gustaría conservarla.

Pedro tomó la bolsa y vació el contenido. Un rayo de nostalgia lo atravesó de arriba abajo al acariciar el cuero de aquella correa, en la que reconoció las cuatro letras que él mismo había marcado a cuchillo en un tiempo que se le antojaba lejano como una vida anterior: FIEL.

XVI.

Los Ángeles, California. Junio de 1968

Pedro se mostraba inquieto al volante del Buick Skylark color grana, más por curiosidad que por nervios. Sus dedos tamborileaban sobre el cuero negro. El destino era un misterio, Sarah no se lo había querido decir. «Confía en mí», había sido toda su respuesta. Ella lo miraba, divertida. Tenía esa cosa de niño pequeño que no puede estarse quieto ante una sorpresa. Él trataba de sonsacarle información mientras conducía por Ventura Fairway, pero Sarah se limitaba a indicarle el camino con evasivas.

No tenía ni la más mínima sospecha de a dónde se dirigían ni de lo que les aguardaba al llegar, aunque ella sabía que aquel día quedaría grabado para siempre en la memoria de Pedro.

Tomaron el desvío por Alameda Avenue y continuaron hacia el norte hasta que Sarah le indicó que girara por la calle Bob Hope. Enseguida le pidió que girara de nuevo a la derecha, topándose de frente con la garita de entrada a un complejo de blancos edificios anodinos, cuyas fachadas no revelaban nada de lo que ocurría en su interior. Pedro leyó el cartel sobre la garita:

Puerta 1- The Burbank Studios

—Buenas tardes —saludó el guarda—. ¿Vienen ustedes al especial?

—Así es —contestó Sarah.

—¿Me permiten sus entradas?

—Claro —dijo, tendiéndole dos billetes de color azul claro.

Pedro los vio pasar por delante de sus ojos, pero no acertó a leer qué ponía.

—Continúen hasta el edificio principal, a la izquierda. Aparquen junto a la entrada 4 y allí les estarán esperando para indicarles el camino. ¡Disfruten!

El coche avanzó en la dirección indicada hasta el aparcamiento junto a la entrada del edificio. Una mujer de aspecto latino, vestida como una acomodadora de cine con un elegante chaleco rojo y pajarita negra, los recibió y acompañó a la puerta de acceso, donde les comprobaron de nuevo el billete. Otra persona igualmente ataviada los hizo pasar por una serie de pasillos hasta franquearles la entrada a una pequeña sala de conciertos con capacidad para no más de doscientas personas. Fueron acomodados en sus asientos y, entonces, la excitación de Pedro fue en aumento. En el centro había un escenario cuadrado con un micrófono blanco como único atrezo. De una de las paredes laterales colgaba una pancarta con la inscripción «'68 *Comeback Special*». El ambiente en la sala era de tensión y nerviosismo, lo que contagió aún más a Pedro, que miraba a uno y otro lado, tratando de entender qué hacía allí. Sarah se divertía con la incertidumbre reflejada en su rostro; no querría perderse por nada del mundo su cara cuándo *él* saliera al escenario. No debía de faltar mucho tiempo. Estaban a punto de dar las seis.

De pronto, las luces se apagaron y la audiencia comenzó a gritar y aplaudir. Una figura se colocó en el centro del escenario con una guitarra y los primeros acordes de una canción que Pedro conocía bien comenzaron a sonar. Las luces se encendieron y el griterío del público se volvió ensordecedor. A pesar de ello, una poderosa voz se alzó por encima y llenó el improvisado auditorio con aquellos irrepetibles versos:

If you're looking for trouble
You came to the right place...

Pedro pestañeó incrédulo: el mito viviente, el Rey del *Rock*, Elvis Presley, estaba apenas a unos pasos de él, con su mirada profunda y desafiante, seguro de sí mismo, enfundado en un ceñido mono de cuero negro brillante y un pañuelo rojo anudado al cuello.

Se giró hacia su amada y se abrazaron con fuerza. Solo ella podría haberle hecho un regalo como aquel. Para Sarah, la cara de felicidad de Pedro lo significaba todo y era capaz de mitigar por sí sola el dolor que la estaba consumiendo por dentro. Las dos horas que siguieron fueron un espectáculo que quedaría para los anales de la historia como la vuelta a los escenarios de Elvis Presley después de un tiempo alejado de la música.

Al día siguiente, aún resonaban en los oídos de Pedro los ecos de las canciones que Elvis desgranó en el recital, en el que demostró que no había perdido ni un ápice de su carisma y su electricidad sobre el escenario. Sarah le había hecho el regalo de su vida. Desde que descubriera al cantante por la radio en la soledad de la llanura, su música lo había acompañado en los mejores y peores momentos.

Elvis llevaba una larga temporada centrado en el cine y aquel concierto grabado para la NBC había significado una vuelta a los orígenes del cantante, pero con un poso más maduro y reflexivo. Tenerlo tan cerca, sentir la energía que desprendían su cuerpo y su guitarra había sido una de las experiencias más impactantes de su vida. Y haberla vivido junto a Sarah lo hacía aún más especial.

Ella luchaba contra la enfermedad con una determinación que despertaba en Pedro una admiración que se sumaba al amor que sentía por ella. Trataba de no exteriorizar los síntomas, pero a Pedro no le hacían falta las palabras para entender la lucha interna que libraba. Él podía leer en su interior, como en su momento pudo hacerlo con la *Amona*. Comprobaba con pesar cómo la enfermedad iba comiendo terreno, implacable, a pesar de los denodados esfuerzos de ella por vencerla.

Habían hecho un pacto: amarse y cuidarse el uno al otro sin prisas, sin urgencias. Cada nuevo día era un regalo, una oportunidad de disfrutar de los momentos que pasaban juntos, en casa o en el restaurante. Desde entonces, no hubo espacio en su vida para las discusiones y enfrentamientos. No querían perder ni un minuto de lo más valioso que había en sus vidas: tiempo para amarse.

Habían sido los dos mejores años de su vida desde entonces. Ella le había enseñado que el amor de una mujer madura podía ser de una profundidad que no había conocido en chicas de su edad. Ella vivía con la intensidad de saber que cada día, y no era una frase hecha, podría ser el último.

A principios de año, habían decidido trasladarse de San Francisco a Los Ángeles siguiendo indicaciones de los médicos, quienes habían recomendado a Sarah cambiar los fríos aires de su ciudad por la más templada Los Ángeles. Les pareció una buena idea, ya que podrían ayudar a poner en marcha la franquicia de «The Sarah's Corner» que, un año antes, habían inaugurado en la esquina de Montana Avenue con la Séptima. Pedro se encargaba de enseñar a Mitch, el cocinero jefe, los trucos de la cocina de J.P., mientras que Sarah establecía el estándar de servicio que requería la sala y la barra. Tras unos comienzos titubeantes, el restaurante comenzó a coger cierta fama entre los vecinos de la zona y, en apenas un año, se había convertido en una referencia de la oferta gastronómica del pujante distrito de Montana.

Pedro iba a media mañana al restaurante, mientras que Sarah no aparecía hasta el primer turno de comidas. Tras terminar los dos servicios que daban y dejar encarriladas las cenas, volvían a casa sin prisa. Habían alquilado una preciosa casa con vistas al océano en la playa de Santa Mónica, en una zona que aún no había sucumbido al fervor urbanístico y conservaba cierto aire salvaje. Les gustaba pasear por la playa cogidos de la cintura o salir a tomar una hamburguesa en su local favorito del paseo y sentarse con un helado a contemplar las magníficas puestas de sol que brindaba el Pacífico. No necesitaban una vida de lujos y opulencia.

El verdadero lujo era el tiempo juntos.

A Pedro le gustaba madrugar. Dejaba a Sarah remolonear en la cama y tomaba la tabla de surf para adentrarse en el océano cuando aún apenas despuntaba el día sobre las montañas que rodeaban la ciudad. Había empezado a practicar en San Francisco, pero las obligaciones diarias apenas le dejaban tiempo para cabalgar las olas. Sin embargo, en Los Ángeles, tenía el océano a las puertas de casa. Comenzar el día sumergido entre espuma y olas limpiaba su cuerpo y calmaba su mente. Sentía la energía de aquella inmensa masa de agua fluir a su alrededor y se dejaba llevar por ella, y entonces no había dolor, no había miedo, solo estaban él y la fuerza salvaje de la naturaleza.

Exhausto y feliz, volvía a casa antes de que Sarah hubiera

despertado. Se deslizaba entre las sábanas y pegaba su cuerpo al de ella, que protestaba sin mucha convicción. Se amaban sin prisa, con la intensidad que solo la impermanencia de la vida es capaz de imprimir a aquellos momentos que uno no querría dejar escapar en el reloj de arena del tiempo.

El verano terminó. Con la llegada del otoño, los días se fueron acortando y las noches ocuparon su espacio. Sarah se encontraba mejor por las mañanas, mientras que, al final del día, el efecto de la medicación hacía que sus energías mermaran, hasta caer rendida apenas después de cenar. Pedro la cogía en brazos y la llevaba a la cama. Se tumbaba junto a ella y le contaba los planes para abrir un segundo local en Los Ángeles, Fresno y, por qué no, dar el salto a la vecina Las Vegas. Ella lo escuchaba medio dormida y sonreía. Solo sonreía.

El tres de diciembre, la NBC retransmitió el concierto de Elvis grabado en junio. Pedro y Sarah lo vieron por televisión y revivieron aquel mágico momento. En un momento dado, la cámara se centró en ellos y Pedro estalló en una carcajada al verse a sí mismo con aquellos ojos abiertos como platos.

—No quitaste esa cara en todo el concierto —rio Sarah.

A pesar de que el carisma de Elvis era capaz de atravesar la pequeña pantalla, no tenía nada que ver con la sensación de vivir en directo su energía. Pedro cerró los ojos mientras escuchaba la voz y viajó a aquel momento. Deseó que el tiempo transitara el camino inverso hasta el momento en el que las luces se apagaron y la emoción invadió el pequeño auditorio. Solo la voz de Sarah lo sacó de su ensoñamiento:

—Pedro, creo que ha llegado la hora de volver a casa.

Él encajó aquellas palabras como una daga en las entrañas. Sabía lo que significaban, conocía el peso de la decisión. Volver a San Francisco para estar con los suyos. «Me iré rodeada de aquellos a los que quiero». Asintió con todo el dolor del mundo agarrado a su pecho y la miró directamente a los ojos.

—Claro que sí, cariño —dijo, sonriendo—. San Francisco, prepárate para el... ¡*'68 Sarah's Comeback*!

Se levantó de un salto y comenzó a imitar el movimiento

de cadera que Elvis, arrancando una carcajada de los labios de Sarah. Su risa siempre conseguía alejar cualquier sombra de miedo de su cabeza.

XVII.

San Francisco, California. Julio de 1969

San Francisco, 30 de diciembre de 1968

Pedro:

Sabes que no se me da bien escribir. Lo mío es el cara a cara, la piel con la piel, pero, cuando encuentres esta nota, todo lo que quedará de mí serán recuerdos. No creo que reste nada por decir entre nosotros. No faltan palabras, falta tiempo. Noto que se me escapa entre los dedos y que la vida me da la espalda.

Por primera vez siento miedo. Miedo a perder lo que hemos construido juntos, a dejarte solo. No tengo el valor de decírtelo en persona, aunque quizá tú ya lo sepas porque siempre supiste leerme más allá de las palabras. Sé que llega tarde, pero necesito sacarlo de mí.

Es ahora, curiosamente, cuando las cosas que me decías sobre Dios vuelven a mi cabeza una y otra vez. Mi orgullo me impide reconocer que te escuchaba y que, en el fondo, sabía que tenías razón. Creía que no tenía tiempo para la fe, solo para el trabajo y para ti.

Quiero dejar por escrito algo que siento muy profundo dentro de mí: mi amor por ti. Estos años a tu lado han sido los más felices de mi vida, y por ello deseo darte las gracias, Pedro, de una forma sincera y sin artificios.

Gracias por soportar esta dura carga conmigo, por llenar la casa y el restaurante con esa energía tuya tan llena de luz. Sin ti, hace tiempo que la mía se habría apagado.

No tengo dudas de que la vida pondrá en tu camino alguien que merezca el amor que brota de ese corazón navarro tan noble y fuerte como un haya de Irati. Me queda la espina clavada de no haber conocido tus raíces, tu familia. La vida nos quita ahora lo que antes nos dio. Es su ley. Contra eso, no hay lucha posible.

Cuídate, Andonegui. Y, de vez en cuando, relee estas líneas para recordar que te quise con todas las células de mi maltrecho cuerpo.

Tuya siempre,
Sarah K.

Como en un ritual invariable, Pedro leía cada día la carta que Sarah dejó escrita para él. Habían pasado más de seis meses desde aquel fatídico cinco de enero en el que ella cerró los ojos por última vez. Las palabras ya no desgarraban como al principio. El dolor seguía presente, pero habían aprendido a convivir. La carta, llena de tachones, mostraba una escritura sentida, saliendo a borbotones de las mismas entrañas de una Sarah agonizante.

Desde la ventana, observaba a la gente deambular por la calle Oak, ajena al dolor que sentía, ignorante de su duelo. La señora Hawthorne se había alegrado de ver a Pedro de vuelta y se las arregló para darle *su* habitación. Sarah había decidido vender la casa y donar el dinero a una asociación médica que investigaba una cura para su enfermedad. Pedro estuvo de acuerdo. No querría vivir solo entre aquellas paredes abarrotadas de recuerdos de los dos. Económicamente, se podía permitir alquilar una para él solo, pero no supo la razón que lo empujó a volver a la pensión. Allí se sentía seguro. Era territorio conocido antes de Sarah.

De pronto, el suelo se movió bajo sus pies. Era la tercera réplica de un temblor de tierra que lo había despertado a las seis de la mañana. Ya no había podido volver a conciliar el sueño. En las últimas semanas, los temblores se habían convertido en cotidianos. Eran movimientos sísmicos menores, pero en la calle se escuchaban voces augurando que un gran terremoto como el de 1906 se aproximaba. Un *hippie* con una pancarta se apostaba cada día en la confluencia de Oak y Scott a proclamar la venida del fin del mundo.

Pedro no temía que la tierra temblara, pues el terremoto era interior.

Después de la muerte de Sarah, había sufrido una fuerte crisis de fe que lo llevó a alejarse de la Iglesia. Sus oraciones, sus rezos no habían surtido efecto. Sintió que Dios no lo escuchaba, que se había olvidado de ellos. Hasta que un día, el padre Sebastián fue a buscarlo al restaurante y tuvieron una profunda conversación. Como siempre, el párroco supo encontrar las palabras adecuadas para aquel joven herido. «Dios te sigue amando a pesar de que te hayas alejado de Él. Te espera paciente y te acogerá con amor, como el padre al hijo pródigo. Recuerda que Él tiene todo el tiempo del mundo y es infinito en su paciencia».

Pedro volvió a encontrar refugio en su fe. En la soledad de un banco, al fondo de la Iglesia, halló quietud para sus emociones desbordadas. Supo entonces que no volvería a darle la espalda a la fe que lo había sostenido y que sería capaz de enfrentar cualquier desafío que la vida le tuviera reservado.

Miró el reloj de la mesilla: marcaba las nueve y media de la mañana. Comenzó a prepararse para ir a Misa Mayor. Después, pasaría por el restaurante. Aquel veinte de julio, la nación entera se preparaba para el acontecimiento que habría de cambiar el transcurso de su historia.

Alrededor de las nueve de la noche, todo el país estaría pegado a las pantallas de televisión. En «The Sarah's Corner» habían preparado una fiesta especial para celebrarlo.

Eran poco más de las dos cuando entró a la cocina.

—Hola, *socio* —lo saludó J.P.

Pedro sonrió. Aquel hombretón se había convertido, junto a su inseparable Fito, en el mejor apoyo para superar aquellos duros meses. También querían a Sarah, a su manera. Para todos fue un duro golpe su muerte. Siguiendo sus deseos, solo se guardaron cinco días de luto. El restaurante reabrió sus puertas un frío lunes de enero para volver a alimentar los estómagos y corazones de los parroquianos.

Pedro observó la decoración para el *Gran Acontecimiento*, como todos lo llamaban. Pensó que a Sarah le habría gustado el resultado. Sintió una punzada y se concentró en el trabajo para no pensar.

En ese momento, Matt entró en el restaurante acompañado de Vivian, su novia desde hacía un año. Pedro los saludó con cariño. Le caía bien aquella chica risueña y sencilla, tan diferente a las mujeres con las que Matt había salido últimamente, hasta el punto de serenar el carácter alocado de su primo. Ambos habían sido también un apoyo indispensable para Pedro en los momentos más difíciles de los meses previos. Vivian había demostrado una empatía y un saber estar que sorprendieron gratamente a Pedro, derribando los muros de aislamiento que construyó las semanas posteriores a la muerte de Sarah.

Poco a poco, las mesas del restaurante se fueron llenando de parroquianos habituales y otros que asomaban por primera vez, atraídos por la expectación generada. El sentimiento que flotaba en el ambiente era de euforia contenida. Todos eran conscientes de estar a punto de presenciar un momento que, sin duda, quedaría grabado en sus memorias para siempre.

En el televisor recién comprado para el evento, la figura de Walter Cronkite iba retransmitiendo puntualmente la evolución del histórico momento.

Por fin, poco antes de las nueve, las imágenes conectaron con el módulo del *Apollo XI*. El mundo entero contuvo la respiración mientras el astronauta Neil Armstrong descendía las escalerillas y pisaba la superficie lunar.

«Este es un pequeño paso para un hombre, pero un gran salto para la humanidad».

Las personas allí congregadas, así como las que asistían desde sus casas a la conquista del espacio, prorrumpieron en gritos de júbilo y la alegría se desbordó alrededor del mundo entero. Aquellos tres hombres, convertidos en héroes, llevaban sobre sus hombros los sueños de toda la humanidad.

Mientras servía una copa, Pedro no pudo evitar recordar aquellos momentos de soledad en la llanura, con un transistor como toda compañía. Entonces había escuchado la voz firme de un presidente visionario, que prometía llevar al hombre a la Luna antes de que acabara la década. Lamentó que no estuviera vivo para ver su sueño hecho realidad. Tampoco Sarah estaba allí para celebrarlo con él. Sentía que todas las piezas de aquel improbable puzle encajaban.

Todas, menos la suya.

Entonces lo supo.

Con una certeza que pocas veces había tenido antes.

Su amigo Fito entró en la barra y lo abrazó, eufórico. Matt y Vivian se acercaron, sonrientes. El ambiente era de alegría desbordada.

—¡Vamos, primo! ¡Es el acontecimiento del siglo! ¡Que corra el champán!

Pedro los miró y los tres pudieron percibir la melancolía en sus ojos.

—Te estás acordando de ella, ¿verdad? —intervino Fito—. Todos la echamos de menos. Pero sé cuánto admirabas a Kennedy. Yo mismo te he visto observar la luna durante horas en la llanura. ¡No me digas que no te alegras!

—Claro que me alegro, querido amigo —dijo Pedro poniéndole una mano en el hombro—, pero ha llegado el momento.

—¿El momento? ¿De qué?

—De volver a casa, Fito.

Este enmudeció. Bastó una mirada para saber que su amigo hablaba en serio. Matt y Vivian entendieron también que la decisión estaba tomada. Y que nada ni nadie en el mundo podrían hacerle cambiar de opinión.

Cuarta Parte

I.

Aeropuerto de Sondica, Bilbao. Febrero de 1970

Absorto como estaba en sus pensamientos, Pedro no se dio cuenta de que el operario encargado del equipaje ya había dejado su maleta sobre el carro metálico. Solo cuando oyó su nombre, reaccionó y alzó la vista. Un hombre canoso con gorra de *tweed* le hacía señas desde el otro lado del andén de descarga. Se dio cuenta de que era el único que aún no había recogido sus bultos. Pedro parpadeó, desperezando los recuerdos de aquel breve letargo emocional, y se acercó con paso lento hacia el hombre. La maleta, golpeada y con los cierres arañados por los viajes, parecía llevar impresos todos los kilómetros de los últimos días.

—Su equipaje, caballero —dijo el hombre de la gorra—. Parece que viene de muy lejos.

Pedro lo miró, lacónico.

—Del otro lado del mundo.

—¿Está de paso?

—No, vuelvo a casa. ¿Por qué lo pregunta?

—No sé... Lleva poco equipaje.

—Me fui sin mucho y vuelvo con poco.

—Está bien, que tenga buen día, señor. —El hombre se tocó la gorra a modo de saludo.

—Igualmente, amigo —respondió Pedro con una leve sonrisa.

Cargó con su equipaje, que pesaba más en lo emocional que en lo físico, y se dirigió hacia la salida de la terminal de llegadas, donde estarían esperándolo. La mayoría de los pasajeros del vuelo ya habían abandonado el aeropuerto, por lo que no tardó en reconocer a Txori entre las pocas personas que aún quedaban en la sala. Su amigo se acercó hacia él al verlo franquear la puerta, con los brazos abiertos y una gran sonrisa en la cara.

—¡Por un momento he llegado a pensar que te habías arrepentido y habías vuelto a América! —exclamó, mientras lo estrechaba con fuerza.

Le hizo bien aquel abrazo. Lo sintió cercano, como un lugar

reconfortante. Después de tantos años fuera, no sabía cómo lo acogería su antiguo entorno.

—Me gustaría visitar a alguien antes de volver a casa. No vive lejos.

Txori asintió, tomó la maleta y le echó el brazo sobre los hombros. La escena resultaba de una ternura casi cómica, ya que Pedro le sacaba una cabeza a su amigo y era medio cuerpo más corpulento, aunque a ninguno de los dos les importó.

Txori siguió las indicaciones al volante de su flamante Seat 124 rojo, estrenado hacía apenas un mes. Atravesando Lejona y Erandio, llegaron al barrio de Neguri. Habían pasado casi diez años y la zona estaba cambiada. Ya no solo había mansiones, sino también pequeños bloques de viviendas comunitarias. Aun así, supo orientarse y no tardó en encontrar el número 12 de la calle de los Tilos.

—¿Te espero en el coche? —inquirió Txori.

—De momento, sí. Ni siquiera sé si aún viven aquí.

Se apeó y llamó al timbre de la verja exterior. Al cabo de un rato, la puerta principal de la casa se abrió y una voz familiar preguntó:

—¿Quién llama?

—¡Matilde! Soy yo, Pedro Andonegui. ¿Se acuerda de mí?

—¿Señorito Pedro? —El ama de llaves de los Bennet se acercó a paso vivo hasta la cancela—. ¡Dichosos los ojos! ¡Qué alegría verlo de nuevo!

—Yo también me alegro, Matilde, ¿está el doctor Bennet?

—Nooooo..., lo siento, señorito, los señores están de viaje en Londres por unos asuntos personales. ¿Les avisó de que venía?

—No. Se me ocurrió a última hora darles una sorpresa. —Tendió un paquete hacia Matilde—. ¿Le importaría darle esto al doctor?

El ama de llaves lo tomó entre sus manos.

—¡Claro que sí, don Pedro! ¿Desea dejarle algún mensaje?

Pedro negó con la cabeza.

—Hay una carta dentro del paquete. Matilde, debemos irnos. Me ha alegrado mucho volver a verla. Salude a los señores de mi parte. Dígales que ya he vuelto de América y que espero volver a verlos pronto.

—Descuide. Será lo primero que haga cuando entren por esta puerta.

Se despidieron cariñosamente y Pedro montó de nuevo en el coche. Matilde permaneció en la entrada, hasta que perdió el vehículo de vista y entró de nuevo en casa.

Los dos amigos emprendieron rumbo a la capital navarra con buen ánimo. Tenían más de cuatro horas por delante para ponerse al día. Fue Txori quien rompió el hielo.

—Me alegro de que hayas vuelto, Pedro.

Su amigo no respondió de inmediato. Parecía estar midiendo sus palabras.

—Entiendo que no debe de ser fácil —continuó Txori.

—No lo es. La decisión la tenía clara desde hace meses, pero el proceso ha sido doloroso.

Txori calló, intuyendo que su amigo querría seguir hablando.

—Ha pasado más de un año desde que Sarah murió. Sé que tardaré en olvidarla, pero ir cada día al restaurante era como si me clavaran un puñal. Necesitaba salir de allí, pero tampoco había ningún otro sitio al que quisiera ir.

—Pedro... —Txori dudó al formular la pregunta—. Si ya sabías cuál era el destino fatal de Sarah, ¿por qué decidiste quedarte?

—¿Has estado alguna vez enamorado, Txori? —inquirió Pedro, sin malicia alguna.

—Bueno..., enamorado, enamorado..., no sé qué decirte.

—Si lo hubieras estado, lo sabrías.

Su amigo negó con la cabeza.

—Diría que no.

—Eso no se elige, Txori. El amor te golpea de una forma que noquea tus sentidos, tus entendederas y cualquier lógica razonable. Es una batalla perdida.

—Entiendo —dijo sin quitar la vista de la carretera.

—Una cosa te voy a decir. —La voz de Pedro sonó más grave que nunca—. Volvería a tomar la misma decisión un millón de veces en un millón de vidas. Sarah me ha dado los mejores años de...

—Hasta ahora... —interrumpió.

—¿Cómo?

—De tu vida hasta ahora. —En ese momento fue Txori quien se puso serio—. No puedes seguir lamentándote, amigo, debes darte la oportunidad de continuar con tu vida y mirar hacia adelante. Incluso de abrir tu corazón y volver a enamorarte.

—¿Qué sabrás tú del amor?...

Txori se ofendió.

—No sabré nada del amor, pero he visto a muchas personas hundirse por no saber pasar página. Y no quiero que eso te pase a ti..., ¿estamos?

Los dos se miraron por un instante a los ojos. Estallaron en una carcajada sonora, recordando la expresión favorita de don Sabino.

—Perdóname —dijo Pedro—. Tienes razón. Por cierto, ¿qué será de la vida de nuestro viejo profesor?

—Hasta donde yo sé, cuando se jubiló de la enseñanza, volvió a su Burgos natal y vive plácidamente en el pueblo. Nunca se casó ni tuvo hijos.

—Un hombre de ideas fijas y convicciones inalterables. ¡Qué gran pastor perdió la iglesia!

Los dos rieron de nuevo con gana, imaginando a don Sabino con sotana y alzacuellos.

—Habrán debido de ser meses duros para ti —dijo Txori, rompiendo el silencio que sucedió a las risas.

Pedro miró a su amigo, que no apartó la vista de la carretera.

—Así es. Ni siquiera el trabajo fue un refugio; cada rincón del restaurante me recordaba a ella. Volver a la pensión y dejar la casa supuso cierto alivio. Pero los que me ayudaron de verdad fueron J.P., Fito, Matt y, sobre todo...

Hizo una pausa.

—¿Sobre todo?

Pedro alzó la barbilla. Sabía que su amigo no creía.

—El de arriba.

—¿Dios?

Pedro asintió.

—Tranquilo, yo lo respeto. Cada uno encuentra la calma donde buenamente puede. Si te sirvió para aliviar las penas, bienvenido sea... Es mejor eso que darse al alcohol, como veo hacer a muchos. Hay verdaderos dramas por ahí.

Continuaron un rato en silencio, sumidos ambos en sus pensamientos.

—Bueno... —Txori quiso cambiar de tercio—. Y ahora, ¿qué?

—Tengo un par de ideas rondando la cabeza, pero debo hablarlas antes con *Aita* y David.

—¿Vuelves al pueblo?

—No lo creo. Después de San Francisco, volver al valle sería un contraste demasiado fuerte. Necesito un punto intermedio. Creo que Pamplona puede ser el lugar que necesito.

—¿Puede decirse entonces que has hecho las *américas*?

—¿A qué te refieres?

Txori levantó la mano derecha y frotó el pulgar con el índice, en clara referencia al dinero. A Pedro le daba cierto pudor tratar el tema. Su amigo lo notó.

—¡Vamos, hombre, no me digas que te da vergüenza hablar de dineros! Entre hombres de negocios no debe haber pudor para tratar esos temas... ¡y menos entre amigos!

—Está bien. Se puede decir que he hecho las *américas*, sí. Ya sabes que soy más hormiga que cigarra y me gusta ahorrar. Sarah me dejó una parte del negocio, que vendí a J.P. al marchar. De lo que me arrepiento es de no haber comprado mi propia casa y después haberla vendido, como ha hecho Fito. ¡Se ha sacado un buen pellizco!

—¿Fito también deja América?

Pedro asintió.

—Vamos a ser socios.

—¿Es de fiar?

—Es mi mejor ami... —Se dio cuenta antes de terminar la frase—. Ya me entiendes, mi mejor amigo en América.

Txori soltó una carcajada.

—¡No te apures! La nuestra es una amistad diferente, de cuna, si se puede decir así. Y es mejor no hacer negocios con los amigos de cuna, créeme. En el bufete estoy cansado de ver casos de amigos que empiezan negocios siendo íntimos y acaban como el rosario de la aurora.

—Y, ¿tú? —inquirió Pedro—. ¿Qué novedades tienes, picapleitos?

Txori sonrió e hizo una pausa teatral, recreándose en el momento.

—En un par de meses me mudo a Madrid —dijo, sin poder disimular su orgullo.

—¿Madrid? ¿Qué se te ha perdido en la capital?

—Voy a preparar las oposiciones para el Ministerio de Justicia.

Pedro miró a Txori con admiración. Siempre había sabido de su potencial, pero aquello eran palabras mayores.

—Me alegro mucho por ti, de verdad. Si alguien puede aspirar a eso, eres tú. ¡No me quiero imaginar lo orgullosa que debe de estar tu *ama*!

—Orgullosa está, pero no le gusta que me vaya lejos.

Pedro se acordó de su madre y sintió una punzada en el corazón. Trató de sacarse rápido esos pensamientos de la cabeza.

—Bueno, es que Pamplona a ti se te queda pequeña. Siempre hemos sabido que apuntabas más alto que una capital de provincias tan…

—¿Puritana?

—Iba a decir conservadora, pero sí…

—Para alguien como yo, Pamplona es una cárcel.

Lo dijo tan serio que Pedro quedó impresionado.

—Creo que en San Francisco tú habrías sido feliz. Aquello es el paraíso para los que…

—¿Nos gusta más la carne que el pescado?

Pedro rio.

—A ti te gusta más el *pecado* que la carne, amigo.

En esta ocasión, fue Txori el que no pudo aguantar la carcajada. Aminoró la velocidad y puso el intermitente a la derecha.

—Vamos a parar en esta gasolinera. Tengo que repostar y cambiarle el agua al canario.

Pedro no entendió.

—¡Orinar! ¡Mear! ¡Ni que hubieras vuelto de un viaje a la Luna!

—¡Ja, ja, ja! Poco más o menos…

El comentario hizo que Pedro se acordara de su antiguo amor.

—Oye, ¿qué sabes de José y Luna?

Txori meneó la cabeza, apesadumbrado.

—Mal asunto, Andoni. Hay algo que debo contarte, pero tendrá que esperar a que reanudemos el viaje. ¡Tengo urgencias que atender!

Salió disparado hacia el baño, mientras Pedro se quedaba mirando al mozo de la gasolinera llenar el depósito. ¿Qué sería aquello que había hecho ensombrecer el ánimo de su amigo?

—¿Ya no te acuerdas de mí, Andonegui? —Una voz lo sacó de sus pensamientos.

Era el mozo de la gasolinera. Su cara le resultó familiar, pero no logró ubicarla en el tiempo y en el espacio.

—Perdona, sé que nos conocemos, pero no caigo de qué.

—¿Tan pronto has olvidado aquellos escarceos nocturnos en la muga?

La memoria visual de Pedro trabajaba a pleno rendimiento, buscando en el rostro de aquel hombre rasgos familiares que lo identificaran. De pronto, un nombre vino a su cabeza, pero no podía ser... ¡aquella cara era tan distinta a la que conservaban sus recuerdos!

—¿Tomás? ¿Tomás Iraizoz?

—El mismo —dijo, mientras colocaba de nuevo la manguera en el surtidor—. Aunque un poco cambiado, como puedes ver. No me trataron muy bien en la comandancia de Pamplona.

No lo habría reconocido jamás. Tenía marcas y cicatrices en el rostro que le daban un carácter siniestro. Apenas le quedaba pelo, aunque no tendría siquiera treinta años. La vida lo había tratado mal.

—Tú, en cambio —prosiguió—, fuiste más listo y no te dejaste coger. Pero yo pagué los platos rotos de tu última *hazaña*.

Lo dijo con desdén, señalándose la cara.

—No..., no sé qué decir.

—Y para que lo sepas, yo nunca fui un chivato. Nunca dije nada. Y bien caro que lo pagué.

—Lo siento, Tomás. Sé que mis palabras no servirán para reparar el daño, pero lo siento de veras.

—Es igual, déjalo. Tampoco fue culpa tuya. Sabíamos a lo que nos exponíamos. —Hizo un gesto con la mano como queriendo pasar página—. ¿Qué haces por aquí? ¿No andabas en América?

—He vuelto. ¿Te acuerdas de Txori? —dijo, señalando con la cabeza en dirección a su amigo, que se acercaba en ese momento—. Ha venido a recogerme al aeropuerto de Bilbao.

Ambos se saludaron. Parecía que se hubieran visto en más ocasiones. Txori le hizo un gesto a Pedro para que entrara en el coche. Este obedeció y el primero arrancó a toda prisa. Miró hacia atrás por encima del asiento y vio a Tomás allí plantado, observándolos desafiante.

—¡Menudo pieza el Tomás este! —exclamó Txori—. No sabía que ahora trabaja aquí. ¡Si lo llego a saber!...

—Está hecho un cromo, el pobre.

—¿Pobre? Bien se lo ha ganado. Durante un tiempo, después de que marcharas, la tomó conmigo por ser yo el más pequeño, hasta que un día José lo puso en su sitio. Años más tarde, nos vimos las caras en el juzgado y entonces fui yo quien lo puso en su lugar. Es un habitual de los calabozos. Aunque hacía tiempo que no oía nada de él. Mejor guardar las distancias con ese tipo...

—¿Y qué me tienes que contar? ¡Estoy en ascuas!

—¡Ah, sí! A ver por dónde empiezo... Hace cosa de una semana me llamó la madre de José contándome que su hijo estaba en el hospital. Alguien le había dado una paliza tremenda. Casi lo matan. Ángel, el pastor, lo encontró tirado y lleno de sangre junto a una cuneta, cerca de La Factoría.

Pedro se quedó lívido.

—¿Quién le hizo eso?

—No se sabe, pero creemos que Castrejana tuvo algo que ver.

—¿Castrejana? ¿Qué pinta en todo esto?

Txori suspiró. No le resultaba fácil decir aquello.

—Verás, Pedro, hace unos días fui al hospital a verlo. José me contó que él y Luna estaban atravesando por un bache. Un día, después de una fuerte discusión, José ahogó sus penas en el bar. Al volver a casa, se le debió de ir la mano con ella en presencia de los hijos. Parece ser que no era la primera vez.

Pedro no podía creer lo que estaba oyendo. Notaba cómo la sangre le hervía en las venas. Txori continuó:

—Castrejana ya le había dado un aviso. José no se lo tomó en serio. Según él, el sargento le debe un montón de «favores». Con lo que no contaba nuestro amigo es con que Agustín no se anda con chiquitas cuando de su hija mayor se trata.

—¿Y qué pasó?

—Entraron en su casa mientras dormía y se lo llevaron. No pudo ver quiénes eran. Forcejeó hasta que recibió un golpe en la cabeza que lo noqueó. Se despertó sentado en una silla, con un saco en la cabeza y atado de manos. Recuerda un sitio frío y húmedo. Oía un caño gotear sin parar.

Txori hizo un alto en el relato.

—Entonces, comenzaron los golpes. No sabe el tiempo que duró la paliza. Solo es consciente de que, en un momento dado, dejó de sentir dolor. Su cabeza se desconectó de su cuerpo. Lo siguiente que recuerda es despertarse en la cama del hospital.

—¿Y no oyó voces, conversaciones?

—Solo una frase antes de que empezara el festival de golpes: «Esto les pasa a los hombres que no saben tratar a las mujeres».

Pedro se giró hacia su amigo.

—Llévame al hospital.

—¿Estás seguro?

—¡Al hospital, Txori!

II.

Hospital de Navarra, Pamplona. Febrero de 1970

—Buenos días, ¿en qué puedo ayudarles? —La joven tras el mostrador de admisión los saludó con una sonrisa. Llevaba un llamativo broche amarillo en forma de flor en la solapa izquierda de su bata.

—Venimos a ver a José Astibia —dijo Txori.

Ella consultó los archivos antes de responder.

—Habitación 104, en la primera planta. Pero solo se permiten visitas individuales. Uno de los dos tendrá que esperar aquí a que salga el otro.

—Voy yo primero —le comentó Txori a Pedro—. Le preguntaré si está dispuesto a verte.

Pedro asintió y fue a sentarse en una de las sillas de plástico duro junto al mostrador. No había nadie más en la sala. Estaba intranquilo ante la inminente visita a su amigo, al que no veía desde hacía años. Para templar los nervios, tomó de una mesita de cristal una *Gaceta Ilustrada* y la hojeó sin demasiado interés. En la portada, una vista aérea del Guadalquivir bajo el título «Sevilla 1985». Debajo, una foto de María Callas con un titular que le arrancó una sonrisa: «Soy una diva (y me encanta)».

La recordaba bien. Un par de años antes, la soprano más célebre del mundo había copado las páginas de los periódicos por su ruptura con el magnate griego Aristóteles Onassis, que la abandonó para casarse con Jacqueline Kennedy, viuda del presidente. Un drama de altos vuelos que dejó páginas llenas y corazones rotos a ambos lados del Atlántico.

—¿Has estado allí alguna vez? —preguntó una voz tras el mostrador.

—¿Perdón?

—Que si has estado alguna vez en Sevilla. A mí me encantaría ir. Dicen que es preciosa y que su luz es mágica.

—La verdad es que no.

De pronto, Pedro se dio cuenta de que había viajado a los

confines del mundo, pero no conocía nada de su país.

—¿Dónde vives? —quiso saber ella.

—Eh..., bueno. No sabría decirte.

—¿Cómo? ¿No sabes dónde vives?

—Es que acabo de aterrizar en España. Aún no me he instalado.

—¿Aterrizado? ¿Desde dónde?

—San Francisco, California.

—¡Qué exótico suena eso! Yo tengo un hermano que vive en Chile. ¡Hace mucho tiempo que no lo veo y me encantaría ir a visitarlo!

Pedro se fijó entonces en la chica. Tendría su misma edad; quizá un par de años más. En su rostro expresivo y risueño, destacaban unos brillantes ojos marrones. El pelo recogido en un perfecto moño le hizo pensar que era una persona meticulosa y pulcra en sus quehaceres y en su trabajo. Sobre el uniforme de hospital azul claro, lucía una chaqueta oscura en la que resaltaba un broche amarillo en forma de flor. En ese momento, llegó Txori.

—A José le gustaría verte.

Pedro se levantó. Al pasar junto al mostrador, la joven le sonrió.

—Por cierto, me llamo Carmen.

—Yo soy Pedro. Y me encanta tu broche.

Ella se sonrojó levemente mientras él caminaba hacia las escaleras. Txori, sin perder detalle de la escena, sonrió para sus adentros.

Pedro se detuvo ante la puerta de la habitación. Golpeó con los nudillos y esperó, conteniendo la respiración. Una voz conocida dijo: «adelante». Con la mano apoyada en el pomo, dudó un instante. Por fin, abrió la puerta con suavidad.

La persiana de la habitación estaba a medio bajar, lo que generaba una sensación de penumbra en la habitación. Cuando por fin sus ojos se acostumbraron, ahogó una exclamación al ver la cara de José.

—Y eso que ahora estoy bastante bien. Si me llegas a ver el día que me trajeron aquí, mi cara se parecía a los mapas de ríos y cordilleras que nos enseñaba don Sabino.

—La verdad es que estás hecho un cuadro.

—Lo sé. Ven, acércate. Todavía veo borroso de lejos. Los médicos me han dicho que a punto he estado de quedarme ciego.

De cerca, su aspecto impresionaba aún más.

—Me levantaría y te daría un abrazo, Andoni, pero no va a poder ser.

—Tranquilo, me doy por abrazado.

Los dos amigos se quedaron mirándose el uno al otro, a los ojos.

—Oye... —dijeron ambos a la vez.

La carcajada también fue simultánea.

—Mierda —dijo, con gesto de dolor—. Si me río, me duele todo. Déjame empezar a mí, Pedro. Sé que tenemos muchas cosas que decirnos. He sido un capullo. Contigo, con Luna... Me merezco todo lo que me ha pasado.

—No digas eso...

—Es triste que me hayan tenido que dar una paliza para darme cuenta de ciertas cosas. Siempre he sido un poco burro para razonar. Tengo más desarrollados los bíceps que el cerebro, pero estos días aquí tumbado sin poder mover un solo músculo me han servido para recapacitar y darme cuenta de la cantidad de cosas que he hecho mal en mi vida. Lo tenía todo para ser feliz y la he ido cagando hasta quedarme sin nada: sin mujer, sin hijos, sin amigos...

Los ojos se le humedecieron. Pedro no recordaba haberlo visto llorar.

—Lo de los amigos está por ver...

—¡Cómo voy a esperar que quieras ser mi amigo! Te traicioné, Pedro. Lo hice por envidia. Tenía celos de ti. Quería que Luna se fijara en mí, pero solo tenía ojos para ti. Caí en la trampa de Castrejana y me convertí en su confidente. Me pedía que os espiara, que le informara de todo lo que hacíais. Me prometió que, si le ayudaba a quitarte de en medio, tendría vía libre con Luna. Yo estaba allí, en la Lágrima, el día en que tú y Luna os bañasteis desnudos en el río y...

Pedro estaba horrorizado.

—¿Se lo dijiste a Castrejana?

—No, no le conté aquello. Aunque esa imagen me ha perseguido desde entonces. Jamás he visto a Luna mirarme como te miraba a ti aquel día. Conmigo se ha comportado siempre como una buena esposa, pero nunca me ha amado. Es duro oír cómo te nombraba en sueños, ver cómo releía a escondidas tus cartas una y mil veces. He aprendido que en el corazón de una mujer no se entra por la fuerza. Yo no tengo esa magia que tú tienes. Ese encanto natural, que te sale sin esfuerzo. Incluso yo, que he querido odiarte con todas mis fuerzas, te veo y me desarmo.

—No sé qué decir, José. Tengo sentimientos encontrados. Todavía quedan en mí recuerdos de aquella amistad que forjamos en el bosque, en las calles del pueblo, en el río, en los búnkeres... pero no te negaré que la traición duele como un puñal. Pero lo que más me jode... es que hayas hecho sufrir a Luna. ¿De verdad le pusiste la mano encima?

No contestó, pero su mirada lo delataba.

—¡La *hospa*, José, eso no se hace! ¿Cómo fuiste capaz?

Pedro se dio la vuelta y, nervioso, paseó por la habitación mesándose los cabellos.

—Mira, Pedro, entiendo que estés cabreado conmigo. Pero cualquier cosa que me digas es poco, comparado con la mierda que me he echado encima yo mismo. Y, bueno, ya ves que estoy pagando mis pecados postrado en una cama.

—Las heridas físicas se curan, animal, pero las heridas emocionales pueden dejar rastro para siempre.

Pedro se dejó caer en el sillón. Su cabeza intentaba procesar todo aquello. Sentía deseos de zarandearlo por maltratar a Luna, a la vez que su situación vulnerable lo conmovía de una manera que no era capaz de entender. Le parecía sincero en su arrepentimiento; sus palabras habían tocado un resorte en su interior, antiguo y casi olvidado, donde habitaba aquella amistad incólume que Txori definía como *de cuna*.

—Necesito tiempo para pensar, José —dijo, poniéndose en pie—. Volveré por aquí en unos días. Ahora mismo tengo un barullo de emociones que no puedo manejar. Quiero estrangularte y abrazarte a la vez. Estoy hecho un lío...

—Prometo que no me moveré de aquí —respondió José, intentando romper con humor la tensión que se había instalado entre ambos.

—Adiós, José.

—Adiós, Píter.

Este se dispuso a salir, pero se volvió hacia la cama.

—¿Dónde está Luna ahora?

—No lo sé —José movió la cabeza, lacónico—. Ojalá pudiera…

Pedro abandonó la habitación sin dejarle terminar la frase, con más dudas de las que traía. Volvió con Txori, que conversaba animadamente con Carmen. Pasó como una exhalación junto a ellos.

—¡Vámonos, Txori!

Este hizo un gesto a Carmen de no entender nada y corrió tras su amigo.

—¿Qué ha pasado ahí dentro?

—Te lo contaré por el camino. ¿Puedes llevarme a casa de mi *Aita*?

Recogieron el coche y tomaron la carretera que llevaba al valle. Durante el trayecto, Pedro le contó a Txori la conversación que había tenido con José. Su amigo escuchaba el relato atónito.

—Joder, no me lo puedo creer. No me extraña que te sientas así. No creía que José fuera capaz de una traición así.

—De todo, lo que menos me molesta es la traición. ¡Con lo que no puedo es con que le haya puesto la mano encima a Luna! Le he preguntado y me ha dicho que no sabe dónde está ella. ¿Tú lo sabes?

Txori meneó la cabeza.

—¿Candela sigue trabajando contigo?

Esta vez, Txori asintió.

—Y, ¿no te ha dicho nada?

—Todo lo que Candela tiene de eficiente, lo tiene también de reservada para sus cosas y las de su familia. No ha salido una palabra de su boca al respecto.

El silencio se instaló entre ambos.

—Sin embargo… —Txori pareció medir sus palabras— Mi madre dice que las mujeres del pueblo comentan cosas… ya sabes. Hace días que no se los ve por el pueblo, ni siquiera a

Castrejana. Se dice que han vuelto a Badajoz... Y que no van a volver.

A Pedro se le acumulaban los pensamientos en la cabeza. No tenía claro que quisiera ver a Luna de manera inmediata, pero tampoco contaba con no volver a verla. Sintió de pronto la necesidad de respira aire fresco y bajo la ventanilla. Txori intuyó por lo que estaba pasando.

—Demasiadas emociones para tu primer día en casa. —Miró a su amigo, cuya cara reflejaba la tensión que vivía—. Necesitas el calor del hogar y el abrazo de los tuyos para recomponerte un poco.

—Gracias, Txori. Por todo, de verdad.

—No tienes por qué dármelas. Para eso están los amigos. Oye, por cierto, cambiando un poco de tema... —Puso cara pícara—. Creo que a la chica del hospital le has hecho tilín.

—¿A Carmen?

—A Carmen, la del «precioso broche» —puntualizó, soltando una risita—. He estado charlando con ella y averiguando un poco de su pasado. Soy experto en sacar información de la gente sin que se dé cuenta. Aunque también te digo que a esta chica le gusta conversar y no hace falta tirarle mucho de la lengua.

—¡Eres un caso!

—Resulta que es la segunda de cinco hermanos. Su familia es de Tierra Estella. Uno de ellos emigró a Chile y sueña con ir a verlo. He averiguado también que no tiene novio. Aunque... ¿sabes lo más increíble de todo? ¡Iba para monja! Pero su fe se quebró y decidió colgar los hábitos. Se le ve en los ojos que está ávida de vivir experiencias nuevas. Por cierto, unos ojos muy expresivos.

Txori seguía hablando, pero Pedro ya no lo escuchaba. Su mente volvía, una y otra vez, a la conversación con José. Recordó el momento en la Lágrima de Irati y sintió una punzada de asco al pensar que su *amigo* los había espiado desde la maleza. Castrejana se las había arreglado para manipularlo y lograr que Pedro desapareciera de la vida de Luna. Todos aquellos acontecimientos, que habían quedado enterrados en California, regresaban ahora para golpearlo con crudeza. Entonces, recordó una frase de la *Amona*: «El pasado siempre vuelve para ajustar cuentas con aquellos que no hacen las paces con él». Pero ya no era el niño que huyó. Ahora sabía cómo enfrentar lo que venía.

Su nerviosismo iba en aumento según se acercaban al pueblo. No veía a su padre ni a sus hermanos desde la boda de Maritxu. Habían transcurrido cinco años desde entonces y aún no conocía a sus sobrinos: Aitor, de cuatro años, y la pequeña Miren, de dos, hijos de su hermana. Se preguntó qué pensaría Aitor de su tío Pedro, el Americano. Deseó que fuera como él había imaginado de niño a Enrique: un gigante que vivía tan lejos que el sol tardaba un día entero en llegar hasta él. Pronto lo comprobaría, pero antes debían pasar a recoger el regalo que él y Txori iban a hacerle a su sobrino común.

Por fin, el coche se detuvo delante de la casa familiar. Esta vez, sin embargo, nadie lo esperaba dentro; ese día, todos aguardaban fuera, expectantes ante su llegada. *Aita* fue el primero en abrazar al hijo que tanto había echado de menos; después, sus hermanos, David y Maritxu, que portaba en brazos a Miren. Txori observó la escena desde un discreto segundo plano, emocionado. Se acercó a Juan, su hermano pequeño y marido de Maritxu.

—No seremos menos nosotros, ¿verdad, hermano? —le dijo, acercándose a él con los brazos abiertos.

—¡Claro, don Ignacio! —bromeó Juan, correspondiendo el abrazo.

Una vez hubo saludado a los suyos, Pedro se acercó a su cuñado.

—Hola, Pedro, bienvenido a casa —dijo, estrechándole la mano.

—Gracias, Juan. Me alegra verte —contestó, esbozando una sonrisa.

Entonces, se agachó para mirar a los ojos de un niño que lo observaba con timidez, escondido tras las piernas de su padre.

—Tú debes de ser Aitor Eguinoa Andonegui, ¿me equivoco?

El niño meneó la cabeza.

—Me han dicho que te encantan los animales.

Aitor asintió, ahora con una sonrisa incipiente.

—En ese caso, tengo algo para ti —dijo, tendiendo un pequeño paquete hacia su sobrino—. Fue muy especial para mí y ahora quiero que sea tuyo.

Lo tomó con manos temblorosas y miró a su padre en busca de aprobación. Este asintió. Aitor rompió el envoltorio con impaciencia y observó con curiosidad el contenido: una correa de cuero con cuatro letras grabadas a cuchillo. Txori se acercó al coche y abrió el maletero. La cara del niño se iluminó.

—¡Fiel! ¡Ven aquí! —ordenó Pedro.

Un cachorro de pastor alemán saltó del maletero y se acercó, juguetón.

—¿Quieres ponerle el collar? —preguntó a su sobrino.

Aitor no cabía en sí de gozo. Su sueño era tener un perro y aquel animal era la cosa más hermosa que había visto en su vida.

—¿Qué se dice, hijo? —le conminó su padre.

Embargado por la emoción, el niño no fue capaz de articular palabra. En su lugar, se abalanzó a los brazos de su tío, el Americano, un gigante convertido en héroe.

—¿No querrás llevarte todo el mérito, *Mr. Marshall*? —Txori reclamaba parte de la atención de Aitor.

Después de dar las gracias a su manera, Aitor ya solo tuvo ojos para Fiel. Desde aquel día, se convirtieron en inseparables: los mejores amigos que hubiera conocido el valle.

III.

Valle de Aezkoa, Navarra. Febrero de 1970

En la cocina, Pedro ayudaba a su padre a preparar la cena. David había ido al pueblo vecino a recoger a Amaya, su prometida, que aún no conocía al que sería su cuñado, para llevarla a la cena familiar a la que se unirían también Enrique e Isabel.

Maritxu entró con la pequeña Miren dormida en sus brazos. Aitor y su padre jugaban fuera con Fiel.

—¡Qué bien huele! —exclamó Maritxu—. Me encantaría quedarme a cenar, pero la niña no puede más. Nos vamos a casa. ¿Te pasarás mañana a vernos?

Pedro asintió abrazando a su hermana y dio un beso en la frente a su sobrina.

—Esta casa te ha echado de menos, hermano —dijo, mientras dirigía una lacónica mirada a su padre.

—Yo también os he echado mucho de menos, Mari, pero eso ya ha quedado atrás. Hay que mirar hacia adelante.

—Le vendrá bien —susurró, señalando con la cabeza a Salvador.

—¡Estoy bien! —exclamó este.

—¡Sordo no estás, desde luego! —Maritxu y Pedro prorrumpieron en una sonora carcajada.

La pequeña de los hermanos Andonegui abandonó la estancia y se dirigió a la calle en busca de Juan y Aitor, justo en el momento que Isabel y Enrique entraban por la puerta de la casa.

—¿Dónde está el sobrino americano? —La voz de Enrique resonó poderosa en el cuarto de estar.

Pedro se asomó desde la cocina, seguido por su padre.

—¿Quién lo pregunta?

—*There you are!*[37]

De tres grandes zancadas, llegó hasta Pedro y ambos se fundieron en un abrazo que no necesitó palabras para expresar cómo Enrique entendía el momento que estaba viviendo su sobri-

37 ¡Ahí estás!

no. Se separó de él y lo sostuvo por los hombros con sus grandes manos, mirándolo de arriba abajo.

—¡Pero, mírate! ¡Enviamos a un chico y nos devolvieron un hombre!

Pedro sonrió y no pudo por menos que sonrojarse cuando Isabel se acercó a él para saludarlo con cariño:

—Estás guapísimo, Pedro —dijo con admiración.

—Gracias, Isabel.

—¡Por dios! —Enrique levantó la nariz y olfateó el aire—. ¿Qué es ese olor tan delicioso? Hacía tiempo que en esta casa no olía así de bien...

—¡Mira quién habla! —se ofendió Salvador—. ¡El que no sabe ni hacerse un huevo frito!

—No te lo tomes a mal, hermano, es que me ha recordado a... ya sabes.

Salvador entró a la cocina, refunfuñando.

—Todavía no ha superado lo de Anamari —suspiró Enrique—, pero desde que anunciaste que volvías, se le ha suavizado el carácter.

En ese instante, entraron David y Amaya y se acercaron al grupo.

—Hermano, te presento a Amaya. Nos hemos prometido y nos casaremos en agosto. Este es mi hermano Pedro, del que no te he hablado *nunca*.

Pedro se dio cuenta de inmediato de que su futura cuñada era una persona muy reservada, pero su mirada era limpia y honesta. Le cayó bien desde el primer momento.

—Encantado de conocerte, Amaya, tienes toda mi admiración y mi respeto si eres capaz de aguantar a este. Sé lo que es compartir habitación con él.

Todos rieron con gana y la carcajada llegó hasta la cocina, arrancando una sonrisa en los labios de Salvador. Ese sonido, tan habitual durante tiempo atrás en aquella casa, no se prodigaba en los últimos años. «Ya es hora de que vuelva», pensó.

La cena discurrió en un ambiente de alegría y cierta nostalgia cuando los que ya no estaban salieron en las conversaciones. Las anécdotas e historias sucedidas en los últimos años a uno y otro lado del océano regaron la conversación de la familia hasta bien entrada la madrugada.

Sin embargo, a pesar del ambiente distendido, una pregunta rondaba las cabezas de los presentes, hasta que Enrique se atrevió a formularla, congelando por un momento las risas y la alegría:

—Bueno, Pedro, ahora que has vuelto..., ¿te quedarás en el pueblo con nosotros para trabajar la tierra y los animales?

Se hizo el silencio y todos dirigieron las miradas hacia el aludido. Esperaba aquella pregunta y estaba preparado para responder:

—No, tío —dijo, respondiendo a Enrique, pero mirando a los ojos a Salvador.

Notó cómo la cara de su padre se ensombrecía y asomaba a sus ojos un gesto de decepción. Tomó aire y prosiguió:

—No es en el pueblo donde puedo ser más útil a la familia. Me voy a instalar en Pamplona y montaré junto a mi amigo Fito un negocio del que todos nosotros nos beneficiaremos. Fito y yo, con los años y las aventuras que hemos vivido juntos, nos hemos vuelto inseparables. No puedo pensar en un mejor socio para acometer una empresa como la que tengo en mente, pero esa empresa no puede estar aquí, en el valle.

Hizo una pausa y vio la expectación instalada en los rostros de todos ellos.

—¿Vais a montar un restaurante? —inquirió David.

Pedro negó con la cabeza.

—Vamos a poner una carnicería en el ensanche de la capital. En ella, venderemos la mejor carne que hayan probado nunca los pamploneses. Esa carne vendrá directamente y sin intermediarios de un lugar donde los animales viven en un entorno natural increíble, alimentados con los mejores pastos y cuidados por las manos más experimentadas.

—¿De dónde conseguiréis esa carne? —Quiso saber Enrique.

—De aquí, de casa —dijo Pedro con tono triunfal—. Reinvertiremos parte de las ganancias de la carnicería en mejorar las instalaciones para los animales y compraremos más terreno para pastos. Ampliaremos la borda que tenemos cerca de La Factoría para dar cabida a más animales. Vosotros tres os ocuparéis del ganado y de seleccionar las mejores piezas para la capital. Fito y yo tenemos experiencia en el manejo de la carne. En San Francisco tuve al mejor maestro. Y los pamploneses con dinero vendrán a comprar la mejor carne de Navarra. La voz se correrá y, en unos pocos años, Carnicerías Irati se convertirá en el lugar de referencia en Pamplona y comarca.

En ese punto, se detuvo y miró a su padre, su tío y su hermano. Estos se miraron entre sí y de nuevo a Pedro. Enrique dio un sonoro palmetazo en la mesa.

—¡La *hospa*! ¡Lo tienes todo pensado! ¡Me parece una idea fantástica!

—¡A mí también! —exclamó David.

Pedro no le quitaba ojo a Salvador, que permanecía callado. La sombra de decepción había desaparecido de su rostro. Le pareció incluso que una tímida sonrisa asomaba a la comisura de sus labios.

—¿*Aita*?

Su padre lo miró fijamente, sin responder. Lo que parecía un gesto incipiente se convirtió en una franca sonrisa de aprobación que iluminó su rostro.

—¡Sea! —dijo, alzando su vaso en señal de brindis.

—¡Por Carnicerías Irati! —David levantó el suyo y todos al unísono lo siguieron.

—¡Por Carnicerías Irati!

Pamplona, Navarra. Marzo de 1970

La estación de autobuses de la capital navarra era un hervidero de gente que iba y venía acarreando bolsos y maletas. Unos bajaban de los autocares que llegaban de pueblos como Estella, Tafalla, Tudela o Sangüesa, mientras otros esperaban para montar y volver a casa.

Era sábado, el día de la semana con más ajetreo de personas y vehículos. El reloj de la fachada del vetusto edificio anunciaba que pasaban diez minutos de las cinco de la tarde. El humo se mezclaba con la luz de un declinante sol filtrándose por los ventanales y formaba caprichosos remolinos que revoloteaban hasta dispersarse al tocar el techo. Pedro se acercó a la ventanilla de información a preguntar por el andén donde habría de llegar el autobús procedente de Bilbao. «Andén número cuatro», dijo la persona que lo atendió.

Aún quedaban veinte minutos para que llegara el autobús en el que Fito retornaba de su aventura americana. Compró un periódico en el puesto de prensa y lo ojeó sin mucho interés. No le sonaba ninguno de los nombres de personalidades políticas o deportivas que copaban las primeras páginas del diario. «Tengo que ponerme al día», pensó.

—¿Tiene fuego, amigo? —La pregunta venía de un hombre enjuto y flaco que lucía un traje de buen corte dos tallas mayor. Saltaba a la vista que no había sido confeccionado para él. Un cigarrillo colgaba de la comisura de sus labios.

—No, lo siento, no fumo.

—Mmmm... —murmuró—. Amigo, ¿no tendrás una moneda para dejarme? Tengo que ir a Estella a ver a mi madre que está muy enferma.

—Claro —dijo Pedro, entregándole al hombre veinte duros—. Espero que tu madre se mejore, amigo.

Aquel hombre era uno de los *merodeadores* habituales de la estación. No era la primera vez que le pedía dinero para su madre o su tía enfermas, aunque las dos últimas veces tuviera que ir a Tudela o Tafalla a visitarlas. Vio al hombre alejarse arrastrando los pies, como si el peso de su historia le quedara tan grande como el traje.

El autobús de la compañía *Burundesa* hizo su entrada en la estación. Se dio cuenta de que estaba nervioso por el reencuentro. Apenas había transcurrido un mes desde que se vieran por última vez en el aeropuerto de San Francisco. Fito se apeó y se dirigió a su encuentro. Se saludaron efusivamente.

—¿Y esa barba? —inquirió Pedro.

—¿Te gusta? Me da un aspecto más de...

—¿Señor?

—Caballero, perdona.

Pedro rio con gana.

—Venga, caballero, no hay tiempo que perder. Quiero enseñarte algo —dijo, tomando la maleta de su amigo.

—¿A dónde me llevas?

—Primero a casa. Dejaremos la maleta y te podrás cambiar y dar una ducha. No te vendrá mal —sentenció, haciendo un mohín con la nariz.

—¿Y después?

—A su debido tiempo, amigo.

—¿A qué viene tanto misterio?

—Confía en mí —dijo, guiñando un ojo, y echó a andar.

Pedro había alquilado un apartamento de dos dormitorios en una tercera planta de un bloque de pisos en el cruce de las calles Bergamín y Navarro Villoslada, con vistas a los frondosos árboles que tapizaban la Plaza de la Cruz. La luz entraba a raudales por los grandes ventanales del piso. Incluso tenía un pequeño balcón al que asomarse.

—Te puedes quedar los días que necesites.

—Mañana marcharé al valle. Estoy ansioso por ver a mi familia. Y ellos por verme a mí. Han pasado muchos años.

—Tienes razón.

Pedro le mostró su habitación y le dejó para que se aseara.

—¿Preparo café?

—Me vendrá bien. Tengo el sueño totalmente cambiado y ya no sé en qué día vivo.

—Eso está hecho.

—Pedro...

—¿Sí?

—Me alegro de estar en casa y de volver a verte. Te hemos echado de menos por allí.

—Yo también me alegro, de verdad. ¡Venga! No tardes. Estoy impaciente por mostrártelo.

Tras la ducha y el café, ambos salieron de nuevo a la calle y recorrieron la calle Bergamín hasta la calle Tafalla. Cruzaron la Avenida de Carlos III y llegaron a la calle Amaya. Pedro se detuvo entonces.

—¿Qué ocurre? —Quiso saber Fito.

—Es aquí —dijo Pedro, señalando el edificio que tenían enfrente.

Era un bloque aparentemente anodino de cuatro alturas, construido en ladrillo, que no destacaba en nada sobre el resto de los edificios que lo rodeaban. De pronto, Fito vio algo y comenzó a entender por qué su amigo lo había llevado hasta allí. Ese edificio no tenía portales ni las ventanas correspondían a viviendas.

—¡Esto es el Mercado del Ensanche! —exclamó.

—Así es.

—Entonces... ¿estamos aquí por lo que yo creo?

—¡Acompáñame! —exhortó Pedro, emocionado.

Accedieron al edificio por una de las cuatro puertas ubicadas en las esquinas de la manzana y Pedro lo condujo a través de las calles interiores del mercado hasta un puesto que tenía la persiana echada.

—¿Una pescadería? —Fito no salía de su asombro.

—Ya no será más una pescadería. A partir de abril, este puesto levantará de nuevo la persiana como Carnicerías Irati.

—¿Carnicerías? ¿Por qué en plural?

—La gente pensará que es una cadena que se está expandiendo. Y es una declaración de intenciones a futuro, también.

Fito miró a su amigo maravillado.

—¡Me encanta! ¡Estoy deseando empezar! ¿Has hablado con tu familia?

Pedro asintió.

—¿Y qué ha dicho tu *aita*?

—Están dentro. Vamos a traer la mejor carne que hayan probado estas gentes —dijo, mirando a su alrededor—. Aquí hay dinero viejo. Y el dinero viejo tiene morro fino. No podemos no triunfar.

IV.

Llevaba varias semanas visitando a José en el hospital de manera regular, cuando se dio cuenta de que aún no le había llevado nada. Entró en una floristería de una calle cercana y se decidió, aconsejado por la dependienta, por unas gazanias. «Hoy empieza la primavera y estas son unas flores muy alegres».

Antes de subir a la habitación, pasó por el mostrador de recepción. Allí estaba Carmen, que levantó la vista cuando notó su presencia. Sus ojos se iluminaron.

—¡Qué flores tan bonitas! ¡El amarillo es mi color favorito! Qué afortunado tu amigo José...

—No son para él.

—¿Ah, no? —se sorprendió ella.

—No. A José las flores le importan un pimiento; no sabe apreciarlas. Son para otra persona.

Pedro percibió la mezcla de sorpresa y decepción en los ojos de Carmen.

—Ah, bueno, pues qué afortunada esa persona. ¿Está ingresada en el hospital?

—No, está sana como una manzana. Es alguien que, sin saberlo, me ha ayudado mucho en estas últimas semanas, y quiero agradecérselo con estas modestas flores que espero sepa apreciar. Son para la chica del broche amarillo. —dijo, tendiendo el ramo hacia ella.

Carmen dio un respingo y se llevó las manos al rostro. Quiso esconder el rubor que comenzaba a asomar a sus mejillas.

—¿De... de verdad son para mí? —acertó a decir.

—Así es. A mi amigo pronto le darán el alta... ¿Querrías? —Dudó un momento—. ¿Querrías quedar conmigo el domingo para dar un paseo por el centro?

—¡Claro!

Saltó como un resorte, pero enseguida se dio cuenta de donde estaba y, recuperando la compostura, dijo en voz baja:

—Me encantaría.

—Te esperaré a las cuatro de la tarde en la puerta de la Ciudadela, ¿de acuerdo?

—De acuerdo.

Se despidieron y Pedro subió a la planta donde se encontraba la habitación de José. En el pasillo encontró a Laura, la madre de su amigo, hablando con uno de los doctores que lo atendían.

—¡Pedro! —exclamó al verlo—. ¡Qué alegría verte! Justo me estaba diciendo el doctor que le darán el alta a finales de esta semana. Pasa, está solo.

Accedió a la habitación y saludó a José.

—¡Parece que tienes buenas noticias por fin!

—Eso parece, pero no me quiero hacer ilusiones. Ya me han dicho dos veces que me enviaban a casa y aquí sigo. Siempre se complica algo en el último momento.

—¿Cómo te encuentras?

—Estoy bien. Pero yo no estoy hecho para estar prostrado en una cama, Pedro. ¡Necesito actividad! Ya no queda ni rastro de mis músculos. Solo queda pellejo —se lamentó, señalándose el brazo.

—Los músculos volverán a crecer en cuanto te pongas a acarrear unas cuantas cajas. ¿Qué harás cuando salgas?

—No lo sé, la verdad. Lo he estado pensando. No creo que pueda volver al valle en una buena temporada. Lo que ocurrió fue un serio aviso... Pero necesitaría encontrar un trabajo.

—Por eso estoy aquí. Vengo a ofrecerte uno.

José lo miró con expresión de sorpresa.

—¿Harías eso por mí?

—Sí —respondió, convencido—. Fito y yo vamos a necesitar ayuda en la carnicería. Ya lo he hablado con él y está de acuerdo.

—Pero... después de lo que hice, ya me parecía demasiado por tu parte que aún quisieras seguir viéndome, pero esto... —La emoción asomó a sus ojos.

—La *Amona* siempre decía que, si uno no enfrentaba su pasado, este volvería una y otra vez a ajustar cuentas. Lo que hiciste no está bien, pero si no olvido ni perdono, aquello nos perseguirá siempre a los dos. Es momento de pasar aquella página y reescribir la historia.

En ese momento entró Laura y se asustó al ver a su hijo con lágrimas en los ojos.

—¿Qué ha pasado? —preguntó, nerviosa, mirando a ambos.

—Está todo bien, *Ama*. Pedro me ha ofrecido trabajo en el nuevo negocio que está montando.

Laura no pudo contener la emoción y se abalanzó sobre Pedro. Aquel abrazo liberó toda la preocupación que una madre llevaba semanas conteniendo por el incierto futuro de su hijo.

—Eres un buen hombre, Pedro. Gracias, de corazón.

Él asintió.

—Ya hablaremos de los detalles, José. Ven a verme cuando salgas.

Se despidieron y Pedro bajó al vestíbulo. Al pasar junto a recepción, vio que Carmen había colocado las flores en un jarrón con agua sobre el mostrador y las lucía orgullosa.

—Todo el mundo que pasa se fija en las flores. Siempre digo que las flores alegran los corazones.

—El domingo… a las cuatro… te espero.

—Allí estaré. Llevaré puesto un broche amarillo para que me reconozcas.

Pamplona, Navarra. Abril de 1970

Aquella mañana, Pedro llegó pronto al Mercado, como de costumbre. No era un día cualquiera, era la inauguración de Carnicerías Irati. Las últimas semanas habían sido frenéticas para llegar a tiempo para la apertura. Él y Fito, con la ayuda de José, habían trabajado mañana y tarde sin descanso, dando los últimos retoques al puesto, comprando y colocando el género, ultimando detalles… Todo estaba listo. Entonces, le asaltaron los nervios y las dudas. ¿Y si no funcionaba como esperaban? ¿Y si la gente prefería las carnicerías ya conocidas que la nueva?

Trató de ahuyentar aquellos pensamientos negativos y centrarse en el trabajo. En ese momento llegó Fito. Se había afeitado la barba y tenía buen aspecto.

—Así mejor —sentenció Pedro—. ¿Preparado?

—Estoy como un flan, pero estoy listo.

Levantaron la persiana y encendieron el rótulo de Carnicerías Irati. El sueño que se fue fraguando en largas conversaciones en el restaurante de Sarah era por fin una realidad. Se miraron orgullosos y satisfechos. Lo habían logrado.

Pasaron los minutos y el Mercado comenzó a coger bullicio. Los clientes iban y venían a sus puestos de confianza. Pasaban de largo. Algún despistado preguntaba por la pescadería que estaba allí, pero nadie compraba. Fito miraba a Pedro con preocupación.

—Tranquilo. Ya habíamos hablado de que los primeros días serían duros.

Dos horas después, aún no habían despachado al primer cliente. Entonces, Pedro la vio llegar.

Con su inconfundible broche amarillo, llevaba en la mano un jarrón con flores. Se acercó tímida.

—Fito, te presento a Carmen. Carmen, este es mi socio.

—Encantada, Fito. Y enhorabuena por la inauguración, chicos.

—Igualmente, Carmen. Aunque por ahora está siendo un desastre. ¡No ha venido nadie! —Se desesperaba Fito.

—Vamos a darle un poco de color a esto. Ponedlas encima de la vitrina, que se vean bien... Perfecto. Pero me sigue faltando algo. ¡Tengo una idea! —exclamó mientras se le iluminaba la cara—. ¡Volveré en un rato!

Se alejó corriendo antes de que Pedro pudiera siquiera preguntarle de qué se trataba.

—Me gusta —dijo Fito de pronto.

—¿Cómo?

—Que me gusta esa chica... Para ti, quiero decir.

Una señora paró de pronto frente al puesto.

—¡Qué hortensias más bonitas!... ¿A cuánto tenéis el kilo de chuleta de cordero?

Ambos se miraron, sonriendo.

—¿Cómo se llama, señora?

—Maribel.

—Yo soy Pedro y este es mi socio, Adolfo, pero todos le llamamos Fito. Esta carne nunca antes se había vendido en Pamplona.

Proviene del valle de Irati y son animales criados por mi familia, alimentados en los mejores pastos. Le garantizo que no ha probado una carne igual.

Los amigos se relajaron. Habían conseguido por fin la primera venta.

Carmen apareció de pronto con un montón de papeles de colores en la mano.

—¡Chicos! ¡Tenéis que llamar la atención! —exclamó, enseñando un cartel naranja que decía: «GRAN INAUGURACIÓN. TODO AL 50 %».

—¿Al cincuenta por ciento? ¡Perderemos dinero! —Se escandalizó Fito.

—Hoy no es el día de ganar dinero. Hoy es el día de atraer clientes.

Pedro la miró, maravillado.

—¡Tiene razón! De nada nos sirve tener la mejor carne si nadie la prueba.

—Poned estos carteles de colores en el mostrador —dijo Carmen—. Yo voy a hacer que la gente se entere de que estáis aquí.

La vieron acercarse a la gente con su mejor sonrisa y entregarles octavillas, mientras les señalaba el camino hacia la nueva carnicería que había llegado al mercado. Poco a poco, los clientes se fueron acercando atraídos por la novedad y las ofertas, mientras que otros lo hicieron al ver que la gente se iba arremolinando alrededor de aquel puesto nuevo.

Carmen, con una sonrisa de oreja a oreja, desde el fondo del gentío, hizo un gesto a Pedro en señal de despedida. Pudo leer el agradecimiento de este en sus ojos, mientras seguía atendiendo a clientes sin apenas dar abasto.

A la hora de comer, cuando la mayoría de los clientes hubo marchado a sus casas, el ritmo bajó sensiblemente. Los socios no se lo podían creer.

—¡Tu novia nos ha salvado la vida!

Pedro se sorprendió. Aún no había puesto palabras a su relación con Carmen, pero no le desagradó en absoluto.

—Ahora vuelvo —dijo, mientras salía del puesto en dirección al fondo del pasillo.

Se paró delante de una floristería y se presentó.

—Hola, soy Pedro Andonegui, de la nueva carnicería al otro lado del pasillo.

—Yo soy Lola. ¡Menudo revuelo se ha formado alrededor de vuestro puesto! Bienvenidos al Mercado. Siempre es bueno que haya caras nuevas. ¿En qué te puedo ayudar?

—Verás, Lola, me gustaría que todas las semanas haya flores frescas y plantas en nuestro puesto. ¿Te podrás encargar?

—¡Por supuesto! Cuenta con ello. ¿Qué flores te gustan?

—No entiendo nada de flores, la verdad, pero algo me dice que pronto seré capaz de distinguir unas hortensias de unas gazanias —respondió, con una amplia sonrisa.

V.

Pedro observaba a su socio de reojo. Algo le pasaba, eso estaba claro. No había abierto la boca en toda la mañana y despachaba a los clientes con un tono nada habitual en él. Una señora, clienta habitual de la carnicería, se quejó del trato recibido. Pedro se disculpó con ella y se acercó a su amigo:

—¿Se puede saber qué te pasa? ¡Como sigas tratando así a la clientela, no volverán!

Fito emitió un bufido por toda respuesta.

—¿Podemos hablar? —insistió Pedro.

—¿Tiene que ser ahora?

—Ahora. —Y con un ademán de cabeza, instó a su socio a que fueran al almacén.

Una vez dentro, Fito se paseó nervioso de un lado a otro.

—¡Está bien, Fito! Lo que tengas que decir, ¡dilo de una vez!

—No sé cómo tratar este tema, Pedro, pero estoy muy preocupado.

Se mesaba los cabellos, nervioso.

—¿Qué puede ser tan grave? Cualquier cosa que venga, la enfrentaremos juntos, como siempre. Fito, por favor, ¿de qué se trata?

—Está bien —accedió este—. Se trata de José.

—¿Qué ocurre con él?

Fito miró a los lados y bajó el tono de voz.

—Estoy seguro de que nos sisa.

—¿Cómo?

—¡Que nos roba! Se queda mercancía y creo que alguna vez ha metido mano a la caja.

Pedro calló.

—¿No dices nada ahora? ¡Eso es que lo sabías! —Fito alzó la voz.

—Sí, lo sabía. Me di cuenta hace unos días.

—¿Y por qué no has hecho nada?

—Porque es menudeo, Fito, y porque… —Pedro dudó.

Su socio hizo un gesto de apremio.

—Porque prefiero que lo haga aquí a que lo haga fuera y se meta en un lío.

—¡No me jodas, Pedro! Sabes que confío en ti ciegamente. Te he seguido desde el otro lado del mundo porque eres la mejor persona que conozco, pero de bueno a tonto hay un paso. José es tu amigo y respeté tu decisión de darle una oportunidad a pesar de lo que te hizo. Tendrás que hablar con él y poner fin a esto o la próxima vez que lo vea meter la mano lo echaré a la puta calle.

Carmen lo miraba dar vueltas a la cucharilla en el café, distraído, señal inequívoca de que algo le inquietaba. Los días que ella trabajaba en el turno de mañana, se acercaba al salir del hospital al mercado y juntos iban a tomar café a un bar de la calle Gorriti, antes de que él volviera a la carnicería.

—¿Me lo vas a contar? —inquirió.

—¿Cómo? —replicó Pedro.

—Andas en las nubes. ¿Qué te preocupa?

—Fito y yo hemos tenido una discusión por José esta mañana.

—¿Qué ha pasado? —El semblante de ella reflejaba preocupación.

Pedro le contó con detalle el encontronazo con su socio. Carmen escuchaba con atención, asintiendo según él iba desgranando la historia. Al acabar, la miró con ojos suplicantes. Ella siempre encontraba las palabras adecuadas: tenía un don para eso.

—Fito tiene razón.

—Lo sé.

—¿Te preocupa enfrentarte a José?

—No, no es eso.

—¿Qué es, entonces?

—No me preocupa enfrentarme a José. Me preocupa el propio José.

—No lo juzgues, Pedro. Habla con él y dale otra oportunidad o échalo, pero no trates de entender sus motivaciones sin calzar sus zapatos.

La observó, embelesado, admirando aquella sabiduría natural que atesoraba. En cierto modo, le recordaba a la *Amona*.

—Está bien. Hablaré con él.

—¿Y qué le dirás?
—Depende de cómo reaccione.

José solía encargarse por las tardes de los pedidos, la limpieza y la preparación del puesto para el día siguiente. Se acercaba la hora de cerrar y apenas quedaban ya clientes en el mercado. Pedro le había pedido a Fito que se fuera un poco antes; quería quedarse a solas con José. Despachó al último cliente y se despidió hasta el día siguiente. Cuando ya no hubo nadie que atender, Pedro entró al almacén y encontró a José preparando pedidos.

—José, tenemos que hablar —dijo sin rodeos.

—¿Qué ocurre, Pedro?

—Sabemos que te llevas género sin permiso. Y también dinero.

José agachó la cabeza, avergonzado.

—Me vas a echar, ¿verdad?

—Debería.

Su amigo lo miró con ojos suplicantes.

—Pero no lo voy a hacer.

La cara de José mudó del miedo al asombro.

—¿No me vas a echar?

—No, si me cuentas en qué andas metido.

José dudó por un momento.

—Si no confías en mí, no me quedará otra opción que echarte.

—Está bien —dijo, sacudiendo la cabeza—. Debo dinero a alguna gente.

—¿Qué gente?

—Prestamistas. Gente que no se anda con chiquitas.

—¿Cuánto?

—Mi sueldo de un año.

—¡Eso es mucho dinero, José! ¿Cómo piensas devolverlo?

—Me las arreglaré, Pedro.

—¿Para qué les pediste dinero?

—Pa… para apostar en la pelota. Bueno, y a las tragaperras. ¡Pero siento que está a punto de llegar el golpe de suerte que necesito!

—¿Golpe de suerte? No se puede vivir esperando un golpe

de suerte, José. Ya te tocó la lotería de la vida y no supiste aprovecharla.

—¿A qué te refieres? —inquirió, sin comprender.

—A qué no... a quién.

José volvió a agachar la cabeza. Pedro comenzó a caminar de un lado a otro del almacén, en actitud pensativa.

—Está bien —dijo por fin—. Vamos a hacer una cosa. Me vas a dar la dirección de esa gente y yo me voy a encargar de resolver tu asunto.

—Ha... ¿Harías eso por mí? —balbució.

—Con una condición. No volverás a apostar y no volverás a sisarnos nada. Fito no dudará ni un segundo en echarte a la calle si te vuelve a pillar haciendo lo que no debes. Pero no es nada lo que te hará Fito para lo que haré yo con tu pescuezo..., ¿estamos?

—Gracias, Pedro. Te lo compensaré, ¡lo juro!

—No sé cómo me lo vas a devolver, pero solo te pido una cosa: ¡no vuelvas a fallarme, José! Estoy poniendo en juego mi amistad con Fito por ti.

Era de noche cuando Pedro aparcó la furgoneta junto a un callejón de uno de los barrios más conflictivos de Pamplona. Tomó la bolsa de deporte del asiento del acompañante, se dirigió a una bajera al final del callejón y llamó a la puerta. Un tipo alto y flaco, con los brazos excesivamente largos, abrió y miró con desdén a Pedro.

—¿Quién coño eres tú?

—Vengo a hablar con el Chino.

—¿Para qué?

—Para saldar la deuda de José Astibia.

—¿De quién? ¡Ah, el Vasco!

—¿Quién es, Macaco? —inquirió una voz desde el interior del local.

—Un tipo que dice que trae la pasta del Vasco.

—Déjale pasar.

El que llamaban Macaco franqueó el paso a Pedro, que accedió a una sala con el ambiente cargado de humo de tabaco. Reprimió la tos, pero no pudo ocultar su cara de hastío.

—¿Qué pasa? ¿No te gusta mi garito?

El que habló fue un hombre no mayor que Pedro. Estaba sentado junto a otros tres en una mesa de póker. Apenas podía verle la cara por el humo, pero percibió un brillo dorado cuando esbozó una sonrisa socarrona, lo que le confirmó que era la persona que buscaba.

—Pasa, no seas tímido. En mi casa siempre son bienvenidos los que vienen a saldar deudas. ¿Qué me traes?

Pedro abrió la bolsa de deporte que llevaba consigo y arrojó un abultado sobre en la mesa. El Chino lo cogió rápidamente y sacó un fajo de billetes. Con la destreza de quien lo hace todos los días, contó el dinero y, al acabar, miró a Pedro con cara sombría.

—Faltan los intereses.

Pedro introdujo de nuevo la mano en el bolso y sacó algo envuelto en tela.

—Aquí los tienes —dijo, arrojando el bulto sobre la mesa.

A una señal del Chino, uno de los hombres deshizo el envoltorio de trapo. Todos contemplaron con sorpresa un enorme costillar de vaca.

—¿Qué es esto? ¿Una broma? ¿Nos traes la cena?

Sin mediar palabra, con un rápido movimiento que pilló a todos desprevenidos, Pedro sacó del bolso un hacha de carne y troceó con violencia el costillar ante la atónita mirada de los presentes, que saltaron hacia atrás por puro instinto.

—Es la mejor carne que vais a probar nunca. Que aproveche.

Y, sin esperar respuesta, dio media vuelta y se dirigió a la salida. Nadie supo reaccionar a aquella escena tan inesperada como violenta, lo que le dio a Pedro un tiempo precioso para llegar hasta la furgoneta y salir disparado en dirección a su casa. Le temblaba todo el cuerpo. No se creía lo que acababa de hacer, pero tuvo la certeza de que aquella banda nunca más molestaría a José.

VI.

Valle de Aezkoa, Navarra. Julio de 1978

Pedro manejaba, con toda la delicadeza de la que era capaz, el volante de su Renault 18 por aquellas tortuosas carreteras. A su lado, Carmen, la cara desencajada, se agarraba con fuerza al salpicadero.

—Aguanta un poco —dijo él—, ya casi estamos.

—Mmmmm…

—Si tengo que parar, dime. Pero no vomites en el coche, que es nuevo.

Ella lo miró de reojo y se limitó a guardar silencio, por no estrangularlo.

—Mira, es allí —anunció él, señalando un aparente punto en la nada.

Pasaron junto a unas casas a ambos lados de la carretera y, a continuación, Pedro tomó un empinado camino que subía en dirección a la borda donde la familia tenía a los animales. Antes de llegar a ella, detuvo el coche y se apearon. De inmediato, el aire limpio de aquel valle produjo un efecto balsámico en Carmen, que se sintió mucho mejor.

—Te está volviendo el color a la cara —rio Pedro.

Abrió el maletero y sacó varios papeles enrollados de forma cilíndrica.

—Ven, quiero enseñarte algo —dijo, tomándola de la mano y conduciéndola hasta una pradera en la que había un solitario manzano.

Pedro cogió un par de frutas del árbol y le ofreció una a Carmen.

—Están un poco ácidas, pero se dejan comer. Valen más para sidra.

Ella aceptó y dio un bocado a una de las manzanas. La acidez de la fruta provocó una mueca en su cara, que hizo reír a Pedro.

—¡Pues sí que están ácidas! —exclamó—. Bueno, ¿qué es eso tan importante que me querías enseñar y de lo que no me has querido contar nada en todo el viaje? ¡En ascuas me tienes!

—Lo tienes justo delante.

—Pues yo no veo nada —replicó, dando una vuelta sobre sí misma—. ¿Te refieres a este raquítico manzano?

Pedro encajó la pulla.

—Oye, no te metas con él, lo plantó mi *Aitona* para la *Amona*, así tendría sombra mientras él trabajaba con los animales.

Carmen se sonrojó.

—Perdona, no quería decir eso...

—Tranquila. Lo que estamos pisando es el terreno donde construiremos nuestra nueva casa en la que pasar las vacaciones y los fines de semana. ¡Estoy cansado de tanto hormigón y asfalto! ¡Necesito volver a la naturaleza!

Carmen abrió la boca, pero no dijo nada.

—¡Mira qué paisaje! No me digas que no es el sitio ideal para desconectar.

Ella observó los bosques y campos que los rodeaban. Descubrió decenas de tonos diferentes de verde; el cielo, sin una nube, era de un azul intenso y claro. Se oía el murmullo del río Irati no lejos de donde estaban y el trinar de los pájaros que se resguardaban en las copas de los árboles del calor del verano.

—¿Qué me dices, amor mío? —dijo él, tomándola por las manos—. No encontrarás otro sitio mejor que este para inspirar tus acuarelas.

—Me encanta, Pedro, de verdad —sonrió ella.

Él la tomó por la cintura y la atrajo hacia sí, y ella, como siempre le ocurría cada vez que esos ojos azules como el cielo la miraban con aquella intensidad, se dejó llevar.

—¿Y esos papeles que llevas ahí? —inquirió de pronto, zafándose de él.

—¡Es verdad! ¡Se me habían olvidado! Son los planos de la casa. Mira —dijo, desplegándolos—. Esta es la entrada, que estará situada más o menos por aquí. Entrando, a mano derecha estará la cocina, medio abierta al salón y, a mano izquierda, el comedor; aquí, de frente, estará la chimenea...

Pedro iba recorriendo de manera imaginaria las estancias de la casa.

—... Habrá dos habitaciones y un baño; esta puerta esconde las escaleras que subirán al desván, donde caben tres habitaciones más. Una de ellas, con un gran ventanal al valle, será tu taller de pintura. —Señaló el plano—. Justo aquí. Y, por supuesto, una zona de jardín delantero con una barbacoa y... ¡este magnífico manzano!

Carmen, que adoraba el mundo de la decoración, enseguida se sumergió en los planos y fue proponiendo ideas para lo que se convertiría en el lugar de inspiración con el que siempre había soñado.

Pedro la observaba divertido. Cuando se le desbordaba la imaginación, era imparable. Él metió la mano en el bolsillo sin que ella se diera cuenta y palpó la fina tela. Notó cómo el corazón se le aceleraba.

—Carmen.

Trató de llamar su atención, pero ella seguía organizando una casa imaginaria. Él sonrió, nervioso.

—¡Carmen!

—¿Sí, amor?

Pedro tomó la mano de ella y la extendió. Sacó la bolsita de tela y vertió el contenido sobre la palma. El pequeño objeto brilló bajo el sol de verano. Ella no podía salir de su asombro. Abrió la boca para decir algo, pero él se adelantó:

—¿Te quieres casar conmigo?

Carmen lo miró con ojos vidriosos y solo pudo asentir con la cabeza; la emoción atenazaba sus cuerdas vocales y no fue capaz de articular palabra.

—Este anillo —dijo Pedro, tomándolo de la palma y colocándolo con delicadeza en el dedo anular— me lo regaló la *Amona* la noche que murió. Ella sabía que se iba. Al día siguiente, yo cumplía catorce años y celebramos todos juntos su marcha. Fue el mejor regalo que me pudo hacer. Dijo que este anillo había pertenecido a la familia durante generaciones y que, llegado el momento, sabría reconocer a la persona adecuada...

La miró directamente a los ojos, humedecidos por la emoción.

—Carmen, tú eres esa persona.

—Pedro..., me dejas sin palabras, y mira que eso es raro en mí —sonrió con los ojos húmedos—. Me da un poco de vértigo, pero sí... ¡Sí! Quiero compartir este rincón del mundo contigo. ¡Y todos los demás!

Esa noche, los tres hermanos Andonegui y sus respectivas familias se reunieron a cenar en casa de Salvador. Pedro y Carmen anunciaron la noticia de su compromiso y todos brindaron por el inminente matrimonio.

—¡Por fin! —Todos rieron la exclamación de Salvador, que levantó su copa por la pareja.

—¿Cuándo será la boda? —quiso saber Maritxu—. A mí tenéis que avisarme con tiempo porque el casamiento de mi hermano no es un evento cualquiera y necesito estar preparada.

—Será en otoño —respondió Pedro—. Hay tiempo de sobra. Me gustaría que Matt y J.P. pudieran compartir ese momento con nosotros...

Había ilusión y nostalgia en sus palabras.

—¿Os casaréis en el valle? ¿En Pamplona?

—Hay una tradición en la familia de Carmen de casarse en el Castillo de Javier. Los dos estamos de acuerdo en que nos parece el sitio apropiado.

—¿Javier? —se sorprendió Salvador— Pero...

—*Aita* —intervino David—, si hay que ir a Javier, iremos a Javier.

Salvador dudó. Pedro lo miró con cariño.

—¡Sea! ¡Iremos a Javier!

—¿Y la luna de miel? —preguntó Amaya.

Pedro y Carmen se miraron, sonriendo.

—¡Sevilla! —respondieron al unísono.

Después de la cena, Carmen y su cuñada Amaya salieron a la cálida noche veraniega y se sentaron en el banco junto a la entrada de la casa.

—¡Qué bien, Carmen! Me alegro mucho por ti y por Pedro. ¡Y también por Salvador! —rio Amaya—. Estaba preocupado porque fuerais los novios eternos.

Carmen esbozó una sonrisa.

—Y tú, ¿cómo lo llevas? —preguntó, mirando directamente a la prominente barriga de Amaya.

—¡Uf! Estos calores van a acabar conmigo; todo el día sudando. ¡Tengo unas ganas de que nazca! Pero aún quedan un par de meses, así que nada... paciencia. Si te puedo dar un consejo, no te quedes embarazada en verano, cuñada.

—Ay, es el sueño de mi vida: ser madre. Me imagino un montón de niños correteando a mi alrededor...

—¿Es por eso que decidiste colgar los hábitos?

Carmen tardó en contestar.

—Perdona, igual no debería haber hecho esa pregunta.

—No, tranquila, no me importa hablar de ello. Después de las misiones en Chile, un par de años antes de conocer a Pedro, atravesé una profunda crisis de fe. Quizá tampoco entré muy convencida, no lo sé. El caso es que sentí una llamada de la biología muy intensa dentro de mí, que me empujó a replantearme la vida que llevaba.

—Entiendo. ¿Y no tienes dudas?

—Las tuve. Hasta que conocí a Pedro. Desde entonces sé que es el hombre de mi vida, con quien quiero pasar el resto de mis días.

La puerta de la casa se abrió en ese momento.

—¡Hablando del rey de Roma! —exclamó Amaya.

—Ya decía yo que me pitaban los oídos. ¡No me despellejéis mucho! —rio él, mientras se alejaba.

—¿A dónde vas, Pedro? —preguntó Carmen.

—Tengo un pequeño asunto que resolver —dijo, guiñando un ojo.

—¿Quieres que te acompañe?

—No te preocupes, ¿no te importa quedarte acompañando a Amaya?

Esta puso su mano en el brazo de Carmen, que la miró con cara inquisitiva.

—Tranquila, solo va a contarle la buena noticia a la *Amona*.

Pedro cruzó el camposanto en silencio. La Luna bañaba con su luz brillante las lápidas a su paso. Se detuvo frente a la tumba de sus abuelos, se arrodilló y depositó una pequeña rama del manzano.

—*Amona*..., tu anillo ya tiene dueña. Estoy seguro de que es ella. Construiremos una casa en el lugar donde tú encontraste sombra.

VII.

Valle de Aezkoa, Navarra. Navidad de 1985

—Esta noche va a caer una nevada de la *hospa*. —Pedro observaba el cielo plomizo a través de una de las ventanas de la casa del valle.

Su sobrino Iñaki se acercó a él corriendo y pegó la nariz al cristal.

—¿En *cerio*? —dijo con un leve ceceo.

—Por lo menos un metro ha de caer.

—¡Bien! —Los cuatro sobrinos prorrumpieron en un grito al unísono.

Ya se estaba convirtiendo en una tradición familiar pasar las navidades con Javier y Marta, hermanos mellizos de Carmen, sus respectivas parejas y los cuatro sobrinos, dos por matrimonio.

Los niños, con edades comprendidas entre los cinco y los nueve años, llenaban con su algarabía cada rincón de la casa. Lo que más disfrutaban era la nieve, que solía caer de forma copiosa en fechas invernales. Los campos y laderas circundantes se convertían entonces en improvisadas pistas para deslizarse con esquíes o trineos, y el jardín delantero de la casa, en terreno de juego donde jugar interminables partidos de fútbol sobre la nieve.

El tiempo volaba a lomos de un trineo rojo deslizándose ladera abajo por las cuestas de Txurrutxi. La felicidad debía de ser lo más parecido a la expresión de los cuatro primos al levantarse por la mañana y comprobar que las predicciones del tío Pedro se habían cumplido, y que la nieve alcanzaba prácticamente el alféizar de la zona baja de la casa.

Los días eran cortos, así que no había tiempo que perder.

Pero antes les esperaba un copioso desayuno a base de beicon con huevos cogidos el día anterior de las gallinas de la borda familiar, leche recién ordeñada y hervida en el momento o nata con azúcar untada sobre rebanadas tostadas de pan de hogaza. Después de dar buena cuenta de aquellos manjares —tan sencillos como alejados de la vida en la ciudad—, los chicos se embozaban en la ropa de invierno y desaparecían hasta la hora de comer. Ese era el momento de los adultos, que aprovechaban para almorzar con calma, en un lugar donde los relojes eran accesorios superfluos.

Eran días felices, aunque a Pedro le preocupaba la mirada melancólica de Carmen mientras observaba a sus sobrinos disfrutar de la nieve. Intuía lo que estaba pasando por la cabeza de su mujer. Y le dolía.

Al finalizar la jornada, cuando la luz iba declinando tras las montañas, los adultos se las veían para hacer entrar en casa a los niños, que querían seguir exprimiendo la vida hasta el último rayo de luz. Uno por uno desfilaban, como en una coreografía, por las manos de sus madres, que les quitaban la ropa empapada y los metían en la ducha templada, para no abrasar por contraste la enrojecida piel de los ateridos pequeños.

Llegaba entonces el momento de la cena en familia. Tanto las hermanas como María, mujer de Javier, tenían buena mano en la cocina y se organizaban para los preparativos. Pedro traía las mejores piezas de la carnicería y las cocinaba al horno. Su cuñado Andrés, marido de Marta, al que le gustaba comer y beber bien, decía que nunca había probado una carne como aquella. Él era el encargado de traer los vinos que acompañarían al asado.

Todos sabían, sin embargo, que lo mejor estaba aún por venir.

Después de la cena, todos se reunían al calor de la chimenea para compartir las historias de Pedro. Los sobrinos escuchaban con los ojos como platos sus hazañas en el monte, con los caballos. Cómo esquivaban la vigilancia de los guardias, su conexión con los caballos, la tensión, el frío, el miedo...

Pero, sin duda, las historias preferidas de los pequeños eran las de América.

Pedro hablaba con sencillez y naturalidad, sin darse apenas importancia, pero era innegable el magnetismo que desprendían tanto por su contenido como por la manera de narrarlas: el tío era un gran contador de historias.

Iñaki permanecía despierto largo rato después, imaginándose como el protagonista de aquellos relatos hasta que, implacable, el sueño vencía sus ansias de aventura.

La casa se encontraba en silencio. Aparentemente, todos dormían mientras Pedro amontonaba las ascuas de la chimenea para que se mantuvieran candentes durante la noche y encender, sobre ellas, el fuego mañanero del día siguiente. Le gustaba ese momento de calma y soledad tras el bullicio de la jornada. Una voz lo sobresaltó de pronto:

—¿No puedes dormir? —pregunto Javier.

—No, no es eso.

—¿Algo te preocupa?

Pedro lo miró, lacónico.

—A mí sí —prosiguió Javier—. Algo le pasa a mi hermana; la veo triste. ¿Va todo bien? Sabes que puedes confiar en mí, Pedro.

—Está bien, ¿nos sentamos?

Pedro sirvió dos copas de coñac y ambos se sentaron a la mesa.

—Llevamos tiempo buscando, queriendo..., pero no hay manera de que Carmen se quede embarazada. Tú sabes cuánto le gustan los niños, y que el sueño de su vida es ser madre. Adora a sus sobrinos, aunque veo en sus ojos una mezcla de cariño y melancolía cuando los observa jugar. No sé, Javier. La noto más apagada. Como si sintiera que está fallando en algo... y eso me rompe.

—Entiendo. —Asintió su cuñado—. ¿Os ha visto un médico?

Pedro negó con la cabeza.

—Ya sabes, el trabajo, las obligaciones diarias, no tenemos mucho tiempo.

—Si me permites un consejo, cuñado, no dejes que mi hermana sienta que no te importa, que las obligaciones del trabajo son más urgentes que su felicidad, que *vuestra* felicidad.

Pedro mantuvo fija la mirada en el líquido ámbar de la copa y meditó aquellas palabras. Asintió despacio mientras iba procesándolo. Tenía razón.

—Ella es lo más importante para mí, Javier.

—No me cabe ninguna duda, Pedro. A nadie se le escapa cómo la quieres y te preocupas por ella. Marta y yo coincidimos en que Carmen no podría haber encontrado a nadie mejor con quien compartir su vida. Ya sabes que María trabaja en la planta de materno infantil. Podéis contar con nosotros para cualquier cosa que necesitéis en ese aspecto.

—Gracias, de verdad. Nos pondremos a ello nada más volver a Pamplona, te lo prometo.

Javier se levantó para dirigirse a la cama.

—Una última cosa —dijo—. Soy yo el que debe darte las gracias a ti por dejarnos compartir con vosotros las Navidades en esta casa. Mira que trabajo en un colegio y estoy rodeado de niños a diario, pero no creo haber visto nunca mayor felicidad que la de nuestros hijos cuando vienen a este lugar. Tiene una magia que no soy capaz de describir.

Pedro asintió, conmovido.

—No es solo el lugar —añadió—: son las personas... y son las historias. Buenas noches, Pedro.

—Buenas noches, Javier.

VIII.

Pamplona, Navarra. Febrero de 1986

Pedro caminaba despacio hacia el mercado, buscando en el trajín ajeno algo que silenciara el suyo. No tenía prisa por llegar; tampoco muchas ganas. Accedió al edificio por la entrada de la esquina entre las calles Amaya y Olite. Deambuló por los puestos saludando a los tenderos hasta llegar a la floristería de Lola.

—Hola, Pedro. Traes mala cara, chico. ¿Estás bien?

—Sí, tranquila. Un catarro mal curado —mintió—. Oye, ¿podrías prepararme unos crisantemos para esta tarde?

—¡Claro! ¿Hay que levantarle el ánimo a alguien?

Pedro sonrió sin contestar a la pregunta.

—Vendré a por ellos antes de irme. Apúntalos a la cuenta de la carnicería.

Lola lo vio alejarse. Le caía bien aquel hombre. Discreto, tranquilo, honesto y trabajador. De los que subían el *caché* del mercado. Estaba claro que algo le pasaba, pero no era quien para meterse en los asuntos de nadie.

Pedro llegó a la carnicería y saludó a Fito al otro lado del mostrador.

—¿Cómo ha ido? —preguntó este sin alzar la voz, tan solo con el movimiento de los labios.

Pedro negó con la cabeza.

Fito maldijo para sus adentros. Intuía por lo que estaría pasando su amigo. Despachó al último cliente y entró al almacén al tiempo que Pedro hacía lo propio por la puerta lateral.

—¿Qué os han dicho?

—No hay nada que hacer, Fito, es «biológicamente imposible que seamos padres». Esa ha sido la sentencia.

Se desplomó sobre una silla y hundió la cabeza entre las manos. Su amigo no sabía qué decir para consolarlo. No se le daban bien las frases grandilocuentes. Era más de acompañar con presencia que con palabras.

—¿Qué puedo hacer por ti, Pedro?

—Atiende a los clientes, Fito. Dame unos minutos y enseguida salgo.

No podía quitarse de la cabeza la mezcla de decepción y tristeza en el rostro de Carmen al escuchar el diagnóstico del médico. Habían acudido con la esperanza de someterse a un tratamiento de fertilidad y se habían ido con una demoledora realidad que sepultaba para siempre el sueño de su mujer de ser madre.

La había acompañado al salir del hospital durante un largo paseo sin que ella dijera nada; simplemente, sollozaba. Por fin, se habían sentado en un banco y ella pareció recuperar por un momento la compostura. «Superaremos esto juntos», le había dicho él. Ella lo observó con ternura y le acarició el rostro, pero su mirada le decía que la cabeza de su mujer estaba a muchos universos de allí. La acompañó a casa y quiso quedarse, pero ella lo rechazó con suavidad. «Necesito estar sola». Él la miró con preocupación. «Ve tranquilo, no voy a hacer ninguna tontería», sentenció ella, leyéndole la mente.

Pedro halló cierto consuelo en la rutina diaria atendiendo clientes. Puso su mejor cara y disposición; nadie que no tuviera una sensibilidad especial se daría cuenta de la batalla interior que Pedro libraba. Lola, que lo observaba desde su puesto de flores, no necesitaba palabras para entender que algo no iba bien. Se esmeró entonces en preparar el mejor ramo de flores que fue capaz.

La jornada transcurrió entre el ir y venir de clientes. La cabeza de Pedro se centró en los pedidos, en los cortes de la carne, en todo aquello que fuera tangible, que lo anclara al suelo bajo sus pies.

José llegó a primera hora de la tarde para ayudar con la faena. Pedro lo llamó desde el puesto y este salió de la trastienda.

—José, prepara este pedido de la señora Maribel, que vendrá a recogerlo en un par de horas —dijo, entregándole un papel con la lista.

—De acuerdo, me pongo con ello en...

José calló de pronto y su expresión mudó por completo.

—¿Qué ocurre? —Se sorprendió Pedro ante el cambio de

actitud en su amigo—. Ni que hubieras visto un fantasma.

—¡Ahora mismo vengo! —exclamó José.

Salió corriendo del puesto en dirección a la salida más cercana. Pedro y Fito se miraron sin entender qué estaba pasando. Al cabo de un rato, José volvió con semblante preocupado y entró directamente a la trastienda. Pedro se asomó.

—¿Todo bien?

—Eh... sí, sí, todo bien —No podía ocultar su nerviosismo—. Bueno, todo bien, no. Al salir corriendo, se me ha debido de caer el papel con el pedido de la señora Maribel. No lo encuentro por ningún lado.

—¡No me jodas, José!. En un rato vendrá a por él y es una clienta a la que es mejor tener contenta —La tensión se notaba en su voz.

—Lo sé, Pedro... —dijo, bajando la cabeza— Lo siento.

Pedro se acercó al teléfono y tomó la agenda; buscó el número y rezó por que estuviera en casa. Sonaron varios tonos hasta que alguien descolgó el auricular al otro lado de la línea.

—¡Doña Maribel! ¿Cómo está? ¡Qué alegría que esté usted en casa! Verá, no se lo va a creer, no sé dónde tengo hoy la cabeza, pero se me ha traspapelado el pedido que me ha entregado antes. El caso es que no lo encuentro por ningún lado, ha desaparecido como por arte de magia. —Dedicó una mirada de soslayo a José—. ¿Sería tan amable de volver a decirme qué necesita que le preparemos?... Cordero, medio kilo despiezado... Dos entrecots... Cinco pechugas de pollo fileteadas finas... Medio de carne picada... ¿Cerdo o ternera?... Muy bien, de acuerdo. Muchas gracias, doña Maribel, y discúlpeme de nuevo... Una última cosa, tenemos unas costillas de cordero que son un manjar. Me va a permitir que le pongamos medio kilo a cuenta de la casa, por las molestias... Sí, gracias a usted, señora. Buenas tardes.

Pedro colgó y entregó el papel a José. No hicieron falta palabras.

Cuando el último de los clientes se marchó, Fito se acercó a Pedro, que estaba organizando una de las cámaras.

—Socio, no necesitas hacer eso hoy. Te esperan en casa.

Pedro asintió sin decir palabra y siguió con lo que estaba haciendo.

—Socio...

—Tengo miedo de lo que me voy a encontrar, Fito. —Su cara reflejaba lo que expresaban sus palabras—. Me asusta pensar que Carmen pueda caer en una depresión por esto.

—Te entiendo, pero mover pechugas de un lado a otro no solucionará nada.

—Tienes razón.

Fito pareció meditar las palabras que iba a decir a continuación:

—Hace años, en el pueblo, los vecinos de la casa de al lado pasaron por lo mismo. No pudieron tener hijos biológicos y ella cayó en una profunda depresión. Mi padre llegó a tiempo en una ocasión en la que intentó cometer una tontería. Tiempo después, adoptaron un niño de la Casa de la Misericordia y aquella mujer pasó de ser un alma en pena a ser la persona más feliz del mundo.

Pedro lo miraba con los ojos bien abiertos.

—No sé, quizá podríais planteaos hacer lo mismo...

—Fito, no había pensado en esa posibilidad, pero... ¡me parece una gran idea! ¡Gracias, amigo!

Pedro le dio un abrazo a su socio y se dirigió a la trastienda mientras se desabrochaba el delantal.

—¡Eres un genio! —Le oyó gritar desde dentro del almacén.

Fito sonrió con cierta amargura al recordar aquellos años vividos en el orfanato, antes de que sus padres adoptivos le dieran una nueva vida en el valle.

El ruido de la llave en la cerradura despertó a Carmen del duermevela en el que llevaba sumida toda la tarde. Oyó los pasos de Pedro acercándose a la sala de estar. Este asomó por la puerta con un precioso ramo de crisantemos amarillos y naranjas.

—¿Cómo estás? —inquirió él.

—Mejor. He pasado casi toda la tarde dormida.

—Te traigo estos crisantemos. Espero que te ayuden a levantar el ánimo. Voy a ponerlos en un jarrón y vuelvo enseguida.

Ella asintió con la cabeza y lo vio alejarse. De pronto, encontró fuerzas para levantarse del sofá y se dirigió a la cocina. Pedro se encontraba de espaldas a la puerta, trajinando en la encimera cuando ella se acercó sigilosamente por detrás y, pasando sus brazos bajo los de él, apoyo la cara en su espalda y apretó con fuerza. Pedro se sobresaltó un momento, pero enseguida acogió el abrazo de ella y apretó con fuerza sus manos sobre el pecho.

—Carmen..., yo...

—Shhh... —susurró ella—. Solo quiero sentir el momento. Nada de palabras.

Permanecieron así largo rato, hasta que ella deshizo el abrazo con delicadeza y él se giró para quedarse frente a frente. Acarició su cabello y la besó en la frente.

—He pensado mucho en ello —dijo por fin él.

—Yo también. No he hecho otra cosa.

—¿Y has llegado a alguna conclusión?

—No sé si se puede llegar a ninguna conclusión. Solo queda una opción: aceptarlo. Sé que me va a costar, pero no me queda otra.

—No estarás sola en esto. Yo estaré a tu lado y será menos doloroso si lo afrontamos juntos.

—Lo sé, cariño, pero hay una parte dentro de mí que se ha roto en mil pedazos y que ahora toca recomponer... sola.

—Como quieras, pero solo te pido una cosa. Déjate ayudar. Si no soy yo la persona, la buscaremos.

—Está bien —aceptó ella.

—Por cierto, hay algo de lo que Fito me ha hablado y que a mí no se me había ocurrido.

—¿De qué se trata?

—Me ha hablado de adoptar un niño: uno de los que llaman *expósito* en la Casa de la Misericordia.

Carmen lo miró con cara de sorpresa. De pronto, su cara se iluminó por completo y el brillo volvió a sus ojos marrones.

—¡Claro! ¡Eso es! En la comunidad andina donde yo trabajaba siempre había niños que necesitaban una familia de acogida. Sería la oportunidad de poder devolverles parte del cariño y el apoyo que me dieron.

Pedro no entendía bien, pero estaba feliz viendo a su mujer así de radiante.

—¿Me estás diciendo que vamos a irnos a adoptar a...?

—¡Chile!

—¿Estás segura?

—¡Nunca lo había estado tanto!

—Pues no se hable más... ¡a Chile! —exclamó Pedro, exultante al ver cómo la alegría volvía a habitar aquel hogar.

IX.

Región de los Lagos, sur de Chile. Diciembre de 1987

Carmen se removió inquieta en el asiento del autobús que cubría la ruta alrededor del lago Llanquihue partiendo desde Puerto Montt, capital de la Región del Sur. Después de más de treinta y seis horas de viaje, estaba a punto de llegar a su destino, la Comunidad indígena de Rukalafken. Había cruzado medio mundo para volver al lugar que tanto le dio... y también le arrebató años atrás.

Pero el viaje físico no era sino la culminación de otro, mucho más largo y profundo: un viaje emocional que había comenzado veinte meses antes cuando, sumida como estaba en el dolor por la certeza de no poder tener hijos biológicos, Pedro le habló de la posibilidad de ser padres adoptivos. En ese momento, una idea la atravesó como un rayo, sacudiendo cada célula de su cuerpo.

Se abrió entonces la posibilidad de cerrar el círculo con la comunidad indígena mapuche en la que trabajó durante cinco maravillosos años de su vida. El final no había sido el deseado para ella y desde entonces tuvo una sensación de deuda con aquella gente, que ahora estaba a punto de saldar.

El camino no había resultado fácil. A la distancia en kilómetros se unió la maraña burocrática que hubo que salvar para conseguir los permisos necesarios para adoptar. Muchas veces habían sentido la tentación de abandonar con cada una de las barreras que el sistema ponía delante de ellos. Sin embargo, una a una, las habían ido superando todas, apoyados sobre todo en la fortaleza inquebrantable de Carmen.

Pedro observaba admirado cómo ella iba haciéndose más fuerte a cada revés, con cada traba. «No voy a abandonar, Pedro, hay un niño allí que nos necesita». Solo una vez estuvo a punto de romperse todo en mil pedazos. En aquella ocasión, cuando ya parecía que la autorización estaba a punto de llegar, una última exigencia del gobierno chileno estuvo cerca de dar al traste con sus ilusiones.

Entonces, emergió la figura de Juan José, el hermano de Carmen, que llevaba residiendo en Chile desde que, con dieciséis años, embarcó de polizón en un barco en Barcelona para atravesar el Atlántico en busca de una nueva vida. A base de mucho trabajo y una inteligencia natural para los negocios, Juan José fue medrando y atesorando cierta fortuna económica y personal.

Sus negocios en la distribución de bebidas alcohólicas le hicieron codearse con parte de las élites administrativas del país, a las que agasajaba y trataba bien. Utilizando sus contactos en el Ministerio de Justicia, consiguió desbloquear la última de las trabas impuestas y Carmen pudo, por fin, tomar ese avión que la llevaría de vuelta a tierras sureñas, donde la esperaba quien habría de convertirse en su mayor razón para seguir amando la vida. Acordaron que Carmen viajaría sola en primera instancia a la Comunidad para terminar con el papeleo y recoger al niño, mientras que Pedro lo haría una semana más tarde, una vez que pasaran los días de Navidad con más trabajo en la carnicería.

El conductor anunció la parada donde Carmen habría de apearse. El autobús se detuvo en un camino lateral y se abrieron las puertas; el calor del verano austral la recibió cuando bajó del vehículo. Recogió su maleta y caminó unos pasos en dirección a la comunidad, que quedaba a un kilómetro de distancia. De pronto, dejó el equipaje en el suelo y contempló, maravillada, la majestuosidad del paisaje, con el lago Llanquihue extendiéndose hasta donde alcanzaba la vista y la imponente figura del volcán Osorno al fondo.

Los recuerdos se agolparon en su memoria. Parecían de otra vida, una muy lejana, pero permanecían indelebles en cada rincón de su ser. Aspiró el olor de la tierra húmeda y notó cómo sus poros comenzaban a transpirar. Era una sensación familiar, un estado físico y emocional con el que había convivido durante cinco años.

Un coche se detuvo a su lado.

—Oiga, señora —dijo el conductor—. Veo que esa maleta debe de ser bien pesada. ¿Quiere que la lleve a alguna parte?

—Gracias, muchacho, eres muy amable. ¿Me acercarías a la

Casa de la Congregación?

El chico la miró con sorpresa.

—¿Do... doña Carmen? ¿Es usted?

—Así es muchacho. ¿Con quién tengo el gusto?

—¡Soy Gerardo! —exclamó bajando del coche.

—¿Gerardo? ¿Gerardito? ¡Santo cielo! Si eras solo un niño y... ¡mírate! ¡Ya eres un hombre hecho y derecho!

El chico se sonrojó. Tomó el equipaje y lo colocó en el maletero.

—¡Al tiro la llevo! ¡Suba, hermana!

—No, ya no soy hermana, ahora solo soy Carmen.

El joven condujo hasta la Casa de la Congregación, donde ella se apeó. Gerardo la ayudó con el equipaje y partió a sus quehaceres. Carmen se detuvo a contemplar el vetusto edificio de la congregación, que había sido su hogar durante cinco años. Ya no lucía como entonces. El paso del tiempo y la falta de cuidados habían hecho mella en la fachada y las contraventanas. Cuando ella vivía allí, se encargó de mantenerlo y cuidarlo. Mandó encalar la fachada, se pintaron las contraventanas de verde y se pusieron macetas en los alféizares de las ventanas donde ir colocando flores que dieran color y alegría al edificio. Se notaba que ya nadie se ocupaba de aquello; los desconchones en la fachada, la pintura de las contraventanas agrietada por la falta de mantenimiento, ni rastro de plantas y flores en los alféizares...

Carmen hizo sonar el aldabón de la puerta. Al cabo de un rato, un rostro joven que no le resultó familiar asomó en el quicio.

—Buenos días. ¿En qué puedo ayudarla?

—Buenos días. Soy Carmen, vengo de España. La hermana Beatriz me estará esperando.

—¡Oh, sí! ¡Carmen! La estamos esperando, por supuesto. Pase, pase.

Solícita, la hermana se ocupó del equipaje.

—Aguarde un momento, avisaré a la hermana Beatriz de su llegada.

—Disculpa, ¿cuál es tu nombre?

—¡Oh, por Dios! Qué tonta... no me presenté. Soy la hermana Claudia. He oído hablar mucho de vos, herm..., perdón, Carmen.

—Encantada, hermana Claudia. Espero que hayan sido cosas buenas.

Se marchó con una sonrisa enigmática en el rostro. Al cabo de un momento, reapareció acompañada de la hermana Beatriz, que hacía las veces de superiora de la congregación. Ella había estado bajo la supervisión de Carmen años antes. Las dos habían forjado una sólida amistad basada en los mismos valores: servicio, amor y cuidado. Se abrazaron con cariño sin mediar palabra. Desde que Carmen abandonara aquel lugar, habían seguido manteniendo correspondencia regular. De aquella forma, Carmen se había enterado de las vicisitudes de la comunidad, de las dificultades atravesadas tras el golpe de estado de 1973 y cómo las injerencias políticas habían socavado los derechos y la autonomía de aquellas gentes indígenas. Pero ni siquiera todas las palabras que se habían dedicado en aquellos años separadas alcanzaban a expresar la hondura emocional que aquel abrazo.

—Qué bien te veo, Carmen —comentó Beatriz mirándola de arriba abajo.

—Y yo... ¡me alegro tanto de verte!

—Debes de estar agotada después del viaje. Este recóndito lugar del mundo está tan lejos de todo que solo los valientes se atreven a venir.

—Y solo las *más* valientes se atreven a quedarse.

La hermana Beatriz sonrió.

—Quizá quieras descansar un poco y asearte.

Carmen negó.

—Llévame con él, Beatriz.

—De acuerdo. Hermana Claudia, encárgate de dejar el equipaje de la señora Carmen en su habitación. Prepara algo de fruta y agua fresca. Gracias.

—Sí, hermana.

Beatriz tomó del brazo a Carmen y la condujo por los pasillos del edificio.

—Te hemos echado mucho de menos por aquí, Carmen. Esto no es lo mismo sin tu energía.

—Yo también os he echado de menos. A ti, a las hermanas, a la comunidad, pero… —calló un momento mientras los recuerdos dolían en el alma—. Ya sabes lo qué pasó y por qué tuve que irme.

Continuaron en silencio por el pasillo cogidas del brazo. Beatriz se detuvo delante de una puerta pintada de azul celeste. Miró a su amiga y le preguntó con los ojos si estaba preparada. Carmen suspiró. Notaba el hormigueo en el estómago. Después de tantos meses y tantos obstáculos superados, estaba a punto de conocer a su hijo.

—Adelante —dijo en voz baja.

Beatriz abrió la puerta y ambas entraron a una estancia en penumbra. Cuando sus ojos se acostumbraron, Carmen pudo ver varias cunas separadas entre sí por cortinas de gasa. Una hermana trataba de calmar a un bebé que lloraba desconsolado. Beatriz la acompañó hasta el final de la estancia, en la que había una cuna un poco más grande que las demás. En ella, plácidamente dormido, descansaba un niño de tez morena y mofletes prominentes que escondían una diminuta nariz. Carmen temió que su corazón fuera a explotar. Había sentido amor antes, pero nunca como aquel.

—¿Puedo? —susurró.

—Claro —dijo Beatriz.

Entonces Carmen tomó al niño en brazos. Este, al notar el movimiento, abrió los ojos ligeramente rasgados y la miró. Ella supo entonces, en lo más hondo, que todo el camino recorrido —las renuncias, las heridas, los silencios— cobraban sentido en aquel preciso momento… y unas lágrimas silenciosas comenzaron a rodar por sus mejillas.

—Hola, hijo. Soy mamá.

—¿Cómo se va a llamar?

—Gabriel, como el arcángel. El que anuncia la esperanza.

—Precioso nombre —dijo Beatriz acercándose a su amiga y abrazándola.

Permaneció así largo rato, meciéndolo con ternura, hasta que Gabriel volvió a cerrar los ojos. Beatriz no dijo nada. Comprendía que ese instante no debía ser interrumpido. Cuando Carmen dejó al niño de nuevo en la cuna, tenía otra luz en el rostro. Una serenidad antigua, como si hubiera vuelto a ocupar el lugar que le correspondía en el mundo.

—Gracias, Beatriz —murmuró.

—Vamos. Todavía queda gente por verte —respondió la hermana, con una sonrisa cómplice—. La comunidad entera está deseando darte la bienvenida. Y ...hay alguien más...

—¿Nahuel? —preguntó Carmen, sin poder disimular la emoción en la voz.

Beatriz asintió.

—Él nunca dejó de esperarte.

Gerardo se había encargado de anunciar a la comunidad el regreso de Carmen. Un numeroso grupo se agolpaba a la puerta de la Casa de la Congregación. Carmen se aseó y comió algo de fruta antes de salir al encuentro del gentío. Cuando asomó a la puerta, los allí congregados prorrumpieron en vítores y saludos cariñosos a quien tanto había hecho por ellos años atrás. No la habían olvidado; la huella que dejó en sus corazones no era de las que el tiempo borra sin más, sino de las que permanecen.

Carmen los saludó uno por uno, recordando sus nombres, sus historias, conociendo a aquellos que aún no habían nacido cuando ella partió, y reconociendo a aquellos otros que, como Gerardo, dejaron de ser niños para convertirse en adultos.

Esa misma noche, en la plaza, había preparada una fiesta de bienvenida con el correspondiente asado y el pisco aguardentoso destilado por ellos. Al caer la tarde, la comunidad entera —abuelos, padres e hijos— se reunieron en torno a una gran mesa en forma de "U" con el fuego para asar en el centro.

Cuando Carmen hizo acto de presencia, fue recibida por uno de los líderes de la comunidad. El tiempo pasa para todos, y aquel joven impetuoso se había convertido en un adulto sereno y reflexivo.

—Hola, Carmen, por fin has vuelto.

—Hola, Nahuel. Aquí me ha traído de nuevo la vida.

—Nunca te fuiste del todo. Me alegro de volver a verte.

Carmen sonrió.

Se dijeron más con la mirada que con las palabras y la fiesta de bienvenida dio por fin comienzo.

Hubo música, danza y alegría a raudales. Carmen recordó por qué se había enamorado de aquel lugar y de sus gentes. Vivían con poco, criaban a los niños en comunidad, respetaban a los mayores y honraban sus tradiciones. Estaban conectados con la naturaleza y la espiritualidad. No se necesitaba más para ser feliz.

Durante el festejo, muchos miembros de la comunidad se le acercaron para entregarle pequeños regalos: ropa tejida para el niño, amuletos, dibujos y esculturas hechas con sus propias manos. Carmen no daba abasto para tanto agradecimiento. Sonreía, escuchaba, acariciaba… Sentía que su corazón no podía contener tanta emoción.

Entonces se acordó de Pedro. Le habría gustado que estuviera allí, viendo el cariño inmenso que aquella gente le profesaba. Sintió una punzada de nostalgia. Él la había apoyado en todo momento y, aunque el sueño era compartido, para ella lo era todo. Fue ella quien le pidió hacer el viaje sola. Necesitaba vivir aquel reencuentro sin estar pendiente de nadie, cerrar su propio círculo. Pero ahora se arrepentía un poco. Le habría gustado sentir su mano entrelazada con la suya, ese gesto silencioso con el que él siempre le recordaba que estaba a su lado.

Sumida como estaba en aquellos pensamientos, no se dio cuenta de que alguien se le acercaba por detrás.

—¿Damos un paseo? —preguntó Nahuel, tendiendo su mano.

—De acuerdo.

Caminaron hasta el borde del lago y continuaron por la vereda junto a la orilla. La noche estaba templada. Sobre ellos, millones de puntos luminosos sembraban el firmamento.

—Qué intenso es todo aquí —dijo Carmen—, hasta el brillar de las estrellas.

—Ha habido tiempos peores. Ahora todo está más calmado.

—¿Cómo estás, Nahuel?

—Estoy bien. Tranquilo. Con la mente centrada y el corazón ocupado.

—Me alegro por ti —sonrió Carmen—. Eres un buen hombre. Afortunada la mujer que esté a tu lado.

—Mírate. Aquella hermana que llegó con ideales, con empuje y energía y que desapareció de un día para otro. ¿Qué pasó, *poh*...?

—Vuelvo para cerrar un círculo, Nahuel. Para seguir cuidando de la comunidad. Ya no como *hermana*, sino como madre.

—Entiendo... Pero ¿por qué te fuiste?

—Aquellos días previos a mi partida fueron muy convulsos. Tú lo sabes bien. El Gobierno no ponía las cosas fáciles, cortaron las ayudas. Yo me enfrenté a ellos, igual que tú. Pero también me enfrenté a mis superioras, por su posición tibia frente a las injusticias. Aquello levantó ampollas.

—Entonces aquella noche...

—Entonces aquella noche en la que, tras los disturbios, fuiste perseguido y yo te escondí en nuestra casa, alguien me denunció y mis superioras me acusaron injustamente de haberme... ya sabes... contigo.

—¿De verdad? ¿Así que fue todo por mi culpa? ¿Por protegerme?

—No fue tu culpa. Fui una especie de chivo expiatorio. Alguien no soportaba que estuviera más cerca de la comunidad que de la doctrina impuesta. ¡Como si Dios estuviese del lado de los poderosos y no de los pobres! Me desengañé, me deshonraron...

—¡Pero si nunca llegó a pasar nada entre nosotros!

—Claro que no. Mis votos estaban claros. Pero hay gente mala y envidiosa. Mis valores se vieron puestos a prueba y mi fe se quebró. No la fe en Dios, sino en los hombres. Decidí volver a casa y colgar el hábito. Y así empezó una nueva vida que me ha traído hasta aquí para sacarme esa espina que llevaba clavada en el alma desde entonces.

—Vas a ser una buena madre, Carmen, porque eres una buena persona.

Ella lo miró con ternura y vio un destello en sus ojos que le recordó a aquel joven impetuoso que unos años antes la hizo temblar. Pero supo que algunas almas se cruzan para abrir caminos, no para recorrerlos juntas.

X.

Viña del Mar, Chile. Enero de 1988

Pedro y Carmen miraban embelesados a Gabriel. Él, recién llegado de España, se había reunido con su mujer en la casa de su hermano Juan José en Viña del Mar, localidad costera cercana a la capital Santiago. El reencuentro familiar los llenó de emoción. Pedro nunca había visto a Carmen tan plena.

—¡*Chucha*[38] que es linda la *guagua*[39]! —exclamó Juan José, acercándose a la feliz pareja—. Parece angelito. Le quedó muy bien el nombre que le pusieron.

—Gracias, Juanjo —dijo Pedro—. También por la ayuda con los trámites. Sin ti, no sé si habríamos llegado hasta aquí.

—No fue nada, *weon*[40]. La familia es lo primero. Ayudaros es lo menos que podía hacer por mi hermanita.

Ella lo abrazó, agradecida.

—¿Cuándo tenéis cita en el consulado para que os sellen la documentación? —Quiso saber Juan José.

—Mañana a las nueve en punto. ¿Nos podrás llevar?

—¡Obvio, *poh*!

En ese momento, entraron en casa Karen, la mujer chilena de Juan José y los tres hijos del matrimonio: los mellizos Pablo y Julia, de doce años, y Francisca, de nueve. Se acercaron al pequeño Gabriel, la nueva atracción de la casa, y llenaron la estancia con su griterío.

—¡Vamos, chicos! —exclamó Karen—. ¡Lo van a asustar!

El pequeño Gabriel pareció verse abrumado por tanta atención y rompió a llorar. Su madre lo tomó en brazos y trató de calmarlo, pero fue en vano. Carmen empezó a ponerse nerviosa y Karen la tranquilizó.

—Déjame… —le dijo con suavidad.

---

38 Expresión chilena equivalente a «caramba»
39 Bebé
40 Expresión coloquial equivalente a «colega».

Karen tomó al bebé y lo acunó, dándole unos suaves golpecitos en la espalda. El llanto cesó de inmediato.

—¿Cómo lo has...? —Carmen no había terminado la frase cuando Gabriel eructó tan fuerte que provocó una sonora carcajada en los niños.

—Llegará un momento en que sabrás reconocer cada llanto —dijo Karen, devolviéndole a Gabriel—. Ser madre es el trabajo más duro y satisfactorio que tendrás nunca. Tú cruzaste medio mundo para serlo. Eso requiere coraje y determinación, pero es solo el principio. Ahora empieza la verdadera prueba.

Al día siguiente, Juan José los llevó a la capital para su cita en el consulado. Carmen, meticulosa, había revisado la documentación varias veces y estaba segura de que llevaba todo consigo. Accedieron al edificio situado en la Avenida Nueva Providencia. El encargado de seguridad les indicó que tomaran el ascensor a la quinta planta y buscaran la oficina 515, al fondo del pasillo.

Pedro tuvo una sensación extraña según avanzaban por el largo corredor, pero no dijo nada para no alertar a Carmen. Una secretaria los recibió y les hizo esperar en una pequeña salita contigua. Por fin, les anunciaron que pasaran a la oficina, donde les esperaba una funcionaria de mediana edad, en cuyo rostro llamaban la atención unos pequeños ojos muy juntos tras unas gafas de montura redonda, que le conferían un aspecto inteligente.

—¿Quiénes son los padres? —preguntó, al ver entrar a tres adultos.

—Ellos, yo solo soy el tío de la *guaga*.

—Me temo que debe esperar fuera, señor. Solo los padres pueden entrar.

Juan José se encogió de hombros y salió.

—Muy bien —dijo la funcionaria—. Pedro Andonegui y Carmen Pérez de Ciriza. Necesitaré sus documentos de identidad y los papeles del bebé: partida de nacimiento, justificante de vacunación, certificado médico, autorización del Ministerio...

—Aquí tiene —Carmen le entregó una carpeta—. Creo que está todo.

La funcionaria comenzó a revisar los documentos uno a uno,

poniéndolos encima de la mesa. De pronto, algo pareció no cuadrarle. Se levantó y se dirigió a la puerta tras ella.

—Disculpen un momento, ahora vuelvo.

Pedro y Carmen se miraron, nerviosos.

La sensación de él se estaba confirmando. Algo no iba bien. La funcionaria tardó unos minutos que para ellos fueron como horas. El gesto en su cara no presagiaba nada bueno.

—Tenemos un problema.

—¿Qué ocurre?

—¿Ven este documento? —dijo, mostrándoles la autorización del Ministerio chileno de Justicia—. Desde el uno de enero de este año, debido a las irregularidades detectadas por el Gobierno de España, se exige que vaya compulsado por las autoridades en destino. Falta el sello del Ministerio de Justicia español. Sin eso, yo no puedo autorizar a que este niño salga del país.

La pareja miraba atónita a la funcionaria.

—Pe... pero nadie nos habló de esto.

—Como les digo, es una directriz que ha entrado en vigor el uno de enero. Si hubieran venido el treinta de diciembre, no habrían tenido ningún problema.

—Y, ¿cuánto podría tardar la compulsa por parte del Ministerio?

—No se lo puedo decir, pero varias semanas, quizá un par de meses.

—¡Pero nuestro vuelo sale en cuatro días!

—Lo siento, no puedo hacer nada —dijo, sin mostrar un ápice de emoción.

Carmen rompió a llorar. No podía creer su mala suerte. Su hermano, al oír el llanto de ella, entró en el despacho preocupado. Al escuchar la explicación, estalló en cólera y se enfrentó a la funcionaria. Pedro intervino para calmar los ánimos y pidió a su cuñado que saliera de la oficina.

—Sal con él y consigue que se tranquilice. Esta tensión no ayuda en nada.

Carmen salió con su hermano a la sala de espera, mientras Pedro se giró para hablar con la funcionaria, que estaba a la defensiva.

—Disculpe a mi cuñado, por favor. Su comportamiento es inaceptable.

—¡Y que lo diga! —replicó ella con dureza.

Pedro bajó el tono de voz hasta convertirla casi en un susurro. La funcionaria echó el cuerpo adelante para escucharlo.

—Disculpe, ¿cuál es su nombre?

La funcionaria dudó.

—Pilar —dijo finalmente.

—¿Es usted madre, Pilar? —Pedro la miró a los ojos.

Ella asintió.

—Sé que a usted no le interesan nuestras vidas, pero le pido que me deje contarle una breve historia.

Durante unos minutos, Pedro narró a la funcionaria el camino recorrido que los había llevado hasta aquel momento. Lo hizo sin aspavientos, con la voz calmada y con palabras honestas y sinceras, salidas de lo más profundo de su corazón.

—Solo le pido que, si hay una mínima posibilidad de que podamos resolver este problema en los próximos días, nos ayude. Nosotros no conocemos la maraña burocrática. Solo necesitamos saber cuál es el camino más corto, y podrá irse a casa orgullosa de haber ayudado a unos padres desesperados.

Pilar abandonó el rictus distante y pareció ablandarse.

—Yo me comprometo a enviar por fax hoy mismo este documento a España, pero lo que allí pase queda fuera de mi control. Solo les puede salvar que tengan un contacto en los estamentos más altos del Ministerio de Justicia. ¡Como no conozcan al ministro, casi que se pueden ir olvidando!

—Gracias, Pilar —dijo Pedro, mientras esbozaba una tímida sonrisa—. Quizá aún tengamos una oportunidad. Disculpe un momento.

Salió al pasillo donde estaban Carmen y su cuñado. Ella estaba sentada en una silla, sollozando, con los codos sobre las rodillas y la cara entre las manos. Juan José se paseaba por la estancia, nervioso. Pedro se arrodilló junto a Carmen y le apartó las manos de la cara.

—Tengo una idea, cariño. Es complicado, la verdad, pero es mejor que no tener nada. Ven, entra conmigo de nuevo —dijo, tirando de ella con suavidad.

Juan José hizo ademán de seguirlos, pero Pedro lo disuadió con la mirada.

Una vez dentro, tomaron asiento y Pedro preguntó:

—¿Qué hora es en España?

Pilar miró el reloj de pared.

—Las dos de la tarde.

—No tenemos mucho tiempo. ¿Le puedo pedir un último favor, Pilar?

—Dígame.

—¿Podría usar su teléfono para llamar al Ministerio?

Pilar se vio sorprendida por la petición. Dudó unos instantes, pero al final accedió. Pedro sacó una libreta pequeña y buscó entre las páginas. Después, marcó despacio. En la oficina solo se escuchaba el dial girando. Cuando Pedro hubo marcado el último número, se llevó el auricular a la oreja. Todos contuvieron la respiración. Una voz sonó al otro lado.

—Buenas tardes, señorita, mi nombre es Pedro Andonegui. Le estoy llamando desde el consulado de España en Santiago de Chile. ¿Sería tan amable de ponerme en comunicación con el despacho de don Ignacio Eguinoa, por favor? Es muy urgente... Sí, espero. Gracias.

Le pidió a Carmen que se acercara para que escuchara la conversación. Un chasquido sonó al otro lado.

—¿Txori?

—Hola, Pedro —dijo una voz de mujer al otro lado.

Pedro no se lo podía creer.

—¿Candela?

—Así es. Don Ignacio no se encuentra hoy en el despacho. Está en Navarra por las vacaciones de Navidad. Vuelve en un par de días, después de Reyes.

A Pedro se le vino el mundo encima. Txori era su última baza. Recordó la última vez que él y Candela se vieron, y cómo se marchó indignado, dejándola en aquella cafetería. Su cerebro funcionaba a pleno rendimiento, tratando de buscar opciones. Por fin, tomó una decisión:

—Candela —carraspeó—. Esto que te voy a contar es de una urgencia máxima. Te pido que no tengas en cuenta lo que pasó la última vez que nos vimos. Te pido que me veas como aquel chico de pueblo al que le regalaste aquella brújula para orientarse cuando estuviera perdido... Candela, hoy el norte apunta hacia ti. Eres nuestra única esperanza...

Pedro le contó con precisión la situación en la que se encontraban. No quiso omitir nada. Cualquier detalle, por insignificante que pareciera, podría ser determinante. Candela escuchó con atención.

—Voy a serte sincera, Pedro —dijo Candela, con la voz algo lejana—. Lo que pides es casi un milagro. Mañana es festivo por Reyes, eso solo deja de margen el jueves y el viernes. Además, es una directriz reciente y, al principio, siempre hay confusión sobre quién tiene la responsabilidad de firmar y sellar esos documentos.

—Lo sé, Candela, pero tu buena fama te precede. Txori siempre dice que no habría llegado donde está si no fuera por tu ayuda y tu lealtad.

Hubo un silencio al otro lado de la línea.

—No sé qué decirte, Pedro —dijo, lacónica—. Haré lo posible. Déjame un teléfono donde poder localizaros.

Le dio el número de casa de Juan José.

—No nos separaremos del teléfono. Puedes llamar a cualquier hora de la noche o del día.

—Está bien. Una última cosa... ¿Cómo se llama el bebé?

—Gabriel. Se llama Gabriel.

—¡Enhorabuena! —El color de su voz dejó en el aire un cierto tono melancólico.

—Gracias, Candela, de corazón. Adiós.

Colgó y miró a Carmen. Vio en sus ojos una mezcla de esperanza y sorpresa por lo que había escuchado. Pedro entendió sin palabras.

—Todo a su debido tiempo, amor. Ahora, vamos a casa con nuestro hijo.

El camino de vuelta a Viña del Mar transcurrió en un incómodo silencio. Cada uno, sumido en sus pensamientos, trataba de encajar como podía el mazazo que había supuesto la visita al consulado. Pedro no sabía qué pensar. Confiaba en Candela, pero entendía que podía ser el momento perfecto para ella de sacar el resentimiento que llevaba dentro y no mover un dedo por ellos. Cerró los ojos y pidió a Dios que no los abandonara en aquellos momentos. Su mente lo transportó de pronto a la iglesia de San Francisco y oyó la voz del Padre Sebastián como en un susurro: «No siempre se puede confiar en los hombres, Pedro, pero sí puedes confiar en el Señor».

El día de Reyes no hubo nada que celebrar. El ambiente en la casa era sombrío. Los tres hijos de Juan José y Karen no entendían qué ocurría, por qué su tía Carmen no quería salir de su habitación ni por qué papá y el tío Pedro hablaban en voz baja en el despacho. Karen trataba de mantener el ánimo y entretenía a los pequeños como podía. Estos no querían jugar con ninguno de los juguetes que les habían traído los Reyes; solo querían estar con su recién estrenado primo Gabriel.

Ajeno a todo lo que ocurría alrededor, este dormitaba junto a su madre en la cama. Carmen le hablaba entre susurros, diciéndole que todo iría bien y que, pasara lo que pasara, ya no iban a separarse nunca. Mirando su carita rechoncha, Carmen volvía a tener fe.

Por fin, a media tarde, salió con el pequeño de la habitación. Una frase lo cambió todo en su estado de ánimo: «Lo peor que nos puede pasar es que tengas que quedarte unas semanas con tu hermano y su familia. Yo volveré a España y, desde allí, trataré de agilizar todo lo más posible. Cuando tenga el papel, regresaré a por vosotros y nos iremos juntos a casa».

—Come algo, querida —le dijo Karen—. Tu bebé necesita a su mamá en plena forma.

Carmen se sintió mejor después de la cena. Alrededor de la mesa, las ocurrencias de los niños hicieron reír a los adultos y, por un momento, todos olvidaron lo acontecido en las últimas horas.

—Nos vamos a dormir —anunció Pedro—. Mañana es un día importante.

Se despidieron del resto de la familia y se retiraron a su habitación. Aquella noche, sin embargo, las dudas y la incertidumbre ocuparon el sitio del sueño y no consiguieron pegar ojo.

Al día siguiente, el teléfono permaneció mudo durante la mañana.

Varias veces comprobaron que todo estaba en orden con la línea. Pidieron a su hermano Javier que les llamara desde España para comprobar que no era un problema de la línea telefónica. No lo era.

La tensión fue en aumento según avanzaban las horas.

De pronto, el aparato sonó con estrépito. Pedro se abalanzó sobre él:

—¡¿Candela?!

Su cara mudó de la ilusión a la decepción en un instante. Lo que tardó una voz con acento chileno en preguntar por Juan José. Este se encargó de despachar con rapidez a su interlocutor para despejar la línea.

Sin embargo, no volvió a sonar en toda la tarde. Desilusionados, se fueron a la cama. El insomnio de la noche anterior hizo mella; estaban tan cansados que cayeron en un profundo sueño. Tan profundo, que Pedro oía el sonido de un teléfono pero, por más que lo buscaba, no lograba encontrar el aparato. Su cuerpo pesaba como una losa... No podía apenas moverse...

De pronto, un brusco zarandeo lo trajo de nuevo a la consciencia.

—¡Pedro! ¡Carmen! ¡Llaman desde España!

—¿Qué? ¿Cómo? —Pedro tardó unos momentos en entender qué estaba pasando. Se levantó entonces como un resorte y se dirigió con Carmen a la sala de estar. Su cuñado sostenía el aparato en la mano y tenía enorme sonrisa en el rostro. Pedro se llevó el auricular a la oreja y dejó que Carmen se acercara.

—¿Candela?

—No soy Candela. La he mandado a casa a descansar. Llevaba dos días sin dormir recorriendo el Ministerio de arriba abajo y tocando todas sus puertas.

—¡Txori! ¡Por favor, dime que lo has conseguido!

—Ojalá pudiera decirte eso, Pedro, pero no he podido hacer nada...

Pedro contuvo la respiración.

—Me refiero a que no he *tenido* que hacer nada, porque

esta mañana, cuando he llegado al despacho, me he encontrado el papel encima de mi mesa, debidamente sellado y compulsado. Acabo de enviarlo por fax al Consulado español. El visado es vuestro, Pedro.

Un grito de júbilo, de alivio feroz y lágrimas contenidas estalló en la noche de verano chilena. Todos se abrazaron unos a otros, llorando de emoción. Por fin, recobrada la compostura, Pedro tomó el auricular de nuevo y habló:

—Txori, ¿sigues ahí?

—Sigo aquí, emocionado imaginándome la escena que tenéis allí.

—Amigo mío, nos has salvado la vida. Te debo una que no sé cómo aún, pero ten por seguro que algún día te devolveré.

—No es a mí a quien debes estar agradecido. Yo solo he hecho la parte fácil. Ha sido Candela la que no ha parado hasta conseguir que ese papel estuviera sellado a tiempo. Te sigue teniendo algo más que aprecio —añadió, bajando la voz.

—Por favor, el lunes dale las gracias de nuestra parte. Unas gracias infinitas.

Pedro colgó y se abrazó a Carmen.

—Ya está, mi amor, mañana nos vamos a casa. Los tres juntos.

—Soy la mujer más feliz del mundo, Pedro —dijo con un hilo de voz.

La azafata se acercó para ver si necesitaban algo. «No, gracias, estamos bien». Le hizo una carantoña al bebé y se despidió: «Cualquier cosa que necesiten, avísenme».

—Es la cuarta vez que se acerca y aún no hemos despegado. Creo que se ha enamorado de Gabriel —rio Pedro.

—Quién no se enamoraría de él —replicó Carmen, observándolo embelesada—. Hasta la gélida funcionaria se derritió al verlo.

—Pilar...

—Me tienes que contar qué le dijiste cuando Juanjo y yo estábamos fuera para que pasara de ser un témpano a una amable señora.

—Solo la traté como una persona. Le pregunté su nombre y si tenía hijos. Entonces, no tuve más que contarle nuestra pequeña historia y empatizó en el momento.

—Eres un camelador... —Carmen apoyó la cabeza en el hombro de él.

—¡Vaya cara puso cuando aparecimos ayer a por el visado! No se creía que lo hubiéramos conseguido tan rápido.

—Yo tampoco me lo creo aún.

—Pues aquí estamos, a punto de...

En ese instante, el capitán anunció por megafonía el inminente despegue. Se abrocharon los cinturones justo en el momento en que la azafata volvía a pasar junto a ellos y le hacía otra carantoña a Gabriel, que le correspondió con una sonrisa. El avión comenzó a moverse despacio y avanzó hasta colocarse alineado en la pista.

«Tripulación, listos para el despegue».

La aceleración pegó sus cuerpos al respaldo del asiento. Carmen agarró con fuerza la mano de Pedro.

—¡Por cierto! —exclamó ella, alzando la voz por encima del estruendo de los motores—. ¡No pienses que me he olvidado de lo que me tienes que contar!

—No sé de qué me hablas —fingió Pedro con una sonrisa.

—No te hagas el distraído conmigo, Pedro Andonegui —rio ella.

—Tranquila, tenemos quince horas de vuelo por delante y... —Miró a los lados—... no veo por dónde escapar.

Ella volvió a apoyar la cabeza en su hombro y cerró los ojos. Pedro pensó en lo bien que se había portado Candela con ellos. A pesar de los años y los momentos vividos, aún quedaba algo de aquellos dos niños vecinos de un pueblo de montaña.

Miró a Gabriel, que dormía plácido en brazos de su madre. Y, en ese instante, fue consciente de que lo que más le importaba en el mundo cabía en aquel pequeño asiento de avión. Se sintió muy afortunado. Miró hacia arriba y dio las gracias en silencio.

Entonces, apoyó su cabeza en la de Carmen, cerró los ojos y sonrió.

FIN

Epílogo

Cerró el libro y alzó la vista hacia ella, esperando encontrarla dormida, como siempre. Esta vez, sin embargo, ella lo miraba fijamente, con los ojos bien abiertos, llenos de curiosidad y de vida.

—Carmen es una mujer afortunada por tenerlo a su lado —dijo ella con voz trémula.

—Quien tiene una suerte increíble es Pedro —respondió él, emocionado.

La miró con ternura. Sus momentos de lucidez eran cada vez más escasos. Lo normal era que sus ojos, que hacía tiempo habían perdido el brillo de antaño, lo miraran como si lo atravesaran; como si fuera invisible. Él veía reflejada en aquellas pupilas oscuras la negrura de la llanura californiana y sentía entonces un vértigo difícil de describir. Esa infinitud ya la había visto antes, en la Lágrima de Irati, cuando se asomó a los ojos del ciervo.

Maldijo en voz baja aquella oscura enfermedad que le estaba arrebatando a su compañera de vida, a su amor. Ya había arrasado con los recuerdos más recientes y, poco a poco, implacable, solo le había dejado a la niña que había en ella. Eso, antes o después, también se lo llevaría.

Se acercó a la ventana y miró los frondosos bosques cercanos, aquellos que en tantas ocasiones había recorrido de noche con caballos que le doblaban en altura. Allí donde todo empezó.

Oyó un coche acercándose.

—Cariño, son tus hijos, que vienen a verte.

Sus ojos se iluminaron. Pero una sombra los apagó de pronto.

—Pero... yo no tengo hijos, papá.

Él sonrió.

Los chicos aparecieron en la entrada, donde fueron recibidos por su padre.

—¿Cómo está la *Amá*? —preguntó la hija menor.

—Hoy está un poco mejor —contestó el padre con ojos vidriosos—. No se ha dormido mientras le leía la *historia*. ¡Hasta ha hecho un comentario!

El hijo mayor se acercó a su madre, que tenía los ojos a medio cerrar.

—*Amá* —dijo, sacudiendo suavemente su mano.

Ella abrió los ojos despacio y lo miró. Posó una mano temblorosa en la cara de él.

—¡Mira lo que te hemos traído! —exclamó, mostrándole un precioso ramo de flores—. Son tus favoritas.

—¡Oh! Qué gazanias tan bonitas… ¿son para mí? —dijo, sonrojándose.

—¡Claro! ¡Para la flor más bonita del mundo! Feliz cumpleaños, *Amá*.

Sus hijos, adoptados ambos en Chile, se deshicieron en carantoñas hacia su madre, que se reía divertida de sus ocurrencias, sin ser consciente en realidad de lo que acontecía alrededor.

Sonó el móvil de él. Era un mensaje de uno de sus sobrinos.

«¡Muchas felicidades para la tía! Espero que paséis buen día en familia y que le esté gustando el regalo. ¡Abrazo fuerte!».

Tecleó sobre la pantalla una respuesta. No le gustaban nada aquellos cachivaches modernos.

«Gracias, sobrino. Hoy estaba más despierta que otros días y creo que le ha gustado mucho escuchar la historia. Nuestra historia. Un abrazo».

Su sobrino leyó el mensaje y sonrió. Había sido una de las experiencias más gratificantes de su vida: haber podido contar la historia de su tío, aquella que llevaba dentro desde la infancia. Aquella que surgió en su imaginación al calor de la chimenea, mientras fuera caía un espeso manto blanco.

Carta del autor

Querido tío:

Aquí te devuelvo tu historia.

Historia que, con tu permiso, he hecho también mía. No sé qué pensarás al leerla; no es una biografía, es una novela basada en hechos reales, pero lo importante para mí no era ser fiel a los acontecimientos, sino a los sentimientos y emociones que se desprenden de ellos.

Hasta donde mi memoria alcanza, aquellas historias que nos contabas junto a la chimenea se me quedaron grabadas —cómo no— *a fuego*. Por eso, en la narración de los hechos hay mucho de la imaginación impresionable de un niño de nueve años. Recuerdo aquellos encuentros familiares en la casa del valle como los momentos más felices de mi infancia. Quizá aquel estado de ánimo impregnó los rincones de la memoria donde quedaron almacenados.

Y, por alguna razón, ahora han necesitado salir a la luz.

Para escribir una novela hacen falta, al menos, dos ingredientes: una buena historia y un buen motivo para contarla.

El primero lo tenía; la historia de tu vida merece ser contada. Pero no solo por los hechos extraordinarios, sino por los valores que transmiten. Al contrario de los tiempos actuales, en los que todo es inmediato y efímero, en los que vivimos absorbidos por pantallas y nos sentimos mal si no estamos haciendo algo *productivo*, imaginarte en aquella inmensa llanura, tan grande y solitaria que deformaba el espacio y el tiempo, sin más compañía que tus perros, tus pensamientos y tu fe, me lleva a pensar que es ahí cuando debió de forjarse el carácter inquebrantable y noble que te adorna.

Creo que puedo decir, sin temor a equivocarme, que eres una de las mejores personas que he conocido. Por eso me siento un privilegiado al poder contar esta historia, en la que he puesto mucha carne propia en el asador.

Y aquí enlazo con el segundo de los ingredientes que hacen falta para escribir una novela: un buen motivo para contarla. Mi mayor motivación es que las palabras aquí escritas permanezcan. Que sean un legado para mis hijas y para generaciones posteriores que vengan. Si yo les faltara un día o la enfermedad que asola nuestra familia hiciera sus estragos, mis hijas podrán entender la manera de ver el mundo de su padre.

Los valores que tú encarnas, tío, son los míos: la bondad, la honestidad, la lealtad y la fidelidad hacia las personas que nos rodean y comparten la vida con nosotros. No conozco a nadie que, al hablar de ti, diga una mala palabra. Me parece un buen epitafio para una vida vivida desde la dignidad y el amor.

Solo ver cómo cuidas a la tía, con qué dedicación y pasión abrazas cada minuto que pasas con ella es digno de admirar. Ojalá todas las personas pudieran experimentar el amor incondicional como lo vives tú. Seguramente el mundo sería un lugar mejor, no me cabe duda. Gracias por el ejemplo y por vivirlo desde la modestia, sin pretender ser más ni mejor que nadie. Quizá por eso cobra aún más sentido contar esta historia que nace desde mi admiración infinita, como la llanura.

I.-

Personajes

PRINCIPALES (y familiares)

Pedro Andonegui —Protagonista
David Andonegui —Hermano
María Andonegui (Maritxu) —Hermana
Salvador Andonegui —Padre
Ana María Elizondo (Anamari) —Madre
Sagrario Arive —Amona
Félix Andonegui —Aitona
Enrique Andonegui —Tío en América
Martín Andonegui —Tío
Macarena Amaro —Mujer de Martín. Tía
Rosario Andonegui (Charo) —Prima
Mercedes Andonegui (Merche) —Prima
Teresa Castrejana (Luna) —Amiga
Candela Castrejana — Hermana
Laura Castrejana —Melliza
Julia Castrejana —Melliza
Agustín Castrejana —Sargento Guardia Civil
María Teresa Tejedor —Mujer de Agustín
Ignacio Eguinoa (Txori) —Amigo
Santos Eguinoa —Hermano mayor
Francisco Eguinoa —Hermano segundo
Juan Eguinoa —Hermano menor. Se casa con Maritxu
Santos Eguinoa —Padre. Propietario colmado del pueblo
Arantxa Arregui —Madre
José Astibia —Amigo
Luisa Astibia —Hermana
Pablo Astibia —Hermano (fallecido)
Marcio Astibia —Padre. Carpintero
Laura Lezáun —Madre

OTROS

Don Sabino Gárate —Maestro
Don Antonio Escribano —Párroco
Don Julio Zunzunegui —Médico
Abel Lusarreta —Alcalde
Arturo Méndez —Cabo guardia civil
El guía —Lidera las salidas
Tomás Iraizoz— Participa en las salidas
Adolfo Ochandorena «Fito»— Participa en las salidas/socio
Jose Mari Salazar— Participa en las salidas
Carmelo Iriarte —Niño que va a estudiar a Pamplona. Maltratado
Manuel Iriarte —Padre de Carmelo. Maltratador. Fallece de ictus
Isabel Arístegui —Madre de Carmelo
Jesús Maisterra —Niño que va a estudiar a Pamplona
Arturo Garralda —Niño sepultado por alud del tejado
Juan Abaurrea —Niño cuyos padres se separan
Ángel —Pastor
Miguel Errandonea —Vecino de La Factoría
Doctor John Bennet —Médico de reconocimientos
Nerea Garáizar —Mujer de John Bennet
Matilde —Ama de llaves de los Bennet

PERSONAJES EN AMÉRICA

Ramón Cortés y familia —Acogen a Pedro a su llegada a Bakersfield
Marcelo Pegenaute —Pastor en la llanura
El patrón y el hijo mayor —Sin nombre
Jimmy —Hijo menor del patrón
Matrimonio Hawthorne — Propietarios de la pensión de SF
Sarah Kerrigan —Propietaria del restaurante
Paul Kerrigan —Marido fallecido de Sarah
Jean Paul Rèmy (J.P.) —*Chef* del restaurante
Nancy Jackson —Mujer de J.P.
Felipe Díaz —Compañero de trabajo en la jardinería
Matt Shuterland —Primo en América. Hijo de Enrique

Veronica Sutherland —Madre de Matt. Tuvo un *affaire* con Enrique
John Sutherland —Marido de Veronica
Padre Sebastián —Párroco Iglesia de San Ignacio de San Francisco
Vivian Steinberg —Novia de Matt

PERSONAJES 4ª PARTE

Carmen Pérez de Ciriza —Mujer de Pedro
Aitor Eguinoa Andonegui —Sobrino de Pedro. Hijo de Maritxu
Miren Eguinoa Andonegui —Sobrina de Pedro. Hija de Maritxu
Amaya Goñi —Mujer de David Andonegui
Maribel —Clienta de la carnicería
Lola —Florista del mercado
Chino y Macaco —Matones de barrio
Javier Pérez de Ciriza —Hermano de Carmen
Marta Pérez de Ciriza —Hermana de Carmen. Melliza de Javier
Juan José Pérez de Ciriza — Hermano de Carmen
María —Mujer de Javier
Andrés —Marido de Marta
Iñaki Pérez de Ciriza —Sobrino de Pedro. Hijo de Javier y María
Gerardo —Joven de la comunidad mapuche
Hermana Beatriz —Monja de la comunidad
Hermana Claudia —Monja de la comunidad
Gabriel —Hijo adoptivo de Pedro y Carmen
Nahuel —Líder de la comunidad mapuche
Karen Rubio —Mujer de Juan José
Pablo, Julia, Francisca —Hijos de Juan José y Karen
Pilar —Funcionaria consulado

Agradecimientos

Que una novela como esta vea la luz rara vez es mérito de uno solo. Para que ocurra, han debido alinearse unos cuantos astros y algún que otro planeta (con minúscula).

El mayor de los agradecimientos es para mi tío Joaquín, alter ego de Pedro Andonegui, cuya vida ha inspirado las peripecias de esta obra, y para la tía Angelines, aunque no pueda leerla por esa dolorosa enfermedad que arrasa la identidad y la memoria. Este libro pretende ser un homenaje a las personas y lugares que forman parte del legado familiar.

A mi mujer, Amaya, y a nuestras hijas Anne y Alai, que son el motor de nuestras vidas y para quienes, en el fondo, he escrito esta historia. Sin la cobertura de Amaya, no habría encontrado esos momentos en los que convertir recuerdos en palabras. Mientras tanto, seguimos tejiendo nuestra propia historia juntos. Quizá, quién sabe, algún día alguien la encuentre digna de ser contada.

A Zuri. No sabes lo inspiradores que han sido nuestros paseos.

A mis padres, Gerardo y Pilar, coguionistas maravillosos de mis primeros años, que guiaron mis pasos titubeantes y me sostuvieron hasta que pude quitarme los ruedines. Ellos llenaron nuestra casa con aquellos primeros ejemplares cuyos lomos llamaron un día mi atención y abrieron la mágica caja de Pandora de los libros.

A mi hermano Miguel, ávido lector y crítico afilado, por ser parte fundamental de esta aventura que llaman vivir y que, sin saberlo, ha inspirado muchos de los párrafos de los primeros capítulos.

A quienes prestaron ojos y lupa sobre un texto incipiente, con ínfulas de novela que, finalmente y contra todo pronóstico, lo fue. Entre ellos destaco a Marta R. Pérez y Carlos Otamendi, fieles lectores en fase beta, que me dieron ánimos más allá de lo que imaginan.

A Nerea Sánchez-Satrústegui y Marisol Artica, que mimaron mi texto y lo pulieron con cariño y rigor. Qué bella es esta lengua que nos permite comunicar y emocionar.

A Pedro y Andrés Salaberri, por abrirme las puertas de su *casa*.

A David Alegría, por entender y dar forma a mi visión literaria.

Y, por supuesto, a ti que me lees. Un libro cumple su función en quien lo escribe, pero redondea su misión cuando alguien posa sus ojos en él. Ojalá haya tocado la tecla que inspira, el resorte que despierta la emoción, las ganas de aparcar por un momento el mundanal ruido para sumergirte en la llanura. A ti, infinitas gracias.

Las Voces de Irati

La llanura infinita es una novela basada en hechos y personajes reales. Estuvo guardada en mi memoria durante años, desde que escuché por primera vez en boca de mi tío las extraordinarias aventuras que había vivido en su época de juventud y adultez temprana.

Hace dos años, publiqué en la red social LinkedIn un post sobre aquellas peripecias titulado "El poder de las buenas historias", y se produjo el siguiente intercambio en los comentarios:

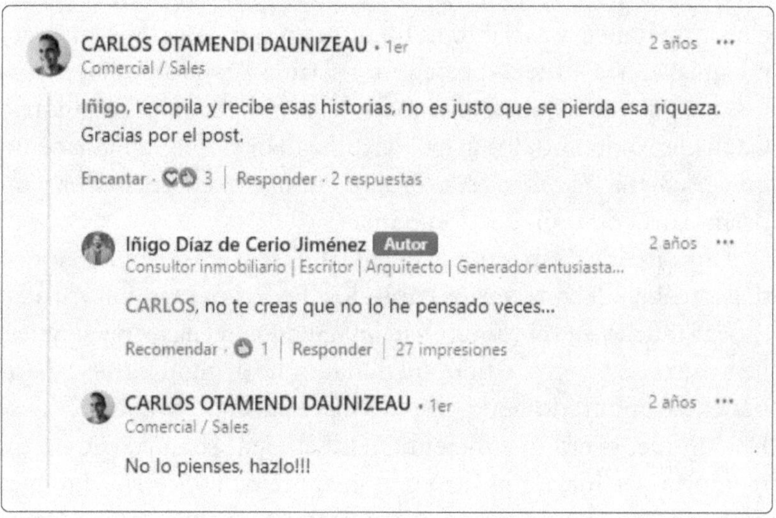

Algo hizo *click* en mi cabeza. Una pregunta se instaló de modo intrusivo en mis pensamientos durante los días siguientes: *¿Por qué no?*

Entonces, le hice una propuesta a mi tío que él, para mi gran suerte, aceptó. Aprovechando que somos vecinos, todos los miércoles iría a su casa a tomar un café y escucharle contar de nuevo aquellos relatos, pero esta vez los grabaría, para conservar ese legado inmaterial que supone la transmisión oral de historias.

Aquel *proyecto* lo llamé: «Cuéntame tu historia, tío».

Así estuvimos varias semanas, en las que, puntualmente, acudía a su casa a tomar café y escuchar. También a preguntar, porque había cosas que me generaban mucha curiosidad.

Poco a poco, aquellas conversaciones despertaron una vieja idea que llevaba largo tiempo escondida en un lugar recóndito de mi cabeza: la de convertir esas historias en una novela, en la que se mezclarían hechos reales, ficción, recuerdos y vivencias personales y de terceros, para componer un relato en el que resaltar los valores que adornan la personalidad del protagonista y mi propia forma de ver y vivir el mundo.

Y me puse manos a la obra.

De una manera totalmente intuitiva, sin guion ni objetivo claro, me lancé a escribir, confiando en que la propia historia me guiara. Y así fue al principio. Escribía cuando podía, en los huecos que me dejaban el trabajo y las obligaciones familiares. Cada cierto tiempo, los astros se alineaban y conseguía irme un fin de semana de *retiro escritor* al pueblo, con el ordenador y mi perra Zuri como únicas compañías.

Durante los retiros me dedicaba a pasear y escribir, y en dos días sacaba adelante varios capítulos. En los paseos con Zuri he *escrito* mucho en mi cabeza. He imaginado escenas y personajes, he avanzado y retrocedido, he dudado, he gritado *eureka*, pero nunca he apuntado nada después de tener una "brillante" idea. Decidí que, si era lo suficientemente buena, se quedaría en mi memoria y saldría a la luz en el instante de escribirla. Lo cual no tenía por qué significar que, llegado el momento, la idea se plasmaría en la historia tal cual fue concebida. La propia trama pondría aquella idea en su sitio y con la forma adecuada.

De esta manera, me convertí en el escritor y, a la vez, en el primer lector de mi novela, sorprendiéndome muchas veces de los giros que daba la historia. También he disfrutado mucho planteando pequeñas *trampas* al lector, pasajes que podrían tener una doble lectura según el contexto.

A partir de la tercera parte, sin embargo, en la que empezaba a vislumbrarse el final de la historia, cambié la brújula por el mapa y creé un guion de capítulos con ideas que quería contar en cada uno de ellos. Con la flexibilidad, eso sí, de modificar el guion si así lo requería la historia.

Diez meses después, el primer borrador de la novela estaba listo. Más adelante vendrían correcciones, lecturas y relecturas, añadir, quitar, reescribir, hasta componer una *opera prima* imperfecta, pero llena de verdad y sentimiento por parte de quien esto escribe, y que espero hayas disfrutado leyendo.

Si has llegado hasta aquí, tengo una sorpresa para ti:

Me gustaría añadir una capa más a la experiencia que supone leer una novela. Por lo general, cuando leemos una historia, esta habita sobre todo en los lugares de la imaginación y las emociones, pero no suele ir más allá. A través de estas palabras, te he contado cómo fue el proceso de escribirla, pero también este texto se queda en la misma capa que lo anterior.

¿Por qué no añadirle un sentido más a la experiencia literaria?

¿Por qué no poder escuchar fragmentos de las conversaciones con mi tío?

¿Por qué no conocer de viva voz las historias reales tras la ficción, y descubrir las anécdotas que inspiraron las historias de *La llanura infinita*?

Creo firmemente que la literatura, la transmisión de historias, el poner negro sobre blanco las emociones y pensamientos que uno lleva dentro no han muerto en tiempos de la Inteligencia Artificial. Pero sí se están viendo gravemente amenazadas. Ahora hay demasiado ruido, demasiado texto plano que sale de una inteligencia no humana, que no surge de una vivencia real, sino de un orden probabilístico de palabras tan bien ejecutado, que puede engañar casi a cualquiera y hacerse pasar por uno de nosotros.

En este contexto, considero que las historias humanas y honestas seguirán teniendo su lugar y su público, aunque será más difícil encontrarlas entre todo el ruido ensordecedor de lo generado artificialmente.

Lo que pronto vas a poder escuchar no es algo que, de momento, pueda surgir de la IA. Esto solo es capaz de salir de las vivencias de alguien de carne y hueso, de alguien que sufrió al dejar atrás lo conocido para embarcarse en la aventura de su vida a miles de kilómetros de casa, de alguien que lo contó en primera persona.

Si quieres conocer la verdadera historia que se esconde detrás del relato, acompáñame a escuchar las conversaciones que fueron el origen de la novela; acompáñame a escuchar las Voces de Irati.

Escanea este QR y podrás descargarte un pdf con extractos de las conversaciones con Joaquín que dieron origen a *La llanura infinita*.

www.ingramcontent.com/pod-product-compliance
Lightning Source LLC
LaVergne TN
LVHW050918080826
845145LV00001B/119

* 9 7 8 8 4 0 9 8 5 0 7 6 1 *